新世纪作家文丛 第五辑

陶琼小姐的1944年夏

内里惊涛突起
表面却自然平静
生命在时间中
显出其固有的
坚韧与脆弱

于晓威 著

長江出版傳媒 | 长江文艺出版社

图书在版编目（CIP）数据

陶琼小姐的 1944 年夏 / 于晓威著. -- 武汉 : 长江文艺出版社， 2019.12(2024.8 重印)
（新世纪作家文丛. 第五辑）
ISBN 978-7-5702-1240-8

Ⅰ. ①陶… Ⅱ. ①于… Ⅲ. ①中篇小说－小说集－中国－当代②短篇小说－小说集－中国－当代 Ⅳ. ①I247.7

中国版本图书馆 CIP 数据核字(2019)第 208724 号

责任编辑：周　聪　　　　责任校对：毛　娟
封面设计：颜森设计　　　　责任印制：邱　莉　　杨　帆

出版：长江出版传媒 | 长江文艺出版社
地址：武汉市雄楚大街 268 号　　　　邮编：430070
发行：长江文艺出版社
http://www.cjlap.com
印刷：三河市百盛印装有限公司

开本：880 毫米×1230 毫米　1/32　　印张：12.25
版次：2019 年 12 月第 1 版　　2024 年 8 月第 2 次印刷
字数：271 千字

定价：69.80 元

《新世纪作家文丛》编委会

“新世纪作家文丛”总序

白　烨

摆在读者诸君面前的，是长江文艺出版社接续着“跨世纪文丛”，新推出的“新世纪作家文丛”。

在20世纪的1992年至2002年间，长江文艺出版社聘请资深文学评论家陈骏涛，主编了“跨世纪文丛”，先后推出了7辑，出版了67种当代作家的作品精选集。因为编选精当、连续出书，也因为是一个在特殊时期的特殊文学行动，“跨世纪文丛”遂成为世纪之交当代文坛引人注目的重要事件。当时，主编陈骏涛在《“跨世纪文丛”缘起》中说道：“‘跨世纪文丛’正是在新旧世纪之交诞生的。她将融汇20世纪文学，特别是80年代以来中国文学变异的新成果，继往开来，为开创21世纪中国文学的新格局，贡献出自己一份绵薄之力，她将昭示着新世纪文学的曙光！”这在当时看来实属豪言壮语的话，实际上都由后来的文学事实基本印证了。“跨世纪文丛”出满67本，已是21世纪初的头两年。《中华读书报》曾经在一篇文章中这样写道：“在新世纪的钟声即将敲响的时候，它暂时为自己画上了一个圆满的句号。这套文丛创始于7年以前的1992年,其时正值纯文学图书处于低迷时期,为了给纯文学寻求市场、为纯文学的发展探路,陈骏涛与出版家联手创办了这套旨在扶持纯文学的丛书。丛书汇聚了国内众多名家和新秀的文学创作成果,王蒙、贾平凹、莫言、梁晓声、韩少功、刘震云、余华、方方、池莉、周梅森等59位作家均曾以自己的名篇新作先后加入了文丛。几年来,这套丛书坚持高品位、高档次,又充分考虑到读者的阅读需求和阅读期待,为纯文学图书闯出了一个品牌。”这样的一个说法,客观允当,符合实际。

也正是自1992年起,在邓小平南方谈话精神的强劲指引下,国家与社会的改革开放,加大了力度,加快了步伐,社会生活真正开始以经济建设为中心,经济建设以市场秩序的确立为重心。社会生活的这种历史性演变,对于未曾接受过市场洗礼的当代文学来说,构成了极大的冲击与严峻的挑战。提高与普及的不同路向,严肃与通俗的不同取向,常常以二元对立的方式相互博弈。正是在这种日趋复杂的社会文化背景之下,以严肃文学的中青年作家为主要阵容,以他们的代表性作品为基本内容的“跨世纪文丛”,就显得极为特别,格外地引人关注。究其原因,这既在于“跨世纪文丛”不仅以高规格、大规模的系列作品选本,向人们展示了当代作家坚守严肃文学理想和坚持严肃文学写作的丰硕收获,还在于“跨世纪文丛”以走近读者、贴近市场的方式,给严肃文学注入了生气、增添了活力,使得正在方兴未艾的文学图书市场没有失去应有的平衡,也给坚守严肃文学和喜欢严肃文学的人们增强了一定的自信。

大约是在20世纪90年代中期,在“跨世纪文丛”出满5辑之际,我曾以《“跨世纪文丛”:九十年代一大文学奇观》为题,撰写了一篇书评文章。我在文章中指出:“跨世纪文丛”是张扬纯文学写作的引人举措，而且“有点也有面地反映了80年代以来文学发展演进的现状与走向。在纯文学日益被俗文化淹没的年代，这样一套高规格、大规模的文学选本不仅脱颖而出，而且坚持不懈地批量出书，确乎是90年代的一大文学景观”。我在文章的末尾还这样期望道：“热切地希望‘跨世纪文丛’坚持不懈地走下去，并把自己所营造的90年代的文学景观带入21世纪。”

好像是冥冥之中的一种缘分，我当年所抱以期望的事情，现在正好落在了我的身上。

因为种种原因，“跨世纪文丛”在文学进入新世纪之后，未能继续编辑和出版，因而渐渐地淡出了读者视野与图书市场。约在2014年岁末，在新世纪文学即将进入第十五个年头之际，长江文艺出版社决意重新启动这套大型文学丛书，并希望由我来接替因年龄和身体的原因很难承担繁重的主编事务的陈骏涛先生。无论是出于对于当代文学事业的热爱，还是出于对于长江文艺出版社的敬重，抑或是与亦师亦友的陈骏涛先生的情意，我都盛情难却，不能推辞。于是，只好挑起这副沉甸甸的重担，把陈骏涛先生和长江文艺出版社共同开创的这份重要的编辑事业继续下去。

2015年1月7日，在北京春节图书订货会期间，长江文艺出版社借着举办《中国年度文学作品精选丛书》出版20周年座谈会，正式宣布启动大型重点出版项目——“新世纪作家文丛”。由此开始，我也进入了该套文丛的选题策划和作者遴选的准备工作。当时的“新浪·文化”就此报道说：“面对新的文化格局、新的文学现象，出版人仍然应该‘有自己的事情要做’。‘跨世纪’有跨世纪的机缘，新世纪同样有着它的使命召唤。在一片喧扰之中，一大批严肃的理想主义文学者，仍然怀揣着圣洁的执著，身负着难以想象的重压蹒跚而行,出版人当然没有理由旁而观之。这正是《新世纪作家文丛》的缘起。”

经与长江文艺出版社的社长刘学明、总编尹志勇、项目负责人康志刚几位多次沟通和商议,我们大致达成了以下一些基本共识:一、新的丛书系列以“新世纪作家文丛”命名,即以此表示所选对象——作家作品的时代属性,又以此显现新的丛书与“跨世纪文丛”的内在勾连与历史渊源;二、计划在5年时间左右,推出50~60位当代实力派作家的作品精选集,每辑以8~10位作家的作品集为宜;在编选方式上,参照“跨世纪文丛”的原有体例,作品主要遴选代表作,并在作品之外酌收评论文章、创作要目等,以增强作品集的学术含量,以给读者、研究者提供读解作家作品的更多资讯。

事实上,文学在进入新世纪之后,在社会与文化的诸种因素与元素的合力推导之下,越来越表现出一种史无前例的分化与泛化,创作形态也呈现出前所少有的多元与多样。文学与文坛,较前明显地发生了结构性的巨大变异,我曾在多篇文章中把这种新的文学结构称之为“三分天下”,即以文学期刊为阵地的传统型文学(严肃文学);以市场运作为手段的大众化文学(通俗文学);以网络科技为平台的新媒体文学(网络文学)。在这样一个有如经济新常态的文学新生态中,严肃文学的生存与发展,传统文学的坚守与拓进,就显得十分重要并具有非同寻常的意义。因为这一文学板块的运作情形,不只表明了严肃文学的存活状况,而且标志着严肃文学应有的艺术高度,这也在一定程度上影响和引领着整体文学的基本走向。而就在与各种通俗性的、类型化的不同观念与取向的同场竞技中,严肃文学不断突破重围,一直与时俱进;一些作家进而脱颖而出,一些作品更加彰显出来,而且同90年代时期相比,在民族性与世界性、本土性与现代性等方面，都更具新世纪的时代特点和新时代的审美风貌。即以最为显见的重要文学奖项来说，莫言获取2012年度诺贝尔文学奖的殊荣自不待说；近几届的茅盾文学奖、鲁迅文学奖，不少出自“60后”和“70后”的作家频频获奖、不断问鼎，获奖作者的年轻化使得文学奖项更显青春，文学新人们也由此显示出他们蓬勃的创造力与强劲的竞争力。这一切，都给我们的“新世纪作家文丛”的持续运作，提供了丰富不竭的资讯参照，搭建了活跃不羁的文学舞台。

我们期望，藉由这套“新世纪作家文丛”，经由众多实力派作家姹紫嫣红的创作成果，能对新世纪文学做一个以点带面的巡礼，也经由这样的多方协力的精心淘选，对新世纪文学以来的作家作品给以一定程度的“经典化”，并让这些有蕴含、有品质的作家作品，走向更多的读者，进入文学的生活，由此也对当代文学事业的繁荣与发展，乃至对社会主义精神文明建设，奉上我们的一份心力，作出自己的一份贡献。

我们将为此而不懈努力，也为此而热切期盼！

2015年8月8日于北京朝内

目　录 —— Contents

在淮海路怎样横穿街道

我说过，你如果想通过搞文学来讨女孩儿喜欢，千万不要选择写小说。写小说发表太慢，你上次跟人家讲过的一个沧桑的故事，等到发表出来，人家早已经把那次见面忘了；再说，写小说人的性格不适合跟女孩儿萍水相处，他们太讲究构思，深思熟虑，谋篇布局，等到下决心热爱一个女孩儿时，她们早已经跑到别人怀抱了。也不要选择写散文，写散文的人容易流露真性情，感情这东西一较，就没什么乐趣可言了。你最好选择写诗歌，写诗歌的人一般都热情奔放，情绪像诗歌一样具有跳跃性，这对女孩儿们足够吸引，再说，诗歌这东西发表快，实在不行还可以当场朗诵或吟哦来献给女孩儿。这些都是你要好好想一想的。

但是那一次，在淮海路上的一家咖啡店里，我们六七个人正围在一起闲聊，一个我初次见面的女孩儿说她喜欢读小说。

“女孩儿”这个意思——按照惯例，就是指还没结婚或是结了婚还没生小孩儿的人。我需要在这里说明，是因为在她用小匙搅动咖啡的时候，我看见她左手无名指戴着一枚精巧的戒指。而此前同事们都在打趣说，她将来肯定会生一个男孩儿。

她说她喜欢读小说。并且，读过我写过的小说。

因为那次聚会是一个专题聚会，在座的人又没几个懂文学的，所以我俩的话题没有深入进行。有两个同事还有其他事情，当晚的聚会只好九点多就结束了。

临离座时，她跟我要了手机号码，我想这无非是她想表露第一次见面的礼貌吧，就随口说了出来。

不知道她把它存在了手机里。

一行人走出店门，淮海路车水马龙，高楼林矗，灯光无数。我们想横穿街道去对面的站牌那里乘公交车，但是面前的车流确实太密了。

几次跃跃欲试均告失败之后，有几个同事彻底失去了耐性，我们只好顺街绕到很远处的天桥，从那里走了过去。

过了两天，我的手机接到她的一条短信：“我们究竟要对世界做多少改变?”

我想了想，不知道该怎样回答她，因为这个命题太大了，就只好用一种类似循环定义的方法回答她：“世界究竟要改变我们多少?”

我觉得她挺聪明。

当然我的回答也不赖。

她再没有回话。

到了下午，我把电话给她打过去，我问她："在做什么？"

"在忙。"她说，声音淡淡的。

"什么时候请你喝咖啡。"

"嗯，再说吧。"

电话就撂了。

那一阵子我难得轻松。来上海这家办事机构两年了，日子每天都在缝纫机轧动一样紧张的状态下度过。我所在的小镇，是福建靠近鼓浪屿的一个地方，叫港尾。同样是临海，那里的海风比上海吹得缓慢多了，而且混合着风的气息。每天傍晚，我都愿意独自到海边看日落，我的身边一侧是温馨的湿地，另一侧是山坡上的羊场和牛场。彤红的夕阳融在深蓝的海色里，衬着山的暗影和点点白帆，像是一帧凝重的油画。如果不是为了谋生，我真愿意一辈子待在那个小镇。

我知道她在淮海路一家上海著名的百货公司做化妆品营业员。我回忆了一下淮海路的咖啡店，应该靠近黄陂路的那一家比上次去的更好。这样又过了两天，我约她。她在电话里说："没时间。"

我说："见个面不行吗？"

她说："为什么要见面呢？打个电话不也挺好吗？"

我说不出话来。

"就这样吧。有空再说。"

我决定忘掉她。虽然我还不到 30 岁，但类似的情境我见得太多了。一般来讲，在偶然的场合下跟女孩子见过面，哪怕心存良愿，过后也要忘掉。这就像乘火车时，对面坐了一个你自认为彼此心照不宣的淑女，哪怕相互陪伴了漫长的旅程，下了车各自走散就是。如果离开了特定的窗边，离开了特定的行进中的地板，双脚踏在坚实的大地上你还想追逐人家，那就俗气了。

差不多一周后，在我去宁波出差回来的第二天早上，我还躺在被窝里，浴室里的手机响了。那是我昨晚淋浴时忘在洗面台的。我走过去，接了电话。

“你为什么不理睬人家啊？”是她的声音。并不清脆，有点慵懒，但是富有弹性。

“没有啊。”我承认我脑袋不灵便，再说刚睡醒。

“那我打电话你这么久才接？”

“我在睡觉，手机不在身边。”

她那边没动静了。

“你在哪里？”我问。

还好这回她不是撂电话。“我在家里啊，在睡觉。”

“吃饭了吗？”

“没有。”

“那我们吃饭去吧。”

“去哪里呢？”她想了一下说，“裕通路有一家蛋糕城，我们去那里吧？”

“早晨去吃蛋糕？好像不大对劲儿。”我说。

“那我们去天潼路吃肠粉吧？”

“天潼路？太远了啊……你家在哪里？”

她说了一个路名，原来离我的住处并不远。

“这样吧，不如我下去买一些食品，给你送过去。”

她接下来说她家具体的××号××单元××室，我却怎么也记不住。这样她又把电话撂了。

半分钟不到，我的手机接到一个短信，是她把详细的住址，写在了上面。

我去到她家的时候正要敲门，才发现房门已经提前开好锁了。

她竟然还躺在卧室的床上。她的房间并不大，而且还稍微有点儿凌乱。不过她躺在床上，盖着被子，却显得那么安静，洁雅，让整个房间变得十分亮丽和清爽。

她说这座房子是租的。

我问，你怎么还不起床？

她说昨晚跟同事喝酒，喝多了，现在只是感觉到饿。

我把买来的食品放在客厅的茶几上，在长沙发坐了下来。过一会儿，她起床了，穿着睡衣，从卧室径直走到沙发这边，吃我带来的那些食品。她吃东西的时候样子很雅，也很餍足。我可以细心地观察她。她比我初次见到的时候还要美，而且更有亲和力。她的目光很纯净，眉毛修长而自然。她的鼻梁虽不够挺，却线条流畅，恰到好处，显得可爱。她似乎隐藏着一股笑意，从她白皙而端庄的脸上，我能够看出来。

我问她，这座房子只她一个人住吗？

她说当然不。她的丈夫在杭州的一家公司上班，跑通勤，每周回来一次。

我们又聊了一些别的，话题算是浅尝辄止。我那时才知道，她和她丈夫都是北方人，她跟随丈夫来到南方工作，却又喜欢上海，所以不愿住杭州。

她问我，我的小说为什么总是有一种忧郁的情绪在里边?

我说我也不清楚。

看来她是真读过我的一些东西。

后来不知怎么聊到了作家的职称上面。我得说，我不是职业作家，我只是一个公司的职员，写小说是业余的，但这并不影响我取得作家这一职称。

她问我作家的职称怎么分类?

我说从一级作家到四级作家。我是中级职称，对应的是三级作家。

“一级作家就是一流作家吗?”她好奇地问。

“那不一定。”我如实说。

“哦，我知道了。”她用吸管吸着原装苹果汁，笑着说，“一级作家不一定是一流作家，但三级作家一定是三流作家!”

我也忍不住笑了。

从这以后，她就开始叫我“三流作家”了。

她要用纸巾擦嘴，我离茶几更近，于是我替她拿了。递给她的时候，她不知在想事还是怎么的，似乎并没有伸手来接。我一激灵，轻轻为她拭去嘴角的果汁。

她的眼睛微微阖上。

她的嘴唇那么湿润而生动。

我忍不住吻了她。

她没有给我舌尖。我想这已经足够了。这曾经是我做梦也不敢想得到的。

窗外的阳光很好。虽然有点儿闷热，但我还是看见一阵微风将碎蓝花的窗帘吹动了一下。另有一只泥塑的小猪在窗台上，几只旁逸斜出的插花遮住了它半只眼睛。

地板是暗旧的颜色。有一刻，我的目光只能落在她的拖鞋上。

她似乎害怕我继续有所动作。事实是，我的双手已经不知不觉钳住她的腰了。她挣扎着站起来，甩了一下干净而柔美的长发，说："我该走了。约好了十点之前到我姨家。"

她这是下逐客令了。我有点尴尬地站起来，刚一迈步，脚下的拖鞋发出轻微"啪"的一声。

"真不好意思，拖鞋带儿断了。"我连忙说。

"没关系。"她看也没看，毫不在意地说。

我们向门外走去。在走廊里，她突然喊住我："喂，三流作家，我说没关系的意思就是，你应该把那双拖鞋给我扔出去。"

我只有拎起拖鞋照办。

我们第二天下午在"伊藤家"会面。她休班。"伊藤家"是老牌日式料理店，我们去的分店在淮海路中环广场三楼。我以为店面很小，进去后感觉竟还宽敞。服务小姐用日语跟我们打招呼，她其实是看得出我们是中国人的，这样做也许只是为了彰显她很好的日式口语。

我们找了一个带榻榻米的包间坐下来，有窗，这样可以看到淮海路上繁华的景象。我点了一条红鲷活鱼，按正宗的日本料理来做。她点了一份神户牛肉，烤吃。之后，我又要了培根芦笋，寿司拼盘，豆腐海带汤和日式凉面。点酒水的时候，我征询她的意见，问要日本清酒还是韩国真露。她想了想说，还是喝梅酒吧，喜欢那种酸酸甜甜的味道。

服务小姐笑吟吟地问我们，梅酒要杯装还是瓶装?

要瓶装。我和她几乎同时说。

这是没错的。杯装酒往往要加冰或水，味道变了，而瓶装的才原汁原味。再说，在伊藤家，瓶装酒喝不掉可以让饭店帮着保存，他们会记住顾客姓名并编上号，留你下次来喝。

就在菜肴陆续上来的工夫，我坐在这里重温了一下窗外的地形。是的，我不知怎么突然想到了跟历史或时间有关的事物。距我往南，大约 3 个路口，是中共“一大”会址；大约 6 个路口，是邹韬奋故居；往西南，约 10 分钟车程，是孙中山寓所，寓所的主人 80 年前在那里完成了《实业计划》和《孙文、越飞宣言》；往西北约 10 分钟车程，是毛泽东旧居，那里有一幢老式两层砖门结构的石库门房屋，同样是 80 年前，毛泽东担任中共中央局秘书、国民党上海执行部执委的时候，在那里住过；往北约 15 分钟车程，是宋教仁当年被刺的地方；约 18 分钟车程，霍元甲曾在那里开办过精武体操学校。哦，对了，其实离我最近的地方，我的楼下，马当路尚贤坊 40 号，当年郁达夫登门拜访孙百刚时，第一次在那里遇到了令他心醉神迷的王映霞……

外面的夜色更暗了。自然，也更亮了。

她慢慢地吃。她喝豆腐海带汤的时候，样子小心翼翼，不像是害怕烫嘴，倒像是担忧匙中的汤被碰掉平静一样。她喝完的时候，静静地看着你，目光似乎保持着平淡的疏离，却又仿佛没有什么值得怯惧。

我们随意地聊起来。她讲她童年的几桩往事，我讲起了我家乡的芗剧，那是一种很怪的剧种，还有用椰壳做成的乐器。后来，我们又谈到了诗歌，谈到了博尔赫斯。我记得话题延宕在其中好久没有转移的时候，我还背诵了这个人的一首诗歌：

宪法区的第一座高架桥，我脚下
轰响的火车织成了铁的迷宫
黑烟和汽笛声升上夜空

她也背诵了一首。她背诵的是美国诗人肯尼斯·雷克斯罗思的爱情诗：

如果我能逃脱
来与你相会。
千万里就像是一里。
但同在一座城市
我却不敢见你。

一里远胜于千万里。

停了一下，她又背诵了另一首更短的：

火
在我心里燃烧。
没有烟升起。
没有人知道。

后来我们都感觉话题有点太堂奥了，就想重新回到世俗。她说："哎，这个牛肉烤吃很好哎，即使不蘸酱也是美味。"

我望着窗外，慢悠悠说了一句："整条淮海路，能有一万家大大小小的饭店吧？"

她瞪大眼睛："大概会有。"

"假如我们有足够的钱，就去每天吃一家，吃遍淮海路，你觉得怎样？"

"那不行。"她摇摇头说。

"你不相信我某一天会有足够的钱？"我问。

"假如你有足够的钱，可是没有那么多时间，"她说，"一万多家饭店，可我们的人生也只不过还有一万多天。"

我们俩，好久再也没有说话。

虽然，我知道，她比我小 6 岁。

当晚，我们在宾馆开了一间房。

她让我先去淋浴。她的语气像她的目光一样坦诚，率真。仿佛不含任何杂质的真丝织品一样。无形可拘，随心所欲。

等到她出来的时候，我几乎已经将房间打量得熟悉成我们的家了。她站在那里，倚在酒柜前，轻轻地看我。她在出浴室时无意中将内衣穿反了，也就是说，线头和纫脚都暴露在外边。这倒给我一个很奇特的感觉，仿佛那里边没什么，性感全在你看得到的地方。

我将她抱到了床上。我不停地亲吻她，抚摸她。在快要进入的时候，我才发现我不行。

我不知道这是怎么回事。这是我第一次，第一次出现这种情况。我来不及检讨自己，也许我还有一点庆幸。这说明我还年轻，有激情，同时，也是太喜欢她了的缘故。我曾听一位比我大十几岁的朋友说，他跟他妻子做爱，连续一个小时都不会有什么反应。因为没有激情。也因为不再年轻。

所以，我眼下出现的这种情况，也许是好事。

当然，我不是为自己辩解。

我只有不停地用手。

后来，她喊了起来。

重新去卫生间淋浴的时候，我为她洗净每一寸皮肤。她弯腰用浴巾擦小腿的时候，我伸手抚摸她丰白结实的乳房，仿佛掂量那里有几多重。她笑了一下，面庞靠在我宽厚的胸膛上。我用她那件内衣擦干了她身体余下的部分，重新把她抱回到床上。

她被我紧紧地压在下面。似乎有好长时间。

我们俩的目光相触，后来她闭上了眼睛，不断地扭动身体。

有一刻，她说，快让我死吧。

这次是我叫了起来。

第二天早晨，我被她一脚踢醒。

那时候我正在做梦。我睁开了眼睛，雪白的被子像童年的某次温暖一样提醒了我，既而，我的目光被它柔软和晒草一样的气息感染。她在被窝里打了一个挺，说："天！"

她说"天"的意思，就是上班要迟到了。

我们俩匆匆洗漱，尚来不及吃饭，就一路向楼下跑去。淮海路，像一头整宿忍受失眠痛苦的巨大怪兽一样，嚣张地横在我们面前，双向通行的四车道上挤满了各式各样的汽车。我感觉，汽车工业的奔跑主义像无边的沙浪一样瞬间包围和吞噬了我们。隔着辽阔的街道，我看到她上班的那家著名百货公司门前，已经围满了等待购物的顾客，而公司的一些保安则正站在拉起阻止线的门口，做时间一到就开门上班的最后准备。一切都仿佛如临大敌，一切都仿佛要发生一桩极具现场感的案件，一切都仿佛这个世界具有无数的规则而恰恰是它们又构成了无数的混乱一样。我简单估算了一下时间，如果我和她顺着人行道，穿过密实的人群，绕到半公里外的天桥，从那里过去再走到那家百货公司门口的话，大约需要 15 分钟。来不及了。

"怎么办哪?"她问我。

我承认我再一次痛恨眼前这些汽车，这些肮脏的东西。但是，没办法，从我出生到现在，也就是说，近 30 年来，我所生活的这个国土上的汽车总量比以前增加了 10 倍，起码是目前，我们的政府还在大力鼓励和扶植汽车工业。就拿我的工作来说吧，也在参与其中，全国每 100 只汽车轮胎，就有 3 只是我们公司制造和卖掉的。

“我们能穿过去吗?”她再次问我。

我蓦然想起她曾给我讲过的一个笑话。一个男孩子领他的恋人上街，遇到红灯时，男孩子老老实实等待绿灯亮起才领恋人过去，事后女孩子和他分手了，理由是：“你太胆小了，连红灯都不敢闯!”过了一年，男孩子又和另一位恋人上街，这回他毫不犹豫拽着对方闯过红灯，事后这位恋人同样和他分手了，理由是：“你太不讲规矩了，连红灯都要闯!”

我现在很想领她横穿淮海路，但我不知道该采取什么样的方法。

就在我犹豫的工夫，我感觉腰部被她的手臂箍紧了，她把面庞埋进我怀里，说了一声：

“抱我。”

我立刻明白她的意思了。我伏下身，轻柔而缓慢地抱起她，我想她那一刻一定对头上的天空产生一种别样的感受。我抱起她，义无反顾地向淮海路中央走去。

一辆白色沃尔沃商务车踩了一脚刹车，在我身边停住了。既而，一辆银灰色的欧宝轿车也适时停住了。他们不知道眼下发生了什么。淮海路所有自西向东行驶的车流，在我面前逐渐断开一片空地。我抱着她继续向马路中间走，越过双黄线，立时，淮海路另一边所有逆向行驶的车流也悄然停住了，在我旁边砌成一堵墙。就这样，我抱着她，果决而平静地穿过了淮海路。

我觉得，这是我有生以来做过的最牛的一件事。

哪怕，我被交通协管员拍了照，然后被警察开了罚单。

在人行道，我把她倾至地上，她步伐轻盈地向大楼走去。她穿着崭新而庄重的职业装的背影那么优雅，仿佛我从来不曾占有她。

我开始想上帝了。那是我路过南浔路一座天主教条门前的时候。但我不知道上帝愿不愿意想我。

我知道我已经喜欢她了。而她呢，我从她的眼睛可以看出，她似乎比我喜欢她还更早地喜欢了我。我祈祷上帝让我的爱情能够更真实地在大地上自由呼吸和成长，而不是像我的以前。

是的，我以前曾在高中暗恋一个女孩子长达三年，但我们之间什么也没有发生。

那三年造成我病态般的性格并影响我以后的处世方式，也就是说，什么事情我都更加陶醉于过程而不是结果。正像罗兰·巴特说的，爱上了爱情而不是爱上了那个人。虽然据我考证，同样的话更早是一个半世纪以前的克尔凯郭尔说的。

但是现在不了。我爱上的是她。真是爱她。

就在我想着继续邀请她却又担心会不会给她造成不便而犹豫不决的时候，有一天，她给我打来电话，说要请我吃饭，地点仍是淮海路上的一家饭店。名字是什么我如今却忘记了。

我去到的时候才发觉原来有六七个人，也就是当初我们第一次聚会时相同的那几个人——差不多吧，少了一两个人，多了一两个人。多出的人当中，有一位是她的丈夫。

我稍微有点尴尬。怎么不呢？可是她却神情自若，谈笑裕如，甚至很有些顽皮。真不知她是怎么想的。

不过那顿饭吃得真是开心。完全是那种北方人在上海的请客方式，她叫了许多的菜，摆满了一大桌子，身边还不时被叫上来精致的流动推车。我跟她丈夫碰杯的时候，我想起来了，这天是周末。

她丈夫其实挺英俊，乐观，热情。说话很慢，但是伴随说话打的手势很快。我相信这是一位有趣并懂得生活的人。

他讲他大学的时候，讲他毕业后曾到黔西北做志愿者教书一年的时候，也讲他跟现在的上司如何干架。当然，更多的时候，是他让给我讲。

我觉得如果假以时间，或者是，如果我在认识他妻子之前最先认识他，我们会成为好朋友的。

后来有一位女士喝多了，其实那是她一位很要好的女友。那位女士可以称作是酩酊，看样子要有人先把她送回去才行。这样，她歉意地向大伙说，我们继续吃，她先把她送回去。

她丈夫适时阻止了她。她丈夫的意思，要她留下来，他送那位朋友回去，然后再返回。

她不允。直到此时，我冷丁下意识地感觉到，她似乎是在做某种避嫌。也就是说，虽然有我在酒桌上，但她并不表现贪图为此留下来。

她丈夫的态度很坚决。而她的态度也不容退让。他们俩越是这样，我就越觉得不安，同时也越觉得有一些微妙却深刻的感动在心里，为她，也为他。尤其她丈夫，完全可以说是在呵护她。

仿佛他理解她。

后来到底是她胜利了，扶着那位女友离开，她丈夫留了下来。我在他们俩刚才的推扯和谦让过程中一直没有表示什么，因为再怎么说，也轮不到我送那位女士回家。再说，表示什么呢？我不能鼓励他们任何一方离开或者留下。其实，最好的办法倒是他们俩一起送那位女士离开，但又不成，毕竟筵席未进行完，而他们俩是请客做东。

接下来的筵席中，我也喝醉了。没人送我，我不知道我是怎么回到住处的。

我一直觉得，我们俩之间的感情和事件，是不是进展得太快了。

我当时没料到，我们俩之间的一切，其实是结束得太快了。

在上次聚会之后，大约一周吧，我又约了她。没有什么，就是想谈天，哪怕枯坐，看她孩子气的笑容，还有她那仿佛梅里美笔下嘉尔曼式的漫不经心和不羁，一种随意的精神和气质。当然，也有少许的沉默或忧郁。

况且，我们在“伊藤家”，还有半瓶梅酒没有喝完。

我想起，自从在她家里那次见面后，她再也没有谈论过我的作品。我恰为此高兴——因为这说明她不是把我看成一个工匠而是一个人。

席间她突然问我——没有任何先兆——问我有没有过初恋？

怎么说呢？我打量着手中转动的青瓷小酒盅，说，如果说我有初恋吧，对方那个女孩子肯定不会承认；如果说我没有初恋呢，当时的感情之深大概可以超过别人所有的恋爱。

哦。她轻轻说，我明白了，那是暗恋。

就是暗恋吧。我说，在高中，暗恋了三年。

过了一会儿，她又问我，这样的感情对我而言，深到何种地步。

走路会想起她。去陌生的城市会想起她。听音乐的时候会想起她。不听音乐的时候会想起她。痛苦的时候会想起她，糟糕的是，高兴的时候更会想起她。因为痛苦我愿意独自承受，而幸福才愿给她分享。

哦。她将一只吃剩下的鹌鹑蛋皮“啪”地扔到清洁盘子里，说，真是坏了蛋。

我不知道她说的是什么。

过了一会儿，她又问我：你能记起最难忘的一件事么？

什么？我问。

你为她做过的一件最难忘的事。

我说，呃，我做过，当然她不知道。就是有一回学校组织秋游，去看大海。在一个岛子的沙滩上，我突然心里难受得不行，就一个人偷偷跑到一边，在沙滩上写下了她的名字，写上“我爱你”。我想，等到傍晚海潮上来，就会把这些字冲到大海里。冲到大海里不是消失了，而是流到太平洋，那就意味着，全世界都知道我的爱。

她无语。

可惜，我们后来并没有在一起。我说。

别说了。她突然说。

我立刻知道自己失口了。对一位喜欢我的人讲我的初恋，人家怎么会乐意听呢？

那年秋天我们公司的生意突然不太好做。我补充说一句，我和她认识的季节是在夏天。我们公司的生意不太好做当然不是因为国内汽车市场变得萧条了，而是相反，太过旺盛了。这属于工作的事，我不再重复了。

我回到家乡港尾两次。为工作事。

我他妈怎么又说起工作事来了。

我们在淮海路见面。不是“伊藤家”，不是我们第一次相识的地方，不是我们最后相聚的地方。是另一个地方。我记得我曾说过我们要吃遍淮海路。

我问她，这一阵子她在忙什么。

“没忙什么。”她笑了一下说，是那种带有一丝感动光影的笑容，极不易察觉。

“那为什么不见我？”

“你的初恋故事让我想起了一个人，一个曾经暗恋过我的人。”她冷静而坦白地继续说，“我去了他那里。”

我说不出来话。但我并不意外。

“求你，别告诉我的先生。”最后，她望着我的眼睛说。

吃完饭，我就同她匆匆分手了。

再一次吃饭同样在淮海路。当然没有她。当然那是两年之后了。

一位认识我同样也认识她的朋友，直说了吧，我的一位客户，在吃饭时竟无意中跟我讲起了她。这位客户让我很奇怪，和她是同学，和她丈夫也是同学。

“这有什么奇怪的，她丈夫和她也是同学嘛，我们都是同学。”这位客户为了解释我的疑问而说道。

“噢。”我点点头。

“你知道吗？她丈夫从初中到高中，一共暗恋她六年。最后，他们总算是结婚在一起直到今天。这叫有情人终成眷属啊！”

我当时就愣在了那里。

我愣了好长好长时间。

我是说，直到今天，我和她都没有再联系过。

一个好汉

1935年走进国民党奉天陆军监狱的那个人名叫胡成轩。罪名是私通共产党，为共产党通风报信。

胡成轩又名胡子弢，又名胡公达，又名潘静，又名李永瘦。除了前一个名字是真的，后面全是假的。胡成轩被捕前在奉天北市场平康里开一家典当行，小本生意，生意还不错。他每个月1号和15号上午要到王家园子4段16号去一趟，拿回一两样东西，下午，有人再到他这儿取走。

一般来说，对方要他拿回的东西是极其便于携带的，一封信，或是几味中药的方子。都封着火漆，并且在火漆上面盖了印。

来人取走的时候，彼此二话不说。就像是一个当客来赎取他的当品一样，拿到了东西，来人会给他留一点钱。不多。况且不是每次都给。

那天下午，临要关门，胡成轩准备清点架上当品的时候，从门外踏进来一个人，也是长衫长袍，外加一件马褂。只不过，胡成轩剃着光头，那个人留着分头。那个人从袖子里摆出一样东西，胡成轩看了，指着墙上的“典当须知”笑道：“老兄，军器不当。”

那个人用手里的枪指着胡成轩的脸：“妈拉个巴子，当你个头，跟我走一趟!”

胡成轩隐隐感觉出要发生点什么。但是他在临走的时候，还是没有忘记把门口小黑板上的宣传告示“月利伍分”字样给擦掉。阳光下，他看到那个人仰着脸，似乎是冲着空气的某个地方笑了一下。

胡成轩被羁押在 13 号囚室。那是一个著名的囚室。有许多大名如雷贯耳的好汉在那里睡足了他们一生中该睡的觉。监狱的最高长官据说是个杀人如麻的家伙，他们枪毙犯人，总是在监狱不远的一个封闭的场院里进行。枪声过后，灰烟弥漫，满地的子弹壳像是横七竖八丢掉的烟蒂巴，仿佛一群人在那里交谈完毕又分头撤离。

胡成轩入狱当天即遭到了讯问。讯问官要他如实坦白，他怎样利用典当行掩人耳目，充当共产党地下组织的交通联络员以及由此产生的一系列干系。胡成轩矢口否认，他的疑惑的表情，好像一个沉浸梦中的人被谁突然叫醒。

对方没有打他。

这一夜，胡成轩失眠了。

没有人比胡成轩更清楚自己的所作所为。说到底，他最初是看在他的表兄的分上，才答应帮忙做这件事情。后来的发展怨不得别人，那都是所谓的责任和道义在作怪，使他愈陷愈深：他的表兄是一个坚定的革命分子，后来辗转到杭州从事地下工作。1930年被国民党的反动势力逮捕，与毕业于黄埔军校、曾任共青团浙江省委书记的裘古怀同在杭州监狱。1934年7月，胡成轩的舅妈收到一个同乡费尽周折交来的一封书信，那无疑是她儿子的遗书。反正胡成轩眼下在四壁徒空的囚室内无事可做，那封遗书他不妨可以记诵下来：

娘：

我事毕矣。再过几分钟，我就会像先前的同志们那样，遭到敌人迫害了。你切勿悲伤。本来逢此乱世，生也何乐，死也何愁，所谓安居，也不过如牛马一般劳碌而已。但请转告我们革命的同志，一定要尽快武装自己，使队伍军事化，以避免更多的挫折。

桂云尚年轻，嘱其另嫁。我与你们就此作别。

儿谨叩

应该说，表兄的这封遗书写得掷地有声，读来令人回肠荡气。但是胡成轩一读再读之下，不由感到一种深切的后怕。仿佛那不是一封遗书，而是一封来自敌人的恐吓信。接下来的几个月里，胡成轩郁郁寡欢，神情落寞，举止迟缓到了让人以为他老去了十几岁的地步。甚至有那么两三次，他连应该在预定时间前去接头的事情都耽误了。组织上及时发现这个情况，他们认为胡成轩在伤悼中沉溺得太过了，倒不是说应该忽视先行的同志，而实在是，现在不是纪念他们的时候。

将来会的。会好好纪念。

组织上派人对胡成轩进行了一次秘密的谈话，诚恳而严厉。促使胡成轩重新恢复信心的，与其说是这次谈话的结果，不如说是接下来东北义勇军的几次胜利和红军长征消息的传来让他看到了希望。从那以后，胡成轩剃着光头、穿着长袍马褂的身影，就又频繁出现在奉天灰蓝的天空下、平康里至王家园子 4 段 16 号的通衢或僻巷之中了。

夜晚 12 点，值班的守监宪兵从甬道那边走过来，看了胡成轩一眼。胡成轩躺在离地不过一尺高的板铺上，面色在月光下保持得还算平静。囚室逼仄，板铺离铁栅门很近，对于躺在那里的胡成轩来说，他的正常视线只能看到宪兵那硭硝过了的皮靴在他头上来回走动。从子夜到凌晨，宪兵几乎隔一小时就要走动一次，胡成轩感觉到，新一天的晨光，就是被宪兵的皮靴和甬道之间给打磨起来的。

上午，胡成轩又被叫去讯问了一次。那个讯问官表情乏味，恹恹欲睡，五官毫无立体感，像是一尊雕刻潦草的毛坯石像。他再次警告胡成轩老实交代，否则后果不堪设想。胡成轩小心而散漫地回答了他一些问题，包括对方没有问到的。话题显得有点无边无际和捉摸不定。那当然都是一些废话。有几次，胡成轩眼看着自己口里的唾沫星子在空中蚊子一样乱窜，连他自己都有点不好意思了。对方坐在那里，面孔向下，右手抵着额头，像是微醺的样子，饶有兴味地听着，胡成轩更加信口开河和扬扬得意，讯问官中间还附和了胡成轩无意中讲的一个荤笑话。

傍近中午的时候，对方挥了挥手，让他重新回到牢房。

胡成轩坚信自己很快就会出狱的。一切只不过是虚惊一场。他越来越确认，敌人没有抓到他什么把柄，无非是在打草惊蛇。由于胡成轩的心态目前比较宽松，所以接下来的大部分时间里，如何去应对敌人已显得无关紧要，自己怎么会到这里来，这个问题颇费了胡成轩一番思量。

他记得有一个当客，像是一个潦倒的地主模样，有一天急火火地拿了一件皮衣来当。胡成轩冷眼一搭，貂皮围领，狐狸皮面身，做工极其精巧，是民国三年正宗的上海货。二十多年了，竟然还九成新，可见它的主人平素里并不舍得穿。这件皮衣按当时的行情，少说也值一百二十元。什么概念?就是胡成轩当铺里的小店员，白干二年也挣不回来。胡成轩看出对方是急用钱，并且是那种一旦将物品当出，再无能力赎取的“死号”，于是慢悠悠地来了一句：“四十元。”对方都要给胡成轩叩头了，他显然没时间跟胡成轩纠缠价钱：“八十元吧?啊?八十元?”胡成轩晃了晃光头，一边打纸煤弄水烟抽，一边说：“八十元你再给我来一件。”

那个潦倒的人气得连当票也没要，只好拿了四十元钱离开了。

只不过，他在临离开前，看了胡成轩一眼。在胡成轩看来，那一眼是富含深意的，莫非是他发现了自己的什么端倪?

还有一回，一个青年人，大概输了钱了，从平康里横街对面的赌馆里穿过来，掏出一只镶翡翠的纯银鼻烟壶来当。胡成轩给了他很少的一点钱。男青年倒是没多计较，但是他同胡成轩在当票上约定，一个月内前来赎取。正巧到了第三十天头上，男青年来了，准备连本带利赎取。胡成轩不认账了，胡成轩说对方超期，按规定，“超期一天，绝对不候”。男青年说这才正好一个月。胡成轩吩咐店员拿来皇历，指给对方看：“这是什么一个月?这是二十八天!”

男青年跟胡成轩交易的时候，是二月。二月平。照此计算，男青年是迟来了两天。

男青年有理讲不清，白吃哑巴亏。临走，也是愤愤地看了胡成轩一眼：“你等着，看我告你!”

胡成轩当时不以为意。现在想来疑窦丛生。这个“告”，是往哪里的“告”？

平康里妓院多，这在奉天城是出了名的。胡成轩去王家园子，有三分之一的路程是在烟花柳巷间穿过。有一个宜春院，里边有个叫银子的，经常给胡成轩解闷儿。胡成轩去了，也不住局儿，只是开开盘，打打茶围。那一次从王家园子回来，胡成轩觉得腿脚疲乏，心情也不爽气，就走进去找银子。银子给他烫了两壶酒，和他逗乐子，又找来姐妹们陪他打了两圈牌，然后让他独自睡了。醒来，胡成轩上了一趟厕所，回来时在楼梯口，遇到两个熟人攀谈了一会儿，最后叫来银子，掏出三张两元的奉票给她，然后告辞。回到典当行后，胡成轩就吓悔肠子了，他从王家园子揣回的便笺不见了。他急忙折回宜春院，四下里仓皇地找，见到银子，又不敢细说，只说是丢了一张折好的契据。银子陪他找来找去，终无所获，倒闹腾得满楼的人蹊跷而不得安静。胡成轩不敢再折腾了，回到典当行，怏怏地挨了一个晚上，第二天起早去王家园子跟组织汇报。他当然无法说出实情，只推说昨天晚上，内人发贱，把他的衣服偷偷拿去洗了。等他发现时，信笺早已浸泡揉烂不堪了。对方又一次严厉地批评了胡成轩，或许是为了安全起见，让他空手回来了。

宜春院里碎三杂四的什么人都有。现在，胡成轩宁愿相信那封便笺掉到了茅厕里，否则，就是导致他获此牢狱之苦的一个肇端。

宜春院后来被一场大火烧掉了。烧掉的当然不只是宜春院一家，而是平康里一排十几家妓院。火因不明。从那以后，胡成轩就再也没有看见银子。不知她是跑了，还是火正燃烧时她压根儿没跑出来。1949年后，沈阳市历次修编的史志上都记载了那次大火。这是后话了。

不管怎么说，胡成轩这一宿断断续续地还算睡着了一点觉。天亮的时候，守监的宪兵给胡成轩端来了吃的东西。胡成轩一看，菜还不错，一个豆角汤甩蛋花，一碗溜排叉，两只带芝麻的烧饼。胡成轩最爱吃烧饼了，在这种境地，他看着那两只烧饼，不免有一种他乡遇故知的感觉。这么想着，胡成轩就多吃了一点，甚至肚子有些撑得慌。但是仅仅隔了一会儿，胡成轩回想，这些东西原来都白吃了。

胡成轩把嘴擦净不到一刻钟，就被提到刑讯处。两个宪兵不由分说，把他抵到一堵墙下，一顿拳打脚踢，把他刚吃进去的东西打得全都吐出来了。蒙眬间，那个刑讯官走过来拍了拍他的脸，指着一扇门让他看。门开了，走进来一个人，胡成轩定睛一看，原来是那个每月按时到他那里取走情报的同伙。

胡成轩结巴地、吃惊地问："你怎么在这里了?"

他的同伙道："我……比你来得要早一点。"

对方尴尬地笑了一下，场面难堪极了。不过周围的人还是颇照顾他俩的，他们没有让这种尴尬的情形保持得太久，在那个人还没有能力挤出第二个笑容时，把他架了回去。

胡成轩彻底明白了，原来是他告的密。接下来胡成轩一言不语。

临了，他对刑讯官说：“这个人是我生意上一个朋友，半年前和我闹了一点货币上的纠纷，别听他胡说八道。”

刑讯官点点头，说：“我们也以为他是胡说八道，堂堂典当行潘老板，怎么能和共匪串通一气。不过，他说的一句话，恐怕连你听了也要受一吓的。”

“什么?”

“他说：我说了这么多你们还不信，那么，你们去抓他一下试试吧，看看他是不是临行前把门口黑板上的‘月利伍分’给擦掉，那是通知给接头人的暗号，出事了。”

胡成轩脸上渗出了汗珠。

刑讯官哈哈大笑起来。

胡成轩被再次投进了牢房。他知道自己完了。看样子，敌人早就掌握了他的一切。他们之所以没有一开始就把底牌亮给他，而和他玩隔靴搔痒、盲人摸象的把戏，全是为了逗弄他的耐性，虚长他可笑的信心，然后再一举打垮他，使他崩溃。事实上，敌人确实做到了这一点。胡成轩想到了自己的妻子和小儿子，这是他入狱以来，第一次想到他们。他的儿子还不满五岁，每天都要骑在他身上玩赶牛的游戏。他的妻子年轻，胡成轩想到自己不在这个世界上，他的妻子悲伤了一年或半年，之后会有另一个男人陪伴她，躺在胡成轩曾经睡过的床上，他心里就不是个滋味。他想，再这么下去，自己肯定不会活着走出监狱大门。他看不到以后的革命胜利，将和眼下在奉天监狱内看不到西藏的大昭寺是一个样子。

他想到了自首。

他暗忖，对方会对他的坦白感到满意的。他虽私通共匪，但毕竟自己不是共匪。况且，他是从共匪那里挣到赏钱的(他知道，那其实是活动经费)，赏钱的意思很明白，他不是站在责任和信仰的大旗下与共匪在一起，而是为了一己私利，这样性质就完全不同了嘛。还有，敌人如果拷打他，他就继续说出他掌握的一切情况。当然，最好还是不要拷打他，显出他是个软骨头?他听说有一种刑罚，把人绑在条凳上，用青草浮掠他光赤的脚板心，痒得人恨不得入天撞地，心肝肺都会掏给你，更别提什么闷在肚子里的话。胡成轩从小就怕痒，他觉得这个方法对他最好。将来传出去也不难听，无非是洒家扛打不扛痒。

接下来的情况是，一连六七天，敌人对他不闻不问，仿佛忘记了他似的。胡成轩好不苦恼。他有心去自首，可总不能连个台阶也不下，连个过场也不走哇，怎么也得打打他、挠挠他呀!胡成轩对敌人产生了一种复杂而真实的怨恨。

这一天下午，傍晚五点多钟光景，外边进来一个人探望他，说是胡成轩的二哥。来人西装革履，宽边礼帽，鼻梁上一副墨镜。胡成轩不认识此人，但是心领神会地同他寒暄着，因为他知道，此人是同志无疑。

临走，对方把随身带来的一套衣服交给胡成轩，说家人一切都好，要他多保重。来人和守监宪兵一同离去之后，胡成轩迫不及待地展开衣物，在上衣底边的夹缝处发现一张纸条，上面的字迹虽然有一些潦草，但胡成轩还是看一眼就记住了：

尽一切可能伺机越狱。我们已设法营救你。

胡成轩心怦怦跳动起来，接着脚底下有一点旋转，他知道那是激动所致。他张开嘴，把纸条吃进去，内心陡然升起一股热气。幸亏没做傻事，他想，没做傻事。在保住性命的前提下，做一个好汉还是做一个好汉奸，他当然愿意选择前者。其实，即便是自首了，背一个叛徒骂名不说，他的性命也难保没有毁失之虞。要知道，共产党上级成立了一个特科，其中设了锄奸队，是专门干掉那些叛徒和汉奸的。

胡成轩的饭量又渐渐好起来，不仅放风的时间，他甚至在牢房内也开始坚持锻炼身体。他双手抓住铁窗的栏杆，每天让自己的身体离地五十次，以此训练自己的肱三头肌。他坚持起蹲和压腿一百次，增强自己的腿力。他知道这一切在将来会有用的。他现在有点明白了，为什么敌人六七天来没有动过他一根毫毛，明显是投鼠忌器，有所顾忌。更让他兴奋的是，没过两天，负责看守他的那名宪兵竟被替换了。一切似乎都在暗中和有序地进行。

胡成轩此后遭到了两次刑讯，打得很重，不过他咬牙挺过来了。他坚信那些打他的人、那些看守的宪兵里，一定隐藏着自己的人。他们为了一个秘密的使命忍辱负重，眼睁睁看着他挨打。这是必要的。

胡成轩入狱的第十六天开始实施越狱。他认为那是对方提供的一个绝好的机会。那名新替换来的看守，在胡成轩到户外放风的时候，把枪倒挎在背上，寻了一处茅厕的墙角开始撒尿。胡成轩趁机拽开大步向远处疯跑，巨大的前冲力使他没费什么劲就攀上了一棵高大的榆树，在他向墙头迈去的时候，那名宪兵在远处半提着裤子，毫不犹豫地朝他开了枪。

胡成轩可笑地栽了下来。

当初，胡成轩入狱后，上级组织曾进行了一系列营救措施，包括请律师、贿赂、嵌入内线、武装劫狱等等，但都以失败而告终。万般无奈之下，他们只好秘密带给胡成轩一张纸条，上面的内容，无疑是这样的：

尽一切可能伺机越狱。我们已没法营救你。

1949 年后，鉴于胡成轩的行为，胡成轩被他出生地的民政部门证明为烈士。其原始资料，一直保存到“文化大革命”前夕。

胡成轩没想到自己能死，这是他没有留下遗嘱的主要原因。

圆形精灵

那枚铜板足有三百五十年历史。公元 1654 年，京师户部所辖的宝泉局、工部所辖的宝源局，在京都共设炉一百五十座，据资料记载，这一年共铸钱 248854 万枚。徐氏手上的这枚，是其中的一枚。

这枚铜板来到徐氏的手上是崭新的面容，成色纯粹，圆润精致。1654 年是顺治十一年，顺治十一年还算风调雨顺，国治民安。这一年所铸的铜板，一律以七分红铜、三分铅锡配制，每枚直径为三十毫米，重一钱四分，比它的上一个王朝——明朝崇祯皇帝时期的铜板，明显要厚一些，据说这反映了满族入关后的经济实力。不过，徐氏收到这枚铜板的时候，还是感觉它太轻了一些。

徐氏是一年前嫁给京西农民徐富厚的，那时她刚好芳龄十七岁。

徐富厚四十岁得娶，转年徐氏就给他生了一个女儿。全家正是喜不自胜的时候，忽闻皇宫内庭传令，召徐氏进宫。

召徐氏进宫做什么？当然不是去做嫔妃。皇上不可能召一个结了婚并且生过孩子的女人做嫔妃。相反是，宫内的嫔妃给皇上生了孩子，召徐氏去给喂奶。这叫召“奶口”。原来，按清朝祖制，皇宫里的嫔妃们生了孩子，是不允许亲自哺乳的。道理有三：一是因为皇宫禁忌年幼的皇子与生母有太多接触，以防日久生情，听命于母，难以被皇帝笼络，长大后对父皇不忠；二是嫔妃们生了孩子后滴乳不哺，奶水会重新憋回去，乳房因此坚挺如初，有利于保持窈窕体形，始终受皇帝宠幸；三是皇子们生下来，平素是不喝白水的，至少要喝三年奶。如此以奶代水，皇宫严重阙如，为此内庭特设了一个专管供应奶水的部门，叫“奶子府”，隶属于锦衣卫。

“奶子府”原址设在京城东安门外稍北。如今我说不出那里变成了什么样，正如再过几百年我仍说不出那里变成什么样是一回事。当时，在那里当差的府役们掌握着京城众多的进入哺乳期良家妇女的人选，凡年龄十五岁以上，二十岁以下，共一百二十名，每季度更新一次。

徐氏就是在这一年的 6 月底，被召入“奶子府”的。每天，徐氏按照宫妆要求，挽高髻，换新衣，来回被马车接送。她去给皇宫里的婴儿喂奶，自家的孩子只有喝米糊汤。每天喂完奶，“奶子府”的府役们按惯例，赏给她铜板一枚。三个月后，徐氏得到的铜板数量刚好用两只手可以合捧起来。俗话说，“花开两朵，各表一枝”，我无法历数这些铜板的一一去向和下落，但我可以尝试着从徐氏得到的第一枚铜板说起。

回到家后，天已经黑了，徐氏将刚刚得到的那枚铜板交给了丈夫徐富厚。徐富厚觉得这枚铜板来得沉甸甸的，像是用门外所有的黑夜锻造而成，他放在褡裢里三天没舍得花。第四天，他们的女儿莫名地发起高烧，连续五天不退，徐富厚咬咬牙，在得到这枚铜板的第九天里，用它请了郎中为女儿看病。

当天下午，这枚铜板由郎中的手里来到了一家酒肆，郎中用它吃了一顿还算满意的酒肴。次日，它由酒肆的主人手里来到一位书画装裱匠的囊中，原因很简单，他家里悬挂的宋代名画《暮溪含烟图》，已经残破糟朽了，他记得明朝的名士周嘉胄说过一句话，“古迹重裱，如病延医”，没过多久，他的这幅古画便因此焕然一新。

那枚铜板，在接下来的几个月里，分别经过卖茶叶蛋的、打铁的、卖风筝的等等数百人的手手相传，最后来到一位屠夫手中。在屠夫眼里，它当然同家中柜子里积攒的几十串、上千枚铜板没什么两样，于是在一天上午，作为田赋，同其他一些铜板一道，经两位里巷税官的手中，上缴京师国库了。

这枚铜板在国库里差不多寂寞了两年。这一年，在京师，有一位从南方前来赶考的私塾先生，因成绩落第，榜上无名，回到旅店后心灰意冷，默默收拾东西，准备回乡。他虽然是第一次来到京城，但是城里的一切高楼建筑，好玩去处，都已经勾不起他的任何兴致了，京城对于他来说，除了模糊记得来时的大致方向是南边，其他统统不知道了。他在这里是一个异乡人，陌路客，仿佛是一枚沙子，被风吹到了另一座沙漠里边，似曾相识的是它的同类，完全陌生的是周围的世界。

私塾先生正在收拾行囊，忽然听到门外响起一阵敲门声，一阵紧于一阵。他不知发生了什么事情，打开门一看，进来的是两个当地人，他从来没有见过。正在莫名其妙的时候，对方向他笑了一下，自我介绍说，他们是京城一家大户的管家和仆人，冒昧打扰，是想请他去为主人的孩子做家庭教师，盼能应允云云。私塾先生连连摇头，他的意思是说，你们是不是弄错人了，我与你们素昧平生。对方说，没有弄错，先生的道德文章，治学之法，口碑良好，不仅在他的家乡，就是在外地，耳闻的人也堪称为众。私塾先生说，我一个南方下士，考试不第，求名不遂，恐怕这次回去连以往开办的私塾都难以为继了，哪里还能在京城做人师？来人再三恳求说，他们的主人长年在外做大宗生意，只有主人的妻子领着一个孩子在家。孩子童蒙未启，少不更事，他的母亲只盼望找一个好的教师，教他学习。再说，先生借此机会在京城待着，吃住无愁，授课之余可以自己再温习功课，静等下次应考，何乐而不为？

私塾先生推辞不过，更觉得对方后一句话言之有理，于是答应了。临告辞时，对方先交给他五十枚铜板，共合银五十厘，算作订金，并告诉他，先暂时在此居留，过两天派人接他。

私塾先生等了两天，毫无动静，内心疑虑。他以为是有人开他什么玩笑，可是褡裢里的铜板真正是叮叮当当的，那可是值着五十厘银子。他有心想把这些所谓订金带走，不告而别，又苦于此举违背做人根本。当天夜晚，正无计可施之际，只见门外火把交映，一行数人，车马大轿，前来接他了。上轿后，这些人走街过巷，步履匆匆，私塾先生在轿中辨不得南北，火把和夜色掩映下，记不得拐了几个朱门和墙垣，最后在一间偏室门前，卸下了他的行李物品，并请他入室歇息。接他的管家对他说，到这里不要乱走乱动，需要什么，喊来仆人就是。私塾先生看了看自己周围，高墙深院，人生路陌，间或有家丁值守，事已至此，看来想走也走不成了。管家接着对他说，明天一早，就将学童领来。并叮嘱道，孩子的母亲非常溺爱孩子，有什么事情，千万不要体罚责打他。

此后，那个学童果真每天按时前来上课。私塾先生见他眉清目秀，聪颖智慧，非常喜欢他，授课也格外努力。一日三餐，管家待他殷勤之至，丰盛琳琅。嘘寒问暖，不在话下。私塾先生与外界有什么接触，往来全由仆人代办。到了年底，私塾先生的家里忽然来信说，几次寄来的银钱全都收到，家里一切平安。至此，私塾先生才知道，主人一直在替他补贴家用。

时光匆遽，不觉已过了三年，京师每三年一次的科举殿试即将开始。这一天傍晚，管家来到时，私塾先生说，眼看新一轮的科考在即，明天告辞。管家挽留说，凭你的才华横溢，难道还怕将来不功成名就？先再教学童三年再说。私塾先生再三婉拒而不得，无可奈何，只好留下来又教课三年。这时候的私塾先生，言谈举止间禁不住有一点怨气了。三年后，又到了科考的时间，这一天，管家前来对他道谢说，小孩子承蒙先生不辞劳苦，教学精严，已经能够自立成人、自断是非了。先生急于功名，我们不敢再留了，很快就敬送先生离开。私塾先生高兴极了，收拾行囊完毕，静等送行。这一天深夜三四点钟，天还是黑的，管家和仆人叫醒私塾先生，领着他出门了。走到一个地方，说，先生暂时待在这儿，过一会儿天稍亮就走。过了一个多时辰，私塾先生听见有人高喊他的姓名，随即有四五个穿着宦服的人前来给他领路，一路上所经过的全是在晨曦中显得美轮美奂、鲜明高大的宫廷建筑。私塾先生全身惊悚，口不能言。来到一座大殿，有一个人坐在高高的龙椅上，私塾先生睁开眼睛慢慢一看，原来正是他教过的学生。私塾先生吓得赶紧伏身在地。

那个学生就是幼年的康熙。

过了一会儿，康熙轻声叫起他，传旨，赐授他做词林官。词林官又叫翰林官，专门为皇帝撰拟文书机要。这倒强似考中状元许多倍。私塾先生称谢退出时，全身已经是大汗淋漓。

这个事情，我记不得是在《广阳杂记》里读过，还是在《皇华记闻》里读过。要么就是《国朝先正事略》或《谈助》，或者干脆就是别的什么书。我想，在什么地方读过也许并不重要，重要的是，它跟我要讲的那枚铜板有关。

也就是说，当初，私塾先生收到的五十枚铜板订金，统统来自国库。其中的一枚，就是徐氏被征当“奶口”时得到的那枚。

这枚铜板于1662年由做了翰林官的私塾先生手中流入民间，辗转一年后，再次收归国库。

它的命运险些到此完结。每个时代有它不同的钱币，康熙亲政后，朝廷陆续收回顺治时代的旧币，重新回炉，准备代之以新式铜板，只不过这项工作进行得极其缓慢和艰难。这枚铜板幸运的是，它在国库里仅仅待了一个夜晚，第二天，等待它的不是重新回炉，而是再次流转民间。

这不能不提到一个叫方文长的人。方文长是一个普通库兵，也就是京师国库里的搬运工。国库资金浩荡，银锭铜板不计其数，每天全国收入支出搬进搬出十几次乃至几十次，一出一进动辄千万，这就需要一定人数的搬运工。方文长就是四十个搬运工里的一个。库兵在清朝户部下属的各种差事中，属于要职，任职者必是满族。但方文长是个汉族，汉族而能荣列其中，全因方文长给上司行了贿。

库兵在体力上可不算什么好活计。每天箱箧竹筐，搬来扛去，上面盛的不是银就是铜，全是从矿石里提炼出的比石头还重的东西，哪有轻快的物资？并且，无论夏日炎炎，还是冬风刺骨，库兵在搬运时一律赤身裸体，并且还要公然地置于堂官的监督之下——不然有人私携资金出库怎么办？

库兵如果除了糊口之外一点好处没有，方文长当初就不会去争这个差事了。他每次工作结束，都能偷偷带出来一些制钱，也就是铜板。国库重地纪律严明，除了受人监督、赤身裸体之外，最后一趟出库时，必须在堂官的面前一个个排队，两臂平举，暴露两肋，两腿分开，慢慢走过——防止夹带铜板，同时，嘴里还要高喊："吾不曾携带铜板！"据说，这几个字的排列组合方法也是经过周密演绎的，嘴里含着任何东西，这几个字的发音就会变形。

方文长有他自己的办法。他用肛门携带铜板。这种方法既然不是祖传，任何别人又不知道，那就只能是他自己琢磨出的。他每次携带不多，一枚两枚，三枚五枚，但日积月累，也就不是小数了。

做了翰林官的私塾先生的那枚铜板，就是方文长用这种方式带出来的。回到家，用烈酒和山西老醋消毒洗净，方文长才发现这是一枚前朝旧币。时间不等人，不赶紧把他花出去就有过期作废的危险，方文长当天晚上就来到一个戏园，用它为自己的两只耳朵享受了差不多一夜的苏州评话。

说苏州评话的那个艺人大半生只有两个嗜好，一个是说评话，另一个就是赌博。在他看来，赌博是他人生的另一种言说方式。他在得到这枚铜板的次日凌晨就把它与别的铜板一起押在赌桌上了。他抛了一个骰子是四点，这当儿，有人上茶水碰了桌子一下，骰子变成了五点，五点输了。争讼由此发生。在与赌方坚执不下时，他一把捂过铜板就跑。钱是属于他了，但是他的左臂遭到对方狠命的一刀，从此以后，他的那里就再也伸不直了，说评书时，总是半端着胳膊，仿佛随时要去拍击眼前的醒木。

这枚铜板在接下来的几十年时间里，居然顽强地没有退出它的流通领域，甚至清朝年号已经到了雍正时期，它还在履行着它货币上的坚挺姿态。理由是，此时国内铜产量极低，少数几个边远产铜省份，由于路途艰阻，迢遥不便，产品难以运抵京师，这就导致铸币量锐减，不能满足流通需要，只好东墙西补，聊胜于无，使得顺治、康熙年间的大量旧币也参与流通。此外，还有一个不可忽视的，就是若干年前由于制钱含铜量太高，加之制钱铸造量太大，导致市场银钱兑换率的比价低，也就是说，形式大于了内容，铜的价格大于铜钱本身，使得民间大量收购铜板，熔化取铜，然后再制成铜器铜皿等出卖。这是铜板匮乏的一个原因。而今，铜板的匮乏和铜矿的稀缺，导致市场银钱兑换率的比价增高，民间反过来开始熔化铜制品，私铸铜钱出卖。这是世界货币史上属于中国货币的一个独特的现象。

那枚铜板，就是在这种戏剧般的变幻下，鱼目混珠，九死一生而复出的。

1735 年，一个无名的商贾在返乡途中，将这枚铜板千里迢迢带到辽阳。这也是这枚铜板自诞生以来，头一次离开京城而来到异乡。在那时，人们出行携带大量铜钱极为沉重和不便，除极少数量之外，一般都到当地钱庄兑成银票。

这一年，在辽阳共有三百一十八人得到它并把它花出去。

1736 年，这枚铜板来到了同属奉天省的庄河。这一年，它经过了七十四个人的手指的抚摸并流窜出去。

1737 年至 1742 年，这五年间，这枚铜板遭受了它有史以来最漫长的流通停滞期。原因是它来到了一个吝啬的乡绅手里，这个乡绅把它同上万枚的铜板挤在一起，藏在黑暗的陶罐中。

1743 年，乡绅病故，他的所有遗产被儿子们挥霍一空。同年，一个进京赶考的书生，再一次把那枚铜板携入京城。

1744 年，有四百二十一个人在京城得到并花过它。此时的情形对这枚铜板来说，显得越来越不妙。朝廷的旧币流通禁令已经颁布多年了，大海再深，耐不住渔网越收越紧，这枚铜板在民间的流通寿命指日可待了。越来越多的人开始躲着它，唯恐它在自己的手中丧失了生命。这可以看成是人们善良而不忍杀生的另一个表现。

1745 年旧历的年夜，这枚铜板来到一个叫傅已成的钱庄老板手上。老板当然深谙这个道理，水消失于水中，风消失于风中，要想将这枚铜板在自己眼前消失，当然要让它重新混迹于它的同类当中。

凌晨，傅已成从城西车公庄和三塔寺附近的一条胡同里走出来。

他用那枚铜板找了一个叫青苹的歌妓陪了他半宿。那枚铜板落入青苹床头的瓷钵里跳荡滚动的声音，叮叮当当的毫不逊色，仿佛青苹银子般清脆的笑声。

人世间仿佛是上帝做过的一个梦。至此，这枚铜板遭遇了它所无法回避的迷咒般的尴尬命运。多少年前，一个讲苏州评话的艺人因为这枚铜板被对方砍伤了胳膊，如今，他的曾孙无意中用它得到的恰恰是对方曾孙女的身体，如果这不算轮回和报应，那么上帝为什么首肯这样的事情发生？

就像时光是有刻度的一样，命运也有它迟早的刻度。这枚铜板，注定要像“击鼓传花”这种游戏一样，在某一时间，某一地点，某一个人手里，暂停它的呼吸。

这一年应该是1746年。1746年，在美国的新泽西州，一座名叫普林斯顿的大学开始成立。同年，著名的神学家爱德华兹得以出版他的《宗教情操真伪辨》；在法国，卢梭的第一个孩子出生，他把他送进了孤儿院；在英国，一个名叫詹姆斯·库克的杂货店学徒少年，因为与生俱来地喜欢闻到海水的咸味，听到鸥鸟的鸣叫，热衷让海风拍打他的面颊，来到了著名的沃克兄弟船公司当了学徒。后来他曾在荷兰人发现了澳大利亚之后，重新发现了这个世界第二大岛，他还护送过科学家到南太平洋的塔希提岛观察金星的情况，他后来成了英国著名的航海家和海军上校；在中国，一个叫金昆的清朝宫廷画家奉命开始画皇帝《大阅图》，却不料将象征满族势力的八旗画错了，更糟糕的是他企图加以掩饰。乾隆知道后，十分恼怒，责令怡亲王允祥和内大臣海望将他治罪。这一年，清朝文学家洪亮吉出生。在西北的平凉，连续三天发生轻微地震。在普洱，一颗硕大的流星呈波浪线状悄悄滑落……

同样是1746年，在京郊某一条羊群刚刚走过的小路上，一个放牧人拾到了一枚铜板。他把它略微打量了一下，知道这是一枚超过流通期限的无用的铜板，就把它再一次丢到地面，只不过比拾到的位置移动了几米而已。

…………

时间迟缓而快速地走过了一百六十年。我说“时间……走过”这两个字眼，它们搭配在一起其实是一对矛盾的东西。所有人都知道“时间”是“流动”的代名词，而科学家坚持认为时间其实是静止和凝固的。它们的区别就在于一个是心理时间，一个是物理时间。时间的定义竟然存在两种（甚至多种），那么时间还准确地存在着吗？这是一个形而上的问题。玻尔兹曼给一切形而上学起了个诨名，叫“人脑中的偏头疼”。我的另一面头已经够疼的了，再说，古往今来许多把一生时间都用在研究时间问题上的科学家，牛顿、玻尔兹曼、艾伦菲斯特……最后都几乎以自杀而告终。我不想做一个觊觎和研究时间的什么科学家，所以我还是小心地躲开这个话题为妙。

一百六十年后，也就是1906年，6月，一个晴朗的午后，一个正在京郊锄地的农人，他手里的锄头忽然在松软的土地里发出一声细微的声响。一枚铜板滚到他脚前。他拾起来拂去上面的泥土，仔细地端详着。铜板的正面铸着隶书，是“顺治通宝”四个字，背面是满文。他闻到了一股像土地一样久远的气息。他几乎是下意识地把它揣进了衣兜里。那一刻他并不知道，他这是在耕作他生命中的最后一季庄稼。

这个人因伤寒死于这一年的冬天。由于下面的原因，我无法说出他的名字。他不是一个纯粹的农民，他是从京城来此隐居。他应该算得上是一个非常出众的人物，在十九世纪末叶，他在政治上的影响不逊于后来的邹容，而文学上的造诣，当同比他稍早一些的文廷式抗衡。他在临死的时候，购买和搜罗回自己所有出版及未出版的著作，统统销毁。同时，他看透并厌恶了那种生前势不两立、死后惺惺相惜的小人的嘴脸，为防止谬托知己、谬种流传的现象出现，他早早立下了遗嘱，严禁任何人（包括所谓朋友）在他死后撰写有关他的什么悼词、纪念文章、回忆录等等。时间（又是时间!）横亘了一切，因为上述的原因，我们今天几乎无以更多地了解他了。这是他的成功。

他死后在他生前耕作过的那片土地里入葬。我知道在中国乡间一直存在这种迷信，人死后是要在他的嘴里放上一枚铜板或硬币的，好在阴间的鬼门关贿赂小鬼。在希腊神话中也有类似的传说，卡隆特，那是地狱冥湖上运送亡灵的摆渡人，他专门收取死者家属为死者放在嘴里的钱币来作为摆渡费的。眼下正是如此，这个不知名的名人，他的家人把他拾到的那枚铜板，含在他的嘴里，一同埋入地下。

这枚铜板再次重见天日是 1936 年，西安事变的那一年。只不过不是发生在冬天而是夏天。一个三流的盗墓贼在墓室里偷走了几个古董并失手碰碎了一只瓷瓶后，顺手揣走了它。盗墓贼在地面上的阳光下打量着，这枚铜板的正面不知什么时候增加了一道细小而触目的凹痕，当然，那不是死者的牙齿咬啮所致，而是来自他生前使用过的某一只锄头的磕碰。

接下来我几乎无力继续说出这枚铜板的下落。我相信世间有许多事情是神秘的，断裂的，它们不屑将真相向人类和盘托出。甚至，我们所浸淫的世间的一切都是不真实的，唯一真实的只有虚无。那枚铜板，我知道，就眼下来说，也许是个例外。因为我相信它。我相信这个圆形的精灵，它在冥冥之中一直存在。

1971 年夏季，在东北的鞍山市，东风小学三年级学生周向丽正在放学路上踢毽子玩。在放学路上踢毽子，这不是一件值得倡导的游戏方式。因为过往的车辆太多。三年级小学生周向丽事后回忆，她的过错不在于踢了毽子，也不在于是放学路上——因为那是一条僻静的小胡同。她的过错在于，她不该在那里遇见了同班同学徐玲。

徐玲是一个有点笨拙的女孩。此外，她剩下的唯一缺点是不够讲卫生。她的头发总像是在稻草堆里玩过捉迷藏后钻出来的样子。一般来讲，周向丽不爱搭理她。眼下也是，周向丽正在边走边踢毽子，斜肩挎带的书包在她的后屁股一扑一打，徐玲主动回头给她数数，周向丽也没有同她说一句话。

“一百零六、一百零七……”数到第一百零八的时候，徐玲忍不住走上前大声对周向丽说，“周向丽，你能不能把毽子借我玩一玩啊?”

周向丽一分心，毽子掉了。不然她能踢到三百个不成问题。周向丽看了徐玲一眼，说：“借你玩？凭什么啊?”

“就借我玩一玩呗!”徐玲说。徐玲没有毽子。几乎所有的女孩子都会扎鸡毛毽子，而徐玲不会。我说过，她是一个有点笨拙的女孩。

“不行。”周向丽说。

"我用钱买还不行吗?"徐玲说。

"什么?"周向丽问。

徐玲从兜里掏出一枚一分钱硬币。她自我觉得这个举动是不够文明的，有点难为情。倒不是因为她耻于做交易，而实在是因为——钱太少了。她本来是带着一点开玩笑的劲头的。可是，她看到了周向丽眼睛里的一丝光芒，周向丽问她：

"还有吗?"

"没……没有了。"徐玲紧张地摇摇头。就是因为真的没有了，她才紧张。这一分钱，是她昨天买橡皮找零回来的。

"行……"周向丽声音很小，她的脸红了一下，似乎比徐玲还要难为情。1971 年，三年级小学生周向丽在记忆中，她的童年从不缺少玩具，那都是简易的自制玩具，跳房子的布瓦，手掌上翻出各种花样的塑料线，毽子，等等。比如这只毽子，那不过是用一个随处可见的老旧的铜板和相同大小的皮革做底垫，绑上几根鸡毛而已。她的精神不缺少游戏来贯充，然而，在 1971 年，她的胃肠却缺少某种东西的贯充。她太渴望能吃到一支冰棍了。那种凉冰冰的、甜甜的、贴着薄薄蜡纸的、五分钱一支的冰棍。她记得家里装药品的抽屉里遗落了两枚二分钱硬币，凑上这意外得到的一分钱，她立刻就可以结束三周没吃到一根冰棍的历史了。

对全家六口人、只有父亲一个人在收购栈上班辛苦挣钱的周向丽来说，这段等待的历史是太漫长了。

周向丽接过了那一分钱。徐玲取走了待在地上的那只毽子。徐玲临走的时候好奇地问周向丽:"这个大钱(铜板)上面写的什么?"

“顺治通宝，”周向丽说，“奶奶告诉我的。我爸爸单位这种大钱有的是，听大人说这是属于‘四旧’的东西，谁都不稀罕要。”

“哦，”徐玲说。她不知道什么“孙子通饱”，谁是“四舅”。她又看了那里一眼，“这上面碰了一道印儿。”

“没关系。”周向丽说，想着即将吃到的冰棍，她的心里莫名的欢愉。“有印儿不要紧，‘四旧’的东西，就该用脚踢它。”

周向丽心里想，爸爸单位旮旯里的废铜钱足有好几麻袋呢，家里往年积攒的鸡毛铺起来也有一寸厚。扎一只新鸡毛毽对她来说，容易得不就跟踢毽子是一样轻松的事吗？

回到家周向丽才发现，她的冰棍还是吃不成。散落在药品抽屉里的硬币，原来只有一枚二分钱，一枚一分钱，加上她得来的这枚，才不过是四分钱。

她不敢张口向妈妈再要一分钱凑齐。那样的后果很可能是，妈妈连药品抽屉里的三分钱也一起没收。

周向丽拿着这四分钱走在街上。鞍山是一个在旧时代被日本人占领过的城市，这座城市至今还保留着日本风格的有轨电车。当一辆有轨电车在城市的铁道上嘎嘎驶过的时候，寂寞闪亮的铁轨突然启发了周向丽的思维。她记得听一个同学的哥哥跟同伴们无意中说过，把一分钱放到铁轨里让电车轧，它就会变得像二分钱一样大，然后拿到银行，可以换出一枚真正的二分钱。

1971 年，小学三年级学生周向丽平生第一次，做了这样一个伟大的实践。我猜想她此时这么做，已经不全然是一根五分钱的冰棍在诱惑她，而更多是这种未曾明了的游戏方式在怂恿她。她在下一次电车来到之前，把那枚一分钱放入铁轨里。事实是，她成功了。电车过后，那枚一分硬币变成了单薄的、扩大的、模糊的铝质圆片儿。她把它拿到一家储蓄所，告诉营业员，她是在买酱油的路上不小心将二分钱掉入铁轨里的，捡出后变成了这个模样。营业员一边告诫她以后要注意爱护使用人民币，一边给她兑换了一枚崭新的二分钱。

周向丽如愿以偿地吃到了那根冰棍。只不过，在临吃完最后一口时，她忽然感到嘴里有一丝苦涩。奶奶说过冰棍里面兑着卤水，她不知道是不是因为这个原因。

周向丽不知道，就在她拿到营业员兑换的二分钱，神情慌张地跑回家还没来得及去买那支五分钱冰棍的时候，储蓄所的工作人员就已经重新鉴别出，她们收到的是一枚一分钱硬币。事后，她们就此事向领导做了反映。最后，大家形成的一致意见是，一分钱虽然事不大，但使小朋友滋长了弄虚作假的思想却是大事情。大家不应该仅仅着眼于经济利益，而应该看到这是关系到下一代能否健康成长、顺利接班的大事情。

大家决定去寻找这个不知名的小学生。然而，鞍山这么大，到哪里去找呢？她们凭着对这个小学生相貌的一点了解，一条条街道，一处处学校寻找，一连找了两天毫无线索。这时，有的工作人员打退堂鼓了，不想找了，其他工作人员及时做了工作，统一了思想，她们认真温习了一段毛主席语录：“红军打仗，不是单纯地为了打仗而打仗，而是为了宣传群众、组织群众、武装群众。”那么，她们也不是为找人而找人，而是为了向广大学生、家长、群众和社会宣传毛泽东思想，并和他们讨论如何关心青少年成长的大问题。她们的寻找过程应该像长征一样，“是播种机，是宣传队”。

东风小学三年级学生周向丽明显感受到了她们释放出的巨大威力。这两天，她惶惶不可终日。现在，革命委员会机关、工厂、街道居委会和别的十多所学校到处都在谈论这件事，每天的广播喇叭也在放，听说她们已经走访了八九千人，很快就要来到东风小学。那时候，全市所有的人，不，最要命的是全班所有的同学，都知道她因为嘴馋，做出这么丢人的事！她连续两天做了噩梦，有一天上课时，学校领导来例行检查，她竟然吓得小便失禁。她感觉空气像墙一样令她窒息。

第四天，储蓄所的工作人员终于找到了她们要找的人——周向丽，只不过，小学三年级的女学生周向丽不用她们教导，再也不会做错任何事情了。她喝了家里奶奶准备点豆腐的卤水，永远醒不来了。

只是，周向丽不知道，她给同学徐玲的毽子，上面那枚铜板的前途尚不知下落，而她从储蓄所得到的这二分钱，还不知要步入怎样的结局。这好比一个硬币的两面，延伸两种不同的故事走向。周向丽不能同时了解它们，正如两个人梦中的情节不能在梦中互相沟通一样。

周向丽是向街头一个穿白大褂的老太太买冰棍的。储蓄所给周向丽的那二分钱硬币，很快被老太太找零给别人了。同样经过无数次的辗转和旅行，这枚硬币于 1976 年夏天由一个到河北唐山探亲的人，带到了唐山。他住在了亲戚家里，并且于某一天骑着亲戚的自行车到商店办事。出来时，他把那二分硬币交给了看自行车的一位中年妇女。

那位中年妇女，照例是每隔一周，要把挣到的一小包硬币存到唐山市新华中路的银行的。这样，这枚二分钱硬币一直待在了银行。

这一年的 7 月 28 日，唐山发生了举世震惊的大地震。关于那枚二分钱硬币的下落，我忽然发现我已无力叙述下去。同时，叙述它也将是一件非常沉闷的事情。如果人们容忍我的某种病态般的行文作风，那么我想援引一则报道来展示当时的情况：

一分不差

北京部队某部一排清理唐山新华中路银行金库纪事

……金库被强烈地震震塌了，里面埋着现金 915150 元零 9 分。

人民财产遭受损失，战士们十分心疼……中午时分，他们清出了全部纸币和 7000 多元硬币。经过银行工作人员清点对账，只差 5 元 3 角 9 分了，唐山分行领导同志看到战士们个个汗流浃背，满面灰尘，关切地说："5 块多钱，数目不大，不用再找啦，你们的任务完成得很好。"

"不，我们的任务还差得很远。"战士们坚决表示，"别说 5 元，就是 5 厘也得扒出来！"

余震在不断发生……

又经过三个多钟头的过细搜索，只差 5 分钱了。银行部门规定，允许金银数目有百万分之一的误差。按理，90 多万元中，5 分钱早在误差标准之内了。然而，战士们头脑里的标准却定得更高……"财经工作上允许有一丝一毫的误差，我们为人民服务的思想，却不允许有一丝一毫的误差！"

银行工作同志为战士们的精神所感动，再次清点数目。又查到了3分钱。最后只剩下2分钱没找着。他们说：“2分钱不用找啦。”

但是战士们劲头更足，他们在渐浓的夜色里，拧亮手电寻找。

新战士×××爬在内间的小洞里摸索。他扒开已经不知扒了多少遍的泥土，搬开在墙根的乱砖头，手指探进砖缝去，触到了一个硬子儿。他一阵兴奋，抠出来用手电一照，正是一枚2分的硬币，已经和泥土同样颜色了。他拾起来擦了又擦，兴奋地喊道：“找着了，在这儿！”……

他找到的这枚硬币，正是当年小学生周向丽绞尽脑汁得到过的那二分钱。

这则报道，最初刊登于1976年8月21日的《解放军报》，几乎同时，8月28日的《河北日报》也予以发表。著名报告文学作家钱钢在他的《唐山大地震》中，也证实了这件事的发生。

直到现在我还在想，为什么一个排二十名左右的战士，要为最后那二分钱拼搏几小时？须知，“余震在不断发生”，即便不顾惜自己的生命，那么把这一个排的人力和长达几小时的时间，用在到别处去搜救更多深埋地下或濒于绝境的人的生命上，岂不更有价值？

还有，我叹服于现场所有人的“认真”态度。他们中间没有一个人想到哪怕从自己身上掏出二分钱，偷偷扔在地上，再佯装捡起，从而尽早结束那漫长和难堪的几个小时。如此说来，更加支持了我一以贯之的想法，无疑是那二分硬币有一种魔怔，否则能说是那个时代人的身体上出现了魔怔？

这些硬币差不多都是1955年发行的。那是中华人民共和国成立后首次发行硬币的年份。我忽然由此窥到了一个隐秘的事实：古代的铜板，都是圆而中间有孔的。据说人的眼球结构使得人们更喜欢圆形的东西，而不是线形的，同时（我在另一篇文章里提到过），据从生物学和社会学角度研究出发的科学家论述，包括人在内的灵长类对镂空、孔洞等相关存在形式有着天然的好奇和喜欢。而中华人民共和国成立后发行的人民币，结束了中国钱币中间有孔的漫长历史，也许，它正是由此来堵塞那个年代人们对金钱的所谓非分之想吧？并且，从那时起，人民币硬币的边缘多出一圈硬棱。专业上讲，这叫“丝齿”。这又是暗合了某种能引发人“偏头疼”的诠释：它们具有咬噬外物的功能和力量。

1992年6月我开始见到并无法回避地亲自使用了新一轮的人民币硬币。它的一角钱材质是铝合金的，五角是铜合金的，一元是钢芯镀镍的。它们中间都没有孔，不过，它们的边缘也再没有了“丝齿”。

这些小东西，一个个都是圆形的精灵啊。在货币家族中，它们比纸币活得耐性；在人世间，它们比人活得更长久。只要它们自身不遭到外界物理意义上的打击和毁灭，它们的生命就不会终结。哪怕时代更迭，良币逐劣。那只会使它们更加安全无虞，即使在民间，也享受一种叫作“文物”的厚遇和尊荣。

缘此，它们作为个体生命的无数可能和故事，也会一一的延续和演绎下去……

去年岁末，一个叫于晓威的男人，因为在俗世中遭遇了一点儿感冒状的坎坷，找到了他的朋友，周易研究家祁山寻求解脱。祁山也是一位诗人，他在许多诗刊发表作品，唯独遗漏《诗刊》。我想我说的话没有错。

据说他遗落《诗刊》的唯一理由，是他看到身边所有写诗的人都前赴后继以上《诗刊》为荣，那么他就不循此道了。

我相信他是一个真诗人。

在他的家中，他用三枚铜板为于晓威起卦。这是最古老的占卜方式。他在地板上连抛了六下，然后像观察天象一样记录下每次的阳爻、阴爻，阳动、阴动。最后他小声咕哝说，没什么，我猜你就是得了一场感冒。会好的。

前去占卜的男人拾起了那三枚铜板。其中的一枚，色泽黑红，薄而亮，好像经过无数人手泽的打磨，这是人们俗话说的“古铜”，是古币中的上乘。它的正面镌着“顺治通宝”四个字，并且，横亘着一道已并不明晰的凹痕。

科学家说，如果时间是无数的，那么，以此为前提，给一只猴子一台打字机，任由它无穷地敲下去，终有一天，它会敲出一部《红楼梦》来。

从古到今，我不知道有几亿或几十亿圆形的钱币，它们连带了怎样无以计数的故事和命运。但我知道，肯定有一种，我以上叙述的将同它不谋而合。

就像眼前这枚占卜的古币。是的，它迟早会占卜出属于它自己的命运和经历。

丧 事

人是下午走的。傍晚，人们用车把她从县城医院拉回到村里。照民俗，在家里设灵堂，三天后出殡。

好像是中午还好好的，虽说体质一直差，但谁也没想到会有大碍。下午睡觉的时候，没有打一声招呼就走了。赶紧找大夫抢救，哪里救得过来？岁数不很大。大约差两三岁满七十。

此时，她就躺在东西两面寝室之间的灶间地。农村人也叫“外家地”“外间地”。四梁八柱、五檩框架的三间房，中间开门，从院子一进来就是这里了。可能是近年这户人家的境况刚刚好一些，原来的茅草屋顶上面另扣了一层灰瓦。虽说不很美观，像是棉袄外面套了件皮夹克，但据说很暖和。

其实屋内很冷。因为门一直是开着的。这是阴历二月初，正是北方的冬末。颓黄的板壁边的灯泡度数不大，又被烧起太多的黄表纸烟尘所弥漫，灯泡上又经年结了一层油垢，所以看上去光线更暗了。人们努力要看清什么，都伛着腰，沁着头，沉默着从低处看东西。这样做也对，因为烟气都在高处飘着，低处会清明一些。于是，有人看见了逝去的老人身上覆一层红色的苫单，躺板下点一盏豆油腌着麻线的长明灯。在头所冲的方向，地上摆着供桌，供桌上摆着刚放上去的供品。两边是两根燃着的大红蜡，中间一炷香。旁边是瓦盆，里边的黄表纸还在烧着。

隐隐有了哭声。这哭声没有长久的，那多半是逝者的亲人们跪在那里，哭音从腹内启动，经由喉咙传出来不久，泪水刚刚从眼睛里滑到下颌，溜进脖领里，或是沉到黑暗的地上没几颗，就被身旁站着的外人给止住了。人们带点粗暴地拉起哭者，伴着暖意地呵叱。后来，哭声小了，但不久又发起了，像是门外料峭的冷风吹进来似的。吹进来的是人，孩子他二叔，他叔伯嫂，他大舅妈，他三婶娘，也有逝者的妯娌，叔伯亲家，别的什么亲戚。这回该由逝者的直系亲人们上前，扶起他们，劝他们止住饮泣。

人渐渐多了起来，这都是村子内外前来奔丧的。奔丧的人无意中冲淡了沉郁的丧气。男人们被让进了东屋，有十好几个，都站在狭小的地上。也有被让到炕上的，在炕沿边，坐半拉屁股。女人们去了西屋，嫌冷，西屋多天没烧灶坑了。有的女人不知道，从院子踏进东屋，目光略一迟疑，见满屋男人，就踅身回到西屋了。于是开始烧火，烧西屋炕。大井口一样粗的铁锅里，贮满了冷水。

有人开始抽烟，在东屋里。东屋里的男人们挤挤擦擦，站着的坐着的。也有人喊冷，说冻脚，跳到了炕上。过不多时，反正，墙上的老式挂钟，“哐、哐”地敲到了晚间九下，外间地烧水的热气开始漾进来——有人想起了什么，说：“泡豆子了么?晚了不赶趟。”

人群中有人接口道：“泡了泡了。”

又有人问：“大米够么?”

“一百斤。”谁说了一句。

人们开始争起来，说不够，得一百五十斤。也有说得一百八十斤的。明天中午要放白宴，估计人会很多呢。顺着这个话题，猪肉砍多少，豆腐几板，粉条、白菜多少，以至于明天谁负责买菜，谁记礼账，谁抬杠子，谁谁上山挖圹子，似乎都一一落实了。

这一屋子男人，完全是从二十年前谁家镜框里镶着的老照片上走下来的，穿着还是那么土气。有一个穿着四个兜的衣服，看不清颜色，袖口和肩头都磨成了一排亮光。有一个从脖领上能看出来，里面贴身穿一件蓝秋衣，中间套一件红线衣，外面是一件绿色的军装，颜色搭配得像是抽象主义时期的欧洲油画。有一个穿一件掉了拉链的城市羽绒服，让人设想那差不多是几年前当地闹水灾后所得捐物。这些人待在四壁糊满报纸的屋子里，显得怡然自得又古里古怪。

逝者的老伴——一个瘦高的老头被人搀进来了。他面色蜡白，胡须短长不齐，脸上僵硬和奇怪地笑着——这都是他身体不好，人们说这样一直待在外间地不行，要他上炕歇着，暖和着，他因此报给人们的谢意。坐在炕沿的人们自动给他让出一条豁口，老头颤巍巍地上去了，有人随手给他披上一件不知是谁的军大衣。

外间地的烟气越来越多了。东西两面屋的灶坑都被烧着了，火嘎嘎地舔着锅底，水嗞嗞地开，升腾着热气。锅里咕嘟咕嘟翻腾着大块大块的白花花猪肉。灯像是大雾天里的小月亮，又遥远又苍白。西屋里的女人们似乎安静一些，肃穆一些。她们也讲，讲逝者的生前，只不过声音很小，带着回忆和犹疑，怕讲错了会冒犯逝者似的。有人偶尔出来照看一下火，折了柴火架进灶坑，又无声地进屋了。

东屋里，一个叫“轴子”的年轻人不知怎么讲起了野牛和老虎哪个能打的事情。他的意思是说野牛和老虎都够凶猛，但更厉害一点的应该是老虎。

“还是野牛能打。”有人说。

“野牛怎么能打?”有人用反驳的口气问。

“嘿，那是野牛啊!不是你家门口拉犁的牛。”

“但还是虎能打。”轴子总结说。他说，野牛冲撞老虎时，老虎可以连躲三下。到后来，老虎跳到野牛后边，一口啃住野牛的屁股，野牛就完了。

人们似乎觉得他说得有道理。那么活灵活现!一个长相很端正、像是村长模样的人一下子想起了刚刚在家看完的电视新闻。他说：“哎，那个电视讲的嗨，一只受伤的凤凰。凭人喂什么都不吃，最后死了。”

“不是凤凰。”一个五十多岁的汉子走进来，手里拿着一摞黄表纸和一根桃木錾子。桃木錾子的一端刻着古钱的图案，用锤子把它一个个打印在黄表纸上，烧了会给逝者带去另一个世界流通的钱。

“是凤凰。”村长模样的人说，有点激动。

“不是凤凰。”这进来的人蹲在地上，一边打錾子一边说，“哪里有凤凰?凤凰是迷信的产物。”

“噢，对。”固执己见的人回想起来，连忙更正，“是凤鸟，凤鸟。电视上说专家们查书，不知是什么鸟，就起名叫凤鸟。”

打錾子的人干完他的活，抱着纸出去了。村长模样的人掏出窄纸，卷了旱烟，抽了一口。烧黄表纸的淡烟又飘进来了，有人冷丁想起来问，这逝去的老人多大岁数?

有的说六十八，有的说七十。“六十七。”炕上的那个逝者留下的鳏寡老头说。人们回头望了一眼，似乎把他忘记了。

“人哪，寿路。”有人感叹着。

“电视上讲，”村长模样的人咳了一声，说，“活到一百岁的给奖励。”

他的话立时引来一片嘲笑。“扯淡!”人们说，“还给奖励?”

“给，”村长模样的人说，“都打鼓敲锣哩，怎么不给奖励?”

“嗤，计划生育白做了。”

“你不信，咱村里要是有活到一百岁的，一级一级报上去，肯定有奖励。”

“没像古代那样，活到七十岁就活埋，这就美了你了，还给你奖励？屁！王家村老王头一百零四岁了还自己担水吃呢。”轴子说。

“你不信，回头我给你查资料去。”村长模样的人力排众议。他不知什么时候不再说“电视上讲的了”，变成说“我回去查资料”。

就在人们吵吵嚷嚷的时候，在人丛的缝隙中，在炕里头，那个老头两手捂住耳朵，像是怕冷，像是怕吵，又像是怕人家看见，一张脸埋在蜷起的膝头上，悄悄地哭了。他哭得没有声音，带点间断，像是一边想一边哭，偶尔用军大衣袖口拭泪。后来鼻涕也哭出来了，他就用袖口抹掉，朦胧中觉得不安，军大衣也不是自家的呀？就用另一只袖子在弄脏的地方蹭一下。可这又有什么用？

屋子的这边角，在油光乌亮的长凳上，其实还坐着两个人，年轻人。他们是逝者儿子的同学，当晚从县城里赶来。他们一直不说话，静静地听。其中的一个就连刚才村长模样的人说"活到一百岁有奖励"，他想纠正，结果都忍住没说。他穿的是灰色呢大衣，系一个围脖，样子有点儒雅。那另一个呢，他的同伴，穿一件蓝色风衣，兜口处有几点颜料，一看倒像是画画的。

他们一直不说话，因为他们与屋内的人不熟。或者不如干脆说，他们与乡村奇怪的生活脉络和氛围不熟。不知什么时候，逝者的儿子眼眶红红的，进屋给人们挨个儿发烟。递到他俩面前时，他俩拍了拍同学的手臂，推回去，意思是先尽别人抽，然后自己从兜里掏出看不清牌子的香烟，慢慢垂着眼皮点着。

抽了有一会儿光景。两支烟屁股都扔在了地上，没人去踩，自行熄灭了。穿蓝风衣的年轻人头向同伴凑了凑，要说什么，却欲言又止。

"嗯？"穿灰呢大衣的年轻人问。

"现在，"他的同伴嗫嚅良久，但还是小声地说了出来，"要是有一碗热腾腾的大米饭和一盘红烧肉，我两分钟就会都吃光。"

他显然是饿了。可不，墙上的挂钟敲到了十一下。在家的时候，要是没睡觉，妻子就会给他端来宵夜。

他的伙伴不说话，只对他点了点头，像是有同感，要么就是表示理解对方心情。过了一会儿，这个伙伴居然尝试跟身边的一个乡人说话了。他想考证一下自己的判断力，这虽然无聊，但是挺执著。他认为那个像村长模样的人可能就是村长。想了一想，他这样问那个乡人：

“村主任在这屋里吗？”

“没在。村主任没来。”

“噢。”他说，没怎么感到失望。本来就没有什么嘛，有什么干系。他站起来，穿蓝风衣的同伴也站起来。穿蓝风衣的跟他走到外面才知道这家伙要上厕所撒尿。

他俩在院子里找厕所，没有。进到一处栅栏时，听到了猪的哼哼声。他俩退出来，去到野外。

“喂，我说，”穿蓝风衣的年轻人问，“你今晚出来，小红她知道吗？”

“知道。”穿呢大衣的年轻人说，“我下班前打电话告诉了她，鞠安的妈死了，我可能不回家。”

他俩高一脚浅一脚地走着。

“你晚上一般难得出来吧？”蓝风衣问。

“对呵。”

“那你和我上次怎么能在练歌房唱半宿呢？”

“我骗小红，说侯德发的妈死了，都去帮忙。”

“谁是侯德发？”

“我们单位的同事。”

“他妈真死了?”

“当然，十多年前。”

“损,”穿蓝风衣的说，忍住笑。过了一会儿，又问，“那——还有一次，我记得……”

“那次我说咱同学胡雅丽的妈死了……”

穿蓝风衣的年轻人再也憋不住，在旷野上哈哈大笑起来。穿呢大衣的年轻人也随着笑，两人笑得眼泪都迸出来了，尿也撒得东倒西歪。

是一弯弦月挂在天上呢。他俩的影子淡而模糊。

回到屋里，炕上已不见了老头。据说让家人给扶到另一处僻静的房子里休息了。外间地的纸还在烧着，逝者的儿子给长明灯的碟子里添了些豆油。逝者的儿媳妇，抱着怀里自己的两三岁小孩，在火盆前拨火。小孩蹬着脚，舞扎着小手，睁大惊喜和好奇的眼睛，帮他年轻的母亲去烧黄表纸。火焰撩动，灰烬翩翩，让人难觉今夕何夕。

外边进来一个人，仆地下跪磕了三个头。等到走进东屋里，才看清是一个光头的小伙子，样子像是一个乡痞。立刻有人叫道：“胡汉，昨天叫你好赢!”

胡汉找了一个墙角，倚墙站下。他的光头沾了不少纸灰，刚才磕头弄上的。他迎着灯光，蹙眉看着那个人，说：“开始我输多少咋没见得?后来也只赢了百二十元么。”

“胡汉，又来找局吧?”

胡汉笑了笑，说话时牙齿发出咝咝的声音：“我听说邻村的二丫结婚，以为会有局儿，去了一看，没有。就到这儿来看看。”

“保不准你得陷进去，”屋里有人技痒，心里跃跃欲试，“不信你看着来。”

胡汉倒是不急，带点儿憨相地笑一下，说：“反正我兜里就揣了三二十元钱，熬个半宿，也赚着玩个乐呵，不行么?”

早有人从兜里掏出一副牌，说：“来，推。”

轴子兴奋地坐在那里，把外衣脱了，盘腿上炕，说：“推就推。”

屋里的吵嚷声把西屋的女人们吸引过来，轴子一边发牌一边问：“你们不押么？押。”

“押什么?”其中的一个女人好奇地问。

“钱呗!”轴子说，搔了搔额头。

“没钱。”女人说。

“押摸。”

“什么?”女人显见是没听清。

“押摸。我输了给你两块钱，你输了让我摸一下。”轴子说。

“去你的死轴子!”女人脸红了，做出欲打的样子，轴子赶紧往炕里磨了磨身。人们喝五吆六，满面红彩，等待开赌的场面，屋内的灯光似乎也跟着亮了一些。因为缺人，人们把村里的一个光棍硬架上场了。

“不行，我不行。”光棍抖索索地说，往后退着。

“没事，有什么大不了的，上!”有人怂恿着，还有人附和着。也有人不作声。

光棍被逼上去了，有点萎靡地倚坐在糊满报纸的墙边。他的后背有时候蹭得墙上的报纸“沙沙”地响。在他左边肩上有一条美人的大腿，下面的报纸上印着醒目的黑字："葫芦岛市查处建市以来最大一起受贿案——于振业吞噬39万元再就业工程款。"右边肩上的报纸写的大字是："欢迎订阅《××日报》"。"××"被什么给弄污了，因此看不清是什么日报。头顶上的墙壁被小孩划破了，露出了不知是几层以内、多少年前的旧报纸，标题是："他是群众的贴心人。"

外间地不知什么时候静下来了，逝者的苫单上、供品上，已经落上一层厚厚的纸灰了。守灵的人坐在那里，低着头，一动不动，看不出是沉浸在困倦里，还是悲痛中。偶尔有走动的人，都蹑手蹑脚。这倒衬出外面的鸡鸣是那么清晰。有些人相继睡去了。包括县城里来的那两个年轻人，他们终于打熬不住。时间就这么一点点过去，一点点过去。后来，东屋的老式挂钟终于打了四下，这是凌晨了。窗外的天光像是瞬间亮起来，给外间地洒上一层澄明和谐的光色。人们含着梦呓互相说："早起吧，早起吧，还得做一天的活儿哩！"伸着懒腰，打着呵欠，有的揉揉压痛的腮帮子，起来了。

这时候，人们听见了哭声。不是事主的，是真正的局外人的哭声。那是光棍，经过半宿多的鏖战，他兜里的五十块钱全部输光了。光棍输了，他哭着说，那是他春天买种子的钱哪！

这哭声悲哀，绝望，深深刺进每一个人的心里，让人胆战心寒，不堪忍受。轴子正要披衣开门，他踅回去，对光头胡汉说："你把赢的钱给他。"

"凭什么？"胡汉说，揉了揉惺忪而机警的眼睛。

"给他！"轴子一挺身揪住胡汉的脖领。

胡汉咬着牙，看了轴子半天。

“给他!”轴子眼睛似乎要冒火了。

“你让他叫我一声爹吧，我全给他。”胡汉说，脸都扭曲了。

“……爹。”光棍轻轻地说。其实在这前面还有三个字：“孩子他”。

“大点儿声!”胡汉说。

“孩子他……”这三个字小得像蚊子咬，只有自己心里听得见，“爹。”这个声音大一点儿。

胡汉只听清了后一个。光棍也觉得没吃亏。胡汉把凌乱的五十块钱扔给他，找人上山挖圹子了。

人们都不说话，走进东屋里简单收掇一下。有人在离开东屋时顺便翻了一下墙上的日历。“呀!”他说，“昨天是三八妇女节。”

其实也就是刚刚——子夜前。眼下才不过是深夜四点多。

人们看着外间平静躺着的老妪。至此，一种透彻的悲哀才慢慢渗进每个人的心间。

垃圾，垃圾

我觉得这两个字是世界上最美妙的发音了：“垃——圾。”你把嘴唇张开，舌尖抵住上牙床，声带颤动，气流从口腔爆发成音，“垃”，然后舌尖抵住下门齿，舌面前部紧贴硬腭，气流从缝隙间摩擦出来，“圾”。它简直比纳博科夫在他那部著名小说的开头“洛——丽——塔”三个字发音还要性感，还要简洁，还要美妙。“垃圾”，你说出了这个字眼，你就感觉了一切。

是的，一切。一切美好的东西终将变成垃圾，就像我现在看到的一样。

我是这座县城的庞大的垃圾场的看守人。准确来说，那不仅是一座垃圾场，也是一座垃圾山。最初，它是城郊之外一条荒芜的山谷，后来，垃圾不断填埋，填埋，填埋，终于快要填平当初形成山谷的两座山，使他们连在一起。如今，它比两座山还要高出近十米了，直径达到两公里。为了不危及周边的村庄，它只好不断在自己身上加高，就像古代埃及人修建金字塔一样，先进的是，由于每天有大量装垃圾的汽车涌向这里，汽车在它身上压出了几圈盘山路，螺旋向上，使垃圾越堆越高。据城建部门设计和论证，这座垃圾场当初的使用年限是三十年的，可是短短不到十年，它就达到了现在这个样子。这是许多人想不到的。

我不知道我们每个人每天要丢掉多少垃圾。其实，早在我来看垃圾之前，那时我还游手好闲，无所事事，我就有意地算计过我一天里丢掉多少种垃圾。那是一个普通的休息天，我从早晨起床开始，一直到半夜十二点为止，我分别扔掉了三只鸡蛋皮，两只牛奶包装物，一堆元葱、白菜、菠菜的腐烂的叶子，几枚吃过的猪骨头，一柄用坏的铁勺，两个旧电池，一双磨破的袜子，水费员送上门来的清单，一个空墨水瓶，一堆废稿纸，三只聚乙烯塑料袋，一些打扫房间弄出的尘土……此外，夜里十点被朋友找去街上吃夜宵，我又弄出了一些剔出的鱼刺，煮花生皮，几只空酒瓶，一些餐巾纸，一堆剩烟头……算下来，我一天要弄出几十种垃圾！当然，不说这些也行，这些都是身外之物，我看过一位专家的推算，如果每个人生命按八十年计，仅是来自他身体上产生的垃圾，诸如脱掉的毛发、皮屑、修掉的指甲、洗澡时搓掉的灰尘、日常生活中的排泄物等等，加起来足有几吨重！你想想人是不是很脏？

从小到大，我觉得只有一个人很干净，不沾凡尘的样子，那就是我的小学同学张小红。她清晨走进教室，就像一缕阳光照进，她转身离开，就像退去一阵清风。她的脸颊像花朵，不仅是像花朵的样子，是她的皮肤像最自然开放的牡丹花的花瓣质地，细腻娇嫩。有一天她帮家里拉柴火，被树枝划破了眼角，我上课见到她时，直担心那里的疤痕会永久停留，可是似乎仅仅隔了一天，那里就恢复如初了。那是我人生经历里一个人伤口恢复得最快的一次记忆了，简直称得上神奇。从那时我觉得，世界上的一切，刀枪棍棒啊，痛苦失意啊，都是伤害不了她的。

我喜欢她，她也喜欢我，那时我们才上小学二年级。我说我喜欢她，这我当然知道，可是她喜欢我这谁知道？没人知道。连我当初也不知道。我记得我小时候的课本，期末时总有一个章节，叫“我爱总复习”。有一次自习课，张小红指着那一行字，对我说：“你把它反着念一下。”

我就把书页翻过去，透着阳光看那行字，不明所以。

“不要翻。就是这五个字，你从后往前念。”

“习复总爱我……”

“嘻嘻……”

“怎么了？”我是真不明白。

“再念！”

“习复总爱我。”我恍然大悟，那不就是媳妇总爱我吗？

“咯咯咯咯……”她爆发出一串轻盈的笑声。

还有一个时候，她用“好像”这两个字做造句练习。她写着，

“粮票好像对我说”。这在二十多年前我上小学时是一个很常见的句子。比如说，课文里也经常出现，“那五块钱好像对我说，快把我捡起来吧，我的主人多焦急啊”，讲的是上学路上拾金不昧的故事。“粮票好像对我说”，这样的句型几乎同出一辙。张小红面不改色地扑闪着一双明亮的眼睛对我说：“你把这句话也从后往前念一遍吧。”

我真不知道她是从哪里学到的这些有趣的东西。我念：“说我对像好票粮。”——这个我一下子就明白了，说我对象好漂亮啊！

啧啧！

这一句话在我俩之间传达起来，简直就像是一句旁人不知的定情话。

有一回班里一位女孩送给我一支钢笔，是新的，我正拿在手里端详，坐在身旁的张小红小声说了一句：“把它给我。”可恨我当年怎么会是那么一个小人，我竟在那位女孩的眼皮子底下把那支钢笔送给了张小红。这支钢笔我后来再也没能见到它，不过张小红也绝不是一个贪小之人，过了两天，她送给我另外一支新钢笔，红色的，笔帽上是一个黑白相间的小猫头。这支钢笔我爱不释手，可是附加那支钢笔的话我会更喜欢啊。

放学后，除了写完作业，我和张小红分在一个小组里面负责打扫卫生和倒垃圾。我想我对垃圾的感情一定是从那时开始的。我们仔细地清理每个同学的座位，把里面的纸屑、果核、石块儿扔到地上，然后扫成一堆，装在撮子里倒掉。这些垃圾真好啊，我真希望打扫它们的过程越漫长越好。常常是，我借着笤帚扫起的灰尘太大的缘由，在地上泼满了水。沾了水的湿纸片贴在地上很不好扫，这样我们就可以费力多干一会儿。接下来，倒垃圾对我来说是一个真正漫长的过程，我一个人拎着撮子，走到很远的垃圾箱。我希望张小红能够陪伴我，可是一只小小的撮子根本不需要两个人来拎。每当这时，我又开始盼望学校每季度搞一次的社会义务劳动日。

那是真正有点繁重的劳动。我和张小红仍旧分在一个小组，和同学们一起，深入到县城各个居民胡同和角落。我们帮人家做好事，不管人家愿意不愿意。固定不变的，是我们俩去一位孤寡老奶奶家里帮她倒炉灰。在我的印象里，胡同里的定点垃圾堆总是堆得满满的，人们总是担心自家的垃圾无处可倒。这一方面是人口居住密集所致，另一方面则是城镇清运垃圾的工作往往做得迟缓。这样，我和张小红很多次都是绕路去偏僻的农田边倒炉灰。我们装炉灰的工具是一只杏条编的土篮子，里面的炉灰又满又沉，不用说，这必须要两个人才拎得动。我们走到农田边，准备喊口令把土篮子扔出去，让里面的炉灰自行倾出，可是我刚喊到“一、二”，还没来得及喊“三”，张小红已经松手了，这样的结果是，土篮子里的炉灰全部撒在我的腿和脚上，弄得裤子和鞋脏乱不堪。

下一次，竟然还是这样。张小红很难为情地看着我，原来，她的力气太小，就在我喊“三”的时候需要加大力气向外甩，她往往抓不住篮柄，不由自主地滑脱了。

我只好再一次扑打自己的裤子。

就是这样我也愿意啊。

在我房间的床头上，凌乱地堆了一些书。既然我守候的是一堆垃圾，而垃圾在词典里的定义是无用和被抛弃的东西，那么我就不怕谁在深夜前来偷盗或抢劫它，如此，我得以安静地读书。不过，我的那些枕边书，既有《洛丽塔》《法国中尉的女人》，也有《圣经》《论新民主主义革命》，还有《时间简史》《宇宙黑洞之谜》，由此可见，我脑子里的思想是多么混乱。现在，在我的窗外，我的目光可以融入无尽的黑夜，在垃圾场的一角，当地村民们曾在那里埋葬过许多夭折的小孩子。这使我常常联想灵魂的问题。我想我是相信人有灵魂的，可是我一直弄不明白的是，假如人有灵魂，那么灵魂一定应该是脱去了烦恼现实的甲胄，它是自由而平等的，智慧而健康的，那么，小孩子夭折后的灵魂怎么办？它还是保持一个不懂事的状态吗？那多不公平。还有，老人呢？他们的灵魂保持在什么状态？是年轻时的，还是年迈时的？灵魂也会老吗？再还有，开始清醒后来因病而患了痴呆症的中年人，他们死后的灵魂是清醒的还是痴呆的？有痴呆的灵魂吗？若是这样，灵魂和肉身还有什么区别？

这些都是我百思而不解的疑问。

我有时候在广袤的垃圾场上一个人散步，感觉像在荒凉的月球上俯瞰众生。在我的脚下有无数种垃圾，它们展示了无数种生活状态。我时常会听到它们窃窃私语，或是彼此交流。这些垃圾，按生物形态来分，分为有机垃圾和无机垃圾；按专业形态来分，分为工业垃圾、建筑垃圾、医疗垃圾、生活垃圾，当然，最丰饶和瑰丽的无疑是生活垃圾了，它们主要来自政府机关、学校、宾馆、饭店，以及县城总共拥有几十万人口的每个家庭。它们从四面八方涌向这里，我每天要指挥大量的运输卡车，让它们按照不同路线和方位倾倒垃圾，以免造成堵塞和混乱。辩证唯物主义哲学告诉我，世界上万事万物都是相联系的，垃圾们锻炼了我的想象和洞察能力。我发现，每当发薪日过后，县城运来的废酒瓶格外增多；一到情人节，这里的避孕套明显增加。虽然我有轻微的意淫倾向和窥私愿望，但我绝不着眼于此，局限于彼时情境和场景，而是将它们形而上升华，举一反三，思考和忧虑民生大计。比如空酒瓶一多，我就要担心粮食。现在我们的粮食并不是很富足，曾经有一时期还大量从国外进口粮食，每年全国有上千万吨的粮食用来酿酒，这是不是有点儿暴殄天物？还比如，避孕套一增加，我就要担心健身器材生产企业和化妆品生产企业的日子会不断难过。据科学家研究，男女做爱会有效促进血液运动和循环，减少多余脂肪，达到减肥目的，同时对于女性来说，更是助长姿容亮丽年轻，这样看来，将大大阻止人们奔赴健身房和美容院的脚步，长此以往，岂不影响到国内“GDP”的增长？在我脚下的这座垃圾场，还处处混杂埋藏着大量废弃灯泡的玻璃碎片。据我所知，它们并不都是因为超过使用寿命被主人故意抛弃弄碎的，有许多是主人在天花板安装时不小心跌碎的，也就是说，它们是不小心和主人一起从椅子上跌落到地板上的。我一直有一个雄心勃勃的计划，就是搞一项世界调查，看看全世界每年究竟有多少人在更换新的灯泡时，不小心从椅子上跌落下来弄断胳膊和腿脚的。我想这个数字大概绝不止成千上万。由此可见，任何一种垃圾都与人类生命有直接联系。

除此之外，垃圾场还有铺天盖地的塑料袋（塑料袋被联合国环境组织认定为二十世纪人类最糟糕的发明），烂菜叶（这大约占全部垃圾的百分之二十），旧电池（每一枚旧电池永久污染一立方米土地），化妆品和杀虫剂（在我看来它们性质完全一样），宠物的尸体（它们大多数是被主人虐待而死，这就是宠物的定义），食品包装盒（很少的食品，很大的包装盒，典型和流行的欺骗消费者行为，它们造成了垃圾成倍的增长），一次性打火机（它们不仅疯狂争夺天然气能源，也让《卖火柴的小女孩》这个童话成为传说），等等。我发现，除了一种上面印有“中国人民银行”字样的纸片人们不扔之外，再没有什么是人们不扔的了。

我们单位的一位处长前天从北京开会回来，传达给我们一个惊人而沮丧的消息：全世界每年产生（我差一点写成了生产）的 4.9 亿吨垃圾中，中国城市占了其中的 1.3 亿吨。也就是说，中国 668 座城市已有三分之二被垃圾带包围，其中四分之一的城市已发展到无适合场所堆放垃圾。除去广大乡镇和农村土地不算，全国城市垃圾占地已累计达到 75 万亩，并且，每年还在以 8%~10%的速度增长。

人类为什么要有那么多的垃圾？因为人类有太多的欲望？

也许，是因为人类越来越缺少真正的爱情吧。

垃圾场上弥漫着无数的蜻蜓，这是一个我从未见过的奇观。它们振动水波一般的翅膀，铺天盖地。这是因为垃圾场的蚊子太多了，它们吸引了形状类似的天敌。

与乌云般的蜻蜓阵群同时四处弥漫的，是垃圾场散发出的难闻的气息。每当有风吹过，这种极端的气息涌进山谷，飘过山峦，向山下的村庄俯冲。事实上，不仅是气息，更多的垃圾已经吞噬了森林，践踏了河水，以恶语中伤的速度任意扩散。

终于有一天，附近饱受折磨的村民们终于不堪忍受了，他们四处游说，集中呼吁，向有关部门提出抗议。他们春季无法种粮，夏季不敢开窗，井水无法吃，河水不能洗衣裳。这样下去怎么得了？

县城周边几乎再也选不出一个更适合堆放垃圾的地方了。白垩纪造山运动般处处耸起的建筑和房屋，正在同纤弱柔美的绿色植被与土地争风吃醋，这种步步为营的集居区无法开辟新的垃圾场。再说，试图说服新居民同意在他们附近建造一座垃圾场，简直要比说服现在的村民们难上十倍。县里主管城建工作的副县长为此头疼极了。一天上午，我看见他在一行人的陪同下，排着车队开到了垃圾山下，来到附近那个人口密集的村子当中。

副县长找到了一条补偿的办法来安抚民心。从村子到县城，是没有柏油公路的，几十年来山路崎岖，坑洼不平，村民们每逢出行十分不便。这个问题，他们已呼吁多年了，但一直悬而未解。现在，副县长向村民们承诺说，作为交换条件，如果村民们同意垃圾场仍旧设在这里，那么将由县里筹资，为村子修建一条柏油公路，以造福他们。

这倒不失为一个解决问题的办法。虽然垃圾场仍旧设在这里，但总比白白设在这里好多了。只要有了路，就可以延伸村民们对外界的好多希望，这也算是一种胜利果实吧。村民们权衡之下，愉快地答应了这个条件。

半年之后，路修好了。但是又过了半年之后，村民们叫苦不迭。那条高等级柏油公路，固然方便了村民们的出行，但也几乎等于说，方便了县城通向这里的运输。每天，每周，每年，更多的城里的卡车满载垃圾运向这里，以往缓慢的行驶速度现在变得快捷。垃圾山不可避免地越发膨胀了，自然，随之而来的污染也越来越重。

村民们后悔已经来不及了。

我仍能时常想念张小红。垃圾越堆积得多，就越像雕塑师手下的显影粉一样，在我的记忆中凸显出张小红的纯真面庞。我相信我们那是一种天然的恋情。这样说，既不能玷污我俩之间的交往，也不能玷污“恋情”这个词汇。

从小学一年级到三年级，我俩一直坐同桌。这中间有无数的濡沫以存的默契细节，在我们内心里生长。它们是那么单纯。唯其单纯，才显稚嫩；唯其稚嫩，才不堪一击。

——它们是在我们内心里的，是私密的。在阳光下，它反而不真实。

到了小学四年级，我们想不到和不愿见到的事情发生了。学校忽然要在整个年组里分成快慢班。因为我的学习成绩不好，考试结束后，我被分在了慢班，张小红被分在了快班。

我永远也不会忘记那天上午下了第二节课——也就是说，去操场做广播体操——按老师的要求，做完广播体操回到教室，分班就开始了。因为是冬季，那一天竟然奇冷，为了驱寒，学校临时宣布不在原地做广播体操，改为绕操场跑步。因为是同桌，张小红很自然地站队在我前面。其实三年来都是这样。

我很奇怪那一天我俩自始至终一句话也没说。跑步开始后，我也没有多想，我只是感到学校各班级烧煤炉子取暖冒出的烟气太大了，缭绕了整个操场，呛得我喘不过气来。当然奔跑本身也让我上气不接下气。猛然，张小红跌倒了，紧随其后的我猝不及防，被她绊得同她一起倒下去。只不过，她的身体趴在地上，我的身体趴在她身上。

我只感觉身下是一个绵软的物体。除了生理上的新奇，我的心理随之产生一种熟悉的念头，那就是羞恼。我们暗地里是连手都不敢明确地碰一下的，可是现在大庭广众之下，我竟趴在她的身上。我的脑海里一片空白，顾不得拉起她，更谈不上帮她拍拍身上的脏土，站起后一个人跑掉了。

过了许久，张小红才慢慢地从后面跑上来，重新归入队伍。

我不知道为什么那么多事都发生在同一天上午。跑步结束列队向班级走的时候，又一个难堪的场景出现并考验着我，而我同样答得一塌糊涂。张小红平素里扎的两条粉色宽头绳，也就是两条辫梢上分别系的蝴蝶结，不知什么时候弄开了一条，眼瞅着要掉下去。那是很美的宽头绳，纱质透明，缀着金丝。我很想在她身后推她一把，告诉她，她的头绳要掉了。可是这时我的耳边，响起的全是班里同学们这样的起哄：

"噢——哟，徐明刚爱上了张小红!"

"噢——哟，徐明刚喜欢人家的粉头绳!"

那条粉头绳终于随着肩头的颤动，掉下去了。我本能地让开脚步没去踩它。但是后面的同学们不知道，我悄悄回头看时，它已在众人杂沓的脚步下抽搐失色。

我和张小红就此分开了。连句再见都没有说。

更让我事后难过的是第二天，课间，张小红竟然跑到我们慢班的门前跳皮筋。她分到了快班，是和我们遥遥隔着一个操场的，可是她竟然领着两位同伴到我们门前跳皮筋！傻子都明白这是怎么回事。但那时我已有点儿怨恨张小红了。我想，你知道我们彼此都愿意在一起，可是你还把成绩考得那么好，那么你就去变得更好一点吧。还有，也是为了故意气她，我在她几米开外，突然热情地跟我新班级一位尚不熟悉的高个子女生说话，然后我们俩还一齐打闹起来。那时候，出现了这么一幕，我看见张小红借着甩动额前刘海的机会，向这边望了一眼，之后她的脸突然红了。

上课铃响了。我已经坐在教室里了，却还能透过窗户，看见张小红急惶惶地收拾她的皮筋，孤零零地一个人穿过偌大的操场，朝她的教室迟到地跑去。

她再也没有来。

我再也没有见到她。

是的，二十多年来，我再也没有见到她。哪怕在当初，在一个校园共同念到了小学毕业，我也没有见到她。二十多年来，她完全在我的视野里消失了。

我时常能梦到她。梦到她没有别的情节，只是一张童稚又热情、沉静又甜美的面庞在我眼前闪动。我打听了许多当年的同学，他们是否知道张小红的行踪。但是，遗憾的是，他们只还记得这个人，却同我一样不知最终她去了哪里。

我还记得她小时候的家，因为有一次劳动的时候她请我陪她回家取铁锹。我大学毕业的第二年，曾怀着惴惴而失望的心情去访问旧址，我明知道她肯定已不住在那里。我敲动着大门，许久没人应，倒是她家的邻居走出来，是一位头发将白的老大娘。她问我找谁？我说找姓张的人家。她说这家姓许。我问那姓张的人家呢？她的话音同她说话的内容一样让人感觉苍涉，她说，我搬到这里住的时候，这家还不姓许，姓彭。而据姓彭的人家说，他们是买一位姓肖的人家住在这里的。

也就是说，张小红不住在这里，差不多已有十年了。

我也曾通过互联网搜索过张小红，可是叫她这名字的何止成千上万，我根本不可能一一查证，再说，被互联网漏掉这个名字的又何止成千上万？后来我终于明白，有一个人不在了。不是她不在，而是我不在，我已不存在于她的内心。

不是么？其实我找她很难，而她找我是很容易的，我一直住在我们共同住过的家乡，不管她身处何方，只需拨打我所在县城的“114”查号台，报出我的名字，随后她就可以让我住处的电话铃响起来。

但是年复一年，我没有听到这样的铃声。

我还是和我的垃圾们做伴。我有时候可悲地想，一个人的生命是熬不过垃圾的。据说国外最前卫的考古理念，就是考察和发掘古代人的垃圾。从垃圾里，他们寻找生命和生活的印证。

不久之前，我的垃圾场里来了两个特殊的人。他们向我详细询问县城某一栋居民楼的垃圾都倒在哪里。喏，这是常有的事，每年都有家庭主妇在洗菜时，不慎将戒指弄掉了，然后连烂菜叶一起倒在了这里。情况我熟得很，我说。我殷勤地将他们领到具体位置，然后就回到房间睡午觉了。

他们一连来了三天，不停地在垃圾堆上挖掘，翻捡，搜寻。第四天，他们不再来烦我了。

一个月后，我突然听到了这样的消息：那个主管城建工作的副县长，因为巨额财产来源不明罪被抓起来了。他开始不承认，可是主要的证据和大宗购物发票什么的，全是那两个便衣法官从我帮助指挥过的垃圾堆里翻出来的，那是他家抛掉的垃圾。这么说，我这个人还有点儿用。

不是么？我还有点儿用。或者说，这些垃圾还有点儿用。我真希望垃圾们越聚越多，越摊越大。可是，越是在一个到处充满垃圾的世界，我越是那么想念着张小红。

有一天，我的脑海里突然冒出一个奇特而大胆的想法：

要是世界上所有的居民垃圾都无处可放了，张小红，只要你还活着，你就该来找我了。

天气很好

傍晚，雪还没有止住。整个城市的街道似乎一下子变得静穆。雪很大，不是飘，而是簌簌地毫不犹豫地落到每个人的眼前。商店明亮了许多，连门前一直排列到远处的路灯的灯光，也不像平常那样把黑暗切割成泾渭分明的光影，它们显得柔和而漫漶。天空笼罩着灰红的颜色，因为高层建筑的霓虹灯的反光。这是许多个冬天，一场真正的大雪。往年的雪总是零星的，落地不久就化掉，要么就像灰尘一样，被风吹到巷子深处或墙角，没人在意或让人徒增烦恼。现在不了，雪还在不停地下。

在这样的傍晚时分，似乎有一种神奇的力量注入每个人的身体，他们都像是接受一种意外的礼物。人们的头上、肩上、衣服上，都落了一层厚厚的雪花，他们连喘气都不自然了，商店明亮的窗口、招牌、电话亭，都在好奇地打量着他们。

汽车都开着大灯，行驶得很慢，车盖子和车窗上都覆着一层厚厚的白雪，走起来像是一个个移动的白色碉堡。分不清人行道了，有时候大人领着小孩子，不知道是路确实难走，还是小孩子故意调皮，脚步在雪地上绊绊磕磕的，身后卷起一阵阵魔术般的雪沫。

也有一些被帽子或围脖遮得看不清面孔和年龄的人，走一走会忽然停下来，仰头看天，赞叹道："啊，这天气真好!"

不喜欢的自然也有，那些碰巧出门在半路骑了自行车的人，还有也是正常走路，却没来由地皱着眉头的人，他们会自己嘟囔："这倒霉的天气!"

雪丝毫没有停的意思。林光领着何锦州在一家火锅店门前站住，他说："我们在这里吃?"

何锦州犹豫了一下。就在他未吭声的间隙，林光以为他不喜欢这里，就抬腿又沿街道向前走去。

何锦州只好跟着。身边不时有行人同他交肩而过。在一家川菜馆，林光向站在门前的女服务员点一下头，他回身问何锦州："这里怎么样?"

何锦州正在看那个服务员，他根本不清楚这是一家什么地方。林光看了他一眼，独自又往前走。

何锦州不知道林光为什么会有那么大的吸引力，召唤他与他形影不离。多少年来都是这样。也许，在骨子里或是气质上，何锦州还是有点儿怕他。几年前，在何锦州最贫困潦倒的时候，林光毫不犹豫地给过他一千块钱补贴家用，一年前，为了一点儿什么事，林光又和手下的人毫不客气地打了他一顿。那次，他险些被弄掉一根手指。

他们径直向前走。在一家韩国料理饭店门前，这回林光问也不问何锦州，拉着他走了进去。气氛一下子同外面隔了开来，让何锦州觉得一个人想改变不同世界是多么容易的事情。

林光点了一份烤酱鲈鱼，又点了一份苹果炒牛肉片。他用征询的目光看着何锦州，何锦州说："我要一份大酱汤。"

"好久不见，你还是喜欢喝汤啊。"林光的这句话让何锦州稍稍温暖了一下。林光接着吩咐服务生："再加一份罐子狗肉，一碟厚糕，一瓶溪婉烧酒。"

趁着上菜的间隙，林光独自拿起一份报纸看了起来。灯光下，何锦州偷偷打量着林光。怎么说呢，如果两人不是一起蹲过监狱，如果外人不知道林光的斑斑劣迹，他看起来真是一位可以信赖的大哥。四十多岁，长相有点潦倒气质的英俊，稍稍有一点灰白发，正常的情形下，连左眼眉上方的一条疤痕都显出可爱。可是，他的可怖之处在于，你永远无法摸清他的脾气，也永远无法掌握他。他的样貌说变就变。

下午，何锦州正在家中给母亲修理空调，林光打电话约他出来。前几年，何锦州曾租过一间摊位修理手机。那时候，修理手机跟卖手机一样是暴利，几分钟就搞定的事情，可以轻松赚到几十块上百块钱。可惜好景不长，也就三四年工夫，等到手机市场全面成熟和漫天铺展开来的时候，手机就贱价得了不得。一只手机坏了再买一只就是，谁还稀罕去修它？这样，何锦州的摊位就只好关门了。也就是那段时间，因为没有钱花，也没有事干，林光闯入了他的生活。他带何锦州一起干了三次偷窃事件，第四次正要施行，被警察送进了监狱。

“先生，请慢用。”服务生把菜和酒端上来。何锦州看了一眼服务生，年轻，真年轻啊。如果给他时光倒流，如果让他重新再来，他会好好干一场的，比如，他喜欢烹饪，难说他就不会快乐地经营一家饭店，每天系着白色的围裙，既当老板又当伙计，为每一位顾客亲自端上可口的菜肴，闲下来的时候，听他们各说各的喜悦和忧郁。他不怕熬夜，每天干到凌晨都不怕，对了，他就要自己的饭店从晚上九点钟开始营业，到早晨六点钟关门。连饭店的名字他现在都想好了，就听“半夜如家”。

林光给何锦州倒了一杯烧酒，又给自己倒了一杯。他给自己的酒里添了一些芥末，这样即便是喝酒，他的牙齿也在嚼动。他面庞的咬肌在灯光下若隐若浮。

“你他妈的好像在想什么心事。”林光说。

“没有。怎么会?”何锦州说。

饭店里又走进来新顾客，大概三个人。他们看了一眼这边，明显不太乐意跟他俩坐在附近。服务生把他们引到另一方位的桌子边去了。林光和何锦州都没有故意去打量他们，他俩已经养成用眼睛的余光去观察事物的习惯。

“我就是突然想看看你在家干什么。”林光说，他自己哈哈地笑起来。

何锦州不耐烦地抖动着一条腿。低头吃肉的时候，他不想自己的腿抖动，可是当他让想它停下来，他发现自己的两条腿竟一起忍不住在抖。

该死。何锦州在心里骂了自己一句。

“最近出门了吗?”林光问。

“没有。”何锦州说，“你知道，我现在能往哪里走?”何锦州知道，林光说的“出门”是指离开本市。

接下来，两人都在低头吃菜，彼此间一时出现缄默。

何锦州油然起想了小敏。如果能够离开本市，他当然最想去看小敏。小敏是他的女朋友，远在千里之外的另一座城市。可是，他现在的行动并不完全自由。因盗窃罪入狱，他和林光被判刑两年。应该说，在监狱里，林光对他还是很照顾的，虽然不在同一个监舍，但囚犯们都知道林光心狠手毒，是一个不折不扣的“老大”，何锦州又是他手下的“小弟”，所以没几个人敢欺负他。何锦州还记得比他晚入狱一周的一个贪污犯局长，进监舍第一分钟就被囚犯们扒光了衣服，看看能否搜刮到带进来的随身物品。极度失望之后，他们又让他跪着清洗早已堵塞的马桶，晚上，又把他的床铺撤得只剩下一根不到二十厘米宽的床板，让他在上面睡觉。这样折腾了不到三天，那个贪污犯就面庞浮肿，头发白了差不多一半。曾经有一个囚犯在吃饭的时候，把何锦州碗里唯一的一块肥肉抢去了，何锦州正要和他厮打，旁边的林光见了二话不说，扬起手里一碗滚烫的萝卜汤就向那个囚犯兜头砸去，为此被关了七天禁闭。那时候，何锦州在心里对林光还是蛮有几分敬佩的。

可是后来……后来，他俩几乎同时出狱了。有一天，林光说自己有急事脱不开身，让何锦州替他给一个朋友捎一包东西。其实路途也不远，只有二十分钟的车程。何锦州想也没想，坐上出租车就上路了。到了交对方东西的时候，警察出现了，原来包里装的是海洛因，警察事先掌握了买货人的线索。林光事后对此矢口抵赖，根本不承认自己派何锦州交货，没办法，警察把证据提供给检察院，检察院和法院以运输和交易毒品罪，又判何锦州入狱两年。

第二次入狱，何锦州觉得深深对不住女朋友小敏，也对不住小敏的父母。他和小敏青梅竹马，感情相笃，可是快到谈婚论嫁的时候，小敏的父母坚决不同意小敏嫁给何锦州，他们给小敏物色了一个科长的儿子。僵持了几个月后，事情竟以无奈的悲剧成全了何锦州。小敏的父母随单位出去旅游，不幸发生了交通事故，夫妻双双命殒山谷。从那之后，悲伤令小敏更加依赖何锦州。在小敏的一个舅舅帮助下，她独自去到千里之外的一座城市工作，每天辛辛苦苦，为的是赚钱准备跟何锦州结婚。每当想到这里，何锦州就觉得自己在监狱里，其实是浪费两个人的生命。

好在，何锦州第二次入狱只满一年，就部分地恢复了自由。这要感谢一个与他素昧平生的人，公安局的老刘。老刘五十岁出头，离婚三年了，是一名警官，当初负责过何锦州的案子。老刘比较同情何锦州，他有一天找到何锦州说，我听说你在监狱里表现很好，按规定，服满刑期一半的，确有悔改表现并且不至于再危害社会的，可以办理假释，也就是说剩下的一半刑期可在监狱外度过。何锦州没有料到事情可以是这样的。其实监狱方面比他更清楚假释的问题，只不过监狱内部办了一个手机租件厂，何锦州是熟练工，又是带徒弟的师傅，提前放了他等于影响监狱生产和创收。后来老刘不知又跟监狱做了什么工作，监狱终于给他办理了假释。何锦州自由了，除了在假释期内不能随意离开这座城市以外。还有，发生了什么不正常的事情，一定要提前跟老刘汇报。

“我就是很想你，想一些事情。”林光说。

“哦？”何锦州问，“你说什么？”

林光看了他一眼：“我没说什么。”

“你好像说了什么。”何锦州在努力回忆。

“你是说什么时候？”林光问。

“刚刚。”

“什么事不要总是追问不停。这是很久以前跟你说的。”

何锦州苦笑了一下。是的，现在，他不知道林光找他出来到底要干什么。他刚才不知道，现在仍不知道。何锦州感觉脸颊微热，头有些晕。虽然溪婉烧酒是低度酒，但毕竟两人喝了快一瓶了。再说，他有好长时间不沾酒了。

“现在能有八点钟了吧？”林光问。

“也许是八点半钟。”何锦州说。

“你不会看看时间？”林光说。

“我俩都没有戴手表。”何锦州说。他四外去找墙上的钟，但是没有找到。末了，他想起裤兜里的手机。他掏出来看了一眼，“八点多一刻。”

“时间不早了。”林光说。

“反正也没什么事。”何锦州说。想了一想，他又说，“不过也确实不早了，我待会儿想回去了。”

耳边响起了饭店提供的音乐。但不知道声音发自哪里。那是一首叫不出名但却熟悉的韩国歌曲，像是从冷硬的岩石墙壁中渗出的温泉一样清越而自然。何锦州望着窗外的街道。

“人有时候就得不断活动活动，不然闷死了。”林光放下筷子。他看起来不再想吃了。

何锦州低下头，端详一下自己的双手，是啊，好长时间不做粗活了，他的手变得细嫩了。

等到他要把两只手放下去的时候，林光从对面递到他手掌里一样东西。是一把刀。

何锦州一脸惊诧。

“走，我们出去转一转。”林光站起身来。

“大哥，不……”何锦州也慌忙站起来。

“嗯?”林光问。他的目光在灯光下显得非常慈祥。他嗓子发出那个声音之后，再一句话也不说，只是掏出一根烟独自点燃。何锦州愣在那儿，他知道自己无论如何不能把刀子马上递回去，那会随后就插在自己身上。

“大哥，这不行……”何锦州小声说。

“帮我拿着总行吧?”林光拉开了酒店的门。

“你到底要干什么?”何锦州感觉玻璃门变成了一扇明亮的透视镜。

“陪我走走。”林光把只吸了两口的香烟“嗒”的一声扔到地上。

何锦州只好把刀子藏在左手的袖管里，跟林光一起走出去。

外面的雪变得小了。灯光和雪粒的光芒交映着，把一切建筑和视觉涂抹得迷离斑斓。何锦州小心翼翼地跟在林光身后，感觉人群离他是那么遥远。他和林光走出去快一百米，街道边每隔二十米的橱窗广告里就有一个相同的男人指着他，露出快乐的表情。何锦州开始后悔应约跟林光出来吃晚饭了，就像他后悔当初跟林光干过的一些事。但是有一个事情他是清楚的，就是绝不会再干类似的事，这样他在将来的某个时空里就不会为今天后悔。

“林光……大哥，”何锦州在林光肩膀旁说，“如果有谁跟你过不去，我们可以另想办法。”

“没有人跟我过不去，”林光说，“明天不知道该怎么吃饭，我只是想弄点钱花。”

——抢劫。这个字眼跳进何锦州脑海里，让他意识一片空白。他们正在向郊区走去，如果现在不想出一个办法，结果终究会像脚步一样抵达。那一刻，何锦州猛然想起了公安局的老刘。他记得老刘跟他说过，他现在是一个假释的人，如果在假释期间另行犯罪，将罪加一等，同时将假释度过的时间重新在监狱内计算；如果他制止了犯罪，或是将别人的犯罪信息提前通知给老刘，那么就有可能立功受奖，取消假释，立刻获得公民自由。也就是说，他其实是老刘负责单线联系的一个线人，耳目，也称卧底，他现在要做的，就是随时将情况通知给老刘。这样看来，老刘当初力争给他办理假释，似乎也是有所缘由。想到老刘，再看看林光的身影，何锦州竟有了几分镇定。

正巧，林光的香烟空了，他踅进一家烟店里去买香烟。何锦州急忙躲到暗处，掏出手机给老刘打。他一连打了三遍，老刘的手机都提示给他“已关机”。何锦州怔了一下。这时，透过玻璃，他看见林光出来了。

两个人继续走。老刘怎么会关机呢？他怎么会关机呢？何锦州想。林光带着他穿过一条巷子，走在通往郊区的一条公路上，公路两边是高高的光秃秃的白杨树。何锦州想，难道老刘睡觉了？可是这还不到晚上九点钟哪，再说，他是公安局的刑侦警官，即便是睡觉，手机也应该开着，二十四小时不关机。这时，林光在前边放慢了脚步，何锦州以为林光嫌他走得慢，后来知道不是，林光是发现了目标。前方二十几米的地方，正慢慢走过来一个人，越走越近，何锦州看清那是一位七十多岁的老人，下巴笼着深色围脖。何锦州以为林光会上前截住他，可是林光咳了一声，和老人正常擦肩而过。老人走远后，林光摇摇头，吐了一口痰，对何锦州说："老年人不贪死，贪财，我们不是他的对手。"

何锦州立刻点点头。他继续想，老刘只有一种意外导致关机，那就是他的手机没电了。看来，自己只能偷偷通过手机短信将事情告诉他，一旦他更换电池重新开机，会及时知道自己的行踪和处境，此外，即便他不开机，自己出了什么迫不得已的事，发出的短信也会在日后证明自己，为自己澄清干系。何锦州精修过手机，他对手机上的十几个按键再熟悉不过了。于是，在裤兜里，他就捏着手机将短信发了出去。他发的内容是：我正被胁迫参与抢劫，在郊区 2 号公路上，急！

空气里只有两个人脚下嘎吱嘎吱的踩雪声。这条公路上行人已经稀少，间或，会有一辆满载货物的大卡车从远处急驶而过。前方出现了一处灰色的灯火，让人一看会产生一股啤酒的味道，也许那就是一间小酒吧透射出来的光芒。林光和何锦州走到门前，隔着玻璃张望里面，这爿酒吧今晚的生意不是很好，只有一位老板娘模样的中年妇女靠在吧台上，百无聊赖又仿佛专心致志地看一出肥皂剧。一只猫趴在她旁边。墙上的钟指向九点一刻。林光小声说："这家店子很小，应该不会有摄像头。现在咱俩进去，同时把刀子亮出来。嗨，这个女人真该养条狗。"

何锦州心都揪起来了。他劝说林光："不行，我听见里面不对。"

林光侧脸看了他一下。

"隔间里有说话声，好像是客人。"何锦州说。

"是电视里面的。"林光说。

"不是，应该是两到三个客人。"

林光侧耳听了一下，又换另一侧耳朵听了一下。他断不准自己的听觉，只好用手背蹭了蹭下颏，转身走了。

何锦州跟着他继续往前走。何锦州现在非常希望老刘的电话打进来，可是他又怕电话会不合时宜地打进来。他悄悄将手机铃设成振动。十分钟后，他们来到一处公园里，这里的气息像是被某种事物击溃，展现出何锦州不熟悉的一面。他俩如工作人员一样在公园里巡视，耳边巨大的安静可以铺展成一片飞机场。终于，在一趟灌木丛中间的甬道上，他们听见有人说笑并渐渐走过来。

是一对年轻情侣。男的穿着滑雪服，牛仔裤，两手抄兜，长得不很难看。女的穿着短皮夹克，马靴，长发弯曲，很漂亮，走起路来像是在顽皮地踢一种小绣球。何锦州立刻用手机在裤兜里给老刘发了四个字：在公园里。

林光弯下腰，握了一团雪，轻轻向那个男青年打去。雪团碰在他胸前落了。

“我们打雪仗怎么样?”林光说。

“太阳出来雪才会粘一些。”男青年说。

“是啊，可是太阳出来，我们就不会在这里遇见。”林光说。

“我们应该没见过面。”男青年说。

“那就更好了。”林光说，他把刀子掏出来，弧形的刀刃此时只闪出一个小小的亮点，“把钱拿出来。”

男青年的双手从衣兜里抽出来，脚步退了一下。何锦州感觉他似乎想反抗，只好也将刀子掏出来。

男青年想了想，伸手将钱包摸出来递给林光。林光看也没看就揣进自己兜里。女青年望着他们。

“你的。你的也拿出来。”林光对女青年说。

“我没有。”女青年语速正常。是的，事情到现在看起来也还正常。

“好啊，”林光一把拽过女青年，将她向远处推搡，“我翻一翻。”

他们撕扯着，方向在何锦州右边稍稍靠后。这样，何锦州端着刀子，虽然没有移动半步，却也等于堵住了男青年的去路。女青年这时不断地哀求着，但是林光已经用刀将她逼到一堵花墙下面，隔着齐腰的灌木丛，何锦州看见林光一边说“让我翻一翻”，一边掀开女青年的上衣，然后试图解她的裤带。“这个王八蛋，他要干什么?这个王八蛋!”何锦州心想，他马上意识到眼下将要发生什么。

男青年焦急而不安地看着那边。何锦州知道自己不能再迟疑了，他突然松手将刀子扔到脚下，刀子落在雪地上没有发出丝毫声响。“快，我假装被你打倒，明白吗？快！”何锦州小声说，用眼神示意对方。男青年愣了愣，他甚至没来得及按照何锦州说的将他打倒，而是转身拾起一根建筑弃用的木棒，向花墙那边跑去。何锦州看见男青年先是一棒打在林光的背上，待他哼了一声趔趄着跪倒后，又一棒打在他的头上。这次林光哼也没哼，躺在雪地上昏了过去。

“这样很好。”何锦州搓了搓手，他相信男青年如果不是将事情处理得很干脆，自己应该会冲上去帮忙的。他冲那对神色未定的年轻情侣说：“你们马上打110报警，警察来了，你们只要把事情经过如实跟他们说一遍就行了。”

事情正像何锦州说的那样，警察当天晚上将他们带到了公安局，第二天上午，就验证了所有证据并具结了案情。何锦州相信自己不仅无罪，而且有立功表现。他相信自己很快就会真正自由了，只不过还需要等待法院和监狱方面的批文。

何锦州也知道这座城市他待不下去了，他要去千里之外与小敏生活在一起。一周后，他决定去了结一件事，这件事如果弄不清楚，他走到哪里都不会安生。

他去公安局找老刘，人家告诉他，老刘已经在一周前被隔离审查了。对于这个消息，何锦州竟没有感到特别意外。他坚持要见老刘。傍晚，在一间临时房间里，他们见面了。老刘不等何锦州说话，先递给他一件东西：“我感觉你即将结婚了，这是我挑选的礼物。”

何锦州低头看了看，那是一对很漂亮的情侣手机，应该是送给自己和小敏的，正宗日本货。

何锦州面无表情。沉默了几秒钟，何锦州问：“那天晚上，你为什么关机？”

“待会儿就告诉你。”老刘说。

“那，你现在为什么会被拘在这里？”何锦州问。

“一周前的那个晚上，涉嫌嫖娼。”老刘说。

“哦？是吗？”

“不是。实际上，是有一伙人在一家洗浴中心涉嫌毒品交易。因为情况紧急，我来不及请示领导，只好将计就计只身卧底。没承想对方暗中识破了我，在我与小姐一同边洗浴边探听内幕的时候，对方偷走和关闭了我的手机，然后报警陷害了我。那个小姐也是他们一伙的。”

何锦州大大地吃了一惊。他吃惊了好长好长时间。“那么，”何锦州问，“你把事情交代明白不就可以了吗？”

“我已经交代一周了，”老刘苦笑了一下，“没人相信我，我现在仍然被审查中。”

那一刻，何锦州明白了，天底下卧底的人，原来不止他一个。天底下能够说清自己在卧底的人，也许只有他一个。他真是侥幸的。

“也许，”老刘做出一个送客的姿势，“我的警察生涯以后不会再有啦。”

何锦州捧着手机，默默地转过身。将要迈步的时候，老刘叫住他。

“嗨，那天晚上下了好大的雪，天气真是很好啊！”老刘说。

何锦州看着他，慢慢张开手臂。两个男人紧紧地抱在一起。他们俩忍不住都哭了。

再次转身向门外走的时候，何锦州突然发现，外面窸窸窣窣的，不知不觉又开始下雪了。

一定是一场美丽的大雪。

北宫山纪旧

当初，太原籍少女琪云来到北宫山，剃发染衣，出家为尼，刚刚二十三岁。

国内约有一半的佛刊报道了这件事。倒不是因为她尘水未洗，天然姿秀（报道上附有她落发前的照片）——佛家本是性色为空的；也不是因为她大学毕业不久，拥有高等学力——从佛学院毕业拥有同等学历的尼众为数不少。据说，她仅仅是因为看到有些人对出家人存在误解，认为他们不是生理上遭受磨难，就是情感上饱受打击。她对此深感不平，毅然削去青丝，遁入空门，以正视听。

就是这么一种极其简单的心理。

却不能不令人为之动容。

为之动容的可能不在少数。因为佛刊是免费赠阅的，好多人都读得到。但是动容是片刻的事，过后仍然对此难以释怀的，也还是极少数。这极少数当中萌发去北宫山一探究竟的想法的，更是寥寥无几。萌发这个想法并且真正只身前去的，只有一个人。

这个人就是郑州的青年李能忆。

李能忆从小是个孤儿，是他姨姨给他带大的。他学习成绩不好，高考落榜后，一度在街上闲逛。不过，他爱读古诗词和现代小说，过后也爱写一点，多是些散文。发表的很少，平均概率是五分之一吧，也就是写五篇能勉强发一篇。李能忆认为这已经挺不错了，他奢望这辈子最好能发表出一百篇散文，这也就意味着他同时要写出四百篇废稿。废稿就废稿吧，他认为并不亏，关键是他从写作里最大限度地体悟和观察这个世界和人生是怎么一回事。写作会使他静下来，人只有在静下来的时候才能做到观察，平常闹哄哄地连自己是怎样一副臭皮囊都不知道，哪里谈得上观察人生？

李能忆三年前在郑州办了一个塑料制品厂，当初纯粹是为糊口计。塑料制品这东西，二十世纪初刚出现时还挺风靡，许多上层人家废弃那些玻璃、陶瓷的东西，改用塑料。塑料脸盆、塑料杯碗……现在这些东西全成为寒碜蹩脚的小饭店旅店的专有用具了。世事变幻是一转眼的事。李能忆当初做这些不入眼的东西，实在是资金和能力不行，被逼无奈。可是没想到它们的生命力是那么顽强，像它们自己一样，砸不烂，用不垮，扯不断，到处都是。第二年，李能忆就开始生产一些家用电器的塑料配件、外壳什么了。第三年，又扩大规模，生产了装潢用的塑料复合高档壁纸，销路广阔。如今连李能忆身边的人也回忆不出，他们是从什么时候起不再把李能忆看成一个街流子，而是一个堂堂正正的企业老板的。

那一天李能忆刚坐到办公室不久，就收到了邮递员送来的那份佛刊邮件。他开始还以为是哪家杂志发表了他的散文呢，打开后大失所望。好在那一刻李能忆沮丧过后难得手头轻松，没什么事，就信手翻阅起来。这样，李能忆就看到了上面报道的琪云那个消息。李能忆想，咦？还有这样的怪人哪。当时就止不住好奇起来。心想：不信这么年轻漂亮的姑娘，为这点小事说出家就出家。以后有机会，我倒要去北宫山见一见她。

这样的机会很快来了。李能忆出差到南方联系业务，回来时正是汛期，洪水冲断了沿线铁路，他只得绕路而返，恰巧经过北宫山。这倒是个意外。北宫山位于三省交界处，海拔一千两百米，虽不很高，但是群峰交叠，蜿蜒绵亘，加上江水环绕，不失灵秀之势。山上遥相呼应着分布几座寺庙庵堂，这里虽称不上国内一流的禅林，却也有几百年历史了。李能忆要找的是迎月庵，琪云就在那里出家。上了山，几经周折打听，在一片依着群峰的半山坡开阔之地，李能忆停下了脚步。这里空气清新，树木茂盛，鸟鸣渐幽。枝叶间映衬出一座肃穆安静的黄墙灰瓦建筑物，那就是迎月庵。

李能忆小心地走进迎月庵，一位身着泥色法衣的女尼在眼前一闪而过。李能忆忙问："请问琪云在吗？"

那位女尼回头看了他一眼，说："你等一下。"然后快步走向庵侧的几幢旧房。

李能忆知道她去找琪云了，禁不住内心有点快速地跳起来。他退到门口，在一棵高大的合欢树下，静心守候。远处的蝉声正尖利地划破空气，像某种目光一样悠长地刺来。李能忆有点不太自在，他想，自己是不是有点唐突了？他觉得眼前的建筑，那些飞檐、斗拱、大殿、廊柱、石级，似乎都在向他传达一个陌生的信息，拒人千里之外。倒是把目光投在山下那些田畴、农舍、牛羊和溪水上熟悉些，也好受些。

李能忆等了一刻多钟，还不见琪云出来。他想，人家是不是不愿见他？刚才一阵山路走得急，眼下又站了不短的时间，李能忆感到双腿暄软得很。却又不敢席地而坐，怕琪云随时出来，看到他的样子认为不够礼貌。又站了一会儿，算是放松和休息一下吧，李能忆在庵前的空地上踱起步来，他踱步的来回距离和回旋余地越来越大，那其实是有了一些徘徊的意味，有几次甚至离迎月庵很有些距离了，接近下山的道路。不过李能忆又踅了回来。李能忆想，可不能白来，哪怕就只见上她一眼呢？

又等了两刻钟，这么算来，李能忆大概等了共计四十多分钟吧，还不见琪云出来。李能忆忽然在内心骂自己很傻，他听说现在有不少佛门寺庙也都受经济大潮的影响，哗众取宠，制作假新闻，炒作知名度，好在社会上赚得一些信众和十方捐寄的香火钱。这么说来，有没有琪云这个人存在，倒是一个很大的悬疑了。

正这么想着，李能忆看到刚才的那位女尼从庵侧的旧房里走出来，李能忆禁不住迎上前问："琪云呢？"

女尼双手合十，轻声念一句："阿弥陀佛，"然后说，"我是妙悦。"

李能忆怔了一怔，“那……到底有没有琪云这个人啊？”

女尼看着他，笑了一下，说：“琪云是我的俗名，你不要再叫了。我的法名是妙悦。”

李能忆失口说：“原来你就是琪云……”他用心打量一下对方，果然同照片上的相仿佛。虽然落了发，头戴尼冠，但是青春活泼，面容清丽，却是遮掩不住的。

“为什么刚才让我等了这么久？”李能忆问。

“对不起，”妙悦说，“我去上师太的经课了，那是万万耽误不得的。”

李能忆“哦”了一声。他看到庵内陆续走过几个女尼。

“你找我有什么事？”妙悦问。

“没什么事，没什么事……”李能忆急忙说，“只是顺路来看看。”

“一般客人要进香，可以先到大殿的。”妙悦说。

“不，不，”李能忆说，“进香，我还不太明白。”

“有什么不明白的？”

“嗯，你当然明白了。可你到这里之前你明白吗？”

“也不是太明白。”

“是啊，那你当初为什么来这里呢？”李能忆趁机问。

“不为什么。”妙悦淡淡地说。

“你这么年轻——”

“对不起，我还有事，我走了。”话音刚落，妙悦离开了。

李能忆回到山下，顺路找了一家小吃部，吃了两个馒头，一碟红烧肉。他边吃边觉得扫兴，却又不能不吃。因为他只有吃饱了，才有力气赶路，打道回府。正午已过，阳光把窗外梧桐树宽大的叶子揉成一片阴影，扔到地上。耳边弥漫着一些顾客的当地方言，又琐屑又古怪，要想弄懂它们，就比看一部没有注释的古书还难。门口懒散地蹲着几个三轮车夫，目光虽然漫不经心，但李能忆知道他们是在守候自己的，只要他一站起来，继续流露下山的意思，他们立刻就会殷勤地围上来，拉着他走。

李能忆回想刚才的事情。人的好奇心是不可救药的，越是不懂什么，越想弄懂什么。他现在明白了，琪云（叫妙悦也罢！）最讨厌的就是人家打听她为什么出家。不为这个原因，她也不会出家。李能忆初次见面就问妙悦这种事情，当然不会叫人快乐了。这么说来，李能忆早晚还是想弄懂，妙悦为什么出家。

门口的几个三轮车夫不时向这边望两眼，那意思等于说，李能忆吃饭太慢了。不知道是不是为了反抗他们的想法，李能忆吃完了饭，偏偏不继续下山，而是又上山去，奔向迎月庵。

他要再见一次妙悦。

妙悦不在。听当班的女尼说，妙悦在庵后的山坡上侍弄蔬菜。李能忆来到庵后，远远看到四五个穿着清一色灰衣的女尼们在地里锄草。李能忆目光端详了片刻，果然见到妙悦也在里边。他不敢造次，找了一处阴凉的地方，坐下来等她。

山里的夕阳落得早，黄昏很快来到了。暮色将要四合，似乎要包拢西去的斜阳，而斜阳，还极力将暮色捅开几层霞光的亮隙。女尼们收工，李能忆看到妙悦一手拿着铲子，一手揽着几束矢车菊和野玫瑰，一点点走近。

“这些花很美丽。”李能忆站起来说。

“是啊，铲掉扔了很可惜。”

李能忆看到妙悦微微出了汗，脸上沁着汗珠。

“你怎么还没走？”妙悦问。

“没有。我不想走。”

“为什么？”

“我想在山上住一宿。”

妙悦摇了摇头：“山下倒是有很多旅馆。”

“我来的是迎月庵。”李能忆说，“我是专门来看你的，都说出家人慈悲，不会拒人于千里之外的。”

妙悦想了想，说：“一般来讲，客人要在庵里挂单（住宿），是要经过师太同意的。”

“你去替我说说看。”李能忆说，“我只住一宿。”

“嗯，是啊，”妙悦说道，“普通人好奇，在这里也只能住上一宿，时间长了是要寂寞的。”

李能忆说：“就这么说定了。”

妙悦去跟师太说，师太倒是很热情。这个师太已经九十三岁了，年轻时遭受许多坎坷，上山来一直闭门读经，潜心修行，六十多年几乎没下一次山。她嘱告妙悦让后厨在做晚饭时，多加一点量。

晚饭时，李能忆来饭堂。师太因为年纪大，女尼们将膳食端到她休息的寮房里吃。在这之前，李能忆在妙悦的陪伴下，已经去拜望她了。

饭菜简单而丰盛。说简单，是只有一碗菜；说丰盛，是一碗菜里边有十八种菜。李能忆只记得里边有青豆、豆腐、丝瓜、木耳、海带、干蕨菜等等，它们放在一起烩，虽然不含一点荤腥，然而吃起来又清爽又醇香。妙悦说这叫“十八罗汉菜”，是出家人最高贵的菜肴了。

吃过了饭，妙悦引李能忆去休憩。妙悦打开大雄宝殿的门，李能忆跟着她穿过殿前昏暗的长明灯，来到殿左侧厢房的小木楼上。这里是外来施主或居士的客房，摆着一张桌子和几张床。打开窗子，凉爽而惬意的风立刻吹了进来，伴着林间幽香。

李能忆想跟妙悦说几句什么，可是妙悦很快出去了。房间不很大，甚至有点逼仄，可是李能忆倒觉得视线所及，一切陈设都令他感觉渺远，大概是年久的缘故吧。李能忆到底还是一个依恋文学的人，他想起出行时随身还带了一本梭罗的《瓦尔登湖》，这时候从包里找出来，依在床头读起来。

读了大约半个小时，李能忆闭了灯，合上书本，和衣躺在床上。窗外的星星立刻拥了进来。这些星星在湛蓝的天幕衬映下显得那么清晰，那么明亮。有几朵夜云，不知是这里离天空太近，还是星光太明亮，使得它们看上去，有一层奇异的白光，出手可摸。李能忆一时感叹，住在这间客房里的，早年不知还有谁见过这样的景致？

一阵悦耳的声音忽然传了过来，那是女尼们在诵经做晚课。声音那么悠扬，那么单纯，又那么庄严，仿佛是独唱，又分明是女性和声，伴着木鱼和鼓的敲击声，清澈得不沾一点灰尘。在这样奇静的夜里，深邃的天空下，这种声音委婉含蓄，波澜不惊，似断实续，仿佛天籁发出的仙音，让人的心灵沉浸在一种莫名的感动里。

李能忆就像婴儿在摇篮曲的陪伴下，不知不觉地睡着了。也许，他太疲乏了。睡了不知有多久，那美妙的唱经声又一次响起，他看了一下手表，是凌晨四点。这么说来，女尼们是又在做早课了。

李能忆再也按捺不住兴致，起身悄悄地走下木楼。他穿过大雄宝殿，循声来到一间厅堂，看到女尼们正跪在那里，神情肃穆庄重地唱经。她们的师太因为年纪大，虽然坐在一把椅子上，却也和女尼们一样，口诵不已。

李能忆不敢打扰她们，站在侧后的位置大约三刻钟。早课结束，尼众们散出，妙悦看到了他。妙悦说："时间还早，吃过早饭再走吧。"

"早饭是要吃的，不过吃过之后未必想走。"李能忆说。

"不行。"妙悦只淡淡的两个字。

"刚才诵的是什么经?"李能忆问。

"《阿弥陀经》。"

"昨晚呢?"

"《楞严经》。"妙悦问，"怎么?"

"唔，"李能忆说，"我没听够。"

"那你是有佛缘。"妙悦接着又小声补充说，"普通人都有佛缘。"

沉默了一会儿，李能忆说："我还一直没找到机会和你说话。"

"我们一直在说话呀。"妙悦看着他。

晨光渐渐升起来了，洒在门口的廊柱间；厅堂里的灯光还没有熄灭，闪现的是另一种光泽。妙悦站在这两种光线里，显得又庄重，又活泼，又精致，又柔和，这几种因素在妙悦的身上被调和成统一的气质，似乎心灵的一切苦闷在那里都会迎刃而解，或是握手言和。

“你这么年轻——”李能忆意识到自己又说了不招人快乐的话，赶紧打住。

“是啊。”妙悦这一回倒没有转身走开，“我还年轻，按俗常人的理解，应该趁年轻干一番事业，是吗？”

“是。”李能忆点头。

“佛家也是这么理解的。妙悦觉得，应该在年轻的时候投身佛门，做一番她喜欢做的事业。”

“这事业是什么？”

“都摄六根，修心养性，普度众人，弘法利生。”

“你难道没有后悔过么？”想了一会儿，李能忆问。

“后悔过。”妙悦说。

“那怎么还待在这里？”李能忆关切地说道。

“我来到这里后，才认识到佛法的善缘广结，奥妙无边，这种学问是一辈子也做不完的，所以我后悔没有更早一些来。”

李能忆一时无话。沉默了半天，还是找不到话说。倒是妙悦跟他说了：

“去吃早斋吧，吃完还要赶路。”

“我还想再住几天。”

“那不行。佛家讲究不妄语，一方面是示诫人不要乱说，另一方面也是示诫人说话要算数的。你说过只住一宿的。”

“那我就在夜里露宿林间。”

“我可管不了那么多。”妙悦生气地说。

李能忆决定不走了。他觉得这个时候离开妙悦，不仅是他此行的失败，也是他人生的失败，因为他发现自己原来一直在喜欢妙悦。甚至，从看了当初那则报道时就这样想。佛界讲求在世间救赎，他倒是想把妙悦从佛界中救赎到世间。他有一个大胆的想法，他要劝说妙悦下山，同他结婚。

李能忆来到离迎月庵不到两里的青峰寺，费了好大劲说服那里的住持，让他住在那里。闲时，他可以帮人家打扫卫生，照管菜地。之后，他给自己的厂子打了电话，安排了近期的事情，然后，心无旁骛地住在了北宫山。

李能忆下榻的青峰寺，有二十几个僧人，年龄大小不一。有一个最小的，才十九岁，刚刚剃发灸香没多久，还一脸孩子气。李能忆想，这个孩子的家长都干什么吃去了，把孩子送到这里？再一打听，原来他的父母也都信佛，只不过没有出家，在家居士而已。这也算是青出于蓝而胜于蓝了。

每天帮助寺庙劈柴、提水、打扫卫生、跑腿，李能忆不觉得怎么累，他本来也算是贫寒出身，吃得了苦。只是，僧人们做五堂功课，上殿，过堂什么的，他不参与。只要有闲暇，同时找准规律，约莫妙悦也有闲暇，他就到迎月庵去，去找妙悦。他不怕人家笑话，在这里，只有他是个俗人。

见了妙悦，妙悦问他：“你怎么还没走？”

“没走，我在山上住着。”李能忆得意地说。

“住哪儿？”

“露宿野外。”李能忆没告诉她住在哪儿。

妙悦对此倒没怎么吃惊，她说：“佛祖释迦牟尼当初自愿从宫殿来到民间，也是露宿野外的。”

李能忆同妙悦说话的时候，是一个下午，日影倏然移到山峰西侧，四周立时笼罩一层凉意，五官感觉也似乎随之变得灵敏起来。山林茂盛，溪水溅鸣，蝉声阵阵。李能忆不禁触景生情，随口说：

“蝉噪林愈静，鸟鸣山更幽。”

妙悦说：“嗯，这个不错，有佛心禅意。我小时候去苏州，知道这是拙政园四方亭上的一副对联。”

李能忆很高兴，古典诗词是他学习过的领域，他总算借此能够同妙悦找到一点共同话题。他接着说：

“要讲佛心禅意，我更喜欢唐朝常建的《题破山寺后禅院》：‘……山光悦鸟性，潭影空人心。万籁此俱寂，但余钟磬音。’”

妙悦倒也不示弱，她微笑着点点头说：

“常建是归隐派，当然有佛心了。他送给王昌龄的那首《宿王昌龄隐居》，‘清溪深不测，隐处唯孤云……余亦谢时去，西山鸾鹤群’。多有深意啊！”

接下来两个人又谈了王阳明，那不外乎是与佛心禅意有关的诗句。李能忆说：“竹杖穿云寻寺去，藤筐采药带花归。”妙悦接口道：“风咏不须沂水上，碧山明月更清辉。”

那天下午，两个人谈了差不多有半个多小时，妙悦很快乐的样子。妙悦快乐的时候咯咯笑，李能忆就觉得她与常人无异。临分别时，李能忆突然背了一首爱情古诗，末尾的两句是：“盈盈一水间，脉脉不得语。”

妙悦很奇怪地看着他。

李能忆觉得自己对她的好感越发深重，不舍得离开她。妙悦青春芳华，心灵蕴藉，仿佛一朵兰花，偷放幽谷，让李能忆空自惋惜。一着急，李能忆竟然说了一句：

“我想和你结婚。”

“——胡扯!”妙悦终于明白了他的意思，又气又羞，脸一下子红了，“快别乱说，佛祖要怪罪的。”

“怎么，不行么?”

“你虽然是俗人，可是佛法无边，同样要迁罪亵渎佛祖的人，来世让你下地狱。”

“这个我不大信。我只知道，人活在世上，如果不能让他追求喜欢的东西，比如爱情，那活着还有什么意思?”

“世间有成、住、坏、空，自然有寒、暑、冷、热，人类有生、老、病、死，山河大地及一切自然现象，都有变坏的一天。佛经上说，须弥呈广高，终归以消灭；大海虽渊旷，时至还枯竭；日月虽明朗，不久则西没。佛陀看到的世间，是红尘滚滚，无常变灭的。人的身体也一样，是由五蕴的因缘暂合的，并不长久。至于生死、感情、荣辱，更是虚妄和幻现，不必当真。”

李能忆说：“我不懂。”

妙悦说：“出家人就不同了。出家人行的是三乘之道，追求永恒之业。《阿弥陀经》上说……”

“出家这么好，那世界上所有人都出家了，人类怎么衍续？佛祖难道愿意看到这样?”

“你说的事情不可能存在。”妙悦说。

“假如可能?”李能忆问。

“那我告诉你,《大乘起信论》上说……”

“我不听佛法。”李能忆打断她。

“那,《坛经》上有一句话……”

“又是佛法!”

“那我讲一个故事吧。”妙悦的脾气出奇的好。

“这个行。”李能忆说。

“从前有一位名叫陆亘的官员去看他的老师,问了一个问题,说有一个人养了一只鹅在瓶子里,鹅长大后,出不来了。这个人又喜欢鹅又喜欢瓶子,怎样才能使瓶子不碎,而鹅又活着出来呢?”

李能忆皱着眉头。

“他的老师听完后,大喊一声‘陆亘!’陆亘一愣,随口应答。他的老师就说,鹅已经出来了。”

“这是怎么一回事?”李能忆自言自语。

妙悦的目光一直是看向远处的林际的,这时把目光缓缓收回,清澈地看着李能忆:“这是因为,瓶中养鹅这件事是根本不存在的,陆亘天天考虑鹅怎么出来,是在给自己出难题,自设陷阱往里跳。他的老师大喊一声,使得他的心思从那里跳出来。跳出来,他就不再想那个毫无意义的事情了。所以说,鹅也就出来了。”

“噢。”李能忆点点头。

“你刚才说的全世界人都出家,和鹅在瓶中这个问题一样,也是根本不存在的。”

弄了半天，妙悦还是在引用佛经故事开导他，李能忆竟然被绕了进去，一时无言。不过，临走的时候，李能忆还是挺高兴的，他高兴这半个下午，能同妙悦说了这么长时间的话。

回到青峰寺，吃过晚斋，天早已黑了。僧人们在做晚课，李能忆无处可去，就在院子里闲溜达。青峰寺也算一座古寺，已有二百多年历史，传说道光皇帝曾来过这里巡谒。辛亥革命时期，有一位比较知名的革命党人，夫妻双双在后期被袁世凯杀害，唯一留下的尚未成年的儿子，隐姓埋名在这里出家，1949 年后曾一度担任寺里的住持。在正殿通往寮房的走廊墙壁上，至今悬挂着他的手迹条幅。

李能忆想，一个是清朝的皇帝，一个是志在推翻清朝统治的烈士后人，他们的足音都在这座寺庙殿堂里响起过，这倒是一件有意思的事情。

回到客房，李能忆百无聊赖。手头的《瓦尔登湖》已经读完了，他后悔没有多带一本别的什么书来。正沉闷着，僧人们回来了，他们每人一个小小的木板隔间。路过李能忆门口时，李能忆看到他们三三两两的，有的人腋下夹着书。僧人不可能看流行杂志，他们看的都是佛经。李能忆突然想到，寺庙后院有一座藏经楼，何不去那里转一转?

到了藏经楼，李能忆不免吃了一惊，里面的各代佛教典籍卷帙浩繁，实在太多了，听管理图书的两位老僧人讲，他们的佛经收藏量，根本不能同别的大寺院比，连人家十之一二都达不到。自古以来有多少种苦乐，就有多少种佛经，没人数得过来，这还不包括许多高僧法门，只传修行不传经，否则，那些典籍更是像大海一样阔渺无边了呢。李能忆当时就明白了，“皓首穷经”这句成语，一点儿都不为过，“经”原来就是指的佛经。

李能忆在两位老僧的指点下，借了几本佛经义理回去看。反正李能忆闲不住，静下来读书这点儿本事还是有的。再说，妙悦总是对他张口“佛祖”、闭口“佛经”的引用这引用那，弄得他欲辩无言。他倒要借此看看上面到底说了些什么，也许可以用“其人之道还治其人之身”，找一些漏洞回击她。俗话说，“知己知彼，百战不殆”嘛。

好容易挨到第二天，下午，李能忆去找妙悦，庵里告诉妙悦不在。李能忆问哪里去了，对方说她受师太的委托，到县里呼吁大雄宝殿维修的事了。

李能忆等了一会儿，没见妙悦回来，只得怏怏离去。到了客房，往床上一躺，只得读经。没想到这一读完全读进去了，直到人家喊他吃晚斋，他才揉揉发涩的眼睛，把书放到一边。

吃过晚斋，李能忆继续读经。正读着，脚下不知被什么动了一下。低头一看，是一只小老鼠。李能忆本能地想一脚把它踩死，猛然间回悟到，这是丛林净地，不能杀生，只好让它翻身跑了。

这一下李能忆的心思无法集中了。也不知妙悦回没回来。虽只一天没见，他还是很想她。屋内的灯光很暗，他总觉得自己的面前，晃动着妙悦的身影，端庄、白皙的面庞，嗔怒起来也显机智、善良的神情。那确实是与世俗中的女孩子不一样的。李能忆起身想去看她，走到门口又折回来，这么晚了，连他自己都觉得不太方便。正犹豫着，远处突然传来一种声音。

是钟声。平缓而悠扬的钟声。像是在空气中能划出波纹，一波一波地荡过来。李能忆急忙走到隔间，问人家这叫什么钟。“幽冥钟。”一个年轻的僧人答，“是给地狱受苦的众生们的，每响一下，地狱就亮一次光。”

李能忆退了出来，站到门外。月光如水，周遭宁寂。远处的山峰像是一片片浮云，而天空，倒像是大地一样，钟声就在其间回荡。

李能忆站了一会儿，心渐渐地平静。他回到客房，很快睡了。

再次见到妙悦，是在妙悦住的寮房里。

庵里的尼众们觉得李能忆是一个好事者，不让他进去，把他堵在庵门外。李能忆几乎和她们争执起来。要是在往常，遇到这种情况，李能忆是会采取一种比较策略的方式的，耐心等候。但是这次不同，这次他听说妙悦病了，就非要进去看看她。庵里有电话，有的尼姑要打山下的110，上来赶走他，但立刻被另外的尼姑们劝止了。她们认为佛法无边，这里本来就是一个免是非的地方，让警察上来干预，岂不自证其馁，等于是笑话。再说，李能忆并未犯法，他只是执著心重一点儿，暗业未除。李能忆说他是妙悦的堂兄，问她见不见他，回话说妙悦不见。倒是师太听说此事，只说了一句“方便度人，不拒法门”，让他进来了。

李能忆进到妙悦的寮房，一眼看见妙悦躺在床上。妙悦只是风寒，发烧感冒，身体却显见虚弱，苍白无力。李能忆见她躺着的床榻极其破旧，褥子又纸一样单薄，不曾吃药，只是床头放着一杯代药饮的金银花茶，一时难受得差点掉下眼泪。他赶紧把目光挪向别处，这一挪，看见窗台上，几天前妙悦采摘的矢车菊和野玫瑰，插在瓶中竟然还顽强地开放。

李能忆问了一句废话：“怎么病了？”

“去县里连走了几个部门，为维修大殿的事儿。大概着急出汗，回来时被山风侵了。”妙悦还是向他笑了一下。

“怎么样了？”

“都说没钱。出家人不问在家事，同样，在家人也不管出家事。”

李能忆问：“得多少钱？

“总该五六万才勉强够吧。”妙悦说。

“怎么这么多？”

“大雄宝殿二百多年来一次也没有维修，大梁的横檩和柱子有许多都已经腐朽了，随时有坍塌的危险。而换一根同样粗的柱子，最近的地方也在一千里之外才有，每根要三四千元。”

“庵里一点资金也没有吗？”

“庵里只有七千多元钱。师太平常不愿把迎月庵办成经幡道场，赢取俗利。这里是一片清凉世界，为的是求真悟佛。所以，资金一时短缺也是不为怪了。”

李能忆说：“看你病了，我很难受。”

妙悦说：“人常想死日，则道心日增。人常想病日，则尘心渐息。”

李能忆忽然问：“什么是慈悲？”

妙悦说：“慈是与人以乐，悲是拔人以苦。”

李能忆又问：“什么是生死？”

妙悦说：“生如寄，死如驻。”

李能忆说：“你怕死吗？”

妙悦说：“不怕。”

李能忆：“死都不怕，你怎么会怕爱情？”

妙悦说：“死不是死，是往生。爱情是误执，是业障。”

李能忆说：“我不和你在一起，就感到痛苦，既然你刚才讲了什么是慈悲，你就应该答应我，嫁给我，让我快乐。”

妙悦也许是生病的缘故，思维并不敏捷，竟一时找不到话来反驳。

“你嫁给我吧，我会真心对你好的。”

“真的吗？”妙悦这么问他。

“真的。”

“那好啊。”妙悦微微笑了一下。

“我知道你这是在骗我。”李能忆讪讪地说，“为什么要骗我？”

“还是讲个佛家公案吧，”妙悦说，“从前有一个琴师，奉命给国王演奏乐曲。国王说，你好好演奏，过后我给你五十两黄金。琴师演奏完毕，国王很满意，却又不给黄金。琴师问他何故？国王说，你给我演奏乐曲，是让我的耳朵高兴，我答应给你黄金，也是让你的耳朵高兴，咱俩谁也不欠谁。”

这个故事很有意思，李能忆却一点儿也笑不出来。

“明白吗？”妙悦说。

李能忆不言语。

见李能忆不说话，妙悦只好又说："其实，一切快乐，都是刹那不停，生灭迁流，无常变幻，水月镜花的。"

妙悦抬身去拿床头的茶杯喝水，却不料手没握住，茶杯里的水连同茶杯一起掉在自己盖着的被子上，四处流淌。妙悦愣了一下，急忙拂拭，李能忆却早就站起来，一只手抢过茶杯，另一只手抓起被子，将水抖到地上。妙悦急忙喊了一声什么，李能忆回头一看，原来妙悦只穿了一件薄薄的亵衣。

李能忆赶紧把被子还给她，妙悦说："真是无礼！"

李能忆十分尴尬，在那里站也不是，坐也不是。妙悦说："请你走吧，我不想理你了。"就在床上背过身去。

李能忆愣了一会，思维渐渐回转。他支吾着对妙悦说："我也讲一个故事给你听吧。"

也不管妙悦听不听，他就自顾在那里讲起来："有两个和尚结伴云游，一天，他们来到一个小河，正碰上一位年轻女子过不了河。甲僧见状，把女子抱过了河。女子走后，乙僧责怪甲僧不守戒规，竟然抱着女子。甲僧听后，哈哈大笑，说，我早就放下了，你却还抱着。"

这是一桩著名的禅宗公案。妙悦不知道李能忆怎么懂得这个。她回过身，再一次用奇怪的眼神望着李能忆。

李能忆转身走了。

李能忆下山去为妙悦买一些水果和营养品。他希望她的体力尽快恢复起来。山下集市和店铺很多，也很繁华，南来北往的人们熙熙攘攘。李能忆找了一家水果店，挑了几样新鲜的水果，桃、葡萄、香蕉。梨没有买，因为谐音是“离”。他想自己，到底是俗人一个，什么事情离不开一个俗字，换成妙悦，大概就不会这么想。他又买了一箱鲜奶，买的时候，犹豫了一下，不知道这是不是素食，因为是牛下的。后来想，还是买吧，不要再说。

然后他给家里打了一个电话。所谓家，就是厂子，他没有家。他给手下的人说了一点什么事，顺便说自己暂时可能还回不去，要他们有什么事相机处理。打完电话，他看了一下表，已经快到下午一点钟了，山上不可能留饭了，就找了一家小餐馆坐下。

好长时间没吃肉，居然不馋。可是为了安慰一下肚子，他还是点了一盘葱爆猪肉，一盘熘丝瓜，一碗炒饼。菜上齐了，他看着桌子，突然觉得一点食欲也没有，甚至胃里有点要作呕的感觉。他后悔了，知道是要了那盘猪肉的缘故。他记得看过佛经，上面说，这些动物在被宰杀时，都是非常痛苦而惊恐的，包括愤怒。有的科学家做过实验，将人在怒气冲天时呼出的气体收集起来，可以注射死一只小老鼠。那么这些动物的肉，按佛家说，虽然死了，那也是因缘未了的。

这么想着，李能忆就更是一口也吃不下去了，甚至看一眼都不愿意。他把那盘葱爆猪肉推得远远的，只就着丝瓜，吃完了炒饼。

上山后，他把买来的东西送给妙悦。那箱牛奶，妙悦留下了。妙悦说，牛下的奶不算违佛性，如果是鸡下的蛋，那就不行了。妙悦把牛奶留下了，只不过转手送给了师太，她的年岁太大，需要补养。至于水果，她都分散给别的比丘尼了。

回到青峰寺，李能忆把院子扫净，没什么事干，只好读佛经。妙悦的身体看起来没什么大事，但是需要安静恢复，他决定这两天不去打扰她。

藏经楼他已经记不得去了多少回了。开始还记得，去到第四回，以后就记不住了。每回他都捧回来不少书，《金刚经》《楞严经》《菩提道》《八识规矩颂》，什么都读。有时候读一读，也停下来想一想，望着窗外。尤其是夜里，残月如钩，秋虫呢哝，钟声如诉，他就不知道今夕何夕，身在哪里。

这天晚上，他不知道读了一本什么书，里面讲解普通人和居士的辟食方法。也就是说，三周不吃饭，只喝水。李能忆完全是因为好奇，心想，三周不吃饭，不饿死两个来回才怪。后来，他又读到夏丏尊的一篇文章，回忆他的老友李叔同——也就是弘一法师，当年在杭州西子湖畔的学校做教员的时候，也曾尝试过辟食三周，居然成功。李能忆的心就蠢蠢欲动了，他想，我也试试看，将来下山也不枉跟别人吹一回，我也在北宫山辟过食呢！接下来又退一步想，辟一回看看，辟到哪算到哪，大不了饿了我再去吃，饿一顿吃它两顿。

说干就干，李能忆第二天早晨就不再吃饭。斋房的师傅以为他睡了懒觉，也没去喊他。中午，他还没去吃，人家觉得奇怪，一问，原来他要辟食。大家都笑了。到了第三天，青峰寺的住持听说了这件事，过来看李能忆，重新嘱告他一些注意事项，并要他尽量少运动，活也不要干了，等等。李能忆当时又感动，又稍稍有点骑虎难下，惊动了这么多人，也只有坚持到底了。

到了第七天，第一周刚要结束的样子，李能忆在青峰寺接到一个长途电话，是他姨姨打来的。他的表弟要结婚，姨姨要他近日回去，帮助张罗。这个姨姨，就是李能忆从小失去爹妈，陪护拉扯他长大的那位姨姨，有养育之恩。但是李能忆内心千难万难，还是推阻了姨姨，告诉她暂时回不去，让其他亲朋旧友帮助张罗。姨姨问他在外边究竟忙什么？李能忆想了一想说，是跟生命有关的大事。一听说跟生命有关的大事，姨姨赶紧乖乖地撂下了电话。

第二周里面有一天，有人来看李能忆。进了客房，来人吃了一惊，李能忆也吃了一惊。来人是妙悦。妙悦吃惊的是，李能忆怎么会想要辟食。李能忆吃惊的是，妙悦怎么会破天荒来看他。

妙悦问他关于辟食的感觉是怎么样。

李能忆本想说，玩呗。又立刻断念，这事马虎不得，于是恭敬地说："还好。"

妙悦说："你寄给迎月庵的资金，我们刚刚收到了，一共是六万元整。"

李能忆几乎忘了这事。他上次下山给妙悦买水果时，曾打电话要求厂子马上给这边汇来六万元钱，用来帮助修缮迎月庵大殿。李能忆说："收到就好，你们用吧。"

妙悦说："迎月庵所有比丘尼要我来代表她们感谢你，我们也代表十方信众感谢你。"

李能忆说："这我可接受不了。续佛慧命，还要什么感谢？"

妙悦笑了一下。她从兜里拿出一座小玉佛，交给李能忆，说："这是九华山仁德大和尚亲自开过光的，师太让我送给你，祝你六时吉祥。"

李能忆高兴地收下了，并连声道谢。

接下来的那些天里，李能忆继续读书。无论是清晨天色熹微，还是深夜青灯如豆，李能忆一直手不释卷，他也说不清他到目前为止到底读了多少书。到了辟食的第三周的最后一天，也就是到了第二十一天，李能忆竟然还是没有饿的感觉。非但不觉得饿，他倒觉得神清气爽，污遁秽消，通体轻畅，一派怡然。如果不是亲自实践，他不敢相信会是这样结果。

第二天早上，李能忆遵照青峰寺住持的嘱告，只喝了一点少量的小米粥，然后出去散步了。他不知不觉又来到了迎月庵。庵里的尼姑们见是他，主动对他说："妙悦在庵后的地里摘豆呢。"她们引着李能忆，李能忆不去也得去了。妙悦见了他，问他："近来怎么样？"

李能忆微微点点头，说：

"有时日见佛，有时月见佛。"

李能忆是随口说的，但是在妙悦听来，这句话里禅机不小，意义双关，显见得李能忆潜意识中知见不浅，进步很快。妙悦很高兴，说："中午别走了，我给你做豇豆汤。"

这以后，李能忆经常会去找妙悦，去看她。有时候在庵里寮房内，有时候在庵后的田地里，有时候在野外。两个人还是经常交谈，但更多的是谈佛理。比如，谈缘分，四缘中的增上缘。树算不算增上缘呢？也就是说，树没有佛性？一般来说，树是没有佛性的，但李能忆认为，树有佛性，是增上缘。树与土地的关系，缘起则树生，缘灭则树死。又比如，谈五戒中的第三条，不邪淫。妙悦认为，这是指的男女关系，但在李能忆看来，含义不仅仅指这一点，它也劝诫人们做什么事情不要过度，不要过甚，比如"淫雨"这个词，就是指过量的大雨。两种意义合起来看，才更全面。李能忆讲得辩证，深入浅出，正符合佛法的方法论，妙悦十分佩服。

妙悦也是头一次流露出佩服李能忆的神情的。

记不得哪一天了，李能忆从迎月庵出来，天已经黑了，他的腋下夹着一本从妙悦那里借来的《大宝积经》，眼前一片清朗。时值阴历八月仲秋，他站在庵前，想抬头看看月亮，却哪儿也找不见。迎月庵四周是一片遮空的巨树浓荫。李能忆好不奇怪，四周的大树也都是古树了，树龄要远远超过迎月庵不止百年。既然先有树后有庵，看不到月亮，为什么古人还要叫“迎月庵”呢？这么想着，李能忆就把目光放到山下，江水平缓，一轮明月正浸泡在水中，莹莹耀目。李能忆豁然开朗。

明白过来之后，李能忆又想了一些别的。他想，水中的月亮能够证实天上有月亮，也就是说，虚幻能证明现实。只要给了他南边的方向，也就等于告诉他北边在哪里。现实是真实存在，可以证明，虚空也真实存在。

李能忆轻轻地叹了一口气。

李能忆转眼在北宫山待到了阴历年底，也就是大年三十，马上过年了。

佛家说，生命刹那，百年一瞬。又说，生命是呼吸之间。连李能忆都奇怪，他怎么会待到这么长时间，而这么长时间，又怎么消逝得这么快。

清晨起，山下就零星响起了小孩子们放的鞭炮声。李能忆小时候最爱放鞭炮，这在村子里也是数一数二的。每逢过年，他宁可不要压岁钱，也要央求母亲给他买鞭炮放。那时候，父母还在世上，疼爱着他。邻家的甄大伯与他家一墙之隔，甄大伯夜里的便桶没来得及倒掉，就放在自家墙下。李能忆藏在墙头，只要甄大伯在院子里做木匠活一走近墙下，李能忆就把点燃的鞭炮投进便桶。他总能掌握好准确的时间，让捻子燃得既不早，也不晚，刚好沉进便桶里，就开始炸响，结果溅了甄大伯一身的臊水。

大过年的，甄大伯也不好骂他，他还小呵。再说，甄大伯那么喜欢他。溅了他，他还说，这王八羔子真机灵。

北宫山上比往常更冷清。没有游客，都回家过年了。老百姓也都忙着在山下家中贴对联，杀鸡。虽然佛家有自己的佛历，但是，寺庙不过年。

晚上，山下大热闹了，靠近子夜时分，鞭炮声此起彼伏，隐约传来。站在北宫山辽阔的山坡前，山下各种升天的礼花，在半空中——也就是李能忆的眼前和脚下，缤纷幻化，一一炸响。李能忆从小到大，还是第一次没在家中过年，并且又是来到这么一处与俗世境况完全不同的地方。他的心里禁不住就有一种异样的感觉，说不出是怅惘，还是高兴，是空虚，还是充实。

第二天清晨，李能忆清楚了自己的心境。他走到山坡下小道上散步，远处城郭沉在白雪之中，寂寥一片，鞭炮绚烂之后，如今已是满地残红，这倒显得俗世冷清得了不得。相反，北宫山错落的黄墙灰瓦，寺庙庵院，在阳光下的平静中呈现一种朴素和永恒，弥漫着氤氲中的大质。

远处传来钟声，满山回荡。李能忆心里突然响起他小时候听戏的苍凉唱腔："眼看他起朱楼，眼看他宴宾客，眼看他楼塌了……"

下午的时候，李能忆去看妙悦。李能忆说："你嫁给我吧。"

妙悦不说话。妙悦只说了一句："水不洗水，尘不染尘。"

李能忆就告辞了。

春季的一天，迎月庵师太安详圆寂了。荼毗仪式，北宫山所有寺庙庵院的僧众尼众均来参加。仪式散后，妙悦跟在一位法名慧望的和尚后面，挖土栽树。慧望回头，妙悦一看，竟然是李能忆。

妙悦看见慧望剃光的青皮头上灸着香疤，知道这不是玩笑。她问了一声："这是怎么回事？"

慧望说："你知道大神演示移山倒海的故事吗？"

妙悦说："我没听说。"

慧望缓缓地说："大神要为大家表演移山倒海，信徒们第二天都跑来观看。大神对着大山喊，'大山，你过来！'大山一动不动。大神又喊，'大山，你过来！'大山照样不动。大神只好又喊第三遍，'大山，你过来！'大山还是一动不动。"

慧望讲到这里，看着妙悦的眼睛。

妙悦轻轻地问："后来呢？"

慧望缓缓看着远处的山峦一字一句地说："后来，大神说，大山，你既然不过来，那么只有我过去了。"

"——阿弥陀佛。"妙悦低头，双手合十。

"——阿弥陀佛。"慧望也低头，双手合十。

再抬头时，妙悦已是一脸泪水。

陶琼小姐的1944年夏

小 引

我的一位朋友的祖父，叫王秋萤，是东北沦陷时期的作家，早年曾在萧军主办的报纸下谋过事。他临去世前，将一生中积攒的大部分藏书留给我的朋友。有一天我去朋友那里小坐，偶然间在书橱里翻到北魏杨衒之所撰的《洛阳伽蓝记》。这是我遍寻不到的一本书，眼前顿时如滴清凉神水，爽目之极。我向朋友索借，朋友慨然应允。回到家，我躺在沙发上，夤夜而读。杨衒之所述的前朝佚事，简明清丽，引人入胜，自不待言。我想说的是，在该书第四篇文末，有一处不小心撕裂了的书页，被谁用剪下的一小截旧报纸给裱糊了上去。上面有一则新闻，因为是头条，所以还能看到报纸的名号，叫《时事新报》，时间是1944年6月21日。那则新闻我读了三遍，看不出与它所隐身的那本书的内容有什么互为引证和钩沉之处，那么，它不是出于书的主人仓促之中的权宜之举，就是鬼使神差，注定要在半个多世纪后的某夜，搅动一个人不安的心灵。

我诚惶诚恐，整宿未眠。

1

一般来说，影响陶琼小姐情绪的瞬间不快主要有两个方面，一个是情景型的，比如，走在本埠的马路上，忽然飘过来一阵难闻的沤臭，让人全身心笼罩着一种不洁之感；或者是，有人在当街屠狗，断续的叫声似乎在向她的听觉区间灌输着汩汩的血液，让她感到沉重的眩晕；还有，阴天，太阳被乌云遮住了，空中的那番撕扯；路旁的绸布庄里，丝绸布料们的尖叫，戴着瓜皮小帽的老板随之吐出的油滑小调，等等。另一个是言语型的，主要来自她父母的唠叨，从她进入恋爱期开始，他们就不支持她的婚事，或者说，不支持构成她婚事的另一方面，她的男朋友。他们善意的警告和阻挠，让陶琼小姐感受到了成人以来的烦恼。

不过，我说过，这一切都是转瞬即逝的。陶琼小姐纯洁而活泼，热爱生活，乐观多于悲观。况且，她深爱她的男朋友。

记住，这是重要的。

关于陶琼小姐的履历，我实在说不出更多。我只知道，10月份她就满二十一岁了。她平素里喜欢穿一件月牙白的侧襟衬衫，深蓝色精纺土布裤子。这样就足以衬出她那窈窕出奇的腰身了。

更多的时候，她穿着一套洁白的、南丁格尔式的制服。是的，本埠的丹麦国基督教会医院，她是那里一名出色的护士。

还有，她喜欢吃一种叫作日本昭和的巧克力。那种甜沁沁的感觉，像是在春雨中散步。

当然，这不代表她对日本人有好感。

2

春季过后，天气开始闷热。传说又要打仗了。传说八路军已经占领了这座城市二百公里以外三分之二的村镇，下一个目标就是这里。这种传说像是日晷的影子一样，虽然暗中移动，但是不可抗拒。不过稍后，又有消息传来，说前一个消息是谣传而已，八路军无意于攻取此座城池，他们还是像往常一样，喜欢占领农村的大片土地，好像生就对土地有某种狂热的情感。

也有的说，八路军不太善于攻打城市，显见得是要吃亏的。他们之所以先吃掉大片的农村土地，是因为派往苏联学习攻打城市经验的教员还没有回来，等学成回来，嘿，瞧好的。

更有一种说法，八路军都是信奉共产共妻的党徒，城市里的漂亮女人多，他们攻打之日，也就是军心瓦解之时。只好先在外围作势，把城里的漂亮女人像麻雀一样惊得四下逃散了再说。

这种说法比较混账。不过，确实有一些有钱人家的闺秀、小姐，国民党官员的老婆、姨太太什么的，悄悄地或以省亲的名义或以其他的名义，纷纷四处躲下了，好像地球上这座城市的版图突然高山一样隆起来，把那些水做的尤物推到低谷和平原了。

陶琼小姐在马路上走着，路边的一处肉汁片粉搭篷里，有两个汉子，看样子不是活得没耐性了，就是喝多了酒。连日来，在这酱缸一样腌臜的城市里，已经有不少当街对时局发表看法的人被逮捕了。眼下，两个汉子就这样说话：

“甄二，别耍赖，看你喝得多么少，像猫舔水！”

“嚯呀呀，老哥，你不要赖，你多硬气，八路军来了可够你喝一壶的！”

“咱老百姓，八路军不跟咱过不去，一家人嘛！”

一个戴毡帽的小学教员模样的人忍不住插话：“说得对呀，人家打的是小矬子（日本人）和黄狗子（国民党兵）！……”

陶琼小姐继续朝前走，几乎听不到他们的声音。前面的爱丁堡路口，具有巴洛克建筑遗风的基督教堂内，唱诗班的歌声正同大街上的阳光碰撞在一起：

全能慈悲圣天父，
我们抬头见恩光。
见你荣耀像日月，
见你仁慈像海洋……

一辆有轨电车嘎嘎地从侧面驶过，一个衣衫褴褛的小孩灵活地穿过路轨，手里捏着几份《时事新报》前来兜售。陶琼小姐给了他三枚铜板。身后，不知什么时候传来了撕扯声和叱骂声。“妈拉个巴子，有老子说的，还有你乱说的？”

刚才那两个喝酒的汉子，此时手里不知怎么多出了枪，把那个小学教员模样的人推搡着抓走了。

行人们驻足围观，有的摇头叹息。那两个汉子显见的又是便衣特务。

陶琼小姐不是基督徒，但因为在教会医院上班，所以每天的早祷还是要做的。在医院的小礼堂，歌声同眼下使她沉浸在街头的差不多：

主爱何深厚！
莫测妙爱贯千秋；
上帝救恩彰荣辉，
十架光华照宇宙。
基督永长久！

3

陶琼小姐一直清晰地记得，她同她的男朋友沙夫相识的情景。

得说那是一年以前。得说那是一个上午。还得说，那是一个阳光明媚的上午，阳光把廊道前的麻石台阶照成一堆洁白的盐滩。护士长已经吩咐过陶琼小姐了，去为一个发了急性咽炎的病人输液。

陶琼小姐走进病房，一个穿西装的男青年正坐在那里不停地咳嗽。不是陶琼小姐不懂得礼貌，她有着良好严苛的家教——实在是，算上今天，她从医校毕业到这里上班才仅仅三天，对于实际上尚处于实习阶段的陶琼小姐来讲，她知道，对待那些令她头疼和打怵的诸如输液啊，扎针啊什么的，最好的办法，是先使自己变得大方和强硬起来。于是，才有了这样的发话：

“安静点儿！把胳膊伸过来。”

那个男青年把剩下的咳嗽进行完，照她的话做了。

陶琼小姐用碘酊和酒精为对方的手背消了毒，把针头扎进去。她看到皮肤下的针头隐然，但是药水并没有流进去。

陶琼小姐把针头拔出来，对男青年说：“先生把拳头握一下，这样血管会好找一些。”

男青年握住了拳头，陶琼小姐仔细辨认着血管，再一次把针扎进去。针头似乎弯了一下，停了几秒钟，针头附近的皮肤渗出一小片血迹，陶琼小姐慌忙把针头拔了出来。

只这两下，陶琼小姐的鼻翼和鬓角就渗出了汗迹，但她还是尽可能用平稳的语调来掩饰自己：“先生的拳头也不要握得太紧，肌肉紧张，吊针同样扎不进去的。”

陶琼小姐第三次扎针又宣告失败的时候，连男青年的额头也出了一层汗。他伸出另一只胳膊，说：“小姐，还是换这边吧。”

就在这时，护士长进来查房。这位严厉的护士长目光一瞥，对陶琼小姐道：“怎么还不给病人输液？”

陶琼小姐举着针头，扎也不是，不扎也不是，呆在那里有点无措的样子。

“是我，”男青年慢慢地对护士长说，“是我不愿扎这劳什子。吃点药就蛮好嘛。”

“不行，这样下去会引发肺炎的。”护士长说。

男青年把胳膊放下，示意陶琼小姐继续给他扎。这一次，陶琼小姐顺利地把针头扎进对方另一只手背的血管里，药液缓慢而顺畅地流进男青年体内。

陶琼小姐有一种特别的感受。她抬起睫毛看了男青年一眼。他英俊，刚毅，目光中透露出宽厚和带点调皮的笑意。从那时起，陶琼小姐知道，自己是再也无法逃离他那磁性的目光了。

他们相爱了。

男青年名叫沙夫，是国民党的一名少尉军官。

4

陶琼小姐与她男朋友沙夫的第一次肌肤之亲，是在他们相识半年多之后。——叫我说来，如果那也算是的话。

雪下了一夜。清晨的时候，停了。满街道都是厚厚的积雪。雪遮蔽了城市建筑中的凋敝一面。全城的人没有一个去清扫屋顶上的积雪，除了康平大药铺的老板。他早起就抱怨他的倒霉，他的药铺是昨天新开张的，新瓦，新檐，新屋顶，倒不是怕雪压坏了；他要是不把雪清扫下去，人们就几乎一冬天看不出他是新开的药铺。

除了到来年春。嘿嘿。

满街的人都像是边走边低头吃热包子。他们被冻得要么用手捂住脸，要么用脸去贴贴手，呼出的气瞬间变成白烟。

沙夫和陶琼小姐就是凭着这样的好心情，从街上买完东西，回到沙夫家的。

“快，冻死了我的脚，还有手。”炉子里的火还旺着，陶琼小姐摘掉围脖和大衣，轻轻守坐在那里。

沙夫去把茶壶里的水添满：“这不是我经历过的最大的雪。”

“那倒是的。让我想一想，记忆中下的最大一场雪，我应该是六岁，你七岁。你七岁时在干什么?”

沙夫拉了一把椅子，坐在离陶琼小姐和火炉都不算很近的地方，锁着眉头，认真地回忆着：“我七岁时，是我上私塾的第一年，是我闲时替人家放牛的第二年。”

“关于那场雪呢?”陶琼小姐小声问。

“关于那场雪……”沙夫停了一下，“说来也浪漫。有一个山外的皮货商，进山三天了，所获颇丰。在他临走的时候，他发现了刚下过雪的山路上踩过一行奇怪的脚印。他不知道那是什么脚印，不是狍子的，也不像是獾的，好奇心使他跟踪下去。足足跟了五里路，他看见了一座私塾，走进私塾，他看到了刚刚背着书包坐到座位上的我，下面是一双光赤红肿的小脚。”

“呀。”陶琼小姐说。

“那个皮货商挑出所带最好的皮毛给我制了一双皮靰鞡，然后走了。我再也没有见过他，但是我记住了那个冬天，那场大雪。”

陶琼小姐静静地沉浸在沙夫所述的情景当中。

“你的呢?”沙夫问。

“什么?”

“关于雪?”

“没有,”陶琼小姐连忙摇了摇头,“我没有。”

“肯定有。”沙夫说。

“扯淡。”

“讲吧,我想听。要不我饶不过你。”

“……就说那场大雪吧,”陶琼小姐只好自顾地说,“真的好大。我和村里的小伙伴们都去野外玩,那无际的原野,是白茫茫的雪野,我们玩得多疯啊。”

“怎么的?”

“没怎么。”

“讲吧。”

“我们追啊,跑啊,满天地都搅起了雪末子,记不得玩了多久了,直到后来,我想……感觉到要找个地方小解。”

沙夫微愣一下。

“可是找不见地方。你想,四处都是雪,雪多深哪!大人们走上去,会埋到腿肚子,小孩子就要过到膝盖了。女孩子家,在那么厚的雪地上……怎么蹲得下去……唉,我就急慌慌往家跑,男孩子们排成一队在后边起哄,我边跑边想,这该死的雪,怎么下得这么大,怎么下得这么大?”

沙夫脸部的表情明显想克制,但是终于爆发出一串剧烈的笑。他弯腰笑得痛苦而开心,像是给火炉作揖一样。

“沙夫？”

沙夫好容易止住了笑。

“我的手很痛。”

沙夫跟陶琼小姐坐近，握住她的手：“刚才手在外边冻得厉害，不应该马上烤火。”

陶琼小姐把沙夫的手捧起来：“看你的手呵，也痛吗？”

“没有你当初给我扎针痛。”

“哪，我那是故意的。”

“啊？”

“看你不像好人。”

“好哇，原来是故意的，看今天吃我三拳！”

陶琼小姐低着头用手抵挡着，但是沙夫，慢慢地把她的双手绕到椅背处，然后，迎着陶琼小姐未曾防备的目光，猛地亲了一下她的嘴唇。过了一会儿，又缓缓向下，叼住她上衣的底边下摆，向上掀去，陶琼小姐那少女的胸乳立刻迷眩了沙夫的双目。沙夫渴望继续动作，但是陶琼小姐适时阻止了他。她用手摩挲他的头，将衣服蒙住他的眼睛，轻轻安慰道：“别，先别。以后会的，以后。”

沙夫渐渐安静下来，他拨去眼前的衣衫，重新谛视着陶琼小姐裸露的胸乳。那里风情涌动，高耸奥妙，温婉爽滑。沙夫感到四周的一切都白亮亮的，窗外，满世界都是雪；火炉上，茶壶里的水“扑哧扑哧”早已开了，满屋子都是白气；眼前，是如玉的肌肤，那微红的乳晕，氤氲里仿佛冰山上的两朵雪莲……沙夫把脸庞轻轻侧埋下去，用心听着陶琼小姐的心跳……

“沙夫，你爱我吗？”

“我爱你。你呢？”

“我不爱。”

“为什么？”

“因为——我是非常非常爱你。”

5

陶琼小姐每周有那么半天闲下来的工夫，去沙夫家里帮他拾掇洗一些换下来的旧衣服。沙夫已经好几次劝她了，街头不远处就有洗衣房，用不了几个钱，可以雇那里的洗衣婆洗，但是陶琼小姐置若罔闻。

她总是愿意亲自给他洗。

站在正阳巷深深的巷子里，陶琼小姐打开了沙夫家铁门上的锁头。然后，她回身关上门，把手从门上的手窗里伸出去，将门从外边给反锁上。

在东北民居，这种带手窗的门极其常见。它既便于有人敲门时拉开了望，也便于你在不愿受打扰的情况下，将门由此反锁上，任由别人怎么敲，你也不必理会，权做出家里本无人的样子。

陶琼小姐这一次，是自己也要换下几件贴身衣物洗的。

她先翻拣着沙夫的旧衣物。那件衬衫。那条酒红色的领带。那套烟黄色的国民党少尉军服。是的，作为国民党北方陆军装备部X团三营的一名少尉，这或许是沙夫不受陶琼小姐父母待见的一个极其重要的原因。

正如窈窕淑雅的陶琼小姐更像南方人一样，沙夫也不像本地人。沙夫长相英俊，面色黧黑，额头和鼻骨之间似乎隐含一种俄罗斯的高加索血统。因为沙夫身材魁梧，陶琼小姐每次搓洗他那些大号的沉重的衣物时，都免不了在鼻翼上出一层细汗。她洗得非常用心，非常精细，然后，会亲自把它们熨烫整齐。

我说过，自 1943 年初春陶琼小姐与沙夫相识以来，他们之间还没有现代意义下完整的肌肤之亲。没有。这使得陶琼小姐在整理和熨烫沙夫那些衣物时，非常小心翼翼，充满了温情和感动。你要是看见陶琼小姐那双纤巧白皙的手，滑动在制服的粗糙和纽扣肩章的冷硬之中，就会多少产生一些艳情的喟叹的。

但是陶琼小姐从来不曾洗过沙夫行李中的床单之类，虽然有几次，陶琼小姐心想，它们也许该洗了。在当时，东北有一句流行的话，很俗，“光棍的行李，姑子的裆，瘸子的拐杖，疯子的枪”，这叫四大碰不得。碰了，是要造成后果的。“光棍的行李”碰不得，或许是那里有什么隐私吧？陶琼小姐这么想着，脸上就会微红一下，不碰也罢。

陶琼小姐开始换掉自己贴身的内衣时，沙夫家的铁门忽然“哐啷”响了一下，门被打开了。陶琼小姐吓了一跳。她几乎来不及做任何事情了，除了本能地将本已阖上的这厢房门用手抵住。

进院的人是沙夫，陶琼小姐的心虽然尚未全部放松——毕竟嘘出一口气。但是随即，她的心又被更高地提起来，同沙夫紧跟着进来的还有一位戴礼帽的陌生人。

陶琼小姐紧张得跟整座房子似乎焊在一起，她简直不知道自己眼下成了什么样子。不过万幸，沙夫和那个陌生人反身锁好门，穿过厅堂，疾步走进另一间屋子里了。

陶琼小姐开始用极轻、极快的动作麻利地穿好衣服，整理头发。现在，她的心情可以平静下来，平静到了连她自己也不相信会这么悄无声息地待在这座房子里。

对面厢房的谈话声虽然很小，可是清晰地听清它们还是不成问题的。

…………

“任务完成之后，组织上会派人帮助你撤离的。”这是陌生人的声音。

“是。”这是沙夫的声音。

“记住，这期间我们恐怕没有机会再碰头了，关于炸毁你所处的那片弹药库的计划，你一定要考虑详细、缜密，做到万无一失。这直接关系到八路军此次攻城行动的成败。”

“我明白。”

“沙夫同志，党组织相信你会胜利完成任务，同时，保证个人安全。”

“请组织放心。”

“我走了，多保重，再见。”

“再见。”

沙夫同那个人一同悄悄离去了。门依然从外面给锁上了，就像当初一样。整座房子里，除了陶琼小姐换了一身干净的衣服站在那里，似乎什么也不曾发生。真的，什么也不曾发生。陶琼小姐愣了好一会儿，跑去把锁头打开，然后，踉跄着拎来水，坐在院子里的马杌子上，开始搓洗那堆衣服。

她洗了一遍又一遍，漂清，拧干，想了一想，又扔进了盆里再洗。一下午的光阴，就被她这么反复搓洗过去。直到沙夫再一次回来，她才想起，忘记了该做晚饭。

虽然是很简单的饭菜，陶琼小姐在切青菜时，还是把左手划破了一下。

吃饭时，沙夫坐在那里，饶有兴味地吃着。陶琼小姐坐在他的对面，缓缓放下筷子，终于忍不住幽幽地说：

“沙夫，如果有一天，你遇到什么事情，或是你不再爱我了，请你一定告诉我。”

“嗯?”沙夫停住筷子，抬头看她，“什么意思?”

“我知道你有事情瞒着我。它也许比爱我还重要。”

沙夫笑了一下，轻松而自然。他把手摊了一下：“没有的事。”

“也许，我们经历的不是一个容许相爱的时代。”陶琼小姐说。

“陶琼，你怎么了?”

“……你们下午回来的时候，我在家。”陶琼小姐说。

沙夫一切都明白了。他顿了一下，点着了一支烟，问：“那你听到些什么了?”

“沙夫，你是地下共产党员?!”

“陶琼，”沉默良久之后沙夫缓缓说道，“忘记今天下午的事情，就像什么都没有发生过一样，为了你，也为了我，我们。”

“沙夫，这件事必须要由你来做吗？”

“你什么都不要再问了。”

陶琼小姐轻轻咬了一下嘴唇。“库区里，一共有多少座弹药库？”她突然问。

沙夫一愣，迟疑片刻回答：“总共……十三座。”

“沙夫，告诉我，有没有危险？”

“……没有，肯定没有。”

“我想，你总得从第七座——也就是所有弹药库的中间开始炸吧？”

“不。南边的弹药库存量最大，与下一座弹药库的间距也最远，先引爆它，才使它有足够的威力波及旁边的弹药库。当然，还有一点，我的值班室离它很近，只有十几米。”

“值班室？”陶琼小姐把面庞换了一个角度，看着沙夫，“值班室不还有一个人吗？”

“还有一个，沼野充义，日本少佐。不过，这家伙生性风流，游手好闲，每周末的下午照例去大西街拈花惹草。”

“我见过他。”陶琼小姐微蹙了一下眉，“你想好了怎么去炸吗？”

“没有，这正是我要问自己的。”

6

又是一个星期天。在库区南端的十三号弹药库附近，阒寂无人，只有阳光在凝固不动地照着。

沼野充义不在。这正是沙夫选中的时机。沙夫用事先偷偷配好的钥匙打开了弹药库的大门。库区的管理非常严格。按规定，每座弹药库的钥匙能由该库的值班长一人把持。沙夫是十三号弹药库的值班员，值班长是沼野充义。

沙夫把备好的散装起爆炸药放在地上，引入导火设施。导火设施的燃烧时间是经过精密计算的，必须是十七分钟，不能短也不能长。短了，沙夫无法穿越长长的库区安全走出来；长了，沙夫离开库区后，会有更多的留给敌人发现目标的时间的可能。

沙夫果断地点燃导火设施，锁上大门，迅速撤离。

一公里又一百米长的库区，沙夫以一种不疾不缓的步伐走着。将近大门时，守卫的日本宪兵冲他笑了一下，他轻轻回报了一个笑。

走了两步，他抬手招了一辆人力车："快!"

人力车拉着他拐入一条街道。沙夫跳下车，回头扫了一眼，从空中抛给车夫一块现大洋，踅身跳上一辆刚要启动的有轨电车。

几乎与此同时，远处传来一声巨大的轰响……

以上这几个画面，沙夫已经在脑海里设想无数次了。是的，几天来，这还仅是一个设想而已。他现在没有任何关于起爆方面的用品和工具，没有，除了上级交给他的指令。

首要的问题是，在眼下军械管理极其严格和物资极端匮乏的情况下，设法搞到一些散装起爆炸药来，哪怕是配制的也行。

沙夫这么想着，便在一天上午穿上长衫，戴上一副眼镜，扮作教书先生的模样，走进了市区繁华路段的一家五金化学商店。

"请给我称一些三硝基苯酚。"沙夫说。

“三硝基苯酚?”着马褂的商店老板从算盘上抬起头。

对。沙夫心里想。只能是三硝基苯酚，又叫黄色炸药。像黑索今、硝化甘油等等，虽然是猛性炸药，但是对火焰并不太敏感。

沙夫用眼角的余光证实了身边没人注意到他，然后用肯定的神情点了点头。

“做什么用?”老板不紧不慢跟了一句。

“教学实验。”沙夫说，“以前领学生们做过一个 NH_4NO_3 加热分解成一氧化二氮和水的实验，反响不错。你知道，十四五岁的学生们的求知欲很了不得。”

老板认真地看了沙夫一眼，给他搬来一把椅子：“你稍等一会儿，我去拿货。”说完，老板转身进了后房。

沙夫坐下来静静地等。大街上行人熙熙攘攘，不时有面孔各异的顾客走进店内。沙夫等了一会儿。沙夫等了足有好一会儿。老板仍不见拿货回来。沙夫望着老板身影消失的门口，突然间意识到了，自己是天底下最大的傻瓜。是的，这儿离警局不远，他知道老板八成去干什么了。

沙夫在心里骂了一句，然后站起来。柜台里的伙计立刻向这边看了一下。沙夫装作悠闲的样子，慢慢在地上踱了一圈儿。踱到门口，目光望着窗外，扭头突然对柜台伙计说：“哎，我的一个熟人在外面，我喊他进来!”说完，大步走出门去。

柜台伙计从里面急忙走出来：“先生不要走，货马上来!”

大街上，已经见不到沙夫的影子了。

沙夫回到家后，把他的遭遇跟陶琼小姐讲了一遍。陶琼小姐笑了，她说：“这样的事情，还是应该由我来做。”

下午，陶琼小姐穿戴好她雪白的护士服和护士帽，朝街区内的另一家五金化学商店走去。她的手里捏着一方湿手帕，因为天有点热。她留心没在手帕上洒香水，她想让身上的 Lysol 药水味更好地凸显她的职业特征。在商店里，她要的是苦味酸。她告诉老板，由于医院药品奇缺，亟须配制一些代替药品。苦味酸能沉淀病人肌体组织内的部分蛋白质，使组织皱缩，消炎退肿，加快伤口愈合，医学上往往把它用作外科收敛剂。

她几乎没费什么力气就让老板装好了她所要的东西。

当然，陶琼小姐心里清楚，苦味酸的学名便是三硝基苯酚。

军事上，称作黄色炸药。

陶琼小姐提着她所得到的东西向外走，身后突然有人叫住了她。

商店老板礼貌地向柜台上示意了一下：“小姐，别忘了你的手帕。”

陶琼小姐拾过手帕，用它顺势擦了一下额上瞬间渗出的细汗。

“谢谢。”陶琼小姐说。

7

我发觉如实叙述眼下这个事件进程中的每一个细节是非常累的。因为沙夫非常累，他没有一刻放松过思考。当然，待会儿你们可能知道，我也不例外。不过，狄尔泰曾经说过，生活的整体和最终意义，其实是非常渺茫的，不明确的，像是一个谜；只不过它的细节表现上，是非常清楚的，真实的，不容忽略。

距离上级交给沙夫指令的期限还剩不多的时间，沙夫还在为一个细节苦苦思索着。那就是：用什么充当导火设施，来引爆那些已经搞到手的炸药？

十七分钟，如果用正常的导火索的话，这根导火索足足需要四十多米长。这几乎是不可能的。那么，用什么？几天来，沙夫试验了好几种代用材料，这些材料要么是燃点太低，有自行熄灭的危险，要么就是形式上不妥，不便于装置和操作。沙夫的脑袋好比藏着一个泥浆搅拌机，世界上所有可燃烧物质的专有名词都被他翻来覆去想过了，筛过了，可还是一无所得。过度的思考似乎更容易耗尽脸部皮肤的水分，傍晚，陶琼小姐来见沙夫时，沙夫的脸干瘪得像是一只受病的茄子。

陶琼小姐把一份《时事新报》递到沙夫面前，小声道："号外！日军一个月来兵犯豫中，先后攻占郑州、许昌、洛阳等四十五座城市。昨天，日军十万人开始三路进攻湖南。"

"狗急跳墙。"沙夫说，"他们在南洋的部队已成孤军，他们一心想打通从东北纵贯大陆至越南河内的国际交通线……别的呢？"

"别的——"陶琼小姐说，"没有了。国民政府继续发行公债，强行摊派。今年的物价又比去年上涨了两倍半！"

沙夫在陶琼小姐的目光和暮霭的笼罩中颓丧地坐在地上，点着了一支烟。

陶琼小姐低下头，说："你这几天急得嗓子都上火了，烟还是少抽点儿。"

沙夫呆怔地点了点头，把香烟从嘴唇上撤下来。蓦地，他盯着香烟，盯了好一会儿，慢慢地用食指和中指把它掐扁，揉烂，然后重重地捶了一下自己的大腿。

——妈的，香烟！

沙夫成功地用香烟来做导火设施。香烟燃点高，燃速均匀，又便于携带和操作。沙夫吸的香烟是“老刀”牌，同正常香烟一样，长度六厘米，自燃时间是十二分钟。第二天，沙夫就去市中心百货公司买了一盒“美丽”牌香烟。这种香烟由中国华成烟草公司出品，二十世纪三四十年代，在国内各大城市风靡不衰，物价平稳的时候，每盒售价仅为小洋一角。它可能属于当时国内唯一一种长支香烟了，每支长八点五厘米。沙夫把它买回去，抽出一支点着，观察它自行燃烧的时间，不多不少，正好是十七分钟！

沙夫一整天都像个孩子似的乐个不停。

8

有一句话叫作“人算不如天算”。

或者反过来说也对：“天算不如人算。”

沙夫觉得，在整个事件的筹划中，老天已是够担待他了，虽说没有让他太过顺利——这使他考虑事情更加周密；倒也没让他寸步难行——那无疑是束手待毙。每一步都是峰回而路转，水到便渠成，照此下去，按预定时间完成任务已无足多虑。

殊不知，人为的事情还是发生了。

第二天，沙夫所在的弹药库执行了一项最新命令：所有弹药库一律重新换锁，换锁后的新钥匙统由库区最高长官绝对把持，任何人无法以任何名义进入弹药库。

似乎是谁暗中洞悉了沙夫的意图，这项命令几乎就是冲着沙夫来的。

现在，沙夫几天前通过隐蔽的借口搞来并偷偷配制的那枚钥匙，其作用与一枚铁钉无异。

连沼野充义都对这项命令感到不可思议。不过，他很快就释然了，这样他会更轻松。库区不远的大西街那片烟花之巷，他去得似乎更频了。

甚至有一次，他对沙夫说："沙夫君，还没有女朋友是不是？趁着年轻，应该去玩一玩！"

只有沙夫知道自己的焦急。他已经失去了最后的耐心，他像是孤礁上的一只蚂蚁，随着涨潮海水的不断上升，可供它斡旋的余地将越来越小。他知道，大战在即，守城的日本军队或许已经意识到了什么。

沙夫反常和近乎绝望的心理，有一天让陶琼小姐真切地感觉到了。那时候，沙夫正蹲在冷冰冰的地面上，对着床底下的一对东西静静地出神。

"那是什么？"陶琼小姐问。

沙夫拾起来一只。陶琼小姐看清了，它椭圆的，非常精致，优雅，像是孩子们的玩具。

"这是德国 U26 制式坑道手雷。"

陶琼小姐微微愣了一下。

“用它做什么?”

“它不需要钥匙。它会打开一切。”沙夫一字一顿地说。

陶琼小姐瞬间明白了沙夫的企图。在必要的时候，沙夫是会与弹药库同归于尽的。她眼前一下子涌起了泪花。停了一会儿，她忍不住还是要问废话：“你是什么时候弄到它们的?”

“它们跟我在一起，比你跟我在一起要早得多。”沙夫诙谐地眨一下眼睛，然后侧过脸，似乎用耳朵仔细地听那对尤物是否在呼吸。他把它们重新放回床下。

其实，在此之前，一直困扰沙夫的问题不是别的，而是上级交给他任务时，同样交给他的一句话：保证个人安全。

现在，沙夫想，事情原来很好办。除了交出生命，上帝并没有让他走投无路。

陶琼小姐从沙夫的目光中看出了他的决然。她太了解沙夫强硬得近乎偏执的性格脉络和走向了。她一直深爱着沙夫。沙夫的举动让她胸口感到再次的壅塞和疼痛。

事实上，陶琼小姐前胸的疼痛，已经说不清有多长时间了。

9

本埠的基督教会医院不是一座庞大的医院，然而，它也绝不是一座很小的医院。应该说，它是一所中等规模的综合性医院。1899 年，一个叫帕尔马的丹麦人创办了它。过了两年，帕尔马死于一场车祸。我得说，这确实是一次意外。因为直到 1912 年，本埠还没有一辆汽车。

是一辆受了惊的马拉的洒水车撞翻了帕尔马。帕尔马死时伏身于路边的公用井台前，似乎正在察看井里的水质。

基督教会医院的第二任院长是波埃罗。不用说，波埃罗的寿命要高得多。如果不是他上任第四年接连发生了两起医疗事故，他会一直干到现在的。但是，后来，他只好回国了。

现任的贝德森牧师是任期最长的院长，三十九年。基督教会医院在他的任期内得到了全面的振兴和发展，当然，这也使贝德森牧师由一个小伙子变成了老头。他的脸上长满了胡须和老年斑，只是目光仍旧深邃，说话时面部仍旧容易涨红。

不管是春天还是秋天，在梧桐树和银杏树之间的草地上，人们经常可以看见他。有时候在楼梯口的黑窗白墙下，有时候在病房，有时候甚至在地下室的锅炉房和洗衣间，更多的时候是在医院里的礼拜堂。同他一起来医院共事的老护工们倒没觉得贝德森牧师一点一点老了，那是因为他们彼此被共同的时间给包住了，这样的人是感觉不到时间的流逝的。不管怎么说，包括像陶琼小姐这样年轻的几乎所有的人都认为，贝德森院长是一个好老头，一个勤勉的老头。还有，他的医术精湛之至，丝毫未减当年。

当陶琼小姐做完 X 线造影检查，贝德森院长用他那鹰隼一样目光，将那张片子迎着窗外，仔细地盯了半天之后，从牙齿挤出的几个字，令陶琼小姐感到天旋地转："乳癌。应立即做双侧乳房切除手术。"

几秒钟之后，陶琼小姐的目光能够适应眼前的物体，但她接下来感觉胃部难受，恶心，乏力，嘴里有一种铁腥和硫磺味。她无法承认已经发生的事实，更无法承认即将到来的事实。她本能地喃喃道："不……不可能……不……"

贝德森院长的目光让她看不到丝毫的妥协。毫无疑问，贝德森院长是绝对的主宰和权威。

"不……请想一个别的办法，用药物治疗，千万不能手术……呵，天！"陶琼小姐开始在室内不安地走动。她在墙上的镜子里看到了自己。她美丽、端庄而青春洋溢，胸部丰满和曼妙的曲线勾示出她未受世俗沾染的风情。

差不多整整一个上午，确切说是两小时一刻钟，贝德森院长和陶琼小姐都在围绕治疗问题进行激烈的争论。这中间有过几次干扰，但都被贝德森院长给挡回去了，包括本埠红十字会邀请参加的一个紧急会议，还有一个医院里的勤杂工来请示一个什么维修的事情，被贝德森院长以罕见的粗暴给呵退了。贝德森院长和陶琼小姐最后的几句话是这样的——

陶琼小姐："你无权对我实施一切关于乳房的接触和手术，别忘了你是牧师……"

贝德森院长（脸再一次涨红，那是由于愤怒）："NO，我是医生，我首先是医生！即便是神职人员，他首先关注的也是生命！"

陶琼小姐："《圣经》中的《利未记》有过箴训，不要强人所难。"

贝德森院长："我读过你们中国人古代的《医宗金鉴》《外科全生集》，它们是你们医学上的圣经。可是，对一个即将病入膏肓的人来说，讲什么'以消为贵，以托为畏''概不轻用刀针'，这是开玩笑！”

贝德森院长最后说：“密斯陶，你现在尚可选择是否手术；等到病毒侵入到你的全身，手术将不会被你所选择。”

那时候，陶琼小姐双手合十，闭上眼睛，开始慢慢祈祷。她极力设想眼前的事情快一点过去，或者，使它们不成为她一生中最重要的事情。后来，她想到了沙夫，一个念头掠过她的心胸，她渐渐安定下来。她似乎看到了自己的以后，为了沙夫她愿意这样做。

“好的，贝德森院长，我答应你。”

那个慈祥的老头缓缓走到陶琼小姐面前，把手放在她的额头上：“孩子，上帝会保佑你的。”

10

陶琼小姐托人捎口信给沙夫，说她去山东德州的姨妈那里探亲，半个月以后回来。虽然这是情理之中的事（陶琼小姐不止一次说过想去看她姨妈），但沙夫还是感到了一点意外。不过，沙夫没有在这件事上浪费过多的想法。他相信陶琼小姐真的去了德州。如果陶琼小姐还在这座城市的话，没有任何事情会使她半个月不来见面。

陶琼小姐在医院待了几天做术后观察，然后去了乡下。她在幼时的乡下干妈那里继续养伤口。每天，除了躺在炕上看点书，她几乎不做任何事情。她爱她干妈，那是一个典型的农村裹脚老太婆，她悉心照料陶琼小姐，但是陶琼小姐几乎不跟她唠什么家常，她不愿勾起回忆。现在，陶琼小姐的乳房、胸肌和周围的淋巴组织几乎不复存在了，它们变得很平坦，跟她的童年一样。有时候在梦魇之中，陶琼小姐梦到自己的乳房重新长出来了，醒来后她感到很不可思议，心情复杂，不知道这是好事还是坏事。她知道，乳房再生，这是根本不可能的事。她在学校学过的医学理论告诉她，动物有低级和高级之分，区别之一就是看它的器官再生能力强弱。蚯蚓、水母的再生能力强，说明它们是低级动物；人的器官一旦受到损伤，极少会再生如初，所以人是高级动物。这个理论也可以具体到人自身来说明：骨头、皮肤、肌肉的再生能力强，比较来说它们显得有点低级；神经、血管、筋络的再生能力弱，它们便是很高级的器官了。乳房内遍布神经、血管和筋络，属于高级器官，要想再生，简直难于来世托生。

夜晚的时候，陶琼小姐会听到老鼠在棚顶窜动的声音。还有院子里的狗，睡醒了一觉之后抖动懒腰的声音。有时候鼻息里会嗅到磨坊里玉米秸和大豆的气味。这些东西她很熟悉。她睁开眼睛，月光把窗前樱桃树枝杈的影子弄在她身上，她恍然间觉得身上被缠满了绳索。每每这个时候，她会极力想想她所处的时间，是前半夜还是后半夜，算算她来到这里一共几天了。多半时候她会坐起来，借着月光翻看墙上的旧皇历，生怕时间连声招呼不打就溜走。

这一天，陶琼小姐下床了。她的伤口基本愈合。她感觉全身出奇的轻松，她不知道哪里轻松。她去到野外，她的肌肤被泡在阳光的温泉里，她看到轻风一寸寸地吃过田野。她想起她童年时玩过的沟坎，狗尾巴草，她去拔山浆不小心被蜂子蜇过的树林（被蜇过的地方还似乎隐隐作痛），光着脚丫踩过的田埂，当然，脚印已经不复存在了。她还想起了那年冬天的大雪，好大。现在是夏天，不过也快，就在年末，大雪还会降临的，只是无法预料它是否会有她六岁那年的大。现在，她的目光里看不到牛和羊，由于日本人实行归田并户，老百姓都被勒令到一个地方居住，大片的土地都变得更加深远而且广袤了。

陶琼小姐从野外回来的时候，说服自己在炕上再稍稍躺一会儿，因为下午她就要走了。她和那个老太婆终于唠了一会儿嗑，她躺在那里，像个孩子。她们讲了一些过去的事情，讲她干爸，活着的时候打猪草，镰刀甩起来像草丛中一条飞蛇。可就这么一个有力气的人，临了因为哮喘连肋骨都给咳断了。老太婆竟然还能回忆起来，他们十多年前曾向陶琼小姐父母借过半斗荞麦，一直忘了还。陶琼小姐说都是亲戚，都是父母爹妈，提这些干吗？老太婆后来给陶琼小姐唱了一首童谣，是满族的一首催眠曲，陶琼小姐儿时经常听。因为牙漏风，唱得不成样子，可是最后她俩都流出了眼泪。

一个是因为怜惜着。

另一个是因为快乐着。

11

回到城里，陶琼小姐去百货公司买了一副仿胸。1944 年全国还没有出现硅胶产品，但是硫化橡胶已经是非常不错的了，质地柔软而富有弹性。陶琼小姐买了一副戴在衣服里面，她的前胸立刻丰满如初了。她再一次提醒自己，今天是周末，也就是说，她清楚明天是什么日子。

在日满通讯会社一楼的一个柜台前，陶琼小姐匆匆在纸片上写下了几行字：“请即刻到我父母家，关于我的婚事，有要紧事商量。”想了一下，她又写道：“晚饭等我。可以先做一道沙锅牛河。”写完，她把纸片折进信封里，交给速递邮差，让他按地址交给一个叫沙夫的人。

半小时后，陶琼小姐来到沙夫家里。门像她想象中那样锁着。打开门后，她认真地收拾了几样东西，然后换了一套衣服，对着穿衣镜仔细照了照，确信没什么问题后，她出门向大西街方向走去。

这是 1944 年的 6 月份。因为这一年的 4 月是闰月，所以天气不免来说还是热了一些。陶琼小姐穿着一件深灰色子母扣上衣，立领，七分袖。自从上海艺华的明星影片《小姊妹》上演之后，这种上衣便流行开来。它的设计优点之一是紧腰，耸乳，性感而绝不随意敞放。与它相配的是一条同色短裙，垂至陶琼小姐髌骨处，脚上则蹬一双半高跟皮凉鞋。

在大西街的巷子里，陶琼小姐嘀咯嘀咯地走着。她去遍了每一家妓院窑房，没有见到她想找的人。不过她感觉收获还是不小，从那些打情骂俏的场面中，她学会了如何做出一些流俗的言谈和举止。

她站在大西街口等待着。如果陶琼小姐脑海里还有清晰的时间概念的话，她应该是等了足足两个钟头。直到将近吃晚饭的时候，沼野充义从远处走来了。陶琼小姐马上认出了他，他有一次去基督教会医院测过血压。

沼野充义吹着口哨，双手插在陆军军裤的兜子里。陶琼小姐的嘴角微微翘着，目光侧着向对方左下方眄了一下，然后迂回而去，再直奔对方的双眼送去秋波。

这一招很厉害。陶琼小姐不知道，在红粉香脂场上，这一招叫

“左勾拳”，又叫“勾魂眼”。

沼野充义直直地盯着她。她冲沼野充义笑了一下。

“往哪儿走哇?”她嗔了一句，“人家等了你这么长时间。”

“唔……”沼野充义朝巷子里看一眼，目光转了回来。陶琼小姐立刻道：“烦死了！我们那里去了那么多喝醉酒的客人，又吵又闹的，姐妹们也都不理我，哼！还不如我一个人出来散散心呢!”

沼野充义的面肌动了一下，那是一个不经意的笑：“我好像在哪里见过你。”

陶琼小姐眨了一下眼。她确信在医院的病房见过沼野充义的时候，自己戴着护士口罩。她讥诮地说：“算啦，你当然好意思说。每一回都是，除了让我和一班姐妹陪你开开盘，打打茶围，你转身去快乐的时候哪里会想到我。”

沼野充义不再说什么，他点了点头，嘴里咕噜一句，跷起大拇指在腰处向回一剜，示意陶琼小姐跟他走。

在弹药库的大门口，两名守卫的日本宪兵围上来，他们跟沼野充义打着哈哈，一边对陶琼小姐说着下流话。一名宪兵似乎要动手动脚，陶琼小姐吓得躲到了一边。沼野充义阻止道：“你们的，待会的，慢慢的。”

几个人怪笑起来。

陶琼小姐跟着沼野充义来到了库区最南端十三号库的值班室，屋子里当然没人。床头上放着一本书，陶琼小姐认出那是沙夫的。从窗口，她能看到左前方十几米远的那座十三号弹药库。一切都似乎凝固不动。

沼野充义脱掉制服。“来，宝贝。”他把她拽到床边，右手托着她的下巴，掂了两下，然后手开始向胸部滑去。

陶琼小姐本能地退了一下，接着又不知所措，抓住沼野充义的双手，把它放到自己的髋部。她脸色苍白，嘴里喃喃着：“对不起，我先去小解一下，求求你。”

“哈！”沼野充义狰狞地笑了一下，“受不了了吧？”他把手向窗外右侧一指，“那边！”

陶琼小姐边整理头发，边快速向外走去。在十三号弹药库门前，她站住了。

沼野充义走出来，对她喊：“嗨，那边，那边！”

陶琼小姐优雅地挣开胸颈前的上衣子母扣，露出了里边的乳罩。是的，不是仿胸，是一只很普通的乳罩。她掀起乳罩，露出了绑吊在那里的性感的、椭圆的、两只德国 U26 坑道手雷。

沼野充义简直不敢相信自己的眼睛。他清楚将要发生什么，他的脸庞因极度惊恐而变形。他杀猪一般地号叫，大声地咒骂她，语言中夹杂着蹩脚的汉语和日本北海道方言。与此同时，他不知道朝哪个方向跑，是奔向陶琼小姐，还是逃向一公里又一百米远的大门口。事实上，这一切都来不及了。

12

在陶琼小姐父母家里，沙夫听到了一阵奇怪的声响，那是他梦中听到过的声响。但是要比梦中的真实和巨大一万倍。沙夫和陶琼小姐的父母几乎都看到了，桌子上玻璃杯里的酒被震得摇晃不止。饭菜早已凉了，他们一直在等待陶琼小姐。沙夫第一个冲到外边，他跳上柴垛，来到房顶，他看到城市的东部被映得通红。正在蔓延的爆炸声和弥散的尘柱向他指示了，引爆点是从库区最南端开始的，依次向北。这与他当初的设想毫无二致。一阵突来的眩晕猛袭了他，他几乎失足从房顶上摔下来……

13

我想讲讲两件后来的事情。1990 年，中午吃饭的时候，六十七岁的沙夫在某部干休所一间休息室里看电视，电视上播出的正是一部反映四十年代地下党斗争的连续剧。沙夫老人看的时候，画面上讲几名地下党，利用先进的电子定时爆破，成功炸毁了敌人的弹药库……沙夫老人当时就把一碗热得来不及吃的肉汁面条扣到了大屏幕电视上。"奶奶的，胡扯！那时候没有这玩意儿，没有！奶奶的！"他喊得满楼震天响。

另一件事是，自从 1944 年那个夏天之后，沙夫不论看向哪里，都觉得眼前晃动着雾状的阴影，硝烟隐隐的样子。这种情况一直陪伴他到了五十年代末。这一年，他来到了市第一人民医院（原基督教会医院）眼科咨询，大夫检查完告诉他，他患的是玻璃体混浊症。医院让他吃了许多药，可是好久之后症状未见好转。沙夫此后拒绝服药，除了看报纸，他就是一心看自己眼前的硝烟……

也就是在那一次，他在医院里无意中发现了陶琼小姐的病历。

尾声

我所讲的《陶琼小姐的1944年夏》，差不多就是这个样子了。一般来讲，作者在一桩事件的所有叙述都结束之后，会极力声明和承诺它的真实性。我相反。以上情节的发生，差不多都是在我的想象中完成的。

粘贴在杨衒之《洛阳伽蓝记》第四篇文末的残断的旧报纸，只有一小截，上面只记载了这么几句话：本报讯……弹药库遭全创……事后据某旁观人士回忆，事发前曾有一年轻之陌生女子入内，该女子胸峰高挺，风姿绰约，然轻装薄服，尤持寸铁……此事蹊跷，云云。

仅此而已。

我相信事情就是这么发生的。确认了自己的想法和感觉后，我发现自己的脸上已满是泪水。这是许久不曾有过的事了。

或许那个年轻的女子不叫陶琼。那么，虚假的也仅仅是名字而已。

那张旧报纸的名号和日期，我已经说过了。去一下档案馆，你或许能查到它。

L形转弯

杜坚看着乔闪在一点点穿衣服。女人在室内只有两种姿态最美，一种是脱衣服，一种是穿衣服。这两种姿势因为有了物理上的距离，目光落上去才会更显得适合一些。在床上亲近的时候，目光是看不到更多曲线的，只会看到表情和欲望。杜坚躺在床上，用脚背抵住乔闪的腰窝，想把她扳倒。他想再来一次。乔闪在床边回过头，摁上乳罩的搭扣，说："起来吧，你也该走了。"

杜坚看了一下腕上的手表，说："我送你。"

"你送我？"乔闪边说边站了起来，"你送我还是我送你？你还没有车呢。"

正在这时，杜坚的手机响了，是厅里黄副厅长打来的，要他马上到他的办公室去一下。

杜坚和乔闪走出门。大街上已经开始繁忙了，晨色将城市漂得焕然一新。杜坚拉上铝合金卷帘门，锁好，乔闪正在车上等他。杜坚挥挥手，说："不用了，我打的去。"

乔闪启动了她的车。宝马 760 的启动系统干净到位，发动机声音轻微得就像一只手机发出振动似的。杜坚目送乔闪开车走远，转身奔向附近的电车站牌。

在省公安厅大楼黄副厅长的办公室里，黄副厅长送给杜坚一份文件，说："你的靶子饿了，这一阵要好好喂喂它。"

杜坚说："又要训练？"

黄副厅长说："这是公安部搞的 2000 年全国巡警防暴警射击大比武规程，全省将统一组队参赛。微冲和狙击步枪这一部分，外市已有人选。手枪枪种这一个名额，厅里觉得还是给你适合。"

杜坚接过文件看了起来。

"比赛还不到一个月时间，你要抓紧训练，不过要记住，这期间如有任务，还是执行任务第一。"

"是。"杜坚简短地答道。

杜坚和乔闪是半年前认识的。

半年前的一天中午，乔闪下班稍晚了一些，她照例坐 16 路电车回家。这个时间早已没座位了，并且还有一点挤，不过并不严重。说并不严重的意思，就是别的乘客与乔闪之间的距离，还没有达到使她太过难堪的地步。12 点 20 分，电车将到西辰路的时候，情况起了一点变化，乔闪感觉一个男人，悄悄地贴近了她，随着车子的颠动，身体同她有了局部的接触。乔闪没有回头，只是稍稍让了一下，可是那个男人似乎也是很不经意的，马上靠近了她。车到西辰路，上来几位农村打工少女，过道上立刻显得拥挤了，乔闪明显感觉那个男人的裆部，一点点地碰着她。乔闪回头，不客气地看了那个男人一眼，可是对方若无其事，两只手抓住吊杆，像是篮球运动员那样，更像是她的情人那样，让她依偎并护持着她。乔闪只好小心地规避着，同时愤怒地想，难怪中国这些年女性开私家车的数量激增，跟电车上这种无能的勾当不无联系。车到华韵乐器行，乔闪实在受不了了，她宁可忍受步行三站路为代价，提前下了车。不料下了车，那个男人也到了目的地跟着下来，一边走一边打着手机。

在人行道上，乔闪在前面走，他在后面走，乔闪停住脚步，他也似乎下意识地停住脚步。乔闪干脆站下，回过头，大声问："你到底要干什么？"

那个男人愣了一下，说："我没干什么啊？"

反正街道前面不远处就是淡蓝色的省公安厅大楼，乔闪并不怕他，乔闪说："车上人多，我已经够给你面子了！"

"啊，"那个男人打了个哈哈，说，"是啊，刚才车上人多，不叫着我有意挡着你，你肩上挎包里的东西早就没了。"

"扯谎。"乔闪说。

"刚才电车上有三个男人合伙行窃，我猜他们至少有两个人揣着刀。我的眼睛只会告诉我谁是歹徒，不过哪位乘客的包里有钱，他们的眼睛比我更专业。我猜你的包里会有很多钱。"

三千元。乔闪想。不很多，也不很少了。

“你是警察？”乔闪看着身穿 T 恤的男人问。

对方不置可否地笑了笑。

“那你为什么不制止他们？”乔闪说。

“没有证据，”男人说，“没有证据，任何人只能无所作为，除了歹徒。再说，我还年轻，车上那么挤，我不想做无谓的流血或牺牲。”

正说着，男人的手机响了。在接听手机之前，男人向乔闪摊开了双手：“你看，现在的情况可能就不同了。”

男人打开了手机，里面传来另一个男人的声音，大意是，车上的歹徒在电车过了华韵乐器行时开始行窃，110 警务指挥中心已经派人堵截抓捕成功，目前人赃俱获。

男人站得虽然不是离乔闪很近，乔闪还是清晰地听见了里面的声音。这么说，男人刚才下车打手机，是在给他的同行——110 警务指挥中心报警。

乔闪说：“谢谢你。”

男人说：“不客气。”

杜坚和乔闪的第二次见面，是在一次晚宴上。

那次是杜坚的朋友小峰请的客。小峰六岁的儿子毛毛在幼儿园荡秋千，不小心跌下来摔折了小腿腿骨，眼部也受到了一点创伤，被送到省立医院手术治疗。小峰把一切忙过了差不多一周后，猛然想起毛毛当初是入了人身保险的。小峰把事情通知了保险公司，按规定，小峰已经超过了在事发后第一时间告知保险公司的告知时段的，但是保险公司还是给予了积极的配合。毛毛出院后，小峰决定请保险公司方面吃一点饭，对方婉言谢绝了。因为不管怎么说，这次事故证据完备，事实清楚，理赔是应该的。但是小峰执意要请，小峰认为这次事情办得非常顺利，没有丝毫拖泥带水，再说，毛毛身体已经恢复健康，就算是借此表示一点庆祝吧！

小峰邀请杜坚作陪。从小，他俩就是形影不离的好朋友。杜坚的妈妈和小峰的爸爸退休前，分别是本市舞蹈团的团长、副团长，多年搭档和战友，两家关系处得非常好。小峰和杜坚曾同在一个少年舞蹈队学习过四年，只不过后来小峰考入了经贸大学，杜坚则考上了警察学校。在警校做格斗训练的时候，“旋身劈腿”和“环体空翻”这些复杂的技能动作，全班其他人都不堪其累，只有杜坚做得轻松利落，准确到位。他有舞蹈的练功基础，再加上身体爆发力强，成为训练能手并不奇怪。当然，这些并不是轻易得来的，他十一岁那年胫骨上过夹板，不是受伤了上夹板，而是好好的却用夹板夹伤，因为他的胫骨稍微有外倾的迹象。现在好了。据大夫说，他的身高为此至少增加了0.9 厘米，他现在是 1.82 米。

杜坚应邀赶到的时候，才知道保险公司也是来了两个人，一个是业务部的经理，另一个就是乔闪。乔闪是保险公司的业务员，小峰当初的那单保险协议，就是乔闪上门联系的。与业务经理握过手后，小峰指着乔闪对杜坚说：“来，我给你介绍一下这位。”乔闪对杜坚笑着说：“我们见过。”杜坚的职业特性使他当然也不会忘记乔闪。乔闪大大方方地伸出手和杜坚握了一下，说：“你来之前小峰已经给我们介绍过你了，原来你是公安厅直属防暴队的队长。”

"是副队长。"杜坚说。队长是一直由黄副厅长兼着的。

"防暴队好啊，"乔闪说，"是警察中的警察。"

大家都笑了。

那天晚上杜坚对乔闪的印象很好。杜坚没敢喝酒，原来说六点钟有一个任务需要执行，可是到了下班后也没有动静，说是随时待命，现在已经快八点了。乔闪倒是喝了一点酒。乔闪喝了一点果酒便脸色酡红，她穿了一件莱卡无袖 V 领上衣，举手投足有时会隐现诱人的乳沟。也许是当晚轻松特定的氛围所致，杜坚觉得乔闪比他俩第一次见面要美。乔闪那天晚上致使她脸色酡红所喝的唯一一杯果酒，是敬给杜坚的。她再一闪向杜坚表示了谢意。当然，她也惬意于眼下宽松的环境，包括小峰对她的问护周到，她觉得这也缩短了她与杜坚之间的距离。她想起了第一次与杜坚的见面，毕竟意外，毕竟偶然，所以陌生。这次不同了，这次因为随意，所以快乐。

临分手的时候，乔闪随意地问起杜坚的家庭是否入过保险？

没有。杜坚说。

"那，有机会我去拜访你。"乔闪说。

"啊。"杜坚愣了一下，出于礼貌，他点了点头。

杜坚至今还记得他第一次开枪杀人的情景。

忘不掉。

是在接到报警之后，追捕一个抢劫犯。他和一个战友同去的，那时候，他还在本市公安局下面的一个派出所做所长。

他们把歹徒逼到墙角。经验告诉他们，歹徒这个时候往往会激烈地负隅顽抗的，然而他们还是低估了形势。他们在夺掉了歹徒的刀子之后，没想到歹徒又从腰间拔出另一把刀，直接捅伤了他的战友。

在歹徒扑向杜坚的时候，杜坚快速地拔出了手枪，大声警告歹徒。歹徒已经杀红眼了，他把杜坚的警告看成是一种变相的怂恿和鼓励，他继续扑向杜坚的时候，杜坚的枪响了。

没想到 64 式手枪子弹的侵彻力这么好。也许是距离太近的缘故。子弹产生了在创伤弹道学上称之为“流体动力作用”的效果，在歹徒头部里面发生翻滚，这样，歹徒倒下去的时候，暴露给杜坚一个后脑勺，那里，有一个喇叭形的出口创伤，血和脑浆流了一地。

杜坚当时没感觉到什么。太紧张了。因此，也就是太自然了。到食堂吃午饭的时候，他看到邻桌的盘子里满是红辣椒和豆腐脑。他的胃部一阵痉挛，想到了一地的血和白花花的脑浆。他退到一边，剧烈地呕吐起来。

仅仅是心理上产生一点反应，这是远远不够的。他的行动变得迟缓，重复，犹豫。他的说话声音突然变得很大，哪怕事情微小得就是跟人家要一根火柴。局里及时给他找来了心理医生，帮助他做意外突发事件后的心理治疗和保健恢复。这也是惯例。有不少年轻的警察，就是因为应对不了亲手击毙歹徒的事实，心理承受压力过大，不得不离开警察队伍。这些人想到的一个简单事实是：同样是生命，就因为他们拥有了一把手枪，就可以像抹掉窗玻璃上的水珠一样抹掉另一个人的生命。

尤其是，所谓的犯罪动机与罪后代价不成比的时候。比如，杜坚枪杀的这个歹徒，事后得知，他仅仅抢了一名打工仔的 40 块钱。

心理医生来到的时候，杜坚正躺在值班室的床上看电视。你好，我姓官。心理医生说。

杜坚站起来闭掉了电视。两个人坐了下来。

一般来讲，警察在履行正义行为射杀犯罪嫌疑人的时候，事后总会产生一点内疚。这也是正常的。心理学把这叫作“肌肉同情”效果。

这是心理医生讲的第一个方面问题。

不过，上述经验，或者说同情，是本能的、低级的，因此也可以说是动物性的。比如说一只鸡看到另一只鸡倒下，本能地它会跳到一边。心理医生补充说。

心理医生讲的第二个方面是，当犯罪嫌疑人在实施犯罪过程中即将危害到公众安全利益包括警察个人生命时，不听劝阻和警告的，实质上对方已转化为我们的敌人。此时，用武器消灭敌人，是法律和人民授予警察的权利，警察是在正常履行职责。

第三个方面，心理医生说，对于警察用枪，必须“该出手时就出手”，否则会极大助燃犯罪分子的嚣张气焰。举例说吧，1999 年全国牺牲警察 539 人，负伤 5400 多人。其中差不多有一半的原因，是警察顾虑太多，怕担责任，不敢用枪。至于另一半原因，心理医生说，我相信你自己清楚。

心理医生大约跟杜坚谈了半个小时。他们顺便谈了一些别的。临走的时候，心理医生忽然回头问杜坚：我姓什么？

杜坚想，什么心理医生，绕了半天他连自己都不知姓什么了。不过杜坚马上明白了，对方是在探测自己职业上的注意力和记忆力。杜坚不假思索地说，谢谢你，宫医生。

心理医生终于露出笑容。他连声说，很好，很好，你不会有什么问题。外面阳光很好，你多出去晒一晒就行了。

杜坚没有想到，自小峰请吃的那次晚宴后，乔闪第二天就给他打来了电话。

“我去看你。”乔闪说。这是一个星期天。

杜坚知道她要来推销保险。他对保险了解不多，不过，他知道某一种业务冠以“保险”这个名称并不恰当，在潜意识中容易误导人们的消费心理。“保险”并不是保证危险不发生，只不过是危险发生后给予一定的金额补偿罢了。

“你在哪里?”杜坚在电话中问。

“我在单位。”乔闪说。

“那……我去你那里吧。”杜坚说。

“不行，我们今天开客户宣传会，人太挤了，走廊和我的办公室到处都是人。”

“那再说吧。”杜坚说。

杜坚这么说话，并不是想有意推掉乔闪的保险业务，他对保险这门行当并不像有些人那么深恶痛绝。当然，这也并不说明杜坚经济条件多么好，他多么热爱加入保险。他觉得这就是一个极其简单的判断问题，入还是不入，不会比一个人出门时要考虑先迈左脚还是先迈右脚难到哪去。

让他有稍感为难的是，妻子去市场买菜了，家里只有他一个人。

让乔闪以推销保险的名义单独上门，很容易使人想到一个常识问题。

“别，”乔闪没理会杜坚的语气，“你等着，我马上就来。”

十分钟后，乔闪来了。杜坚给乔闪倒了一杯雀巢咖啡。乔闪站在客厅里，环视杜坚书架上历年来获得的立功嘉奖证书，轻轻地发出赞叹：“哇——这么厉害!”

坐下后，乔闪打开带来的资料，说：“你就保一个毛毛那样的险种吧，你的小孩多大?”

“我没有小孩。”杜坚说。

乔闪愣了一下。在确信自己没有问错什么、同时也没有听错什么之后，乔闪不由得脱口而出：“哦，你们是丁克家庭。”

“也不是，”杜坚说，“我爱人不能生孩子。”

“为什么?”乔闪没有时间来想自己问的是一个什么问题。

“她婚后患了子宫肌瘤，把子宫切除了，后来，她又被查出患有中度的心肌梗塞。”

“哦。”乔闪明白了。就是说，他的爱人不仅不能生孩子，连平常的性生活都不能有。

“对不起。”乔闪说。

“给我保一个成人险吧。”杜坚沉默了一会儿说。

“你?”乔闪问。

“我。”杜坚说，“你给我介绍一下都有什么类别。”

乔闪给杜坚简单讲解了几类。如果杜坚执意要投保的话，她推荐杜坚加入下面的险种：“……每年只交两千多元，60岁之后一次性返还二十万元。如果这期间你意外……意外——”乔闪不作声了。

“意外死亡。”杜坚笑着说。

“对不起，”乔闪不好意思地说，“你就可以一次性拿到三十万元赔偿金。”

“噢!”杜坚听得入了迷，“三十万!”

“可是，真是那样，这钱你拿不到了啊——是给你的受益人。”

“我知道。”杜坚说，“给我爱人，这我知道。”

乔闪喝了一口咖啡。她想了一想，说：“不过，我倒是建议你，还是让你的爱人加入这个险种适合一些。”

杜坚明白乔闪的意思。她是好意，并且也是有道理的。不过，杜坚还是摇了摇头。

“怎么?”乔闪问。

“不怎么。”杜坚平静地说，“我是想，如果她发生意外，我得到这三十万元也没什么大用；但是如果我发生意外，三十万元对她来说就太重要了。”

乔闪抬起头，认真地看了杜坚一眼。

那天上午他们还唠了一些别的，杜坚很自然地问起了乔闪的家庭情况。从乔闪若有若无和简短的谈吐中，杜坚知道了乔闪有一个三岁的女儿，寄养在附近一座小城的姥姥家。乔闪的丈夫是一位建筑开发商，毕业于清华大学建筑系，对乔闪非常体贴。

“只是，”乔闪说，“他太忙了，对工作过分投入，一个月只能回家一两次。”

“你呢?”

“我?”乔闪笑了，“是呵，有时候我感觉我比他还要忙。”

杜坚下楼送乔闪离开的时候，看见乔闪打开泊在楼下的一辆银灰色宝马轿车的车门。杜坚怔了一怔，他不明白一个四处推销保险的女业务员，怎么会开着一辆高档轿车。

“是我老公的。”乔闪似乎觉察到杜坚的不解，轻声解释道。

记不得签完保险单之后的第几个周末了。反正是一个周末，一个下午，天气非常好。如果不是乔闪再次打来电话，杜坚就会和她极其正常地失之交臂，就像以往杜坚在工作上所接触过的极其正常的异性一样。其实，杜坚在生活中没有真正的异性朋友。

乔闪开车请他到市郊去玩。那里有真正的河水，带着透明的甜味的那种河水，当然，也有山。山的南坡据说新发现了一处明朝的什么大家族遗址，刚刚被开发为旅游景点。

乔闪和杜坚在河里用橡皮筏玩了几趟漂流。他们顺流而下，有人再用越野吉普车把他们接回来。玩累了，他们顺着路标，去看据说是新发现的三百多年前的干尸。路牌广告上说这具干尸的主人（这么说不确切，它是它自己的主人）系男性，是这个大家族的统治者，也是一方大地主。广告上还说这具干尸历经三百多年，仍栩栩如生。杜坚和乔闪十分好奇，都不明白“栩栩如生”是一个什么概念。杜坚买了票，两个人进到陈列馆。

原来就是一具老朽的尸体，皮肤像塑料布一样薄薄地紧贴在骨骼上，泛着黄光。杜坚大失所望，不过说它是明朝的，大概不至于有假。如此，明知道有上当的感觉，却也无法投诉，因为每个人理解的“栩栩如生”程度是不同的。

这么想着，杜坚就去看了乔闪一眼，乔闪正低头看着那具干尸的某一个部位，样子嫌恶却又好奇。杜坚也看了一眼，是那个人的生殖器。已经皱缩销蚀得很厉害了，说它是平面物体上的一个符号更为恰当。倒是旁边的毵毛，可以说清晰可辨，栩栩如生。杜坚忍不住心生悲凉，好歹这也是一方大地主了，生前过得是锦衣玉食、妻妾成群的生活，谁想到死后，那里会变得如此老境，一片颓唐。又想，这也不错了，人家毕竟还是保存了三百多年呢。

乔闪喊他，说咱们走吧，两个人就出去了。天渐渐黑了，两个人都有该吃饭的感觉，却又都不饿。乔闪说："买一点东西吧，回去路上可以边走边吃。"

杜坚买了一点火腿、三明治、沙琪玛什么的，塞进了乔闪的车里。上了车，乔闪开始慢慢地往城里开。

一共是一小时四十分钟的路程。两人边走边聊，不觉即将开出郊区边界，快要进入市内了。前面大约还有三十分钟的路程。既然两个人不想去饭店，又不能同时去到谁家，那么买的食品，就应该在这个时候在车里吃了。乔闪把车停到路边一座工厂的铁艺栅栏下，对杜坚说："来，咱俩把它们吃掉。"

音乐放的是珍妮·桑坦格的《是这样，我才喜欢》。车内的环周照明灯映出车内精致的纯皮排座，色调柔和，线条流畅，舒服的感觉仿佛一个小小的机舱。杜坚跳下车去垃圾筒扔掉吃剩的残留物。等到他回来时，他发现宝马车前那一对骄傲的升降式隐形大灯灭掉了，车内的环周照明灭掉了，连黑夜里自动闪烁的停车警示器也灭掉了，只有音乐还在黑夜里残留。他拉开车门，听见乔闪急促的声音："快关上!”

黑暗中，首先感到的是一阵淡香，乔闪已经脱去了所有上衣。只有牛仔裤，还被一条皮带扎在腰间。杜坚感到一阵眩晕。乔闪扑到他的怀里，说：“吻我。”杜坚扳着她的后背，他感觉乔闪的肌肤光滑无比。他不去吻她，他没有时间去吻她。他像是一只从湖里爬上岸的河马，粗暴而笨拙。他把乔闪背对着自己抱在怀里，两只手褪去她的牛仔裤。

他们能够看到黑夜。隔着带有防晒膜的玻璃窗，黑夜看不到他们。

停下来的时候，乔闪说：“你去开车。”

“为什么?”杜坚说。

“我一点力气也没有了,”乔闪说，“混蛋。”

25 米单臂立姿侧身射击胸环靶，不是一个让人放心的练习。按规定，自下达装子弹口令起，三分钟内必须射完 5 发 64 式手枪子弹。杜坚打了 28 环，勉强及格。这期间他手枪走火了一次，不然可以打到良好。

然而，距离 40 环以上优秀的标准，还是很远。

那位姓宫的心理医生说得大体没错，警察伤亡的一半原因是不敢轻易掏枪，另一半原因，杜坚知道，是掏出枪后根本射不准目标。

这是中国警察的现状。

他记得有一年某省举办“四长”（公安局长、刑警队长、治安科长、派出所长）军用手枪射击比赛，40 名参赛者全都是各地选派的佼佼者，并且赛前经过训练。结果，比赛成绩是，速射：一半子弹脱靶的 9 人；慢射：一半子弹脱靶的 13 人；三分之二子弹脱靶的 10 人；另有一名选手甚至连子弹都不会装。

还有一个震惊警界的案例，某刑警大队 5 名警察追捕一名持刀歹徒，最后将歹徒围追到悬崖前。歹徒走投无路，扑向 5 名各持一支装满子弹的手枪的警察。经过一番搏斗，警察四伤一亡，歹徒逃跑了。在搏斗中，曾有一名指导员扣了两次扳机，但枪没响，因为弹匣在追捕途中给掉了。

杜坚每天的训练，是打完 50 发子弹。

与乔闪第二次上床，是在乔闪的家里。

乔闪家里的面积并不很大。一个年轻的暴发的建筑商，他的住宅并不大，也许这体现了他实用主义的审美趣味。室内的装修也简单，这有助于缓解人对外界的注意力的本能对抗。不知道是不是这个原因，貌似强大的物质环境容易给人肉质的心灵带来压抑，反之，粗糙的环境却能使灵魂得到蓬勃迸发。因此，杜坚没有觉得不适。

乔闪不行。乔闪无法达到高潮。室内的一切物体断续在提醒她：这是在她的家里。她比较适应同另一个男人做这种既原始又现代的运动。杜坚在转动她面庞的时候，她看到了床上的一根头发，比她的要短，比杜坚的板寸要长，那是她丈夫的。乔闪感觉内心也被细丝一样的情感箍了一下，她说，不行，杜坚，你得找一处别的房子。

这样，他们找到了小峰的房子。

这是小峰去年买的临街的一处门市房，原来准备做店面租出去，每月吃一点租金。却不料这几年建筑开发过热，店面过剩，小峰的房子到手快一年了还没有租出去。招租广告继续贴着，小峰说，那你们就先用吧，不过租出去那天可得倒给我。

杜坚说不好乔闪的皮肤光滑洁净得像什么。像丝绸。像镜面。像滑石粉。其实都不对。那就是一个美丽女人的美丽皮肤，人的皮肤。乔闪裸身躺在床上的时候，杜坚喜欢欣赏她的腹中线，还有修长的脖颈到乳房的这一道优雅的弧线。说到底，杜坚不喜欢太过膨胀的、像两只篮球挤在一处的那种乳房，他喜欢乔闪这种含蓄的、小巧而润实的乳房，包括，她的下面，微微隆起而平缓的耻骨，总能让他在进入时体验一种沧桑而新鲜的亲切感和坐实感。杜坚学过舞蹈，他知道在舞蹈艺术中，有一种女性的形体叫作“高调形体”，轻盈，挺拔，站在舞台上一踮脚尖就要飞上天一样。乔闪就是这样的形体。

杜坚同乔闪做爱的时候，傍街的卷帘门总是拉垂到距离地面一尺的位置。他从不拉严锁上。当然，他也不可能全部打开。乔闪不止一次让他把卷帘门拉靠，锁死，杜坚说，不成，大白天的，两个人进来就把自己锁在里边，傻子都知道在干什么。那么不拉靠呢？乔闪问。不拉靠，杜坚说，这是告诉别人不要打扰，这里不营业，正在点货。

去你的。乔闪说。

国庆节过后，乔闪连续两天给杜坚打手机，都是关机。乔闪把电话打到小峰那儿，小峰说，怎么，你还不知道？杜坚住院了。

乔闪赶到医院的时候，杜坚刚刚睡完一觉醒来，他在听半导体收音机。对过的屋子里放着心电图仪器和其他治疗设备，手机频率会干扰它们，医生强行让他关机。

杜坚是国庆节当天住院的。他们奉命去郊区的一座民宅执行任务，缉拿一名毒贩，还没等接近就同对方在门口掐上了，展开枪战。对方四五个人，都是一个黑帮的成员，手里全是真家伙。黑帮分子以墙体做掩护，防暴队员们只能就近以街道边的矮灌木丛做掩护。枪战进行了一个多小时，最后歹徒们悉数被击毙。杜坚和手下的一名队员负伤，那名队员的手掌被子弹洞穿，杜坚的胸部则被子弹击中。

所幸杜坚穿的是防弹衣。然而，歹徒所持的79式微型冲锋枪的子弹太过凌厉了，正常情况下，弹头在飞行200米时仍能穿透13厘米厚的木板。尖啸的钢心子弹连续射在杜坚穿的开夫拉防弹服上，把那里打凹进去十几毫米，震裂了他的一根肋骨。

杜坚看到乔闪进来，放低半导体收音机的音量，冲她做了一个鬼脸。快40岁的人了，还这么顽皮，乔闪知道，这就是杜坚的性格，防暴队的副队长，一个贪玩的大男孩子。

乔闪把买来的两瓶极品蜂王浆放在窗台上，发现那里还有相同的两瓶。乔闪问："这是谁送的？"

"我老婆。"杜坚说。

"她哪儿去了？"

"单位效益不好，节假日只好加班。"

乔闪坐下来，瞅着病房的别人不注意，轻轻和杜坚贴了一下脸颊："队里的人不来护理你啊？"

"不用。裂了一根肋骨，这在医学上也只算轻伤，懂么？政法委的书记和厅里的领导们前天来过了，黄副厅长来了两次。还有小峰，他没事就跑过来，刚开始还不知道是怎么回事，进来的时候眼睛都是红红的。”

说着杜坚呵呵地笑起来。

乔闪抿住嘴跟着笑一下，不知怎么这一弄，眼睛竟有点湿。她环视着四周，说：“这房间的颜色就是有点素。”

“可不怎么的，”杜坚赶紧接话，“刚才我还跟给我打针的护士小刘说了，这里面待的人除了走路让人扶的，就是吃饭让人喂的，再就是尿床让人洗的，应该布置成幼儿园教室那样，花花草草，红红绿绿的才对。”

乔闪这一回真的忍不住笑了。

杜坚还在摆弄他的收音机。他找到一个频道，里面传来一个叫“法治时空”节目的女主持人的声音。乔闪看杜坚听得蛮有耐心，就说：“这个人是我的大学同学，叫周馨纯。”

“对，叫什么馨纯来着，”杜坚说，“她刚刚还来采访我。”

“怎么样？比我还漂亮吧？”乔闪说。

“嗯，”杜坚也索性开起了玩笑，“可惜是你的同学，我希望她是你的亲妹妹。”

“不害臊。”乔闪说。

杜坚又做了一次鬼脸。他关掉了收音机。

乔闪说：“你好好养病，争取快点好起来。”

“嗯。”杜坚说。

“如果你好起来——”

“如果我好起来，”杜坚想了一想，小声地说：“你答应我一件事。”

“什么?”

“乔闪，你嫁给我吧。”

乔闪看着他，摇了摇了头：“我希望你明天就好，可是嫁给你，那是下辈子的事情。”

“知道吗?”乔闪说，“下辈子。”

9 环——9 环——8 环——10 环——6 环。

单臂立姿无依托的手枪射击的重要环节，不在于瞄准，而在于扣动扳机的一刹那。

一般来讲，一个人伸出手指指向某一处目标时，方向偏离不会很大。手枪的设计会比较合理地顺应人的自然指向。问题时，一支手枪重半公斤多，而扣动扳机的压力约有 2 公斤，是枪重的 4 倍。枪手往往在射击的时候，扳机扣动的力量失衡，导致角度偏差，目标偏离。因此，一个心理状态良好并且技术到位的射手，往往看重的不是瞄准，而是握枪。

7 环——8 环——9 环——9 环——8 环。

杜坚没有戴护耳用具，这是训练不允许的，枪声会损伤人的听力。可是杜坚追求的就是这种现场效果。手枪在连发射击时，子弹的后坐力和巨大的声音会使射手提前产生规避心理，影响下一发子弹的命中。实弹感、现场感，会磨炼一个射手真正的意志和毅力。

室内训练靶场里，连绵不断的枪声在巨大的回荡着。

乔闪不知什么时候进来了。杜坚停止射击，他的两耳还一时听不见乔闪冲他喊什么。他侧转身，左腿微弓，右手持枪，左手托握——这是一个标准的国际威沃尔射击姿势。这种动作给人的感觉就是训练有素、干净利落，给敌人以威慑作用，令其不敢轻举妄动。乔闪见了，吓得赶紧举起双手，大声喊叫。杜坚还是开了一枪。

当然是空枪。杜坚心里有数，弹匣里一共 5 发子弹，刚才已全部打光了。

乔闪轻轻捂着耳朵走过来，在杜坚面前站住，她看着杜坚，关切地问：“你的伤好了吗？”

要不是靶场内有监控镜头，杜坚就准备把乔闪抱起来转三圈。他说：“没问题，全都好了。”

乔闪说：“我请你吃饭。”

“好啊，”杜坚说，他从衣兜里掏出两张戏票，“这是我妈妈分到的两张贵宾券，吃完了饭我们一起去看。正宗的爱尔兰踢踏舞，绝对一流。”

演出结束，月亮已经升起来了。杜坚边走边给乔闪讲解欣赏踢踏舞的感受。他好像还沉浸在刚才舞台的氛围里。演出获得了圆满成功，来自万里之外的那支爱尔兰踢踏舞表演团，没有想到在异域的一座城市里受到这么热切的关注。票价不菲不说，戏院专门为他们更新了舞台地板。那种万马奔腾却又步调一致的美妙节奏和旋律，让观众的内心激动神往不已。尤其是领衔的男演员拉巴斯，创造每秒钟双脚磕地 22 次的佳绩，台风严谨，姿态潇洒，让人为之倾倒。

“踢踏舞就是这样，”杜坚说，“它的表演过程没有情节，没有故事，有的只是形式和技巧。但是，只要演员的身体和脚步一动，就会使他自己和观众进入到某种情绪当中。这说明，纯形式的东西，也会带人进入情感。”

“嗯，”乔闪点了点头，“杜坚，我听得懂。”

“这方面的例子还比如乌克兰的民族舞蹈，霍帕克舞蹈，他们在舞台上的形体动作就是各种各样的旋转、跳跃，借此展示技巧，但却给人以美的感受。”

“这个我没看过。”

“还有肚皮舞，肚皮舞你看过吧？”

“没有。”

“你看过的，乔闪，哪怕是在电视上。”

“哦，露出肚皮的那种，好像看过。”

杜坚和乔闪不知不觉漫步到小峰那座临街的门市房前。杜坚掏出钥匙。

“肚皮舞曾在伦敦的皇家剧院里演出，那是非常高雅的东西。她们就是要把女性的美展露出来，追求激烈的动感。因为激烈的动感，才体现生命活着的感觉。”

杜坚打开卷帘门，他们俩走进屋内。杜坚打开灯，回身把卷帘门拉到仍距离地面一尺的位置。

“你饿吗？”乔闪走到煤气灶前，“我给你做点宵夜？”

“不饿。”杜坚说，他继续讲，“中国的舞蹈恰恰相反，太讲究主题和内涵了。演员们只追求骨头、骨气，唯独缺少肉，没有肉感的东西。”

乔闪对着墙上的镜子照着自己。

“我妈妈曾讲过一个玩笑，一个外国现代舞总监观摩了我们的一场民族舞之后，说了这么一段话：西方有许多肚皮舞之类的东西，人们欣赏会很健康；中国的舞蹈除了演员的脸露在外面，上身、下身、脚都穿得严严实实，有时候连手还都是长袖笼罩，这不可谓不健康。可是仔细观察演员们的眼睛，那的确是眉目传情、暗送秋波的，让人感觉十分的淫荡。”

“胡说八道。”乔闪忍不住说，“我说那个外国总监。”

杜坚嘿嘿地笑起来。他的笑容在灯光下也显得那么明朗。

“杜坚，你应该跳舞。”

杜坚站在乔闪的身后，他上下打量着乔闪：“你也应该跳舞。我没见过像你这么完美的身段。”

乔闪意识到什么，但是来不及了，杜坚一条胳膊掩倒和箍住她的上身，另一条胳膊托起她的腿腘部，把她抱到床上。乔闪挣扎着，滑到了床边，杜坚就势在那里，扯掉她的内裤，让她的身体中间凸起，压迫住她。乔闪在杜坚进入时短短地“啊”了一声，双手抚在了杜坚的背部。

乔闪就是这样。杜坚喜欢乔闪这样。从杜坚认识乔闪之后，乔闪几乎从不主动跟杜坚要，但是只要杜坚把乔闪压在身下，乔闪就非常顺从和乖巧，她会让杜坚感到快乐，同时也会让自己感到快乐。

只有一次例外。那一次，杜坚不知怎么突发奇想，她想看看乔闪睡入梦乡后，她的身体会起到什么不同变化。在上床前，杜坚给乔闪的杯子里放了一颗小药粒，那是速溶的麻醉药片，甲基三唑氯安定，是美国生产的超强力安眠药，杜坚从公安厅医鉴处那里得到的。乔闪喝完水后，很快在床上沉睡过去，杜坚得以完成他令人脸红的探险。乔闪醒后，发现了不适，非常恼火。她大声对杜坚说："杜坚，你再有这么一次，我就告你强奸！"杜坚连哄带劝，发誓下不为例，乔闪才算勉强了事。不过，那些剩下的药粒，统统被乔闪没收了，被她藏在壁橱的抽屉里。

此时，杜坚还在乔闪的身上操作着，灯光映着他们的身影在墙上，像是两只摇摇欲坠的黑帆。杜坚说："这就是纯粹的形式与技巧，带给人的审美和情感。"

乔闪小声嘀咕了一句："流氓。"说完之后，他俩再也受不了了，忍不住呻吟着，身体起起落落，像是两条氧气不够、互相喘息挣扎的鱼。

重新躺下来的时候，室内静得出奇。杜坚的胳膊被乔闪垫在脖颈下。他睁开眼睛，突然想起了什么。

"乔闪，能答应我一件事么？"

"我知道，要我嫁给你。这不行。"

"不是。不是这件事。"

"那是什么？"

"我知道你有这个能力，所以我才跟你说。"

"说吧。我听听看。"

"我的一个朋友，"杜坚说，"当然不是小峰。他做生意急需30万元钱周转，如果你能帮忙，我保证很快就会还给你。"

乔闪伏下脸颊，想了一想，在杜坚的胳膊上咬了一个齿痕。"我想我会帮这个忙的。我会。”

“谢谢你。”杜坚说。他深情地回报给乔闪一个吻。

8 环——9 环——8 环——9 环——10 环。

累计 44 环。这是杜坚自训练以来打出的最好成绩。他把手枪卸下来，用通条擦好。他不想再打了，他把今天看作是训练的最后一天。

是的，距离公安部举行的全国射击比赛正好剩下一周时间，他要保留这份自信的感觉，让它一直延宕到赛场。

他张开自己的右手，虎口那里，已经被枪械震击得又红又肿。

杜坚正在浴缸里泡澡的时候，接到了乔闪的电话。最初他以为乔闪在开玩笑。浴室四周的墙壁封闭性太好，并且，恒温阀那边的水龙头还在汩汩地放水，这些都影响了手机的通话的效果。杜坚懒洋洋地说：“你知道我刚刚跳进浴缸里洗澡吧，看我出来后不刮你的鼻子才怪。”

乔闪在那边大声说着什么，同时，手机里传来她的哽咽声。

杜坚跳起来，关掉了水龙头。他终于听清了乔闪在说什么。他清晰而短促地说：“别怕，有我在。”

电话刚撂，黄副厅长的电话就打了进来。杜坚来不及擦干身上的水，他一边接听，一边快速地套上了又湿又涩的裤子和衣服。

出事了。

杜坚赶到石槽街的时候，事发现场的周围早已围满了早晨上班的群众。

到处都拉着警戒线。有几辆警车停在警戒线内，街道四周分布着许多随时待命的防暴警、武警、巡警等不同警种的警察。

这是石槽街“L”形的转弯处。街心一纵一横停放着两辆轿车。纵向的是一辆银灰色的宝马私家车，横在它车头处的是一辆蓝色的桑塔纳出租车。一看便知，这是一起典型的劫持人质案。犯罪嫌疑人准备劫持宝马轿车的主人驾车离开时，一辆见义勇为的出租车挡住了它的去路。

被劫持的车主，是乔闪的丈夫。

早晨，乔闪的丈夫独自驾车到石槽街，他的车停在街道南向右侧的转弯处，当他办完事坐到驾驶位置上时，顺便给乔闪打了一个手机。就在这时，一个男人打开后门跟了进来，同时，一柄一尺来长的尖刀横在了他的脖颈处。

乔闪的丈夫本能地呼救，尖刀刺伤了他的左臂和左手虎口。歹徒用一只胳膊从后面箍住他的头部，另一只手用尖刀对准他的喉咙，说：“再动一下，就捅死你!”

一位出租车司机听到了呼救，毫不犹豫地开车横在了宝马车的面前，与此同时，远在别处的乔闪在手机里听到了异常，她大声地询问，只听到她丈夫“我被劫持了，在石槽街……”，就什么都没有了。

杜坚接到的电话，就是乔闪马上打给他的。现场那边，由群众向警方报了案。

此时，杜坚在警戒线内的后勤组看到了乔闪。乔闪看到了杜坚，眼睛里马上淌出了泪水。她的目光渺远而惊恐，面色苍白，仿佛是站在一座没有任何背景衬托的孤岛上。杜坚听到一位女工作人员不断在安慰她："没事儿，没事儿，要冷静。"

黄副厅长同杜坚一样，一身便装，他简单向杜坚说明了一下情况，同时，部署了一切预案。杜坚向十几米开外那两辆车看了一眼，出租车已经是空的，宝马车里面据说坐着的仍然是乔闪的丈夫和用刀逼着他的犯罪嫌疑人。车门和车窗关得严严的，有两位谈判组的警察正隔着车窗同歹徒谈判。

谈判进行了一个多小时。狙击手此时已经悄悄携带 85 式狙击步枪，埋伏在附近的大楼里，但不久便反馈情况：由于宝马车的窗玻璃带有特殊防晒膜，视线昏暗不清；同时，歹徒与人质距离太近，无法做到准确击毙歹徒。

谈判组的两位成员撤了回来。歹徒索价 20 万元人民币，要求警方必须在 20 分钟之内送交。

仅仅十几分钟，警察便从附近的银行紧急提取了 20 万元人民币，用报纸包着，由一名女警察送去。下面的事情是，歹徒准备打开车窗露出一条缝隙，要求把钱扔进来，然后由被劫持的人质开车，带他离去。

警方不同意。警方说，鉴于人质已受伤，不便开车，可否由一位女性工作人员交换人质，代为开车。歹徒断然否定。警方又问歹徒，会开车么？歹徒答会。警方说，宝马车是私人财产，现准备好一辆警用吉普车，可以由他开走。

按照预案，警用吉普车后部，早已拆装并藏匿了一名持枪的警察。

歹徒同样断然否决。

事情达到了僵持阶段。所有人都感到了一种焦躁，包括歹徒。已经是上午十点了，阳光炙热，空气沉闷，没有开窗也没有打开空调的宝马车内显然更是酷热难当。歹徒提出了要一瓶矿泉水。

杜坚走出来，从附近市民的摊位上随手拿了一瓶矿泉水走过去。他第一次近距离地看到了歹徒，他没想到歹徒那么年轻，很瘦弱，似乎 16 岁还不到的样子。这样的年纪不知道什么原因逼使他铤而走险。杜坚同时也看了乔闪的丈夫一眼，他同样非常年轻，仿佛比歹徒大不了多少。歹徒在后位上死死地搂住他的脖子，形成一个仰角，一把尖刀几乎剜在了那里。驾驶室内的挡风窗下放着几束鲜花，显得孤独而扭曲。杜坚熟悉这辆车，他和乔闪曾经坐在里边，搂抱在一起，以爱的方式。眼下是两个男人，靠得也是那样紧，却是以反抗和搏斗的方式。按照歹徒的要求，歹徒打开左车窗，露出一条缝隙，杜坚从那里把开了盖子的矿泉水瓶口伸进去，伸进歹徒贴着车窗的嘴里，让清冽的水汩汩地流进歹徒的腹腔。歹徒的两只手丝毫没有改变原来的姿势，他们的眼睛一直在紧张对视着。

从歹徒那里回来，杜坚已经印证了一个事实：除了那把刀子，歹徒身上再没有任何凶器。谈判组的两名成员再次去做劝说工作，半个钟头后，无功而返。

时间像风干的墙皮一样大块大块剥落，街上聚集的行人越来越多。这种情况对任何一方都似乎不利。歹徒即便得到了钱，却走不了；警察不想让他走，却又无法下手。

黄副厅长面色严峻，他把右手的拇指和食指呈九十度角叉开，顶了一下，示意杜坚。杜坚明白这是动枪的意思。他闪到一边，一位警察马上递给他一支 92 式 9 毫米大口径手枪。这是国产新式手枪，射击性状符合北约推行的国际标准。杜坚脱下自己的外套，把它遮掩着拎在手里，然后同另一名谈判人员慢慢走了过去。

那名谈判人员走到车头，向歹徒打了一个手势，吸引他的注意力。杜坚站在车窗右侧，滑掉外套，快速出枪。

“砰”的一声。

又一声。

又一声。

总共三声。

几乎所有的人在枪声余音未曾凝止的一瞬间扑到车前，打开车门。下面的情景在人群中的乔闪的眼睛里一辈子也挥抹不掉了，她看到一大片阳光一样耀眼的血迹，警察和医护人员不仅抬出了已经毙命的歹徒的尸体，同时也抬出了已不再呼吸的、不再会睁开眼睛的她丈夫的尸体。

是的，这是一次失败的营救。杜坚的第一枪没有击中歹徒，第二枪打在了歹徒的右肩上，最后一枪才命中了歹徒的头部，而在这过程当中，歹徒早已把尖刀刺入了人质的喉咙。

城市春天的来临，是从柳树梢开始的；同样，城市秋天的来临，也是从柳树梢开始的。紫薇枝头的粉色花朵还开得正闹，柳树的叶子已经最先泛黄凋落了。尤其是下过一场雨，青砖地面上湿湿的，长萎样的柳树叶子贴在那里，像是一尾尾细长的黄鱼。

在这座城市的街心公园里，唯一不受季节变化而仍然喧闹的生命，大概只有两种，一种是枝头间的麻雀，一种是地上永不知疲倦的儿童，眼下，坐在公园长椅上的乔闪就是这么想的。

在乔闪不远处有一个五六岁的女孩在玩，她在玩一种风车。经过乔闪身边的时候，她的目光被乔闪手腕上佩戴的玉石手镯吸引住了。她停下来，看着乔闪，说：“阿姨，你手上的东西真好看。”

“是吗？”乔闪浅浅地笑了一下，她抚摸着女孩的头，“喜欢吗？”

“喜欢。”女孩爽快地答道。

“好啊，阿姨送给你。”乔闪说着把玉石手镯摘了下来。

“谢谢阿姨。”小女孩高兴地接过手镯，连同她的风车，一起捧着走远了。坐在长椅那端的杜坚怔怔地看着乔闪。

乔闪说：“我还是不明白。”

“对不起。”杜坚说。

与乔闪苍白的面色相比，杜坚的脸膛要沉黯许多。他仿佛不再年轻，也许这同他的胡子刮得不够精心有关。他被暂停工作已快半个月了，如果乐观，这几天也许会重新恢复工作。上次事件之后，公安厅党委和技术部门曾对他现场使用的手枪进行弹道及性能检验，结果一切正常。厅里最后对这次营救失利的行动结论是：由于客观的复杂地物和环境的影响，形成不可抗拒的因素而增大了解救难度；同时，射手的心理技术水平没有得到正常发挥，也是不可轻视的一个重要因素。但是，由此归咎或处分该名射手，也显然有失公允和不当。最后是，暂停工作半个月，扣发当月奖金。

厅里希望杜坚能够正常参加即将到来的全国射击比赛，但是杜坚坚决辞掉了。杜坚说：“我不知道这个子弹该往哪里打，除非是我的脑壳。”

坐在长椅上，乔闪竖起衣领，目光看着远处，“事情如果能够重新发生一次该多好，不，”她喃喃地说，“事情如果从没有发生该多好。”

“不知道为什么我当时那么紧张。”杜坚说。

“你紧张么？”乔闪问。

“是的。”杜坚说，“那一瞬间我的大脑一片空白。”

“所有人都紧张，”乔闪说，“你想想，你的对手也是。”

“我没想到他那么年轻，”杜坚说，“太年轻了，事后也的确证实了，他刚满十六岁。”

一枚枯黄的树叶落到乔闪的怀里。乔闪一语不发。

“还有，隔着窗玻璃，视线上存在误差。92 式大口径手枪我也不习惯打，没想到它的枪身那么短……”

“别说了。”乔闪说。

刚才的那个女孩一点点走了过来，她把那只手镯还给了乔闪。

“我妈妈不让我要别人的东西。”

“哦。”乔闪看了远处一眼，女孩的父母正在林间交谈着什么。

“妈妈说，能把这么漂亮的东西送给我的人，一定是位好心人。妈妈说我们不能占好心人的便宜。”

乔闪几乎要轻轻地笑一下。停了一停，她想问女孩一个相反的问题，比如——但是她忍住了。

“叔叔，阿姨，你们为什么不领小孩儿来玩儿呀？”女孩天真地问。

“哦，这样，”乔闪说，“叔叔没有小孩儿，阿姨的小孩儿在另一座城里。”

女孩看着他俩，晃了一下头，不明白这是什么意思。她转身走了。

“如果他不在那个转弯处停车……”杜坚说。

“起风了。”乔闪说。她缩了一下衣袖，似乎有点冷。

“问题从开始就很棘手。”杜坚说。

“预报说，三级到四级的风。”

“那不是大风。”

“我知道。”

“乔闪，”杜坚目光盯着乔闪，“你嫁给我吧。”

乔闪慢慢地摇了摇头，似乎在想着什么。

“你的子弹没能打中歹徒，”乔闪说，“在我看来，就同把它打在我丈夫的身上是一回事。”

杜坚吃惊地看着乔闪。

“你知道我丈夫的车为什么停在那个转弯处吗？”乔闪平静地说，“那儿有一家鲜花店，那一天是我的生日，他专门去为我买鲜花。”

“妈妈，快看我的风车！”远处的小女孩大声喊道。

乔闪经常在晚间做梦，梦见她的丈夫。没有具体情节，如果有的话，醒来时也记不清楚。有时候干脆就是这样，她连昨晚究竟做没做梦、是否梦见她的丈夫都搞不明白。早晨醒来时，她经常坐在床上为此发呆一两个钟头。倒不是她记性不好，而实在是，这样的梦太多了，不分白天黑夜地充斥着她的脑海，以至于她分不清梦和现实是怎么回事。

她经常会出现幻听和幻视。一个人独处的时候，她的身边会突然响起那三声枪响："砰！"隔了大约三秒钟，又一声，然后再一声。闭上眼睛，她看到杜坚一会儿对她笑，很透彻明朗的那种，一会儿又很冷厉（说真的，她还从没见过杜坚对她凶起来是什么样子），拔出枪对准她。走在大街上，她看那些树木的枝杈，全是举起胳膊打枪的姿势，四处乱射，让人不寒而栗。

她的精神上的紊乱可能直接导致了身体的不适。有两次，她的月经竟然延迟了半个月，让她吓了一跳，以为是杜坚不小心使她怀了孕。杜坚经常还会找她，安抚她，劝慰她，当然，也进入她。尤其是，每当杜坚执行完特殊的跟命案有关的任务时，比如，歹徒杀了人，或者是，他又亲手击毙了歹徒，他身体上的性的需求似乎就格外强烈。他仿佛是凭此来减轻某种压力，也或者是，死亡同性爱本来就存在某种天然的沟通或神秘的联系。

乔闪在一个阳光充足的午后找到了小峰。阳光像一辆静静的洒水车，街道上淌满了温煦的暖意。乔闪就是让窗外的阳光曲折在自己身上，坐在一家僻静的酒馆里同小峰谈话的。

"我怎么知道？从你们认识以后，你代替了我的位置，他几乎都不爱跟我来往了。"

小峰上面的这句话，是为了回答乔闪刚刚问过他是否发现杜坚这一阵子有什么变化而发出的一句牢骚。

乔闪笑了一下。她记得，当初小峰请她和保险公司的人以及杜坚吃饭时，就是在对过的一家饭店。如今隔着一条街道，这里静多了。

“我听说前一阵子他有个朋友急需一笔款子——”

“嗯，”小峰不小心把烟灰掉在了碟子里，他急忙用嘴轻轻吹出去，“有这么一回事，需要30万块钱吧。”他扭过头，喊，“服务员，来点餐巾纸。”

“哦，”乔闪短短地问，“弄到了吗？”

“弄到了，”小峰说，“是跟你借的吧？”

“不是。”乔闪坐在小峰的对面说。他们中间隔着一张仿古圆桌，上面的菜肴，简单之极如果叫成清供似乎更为恰当。倒是旁边的几瓶啤酒，增添了人生寻常的意味。

“那这家伙还真行，”小峰用佩服的口气说，“他一下子竟然能借来30万块，从哪儿弄的啊，不会是挪用公款吧？”

“那笔款子，一定是派上了大用场。”乔闪说。

“那倒没有，”小峰直爽地说，“他的朋友很快更改了计划，不需要那30万块钱了。据我所知，那些钱后来一直放在杜坚的手里。”

“是么？”乔闪深感意外地问。

“没错。我两个月前还想让他借给我一半来炒股，他犹豫着说不行，说这是别人的钱，他马上要还给人家什么的。”

两个月，乔闪想，他没有还她这笔钱。

“如果那时候借给了我，那我们就发了，这个笨蛋。你知道现在的那些股票牛到了多少？”

乔闪忍不住低头咳了一声。她刚才喝了一口酒，没想到正呛了嗓子。她咳得连泪花都溢出来了。

“女人啊，”小峰说，“嘿嘿，我喝酒从来就没不顺过嗓子眼。”他忽然想起了什么，急忙冲里间喊，“服务员，服务员，叫你拿点儿餐巾纸，怎么比反腐败还慢啊？”

“对不起，”服务员赶紧走过来递上餐巾纸，“对不起啊。”

乔闪用餐巾纸拭了眼角。窗外，人行道上慢慢走过一对年轻的情侣，因为街道上还算安静的缘故，乔闪听见那个女的对那个男的的问话：“这就是爱呀？”

停了一会儿，乔闪问小峰：“杜坚……他和他妻子的感情还好吧？”

“他妻子对他很好，好像是，也不反对他跟自己离婚。当然，对杜坚来说，这需要一笔钱。”

“那杜坚呢？”

“杜坚——”小峰犹豫了一下，“开始他没有想要离婚的念头，但是后来——”

“我明白了。”乔闪说。

“后来，你改变了主意。”在临街的小峰的那座门市房里，乔闪这样对杜坚说。外面刚刚落了一场雪。这是这个城市进入冬季的第一场雪。

“是的，因为后来发生了不幸的事。”杜坚吸了一支烟。乔闪意外地看看杜坚，杜坚几乎从来不吸烟的。

乔闪的家现在是空的，或者准确点说，只有她一个人住在里边。但是，她从来不曾邀请杜坚去过，杜坚也似乎有意回避提出要去那里。他们现在来回见面的主要场所，仍然是小峰的这座房子。乔闪的那辆宝马轿车被子弹洞穿了两个弹孔，维修好后她把它卖了。

“是么？不幸的事？对你而言？”乔闪说。她低头看了一眼床头柜上自己的那只精美的羊皮坤包，坤包的挎带在柜子上弯成一个“8”字形。

“你为什么这样说话？”杜坚问。

“你故意打偏了子弹。你借一个刚满 16 岁的不成熟的少年的手杀死了我丈夫。”乔闪口齿清晰地说。

“胡说！”杜坚瞪着她。

“这样，你向我借的那 30 万元钱，你就认为可以不必还了，因为你知道那是我丈夫的钱。”

“你疯了！”

“何止是不必还了，你认为我失去丈夫后，连人也会嫁给你。”

杜坚的左肩抖动了一下。

“当然，那 30 万元钱也落不到你的手里，你会把它送给你的妻子，作为离婚的补偿。她需要有一些钱。”

“你说完了吗？”杜坚面色通红，呼吸急促。

“需要说明的是，你并不是从认识我的一开始就想蓄意谋杀我的丈夫，不是。但是，那次意外的劫车事件确实给了你一次机会，那也许是一生中唯一的机会。你在事发现场产生了意识上的紧急转弯和可耻的想法，它的结果是导致了一个人无辜的死亡。而你的目的，只有一个，你想得到我。”

杜坚慢慢地、轻轻地笑了一下。他不做剧烈的笑，仿佛那样会使面部上的空气会像沙土一样掉落下来似的。他敌意地看着乔闪，说：“乔闪，你再重复一遍，我不相信这些混账话是你说的。”

“是我说的，你已经清楚了。”

杜坚呼地从椅子上站起来，冲到乔闪面前，猛地一巴掌狠狠地打在乔闪的脸上。乔闪失声叫了一下，嘴里慢慢淌出了鲜血。

乔闪晒了杜坚一眼，站起身去到卫生间。在卫生间，她对着镜子一点点拭干了血迹。她简单看了看自己的神色，她发现镜子开始模糊了，她用拭干血迹的面纸去拭干眼窝里升上来的泪水。

“你到底要怎么样？”乔闪从卫生间出来的时候，杜坚低头望着墙角问。

“我要告你。”乔闪说。

“哼哼，”杜坚冷笑了两声，“告我？”

“我要让所有人都知道，你和我一直在通奸。”

“那又怎样？”杜坚看着乔闪，一字一句地开导，“你无法取证。没有证据，任何人都无所作为，这句话我记得以前跟你说过。再说，退一万步来讲，假设你说的一切前提完全正确，那也不能在法律上由此当然地推断我犯有蓄意谋杀的结果。我仅仅是现场发挥失误，没有任何人有理由因此判定我负有刑事责任，给我一次处分已经够了！”

乔闪冷冷地看着杜坚。

“我一直在爱着你，乔闪。我很后悔我认识了你，不，我很后悔我没有更早一些认识你。我承认我爱你。不过，你要记住，我没有故意杀害你的丈夫。”

杜坚直起身，背对着乔闪，晃动着他高大的双肩，慢慢走到门外。

乔闪低下头，看了一眼床头柜上的羊皮坤包，那里边藏着她亲手放进去的一台微型录音机。只不过，坤包拉链的位置变了，挎带当初弯成的“8”形也变成了“0”形。那明显是在乔闪去卫生间的时候被杜坚碰过并且发现了。

乔闪的女儿得了一场肺炎，因为哭闹，又想妈妈，乔闪只好请假回去陪她在姥姥家待了一周。一周后，女儿的病好了，乔闪又只身返回了她居住的那座城市。

城市的气压变得很低，很闷，似要降雪而不能。远处的那座本市最高的大厦上的电子显示屏上传输着：气温 21℃。这种温度对一座北方城市来说，还算是冬天吗？

杜坚在这一周里，又接到任务去应对一起人质绑架案。据说被绑架的是一位年仅 12 岁的男孩，但解救结果非常成功。乔闪对这次解救人质事件的过程非常感兴趣，她约了她的大学同学周馨纯出面，以电台记者的身份，找来杜坚他们防暴队的年轻队员金红善做采访。

那天下午正巧杜坚有事出去了。即便这样，乔闪还是和她的同伴把金红善约在一家酒店里见面。金红善是一位朝鲜族小伙子，摔跤和射击技能特别好，同时会说 6 种不同族语和方言，包括各种黑话。他是从区公安分局新调上来的，调进防暴队不久就赶上了参与执行这次任务。

金红善还不太熟悉乔闪，更不熟悉周馨纯。但是周馨纯的“法治时空”这个节目，他是非常喜欢的。坐下后，周馨纯打开速记本，说：“先讲讲事情的过程吧。”

金红善虽然通晓好多种语言，但是他的逻辑归纳能力似乎并不强，也许是首次面对采访，心情有点紧张。他沉吟了一会儿，说：“我请你们呼唤和谴责这种暴力行为!”

周馨纯忍不住笑了一下。

“两个人，”金红善说，“把一个放学的男孩塞进面包车，准备勒索家长50万。他们后来被我们围困在一栋未竣工的大楼里。”

“这两个人的职业？年龄?”周馨纯问。

“无业，都是40来岁。为首的还是一个瘸子。”

“我们去了多少人?”

“不算后勤组的成员，突击组一共8个人。这8个人全副武装，包括杜坚副队长，属于一线成员。”

“哦。”周馨纯点了一下头，“接下来呢?”

“谈判进行了两个小时，我们用话筒不断喊话，嗓子都哑了，要他们悬崖勒马，可是无济于事。有一阵子被绑架孩子的家长精神都快垮了，大声哭着要求我们不要动手，他给歹徒50万。”

“我们准备怎么动手的?”乔闪忍不住插了一句。

金红善喝了一口茶：“他们在三楼的一个房间里。原来准备由我在腰间绑着吊绳从邻窗突破进去，以闪电战术击毙歹徒。”

“还有吗?”周馨纯问。

“还有，我们在远距离埋伏了狙击手，但是因为歹徒是两个人，并且离孩子太近，不能保证不发生意外。”

“我听说，这次人质事件最终是通过和平手段解决的。”周馨纯说。

“错了，”金红善说，他笑了一下，“不是和平解决，应该叫作……叫作……”他苦苦思索了一下，“叫作平和解决吧。”

“哦？”周馨纯扬了一下眉，“什么意思？”

“歹徒经过紧张的奔波和长时间的精神劳累，感到口渴，他向我们提出先扔进去几瓶矿泉水再说。”

“矿泉水？”乔闪问。

“啊，是啊。就是商店里随便卖的那种矿泉水。”金红善说，“我们拿了几瓶矿泉水准备扔进去，但是杜坚副队长制止了我们。”

“他不让你们给。”周馨纯说。

“不，他让我们给，但是事先偷偷用注射器向里面打进了强力麻醉药，也就是美国生产的甲基三唑氯安定。”

乔闪的脸立时变得煞白。她用手帕捂住嘴唇掩饰自己。

“这种药品特别厉害，服下两粒就可以使正常人 10 秒内昏迷，丧失一切意识反应。”

“了不得，”周馨纯赞叹地说，“真聪明。我知道后面的结局了。”

“是啊，”金红善说，“两个歹徒扭开盖子喝下之后全倒在地上，昏迷不醒，呵呵。”

“你刚才是说这是……杜坚副队长出的主意吗？”乔闪轻轻地问，怕打扰了什么一样。

“是的，是杜坚副队长。其他人谁也不承想到。”

乔闪的脑海里闪出了一幕图景。她看到了一片自天而来的清凉的水流，扩展得无边无际。它冲刷着人群，洗刷着轿车，冲掉了一大片阳光般耀眼的血迹。

她看到杜坚拿着瓶中的水，擎给一个坐在车里的刚满 16 岁的少年喝。

乔闪给杜坚打了一个电话。她感到寂寞。电话开始是忙音，过了一会儿，她打过去了。她想让杜坚过来陪陪她。

夜幕还没有完全降临，从透明的门玻璃可以看到，远处的楼群里的灯火依稀亮了，它们连成一片，像是一大堆透明的快要溶化的冰山。

杜坚进来的时候，乔闪已经喝了一点酒。不多。况且是啤酒。她早已给杜坚倒好了一杯，放在桌子上。如果有 CD 机，她很想放上一段音乐。可是没有。小峰的房子里面没有制造音乐的设备，除了床，并且它只有在两个人同时上去的时候才爱发出声响。

有一个少年进来卖晚报，乔闪摆了摆手。“太晚了。”乔闪说，“不能因为是晚报，你就在这个时候来卖。”

卖报的少年离开的时候，杜坚把铝合金卷帘门拉下来，拉到距离地面一尺的位置。乔闪突然感到这个举动极其陌生。

“我太累了。”杜坚说。他把衣领上的扣子打开一个。

“这个时候街上的车堵得厉害吗？”乔闪问。

“是啊，都是刚刚下班。”杜坚说。他坐了下来。

“也许有人在这个时间刚刚上班。”乔闪说。

“你说得没错。”杜坚说。

“听说今晚有一个演出……”

“是啊，好像是吉尔吉斯斯坦的一个舞蹈团演出古典芭蕾舞剧《睡美人》，不过我不太喜欢。这是老掉牙的东西了，《睡美人》睡了一百多年，它也该醒醒了。”

乔闪不经意地笑了一下。

杜坚端起酒杯，同乔闪碰了一下。他喝了一大口。

“我太累了。”杜坚又说了一句。他走到床前，可是没来得及脱鞋就栽倒在上面。

乔闪轻轻回头看了他一眼。据说，那种美国生产的超强力麻醉片两粒就可以使人快速昏迷，乔闪把上次杜坚带来的剩下的几粒药片，早早从壁橱的抽屉里翻出来，倒在了他的酒杯里。

然后，乔闪走到煤气灶前，扳掉鸣报装置，拧开煤气管道的最大阀门。接下来，她返回床边，躺上去，紧紧地同杜坚搂在一起。

在意识丧失之前，乔闪看了门口一眼。卷帘门底下微暗的光线告诉她，真正的黑夜即将来临了。

弥　漫

一

丁文森下班回到家，脱去他的羽绒服。外面走到半路上下了点小雪，这时竟然化了。奇怪，雪花落在身上并不觉得沉，现在一变成水就仿佛增加了重量，可东西还是那些东西呀。丁文森拎起他那件加重了分量的羽绒服，把它挂到卧室门边的衣帽架上，这时，妻子毛军对他说：

"刚才咱家来了个人。"

毛军说到这里就停住了，欲言又止的样子。丁文森不知道毛军是什么意思，但人们通常说"一个人"，往往指的是男人，不会是女人。

如果是女人，往往需要格外费力地指出来。比如报纸上公布代表名单，女人一定要在后面加括号注明：女。还有少数民族，也是如此。把女人这样单独注明起来，真不知是格外尊重还是格外歧视，或者，她们就是属于另一个族别吧？

丁文森想了一下，问："谁？"

"不认识，"毛军说，"他说他明天还来。"

"他干什么呢？"

"他说让你以后做事小心点。"

丁文森看了毛军一眼，他看不出她的眼睛里有什么温暖的色彩，也就是说，眼仁和眼膜黑白分明，那是很年轻的一双眼睛。丁文森走进饭厅，把灯打开，他看见饭菜已经被毛军留好在桌子上，只等他一个人吃了。这倒并不怪他这一阵子单位忙，每天回家很晚，而是因为毛军又围绕着想同他离婚的事与他冷战，吃饭都不同时坐桌，不过看在暂时夫妻的分上，不让他饿着罢了。

丁文森这时才想起穗穗。他问毛军："穗穗呢？"

"她睡着了，"毛军说，"下午有一阵发烧，吃了点儿药好了，刚才还在玩拼图板，现在睡着了。"

穗穗是丁文森和毛军的女儿，九岁了。这倒并不是说丁文森和毛军的婚龄超过十年，而是八年半。他们在穗穗长在毛军肚子里快五个月了才结婚。也就是说，他们有过婚前性行为，而且不是一般的婚前性行为。毛军那时候年纪比现在更小，她一阵热衷黑色的衣服，一阵又热衷白色的衣服；一阵喜欢很浓的卡布其诺咖啡，一阵又喜欢喝很寡淡无味的白开水；一阵对激烈血腥的枪战片感兴趣，一阵又对宁静深沉的基督教感觉好奇……她喜欢的似乎永远是事物的两极，矛盾体，正反面，而不是其他。这让丁文森有时候感到世界经常是摇摆的。

穗穗长到四岁时，丁文森和毛军才发现她的智力有问题，属于残障儿童。她没事时嘴里总是认真地喊丁文森“爸爸”，如果问她干什么，她就不作声了。丁文森曾教她简单的数学运算，一颗糖果，再加一颗糖果，她知道等于二。但是丁文森从两颗糖果中取走一颗，问她还剩多少时，穗穗就大哭起来，认为他拿走了她的糖果。

丁文森曾考虑和毛军再生一个孩子，虽然在经济上对他是个压力，然而，更大的压力在于，还没等他劝说毛军与他达成共识，毛军已经出现了婚外情。丁文森见过那个男的几次，不见也不行，因为他是本埠医院的儿科大夫，丁文森经常为女儿发烧感冒的事去找他。丁文森不去找他，毛军也得去找他，这是没办法的事情。

那个男的姓黄，离异，大家都叫他黄医生。他本人不是很认同人家这么叫他，但是正像丁文森因女儿发烧感冒而不得不亲自去跟他接触一样，他也对此毫无良策。他现在不是儿科的主任，否则黄主任会比黄医生好听一些。他的职称是主治医师，可现实中没有人直呼他黄医师。那样听起来不像是搞医术倒像是搞巫术的。

丁文森承认自己没能很好地把握住自己。也就是说，几乎在毛军出轨的一周后，他也与一个女人有了那种关系。其实，他和那个叫贺茗晨的女人很早就认识了，甚至可能在毛军与黄医生之前。只不过，他们的关系一直没能得到实质性的进展，不是得不到，而是不想。他有顾虑。丁文森不是那种玩世不恭的男人，他骨子里很有一种为人处世慷慨赴义的劲道。与社会上流行的两性之间“开始于床上，结束于床上”的情感相比，他是反其道而行之，只要上了床，这个女人就成为他生命中的一部分了，他要为此负责。所谓负责倒并不是意味他要娶她，而是在情感的连续性和有效性上有所准备。也就是说，比如碰上他为妻子毛军过生日的时候，贺茗晨打来电话要他陪她去喝咖啡，他能不能陪她？如果不能陪，他将怎样另找时间前去弥补？要命的是，贺茗晨恰恰不这样想。贺茗晨觉得，你只有陪好了自己的妻子，才有放松的心情来陪自己呀，否则心情郁闷，提心吊胆，大家都玩不痛快。人生不就图个快乐嘛。贺茗晨越这样开导丁文森，丁文森越想不开，他觉得她是在掩饰自己，为了不让他难过。也就是说，她大约是爱他的，由此，他也只好爱她，并且不碰她，好为她负责。两个人的心思完全想拧了，却拧在一起，似乎反倒分不开。

贺茗晨最终把丁文森弄到床上，她连一点思想准备都没有。那天上午丁文森喝了酒，神情很靡顿的样子，怎么看都不像一个会有兴致做爱的人。而贺茗晨呢，此时也不想要，因为她早晨刚被自己丈夫折腾了一次。丁文森的酒气很大，贺茗晨只是又不满又疼惜地凑近他脸庞前说：“嘴里的味儿好难闻啊。”丁文森就一下子扑上去了，把贺茗晨的后脑勺撞在床头上碰得很痛。贺茗晨的意识为此空白了一次。不过，躺在床上二十分钟后，她的意识又空白了第二次。

后来贺茗晨才知道，原来丁文森的妻子不久前出轨了。

当然，丁文森的妻子毛军不久也知道了丁文森的事情。两个人都没有什么好瞒的。丁文森甚至是故意让她知道。他对毛军放任自流，以表示他并不在乎她，殊不知时间久了，竟然就真的对她有点麻木，这正如“谎言说上一千遍会变成真理”一样。而毛军呢，对他倒是实心实意地不理睬，他这样，有点正中她下怀的意思。现在问题出来了，因为毛军吵着要离婚，丁文森不同意，法院做调解，争议出现在谁是过错方的问题上，而这又直接牵涉调解无效时的离婚财产分割上。若说按感情出轨吧，可能是丁文森时间在前；若说按身体出轨吧，可能是毛军时间在前。毛军指责丁文森说，是你先出现了问题，你是过错方。丁文森指责毛军说，我只是动动想法而已，无伤大雅，要讲来真的，还是你的时间在前。毛军反驳说，我那是身在曹营心在汉哪，和你相比，哀莫大于心死，感情发生转移才属罪大莫及。

两个人就这么争讲着，谁也战胜不了谁。自然，婚姻就像两头怪兽朝不同方向拽动的一辆破车，要么怪兽精疲力尽，要么破车终会散架。

眼下，丁文森边一个人吃饭，边想毛军刚给他说过的那个事情。实际上，丁文森两天前曾接到过一个匿名电话，那个人说的是同样的事情：让他做事小心点。丁文森追问为什么，那个人没说，倒是反问一句：你说为什么？

二

丁文森第二天下午下班同样晚了点儿。年末单位事多，除了向上级汇报各种数据、资料、接受检查之外，还要筹备几个会议，同时，他所在的化工检验所的化验室，因为另一个同事老邓得了肺癌，在家治病，所有的工作只好由他一个人干了。丁文森有时候觉得一个人陷在一生的工作里，犹如一只蚂蚁彳亍于无边的沙漠中，焦渴而无望。

他感觉不到一丝一毫有意义的事情在带动他，更不要说在吸引他。他读到过几十年前某一部书上写到的话：“工作着是美丽的。”现在，他只要一想起工作就是为了养家，为了自己不被饿毙，就觉得浑身无力，恰如两天没吃饭一样。

走在大街上，丁文森稍微有点神思恍惚。他上班的单位其实离家很远，不过自从与毛军冷战以来，他就宁愿这么步行。这也就意味着，他愿意早离家和晚归家。

穿过一个闹市区，丁文森正极力摆脱路两边摊床上的香酥鸡、猪头肉、拌牛柳等浓厚气味所勾动的食欲，踽踽独行时，斜刺里一个身影拦住了他。他定睛一看，原来是他小舅子毛菊。他的这个小舅子，身材矮瘦，为人乖戾，别看比起他一米七六的个子矮了半个头，打起架来却是一把好手，这还是丁文森跟他姐姐毛军谈恋爱时就领教了的。那时候，他经常跟一些女孩子厮混，几乎隔一周就换一个女友，他要是对哪个男青年看不顺眼或是有谁胆敢同他争风吃醋，他是连半天也不会耽搁就带领一帮人把对方大打一通。平日里，丁文森不愿意见他，要是逢年过节全家人团聚在毛军父母家里，那是不见也得见的，只是心上嘀咕毛军父母怎么生出这么一个儿子。再有，他们把毛军起了个男人的名字，却把儿子起了个女人的名字，真不知是怎么搞的。丁文森知道毛菊结婚后的禀性并没有改变多少，听说甚至还偶尔吸毒。他有时候也跟自己的朋友或同事交流起对小舅子的看法，得出的结论竟然惊人的一致，那就是，大家彼此的小舅子几乎全都是蛮不讲理、飞扬跋扈的主儿。看来，这种现象很值得研究一下，归纳出一种“小舅子”文化也未尝不可。

毛菊喊："姐夫，你才下班？"

丁文森说："是啊。"

毛菊说的第二句话就是："姐夫，你不要对我姐姐不好。"

丁文森从毛菊身上嗅到一股酒气。丁文森随口说："没有啊，她这工夫还在家里给我做饭呢。"

丁文森的意思是说，我对你姐姐挺好的，不然她能为我做饭吗？再说，这是我们俩之间的事情——丁文森这个想法还不待延续，就感觉脖子下的衣领被人狠狠地揪住了，毛菊在他眼前摇晃着说："你应该给她做饭，明白吗？你应该为我姐姐做一顿饭！"

丁文森虽然身处的是闹市的边缘，又是傍晚，可是下班的人毕竟不少，又有往来汽车灯光扫射，他一个有组织关系的大男人被一个无业游民揪着，终是不雅。一急之下，他也一把抓住毛菊的衣领，让毛菊放开他。毛菊想都没想，松开了手，但是随即两手一捋，攥到了丁文森拽他衣领的腕子处，向下一扳，丁文森立刻疼得"呀"了一声。他只好用另一只拳头砸向毛菊。

两个人当街打了起来。丁文森边打边想，前几天因为一点琐事，他气得动手打过毛军一次，这事一定是让毛菊知道了，才来显示他毛家人的霸气。两个人打得都很大方，都有些想教训对方的意思，却一时半会争不出高下。道路很快被堵塞了，汽车不停地按喇叭，却没有一个人下来拉架。毛菊好几次想把丁文森扭翻在地，怎奈丁文森好歹高出他半个头，又因打架这事是最消耗体力的，只几分钟两个人就疲惫不堪，没多少力气。毛菊最后只好狠狠地住手，指着丁文森说："我今天不是喝多了酒，管保叫你趴下当车轱辘。"

丁文森说："我和你姐姐的事，你以后少管。"

说完丁文森就走了。围观的人有听出这是姐夫和小舅子打起来的，就嘿嘿笑。毛菊立刻指了那些人说："哪个再笑的？"大家只好噤了声。丁文森自感丢不起人，也没管毛菊是否和那些人继续纠缠，只顾走自己的。

回到家，坐下来吃饭，穗穗跑过来，看他一眼，然后跑远，最后又跑过来，说："爸爸的脸怎么了？"

丁文森只觉得腕子没力气，握筷子手都抖。被穗穗一说，他凑到镜子前看，原来额角被毛菊打出个青包。毛军这时也从她的卧室走出来，看见丁文森的脸说："怎么啦？"

毛军和丁文森分卧室睡好长时间了，这时她走到客厅，不知怎么竟给丁文森一种处在候车室之感。丁文森咕哝一句："没什么。"他想他那个该死的小舅子也未必没吃亏，又补充一句："走路，两个人不小心撞到一块了。"

"撞到一块能撞得这么凶。"毛军说，她还没明白是怎么回事，走上前要为丁文森抚摸额头。他们姐弟俩的动作姿势太相像了，丁文森感觉毛菊穿着他姐姐的衣服又向他伸出拳头，他赶紧用胳膊挡了一下，说："没事没事。"

穗穗对着电视里的一个镜头在挤眉弄眼地笑。这是她从没有过的表情，丁文森不知道她从电视里得到了什么样的交流。他顺便瞥了一眼，原来电视上正在采访一个同样是举止可笑的弱智儿童，丁文森的心情立刻沉重起来。

晚上睡觉的时候，丁文森想和毛军亲热一下。他们还没有正式办离婚手续，也就是说，毛军还承担着相应的义务。丁文森不知道该怎样把毛军哄到他的卧室，因为毛军佯作不知，推说穗穗这一阵子睡觉总做噩梦，她要陪着她。丁文森躺在自己床上，虽然有些困乏，却还不肯睡去。毛军正在那边给穗穗讲童话故事，一般来说，这就是穗穗将要入睡的前兆。丁文森替毛军在想，如果今晚自己没做出那个亲热的暗示倒也罢了，既然做了就要等到底，万一毛军被他挑起念头，等孩子入睡后发现丈夫也入睡了，岂不要恼羞成怒。女人啊，就是那么一点窗户纸样抵挡的本事。

丁文森还是睡着了。他太乏了。也许是和毛菊打架累的。过了约半小时，他一下子醒了，看见毛军卧室灯黑着，一点声音没有，估计两人也已经睡了。丁文森精神抖擞起来，他蹑手蹑脚走到客厅，小声喊了毛军两下，没有回应，他只好说了一句："哎，你看这是什么?"

毛军走出来，问："什么啊?"她原来也是太困乏了，没来得及脱去外衣就陪着穗穗睡着了。丁文森说："叫你过来嘛。"

毛军只好走过来，很强打精神的样子。丁文森将门关上，抱住毛军，毛军用力挣脱了。丁文森再抱，毛军气得踢了他一脚。丁文森干脆动起和她弟弟打架的本事，跟她扭在床上，毛军宁死不从，把他的手背都抓了一道印子。丁文森这才知道毛军是真的不想和他发生什么关系，看来她的眼睛里真的只有黄医生。丁文森想到这里，手下再一用力，只听"嗤"的一声，毛军的衣服领子不小心被撕碎了。

毛军生气地说："给我赔吧。"

丁文森自知理亏，问了一句："多少钱?"

毛军说："发票还留在那里呢，二百三十八块。"

丁文森想了想，真的就去衣兜里翻出二百多块钱，递给了毛军。毛军看了一眼，伸手接过了。这也难怪，他们两个人的钱早就分开算了，虽然住在一起，生活开销却全都是 AA 制，丁文森弄坏了人家的衣服，自然要赔偿。

而毛军接下来也反思了一下自己尚未解除的义务。尽管不愿，她也只好去做，生活提供给人的道理如此简单。

毛军临要回到自己卧室之前，猛然想起了什么，尽管她也觉得这句话是非常不合时宜，却也不容含糊：

“那个人傍晚之前又来了，他说一直找你。他要你做事小心些。”

丁文森手里正提着自己的那条短裤。他不知道自己要做什么。

三

丁文森决定要搞清楚，那个人究竟是谁，他到底要干什么。

一连三天，丁文森下班有悖常态，早早回到家中。既然那个人喜欢找上门来，也就是说，情知躲不过，他也就乐于居家迎候。奇怪的是，这三天风平浪静，车马无喧，连个邻居都不曾打扰。

丁文森所在的楼是一处独楼。所谓独楼，当然不是说丁文森自己独住一座楼，而是那座拥有几十户居民的楼是一座独楼，未形成群体建筑的小区化管理。丁文森和毛军的单位都是事业单位，工资可保，但分不起房，这还是丁文森他们单位附近的一个部门，自己集资盖家属楼，临了有一个职工工作调到外地，又偏巧与丁文森的一个亲戚是老同学，才将这个房子转手卖给他的。就是这样，也比市面上的商品房便宜许多。一转眼，丁文森在这座房子里已经住了六七年了。

丁文森住在这座楼里不仅独，而且孤。那些住户都是别的单位的，人家是一个系统或整体，只有他们一家三口跟人家素不相识，遗世索寞之感可想而知。丁文森以前想，毛军是个孝顺女儿，一直想要赡养老人，他们俩曾打算将来卖掉这座楼房，搬到老人那边同住，彼此也有个照应，因为老人那边也非常寂寞。现在看来，事情已不可行，按毛军离婚申请上的意思，她要独占这座房子。

丁文森眼下思考的问题是，他住在这座独楼里，一般人根本不知道。别说是彼此陌路的生人，就是他单位的领导、同事，包括寻常的一些亲戚，也根本不知道他住在这里。丁文森在单位里只是一个小小的化验员，没有人给他送礼，也没有人打他溜须，自然无人登门造访。他的朋友也不多，亲戚也不热，即便是碰上实在挨不过去的事情到他家里来，下次也都忘记了地形和位置，何况这样的事情在丁文森的生活中一年顶多只碰上一次。那么，丁文森想，那个陌生人究竟是谁，他怎么知道自己住在这儿呢？

据毛军帮他推测，可能是他被跟踪的结果。这话初听有道理，可是一秒钟后便值不起推敲。既然跟踪了，就说明对方眼里一直出现丁文森这个人，那怎么不当面跟他说，还要回回扑空呢？尤其是又过了两天，丁文森吃完晚饭出去散步，等他再回家时，毛军又一次告诉他：那个人又来过了。

他到底要干什么?！丁文森忍不住大声喝问，仿佛会把那个已经走掉的人从看不见的地方重新喊回来似的。

毛军也无所适从地摇了摇头。人类的表情有一个特点，就是一个人展露一种表情时，总会给另一个人带来之外的感受。毛军在展示她的无所适从时，丁文森突然感到这种无所适从等同于一种遥远！丁文森想，怎么偏偏这几次他不在家，那个人才来找他，又偏偏都由毛军告诉他。丁文森想求证于同时在家的穗穗，问问她是怎么回事，然而，这又怎么可能呢？穗穗说什么都是不能被当真的啊……

丁文森凭直觉认为这几天原来是毛军在威胁他。前思后想，他并没有得罪过什么人，也没有做错过什么事，唯一的难解之结，就是他和毛军行将离婚的财产分割问题。他知道毛军为了钱，什么事情都做得出来。

丁文森记得以前经常看过这样的电视新闻，某个妻子给丈夫买了保险，后来谋杀了丈夫，骗取保险赔偿金。联想起近日的种种表象，包括那天毛菊半路拦他打架，丁文森越发相信这是毛军、毛军的弟弟，甚至还有毛军的情人黄医生合起伙来威胁他，逼他让步。

不过，实在来说，毛军威胁是威胁，还不至于真的杀他。

这么一想，丁文森也就轻松了。

丁文森轻松了就可以去找情人贺茗晨见面。贺茗晨给他打过许多次电话了，前一阵子都被他推脱。他觉得一个女人如果不爱他那挺可怕，但一个女人爱上他那同样可怕。贺茗晨在一家公立的幼儿园做幼儿教师，长相可以，体型更可以，曾有许多家长（当然是做父亲的）借教育孩子的机会频繁跟贺茗晨接触，都被贺茗晨以公事公办的态度打发掉了，时间长了，围绕她产生的流言蜚语自然很多，但她却并不在乎。丁文森弄不懂贺茗晨为什么会喜欢自己，因为自己实在是一个太普通的人。丁文森认定贺茗晨喜欢自己的理由如下：贺茗晨约他出来的时候，他偶尔会拒绝；可他约贺茗晨出来的时候，她从来就没拒绝。

但这一次，贺茗晨在电话中说：不行。

为什么？丁文森问。

贺茗晨在电话中说，瑞士刚刚搞了一个全国比赛，看谁把手机扔得更远，主办方就奖给谁一只新的手机，你说可笑不可笑。

丁文森不知道这句话里有什么含义，他问，你说什么？

贺茗晨说，南斯拉夫新改的国名你知道吗？它们不到一百年改了七次国名。一位五十多岁的当地人自我解嘲说，他出生在南斯拉夫联邦人民共和国，他的儿子出生在南斯拉夫社会主义联邦共和国，他的大孙子出生在南斯拉夫联盟共和国，现在小孙子要出生在“塞尔维亚和黑山”了。嘻嘻嘻嘻……

丁文森说，小贺你到底怎么了？

贺茗晨把电话撂了。

这是个星期天，丁文森心情有点郁闷。一般来讲，每逢星期天，他们两个人都要去郊外的植物园约会的。那里有山，有水，有几十家餐饮娱乐场，他们最喜欢去的一家叫“渔夫广场”。说是“广场”，其实就是一排排单独毗连的屋子，可以烤鱼。而且，屋子有炕，不是电热板，是那种木火烧起的热炕，人坐在炕上，很舒服。尤其对男人来说，有了那种热，会格外气升丹田，血脉勃张……

丁文森觉得回到家里也没什么意思。毛军一定又把穗穗送到娘家了，她去跟那个什么黄医生会面。想起黄医生……丁文森呸了一下，他决定自己去喝酒。当然不会去“渔夫广场”。

丁文森独自把酒喝到一半的时候，接到贺茗晨打来的电话。他这时想她的愿望已经不是太强了，因此就不太想理她。出于关心，他还是问了对方一句刚才怎么了？

我丈夫当时在身边，我不便说话。贺茗晨说。

哦。

我只好装作是学生打来的电话，跟你开一开玩笑。

丁文森没说什么。他知道她的丈夫大刘，据说是一个痞子。

喂，你听着么？

听着。丁文森嚼着花生米。

我们以后可能要注意了，不会很容易见面。

为什么？

他好像知道了我们俩的事，昨天他还扬言，谁跟我有事，他就要杀了谁。

丁文森左右看了看。酒馆里冷清得很。

你出来吗？丁文森问。

当然不会。

那你打什么电话？

是让你以后……小心一点儿！贺茗晨说完就把电话撂了。

丁文森自己摸了一把脸，又看了看摸脸的那只手掌。他现在有点儿弄明白了，连日来威胁他的那个人，到底是谁。说到底，妻子毛军虽然正跟他闹离婚，但还不至于连他的生命也要夺去。那样对她也没什么好处。贺茗晨的丈夫就不一样了，甚至连贺茗晨是怎样想的他都搞不清楚，毕竟人家两口子是法定夫妻，也许，她丈夫知道的消息正是她告诉的呢。丁文森又记起以前看过的一个新闻，情妇打电话告诉情夫，她丈夫要杀他，情夫说，我不怕。情妇过几天又打电话说丈夫要杀他，情夫还说我不怕。等到第三次打完电话的时候，她丈夫果然去把他杀了。后来电视一采访，得知情妇打电话的时候，她丈夫就在旁边，而且是她丈夫让她打的。情夫再三说不怕，她丈夫只好把他杀了，因为丈夫感觉太没面子了。那个冤死鬼呢，他屈就屈在根本不知道情妇的丈夫就在旁边，还以为情妇偷偷给他打的电话呢，他当然只能说不怕了……丁文森眼下想，刚才贺茗晨给他打电话，她丈夫大刘会不会在旁边呢？听口气不像。那么下一次呢？下一次会不会？这有点儿不好说。下一次，丁文森想，我应该说，好，我听你的，我会注意。

丁文森是这么想的，也是这么做的。接下来好几天，他都没有搭理贺茗晨。不完全是怕，而是不想主动找麻烦。人家已经说了么，让他以后小心点儿，这话虽然不是亲自从大刘而是从贺茗晨嘴里说的，但那也未必不代表贺茗晨的意思——或许贺茗晨是另有新欢却又怕他继续纠缠——所以打出她丈夫的名头。也正好，丁文森近日为全市化肥生产的质量检验工作忙得不可开交，一切除工作之外的事情都没有心思打理。他现在很想念同室的老邓，当然他不可能来上班了，听说他的肺癌越来越重。那么，今年能新分配来一个大学生就更好，或者，还有更好的美梦，那就是自己能换个工作乃至晋升。

丁文森这一天进到楼道内已经是暮霭沉沉了。刚才打扫卫生的老头冲他打了一个招呼，问他吃了吗，他才又感觉自己下班太晚了。这个念头存在于他的脑海里没多久，他已经慢吞吞来到了二楼。他家在二楼。他按了一下走廊里的老式电灯开关，正要掏出钥匙开门，一个人从身后走过来，问：

“你叫丁文森吗？”

丁文森回过头看了那个人一眼，是个男人，30 多岁，个子同自己差不多，穿着一件布面的羽绒服，目光沉黯，眼角有一道伤疤。丁文森马上意识到什么，他说：“是。你有什么事？”

“我们来找你好几次了。”

丁文森不知道他为什么说“我们”。走廊里很静，丁文森不相信旁边还埋伏其他人。他暗暗把钥匙揣回兜里，回身面对着那个羽绒服男人。

羽绒服男人说：“你是不是记得有一次，几个人一起敲过你家的门向你问路？”

丁文森一下子想起来了，那还是在毛军第一次告诉他有人找他之前。那一天，他一个人正在家里拖地，有三四个装扮不一的男人敲门，问一个叫王栋的人是不是在这里住？丁文森当时把门开开，有点不耐烦地说，不认识，你们敲错了。

“现在告诉你，那些人就是我们，其中有我一个。我们来确认你的住址和长相。”

“你们要干什么？”丁文森又问。这时候，丁文森的房门突然开了，原来是屋里的毛军听见走廊有说话声，就好奇地推门看。她看见丁文森领一个男人站在那里，却不看清那个男人是谁，因为这时走廊灯突然自动灭掉了，她以为是他的同事。毛军将两只手在围裙上蹭了蹭，丁文森立刻闻到一股馒头的气味。毛军说：“站在门口干吗？进来吧。”

丁文森说：“不用。”

“进来吧。”毛军说。

丁文森把门连同毛军用力推回去了。他想，这个男人是因为贺茗晨的事情来的，进了屋说出话那算个什么事。因为走廊暗着，他就又把灯的开关打开。

与此同时，丁文森的房门又开了。穗穗用力地端着一盘苹果，探头探脑地对羽绒服男人说：“叔叔，进来坐吧，给你吃苹果。”

丁文森再一次把门关上。停了一会儿，他不知怎么心里涌上一股酸楚。他问面前的那个人：“你叫什么？”

“叫我雷子好了。”羽绒服男人说。

“你们到底要干什么？”

灯又灭了，这回是雷子走过去把灯光揿亮。“就是要最后一次告诉你，”雷子的话竟让丁文森大感意外，“南联农资公司的那批化肥，你不要找什么毛病！”

丁文森想了一下。春耕在即了，当地企业的化肥生产已如火如荼，全面铺展。按照国家规定，化肥质量需当地有关部门严格检测，不允许劣质化肥卖到农民手中。丁文森所在的化工检验所，已经采集到全市所有的农资公司生产的化肥和农药样品，正按序在他的化验室进行检验。南联农资公司生产的一部分化肥，已严重过期。国家规定农药有效期两年，可他们只是更换了包装敷衍了事。

丁文森没说什么。知道了陌生人不是为贺茗晨丈夫的事而来，他稍微有一点轻松。然而，也多了另一些沉重。

“你刚才回家的时候，应该看到楼下停了一台黑色轿车，那里面全是我们的人。”

这个丁文森倒没有注意到。也许它没有眼前的重要。

“你如果不听话的话，就会给你颜色看！”

“是南联公司叫你们来的吗？”丁文森问。

“这个我们不知道，反正有人安排我们这样做。”

雷子说完，灯又灭了。丁文森听到短时间就远去了的脚步声。

四

早晨一上班，丁文森照例走进他的化验室。那是一间仓库式的办公室，到处堆满了电脑、仪器、试管等玻璃器皿。此外，就是规格不一、形态各异的密密麻麻包装好了的化肥和农药产品。它们作为抽样产品来自全市。丁文森有时候觉得自己是一个坐镇指挥的将军，他指挥着全市所有农耕土地的施肥、生产，让无数农民为此忙碌，有时候他又悲哀地觉得，自己的一生就是混在这些农药堆里，他也变成了一种一次使用掉的农药，毫无特点，任人挥洒，苦不堪言……此时，化验室内正弥漫着刺鼻的农药气味，丁文森不知怎么一下子想起了老邓。老邓在这里干了半辈子啦，成天泡在这种气味里，保不准他的肺癌就是与此有关……

上午，丁文森再一次仔细地查验了南联农资公司的那批化肥样品，事实表明，这些化肥的有效成分每千克不足30%，已严重过期，按有关规定，要立即封存。至于罚款，因为尚未销售流通，不构成违法所得，可以暂不考虑。

丁文森中间接了两个电话，被告知事情。一个是朋友的弟弟结婚，另一个是同学的父亲病故。丁文森想了一下，分别打了电话请人捎去礼金。这种红白两事同在一天的活动，丁文森以前也遇到过，他基本是不去的。一个人在一天里心情得到两次极端转换，这让他感觉一生仿佛在一天里过完。

快到中午的时候，所长让他把今天的化验结果报给他。丁文森如实地把南联农资公司那些过期化肥的化验单打印下来，签上姓名，交到所长手里。所长看了一下，问："南联公司的过期化肥总共有多少?"

"据检查应该有 70 多吨吧。"丁文森说。

"这么多?"所长吃了一惊。

"嗯。"丁文森匆促地点一下头，他也觉得这不是个小数目。

"好，"所长说，"我明白了，这个事情我们要按规定办。"

丁文森走出房间。从这个时间直到下午六点二十分，丁文森没有觉得有什么不妥。下午六点，他准时走出检验所大门；六点零八分，他走在邮政局门前；六点十三分，他经过甘露桥，桥下面有一个卖糖炒栗子的摊位，他想买二斤栗子回去，可不知怎么想想又算了；六点十八分，他拐入宁静路，这条路正像它的路名一样，车辆并不是很多；六点二十分，在一辆大货车呼呼地与丁文森同向驶远之后，一辆黑色的捷达轿车从身后超越丁文森，在他身边停下来。丁文森还没明白怎么回事，车门一开，跳下来三个人，围住丁文森不容分说大打出手。丁文森被打得晕头转向，毫无招架之力，最后不知怎么跌倒在地，后脑勺被狠狠踹了一脚，然后那三个人快速钻入轿车扬长而去。

回到家里，丁文森的手机响了。他放在耳边，一个声音低沉地说："就是让你放明白一些。"

刚才打他的三个人中没有穿羽绒服的那个雷子，但是现在，丁文森听出这是雷子的声音。

"这不关我事！"丁文森把胳膊支在沙发扶手上，他头痛得厉害，全身也难受。

"那就是我们打错了，下次吧，下次重新打一次。"

"我只管化验，处理方案由领导定。"丁文森说的是实话，所以他并不觉得自己说话有小人意味。

"对啊，"雷子在电话里笑了一声，"你们领导确实把这事定下来了，南联公司下午已经接到了处罚通知。但是我要告诉你，我们对处罚通知不感兴趣，我们只关注化验结果。"

丁文森明白了，对方暂时还不想将所长怎样，他们要收拾的是自己。

"因为在这个时候，"雷子忽然又冒出一句，"领导相信的只有你。"

丁文森愣了一下。他感觉雷子一定是话中有话。虽然，他设想以雷子这些人的文化水平，说话并不一定懂得什么叫双关，但还是给了丁文森一个启发。他想，听雷子的意思，自己的领导也未必喜欢自己这样做，但人家毕竟是领导，必有他的聪明之处和做事规则。丁文森这样做，其实也是在难为他的领导，只不过人家不动声色和不好表白罢了。雷子说"领导相信的只有你"，其实不就等于说"领导看这事你该怎么办"嘛。

这样独自一分析，丁文森感觉自己再一次被几个人给包围了。

对方不知什么时候撂了电话。

毛军一直在旁边奇怪地看着丁文森，她隐约从电话里听出了什么。丁文森满身泥巴，脸色苍白，精短的头发上沾有一丝血迹。毛军说："是我说过的那个人干的吧？"

丁文森点了点头，又摇了摇头。

"你这个样子，先别吃饭，赶紧去医院看看。"毛军说，她用手抚了丁文森额头一下。

丁文森说："不用。"

"这个时候，医院可能下班了。我打电话帮你找黄医生吧？请黄医生帮你联系安排一下。"

"我说了不用。"丁文森突然十分生气地说。

毛军只好不再作声。在这短暂的沉默里，丁文森却猛然想到，他确实应该去一个地方，但不是医院。

十五分钟后，丁文森打车来到辖区派出所。在值班室，一位着装严谨的民警接待了他。

丁文森详细讲述了被打经过。那位民警认真地做了笔录。末了，民警问他："你记住那辆车牌号了吗？"

丁文森摇了摇头。

"打你的那三个人，你认识他们吗？"

"不认识。"丁文森接着说，"我只知道此外还有一个他们的同伙。"

"叫什么名字？"

"叫雷子。"

这回是民警摇了摇头。“你这等于没说。”民警说，“你还有别的有价值的信息提供吗？”

“我觉得这件事情背后，有相关的利益集团在操纵，他们在做更加危害社会的事情。”丁文森把他推测的南联公司可能雇用打手的事情，跟民警说了一遍。

“你能断定是他们干的吗？”民警问。

丁文森不知道该怎样回答。他想起他曾问过那个雷子，是不是南联公司叫他们来的，雷子说：“不知道。反正有人安排我们这样做！”

民警见丁文森犹豫，又准确地问：“你有证据证明是南联公司干的吗？证据？”

丁文森只好摇了摇头。

民警似乎想起了什么，他走到丁文森身边，让他展示他的伤情。丁文森只觉得腿、腰、肩都很痛，可是民警查看了一下，并没有什么伤痕。至于他的头部，民警最后仔细地端详一下，说：“不太好办。”

丁文森吓了一跳，以为头部有什么重创，他到此为止都没敢自己摸过一下。他问：“怎么了？”

民警将丁文森的头发捋了捋，然后又重新看了一下：“你的头皮被擦破了，但是面积只有 3 平方厘米啊，没事。”

“没事？”

“嗯。按照国家相关规定，头皮擦破超过 5 平方厘米以上的，才算轻微伤。你这连轻微伤都算不上。”

“这是什么意思？”丁文森恼羞而好奇地问。

“就是说，”民警望了一眼窗外，似乎短暂地走了一下神，然后不急不缓地对丁文森说，“把人打成轻伤，要追究刑事责任，也就是说可以判刑；把人打成轻微伤，这属于治安处罚，不能追究刑事责任。你这连轻微伤都算不上，一般来说不予立案。”

“那什么叫轻伤呢？”

“颅骨骨折、肋骨骨折、鼻骨粉碎性骨折，这些都是。”

丁文森略略吃了一惊。他记得小时候看战斗电影，耳熟能详的一句话叫“轻伤不下火线”，他那时候心里讥笑，以为轻伤不过是一点儿表皮伤，谁又能为此下火线呢？没想到，听民警一讲，连骨头折了都算轻伤，可见当年那些战士们多么勇敢。

“像我头上这样的伤呢？怎样才算轻伤？”丁文森不依不饶地问。

“头皮撕脱伤面积达 20 平方厘米。”

丁文森揣想了一下，那差不多是整个脑袋的面积了。他感到一阵眩晕。“这么说，我这是被人家白打了？”

“那倒不是。关键看你能否提供给我们足够的线索和证据。”

“那又怎样？”

“我们就可以找到他们。”

“找到了又怎样？”

“给予口头警告和训导。”民警做了一个结束谈话的姿势。

那还不是等于被白打了。丁文森心里想。

五

丁文森一个人在化验室继续检验南联公司的另一批化肥和农药

时，他开始意识到问题的严重性。

那时候，窗户已经是开着的，户外的空气并不使得室内显得多么温暖，因为这是二月，是一个早春。视线里，土地还干涸得发黄，树梢也不见朦胧的绿色，可是在天地之间，在人的鼻息里，隐隐有一种久别的气息，像是跟牛奶或幸福有关的东西，一点点缭绕。丁文森知道，这叫春天。

春天来了，快种地了。丁文森想。可是室内的那些白色的化肥，让他感觉是铺在心头的一片冰雪。经过采用四苯硼酸钠容量测定法，丁文森吃惊地发现，南联公司不仅仅存在化肥过期的问题，他们最新生产的一批农药，竟然属于甲胺磷、磷胺农药和高毒性有机磷农药，而这类农药，农业部已于今年元旦开始严格禁止销售和使用。——这可是了不得的大事！作为一个从事农药检验十多年的化验员，丁文森明白，其实早在多年前，国家已明令禁止使用 DDT、六六六、除草醚等农药，而像这种甲胺磷、磷胺、高毒性有机磷农药，虽然联合国早就禁止，可中国因为国情原因，放缓期限直到今年才开始禁止。然而，这终归是实质性的进步和转折。它们如果再继续被使用下去，数不尽、望不断的土地会一年年板结、失效，河流会被污染，农药残留物会通过农产品在人体内一代代蓄存，乃至影响生育和成长……

可是眼下，南联公司怎么可以这么干？丁文森在办公室内踱着步子，烦躁地想。原来他们不只化肥过期。看来——一个念头冒出来，雷子这些人之所以曾经殴打了他，并不仅仅是针对化肥过期的事，那里边也在提醒他下一步遇到事情该怎么做。

这一想不要紧，想过之后，丁文森忽然觉得他的难受期已经提前经过，因为他已经被人打过了，现在没什么可怕的。他觉得这有点类似一个叫海明威的外国作家说的："今天死了，明天就不会再死了。"需要在他手里检验的，是一批比上次数量多得多的违禁农药。丁文森知道他该怎么做，那无疑是如实打出化验结果，签上名字再次递交到所长手里……

六

丁文森第二次被打是在一天上午，星期天上午。那完全可称是光天化日之下。阳光很好，空气很好，街道很好，人也很好。丁文森去超市里给穗穗买一盒蛋卷。他最初看到一种包装很精美的蛋卷，职业习惯使他查看日期，蛋卷的外包装印着如下字样："生产日期标于包装背面右上角。"可当他按提示找到那里时，却看到上面印着这样的字样："讲究卫生，用后不乱丢。"

丁文森觉得哭笑不得。这真是一种东方式的虚伪或智慧。丁文森只好选了另一种叫作"米老头"的蛋卷，虽然它的价钱要贵一点。

走出超市没几步，几个男人就从不同方向悄悄围上来了。丁文森只觉得最先是背后的腰部被人猛踹一脚，他踉跄几步总算没跌倒，但眼看着手里的蛋卷像被磁铁吸走一样飞了出去。接着他就听到"噼噼"两声，然后两颊一片潮热，他这才反应出被人扇了耳光。他用尽力气想挥舞拳头予以还击，可突然觉得自己就像一支报废的圆规一样，全身手脚被几个人死死架住。"你就是没玩儿够是吧？"丁文森看见其中一个人掏出一把刀子，在他眼前晃动。那把刀子长长的，尖尖的，在阳光下闪着银光。丁文森觉得目光一阵抽搐。他搞不清，一把刀子，只具有世间最简单的形状，何以生发那么大的威力。这时从超市门口，闪出几个超市的保安，他们以为有人哄抢摆在门口的货物，见与他们的判断风马牛不相及，便又重新回到超市里边。说实话，即便是置身光天化日和行人的目光之下，丁文森还是感觉这些人很可能杀了他。这样的事情不是没有，甚至还屡屡发生。

“你们千万不要乱动！”丁文森紧张地说。他自己乱动不了，所以他本能地希望大家都跟他一样。

“知道你做了什么吧？”拿刀子的男人恶狠狠地说，他出其不意，用一只拳头猛地打在了丁文森的太阳穴上，丁文森还不等喘息一口，他的头部就被旁边的几个人给按住了，紧接着，那个拿刀的男人把刀尖抵在他的鼻头上，一点点划动，血瞬间淌了出来。

丁文森压抑地叫起来。他不敢剧烈地喊叫，他怕面部动作幅度太大会促使对方把自己的鼻头割下来。好在对方适时收住了手，他们用刀逼着丁文森，不让他靠近，然后齐刷刷转身跑掉了。

五分钟后，“110”警务车来到了现场，大概是围观行人中的哪一个报了警。警察来到丁文森身边的时候，丁文森正用手帕捂住鼻子，他的那里已经不出血了。那几个歹徒早已跑得无影无踪。警察问询了围观的人有没有认识跑掉的人当中的某个，没有一个人应声。警察只好把丁文森引上警务车，拉上车门，向公安分局驶去。

在公安分局的一间宽敞明亮的办公室里，一胖一瘦两个警察开始了解情况。在正式问话之前，两个警察请一位女警察用乳酸依沙吖啶溶液，也就是黄药水，替丁文森把鼻子上的血清洗干净。丁文森详细讲了一下刚才事件的经过。讲完之后，他停顿一下，他想借此表示他即将要讲的事情的重要性，也就是说，他想就上次被打的事同时向警察托出，但是胖警察的一句问话，使他觉得讲出来也毫无必要。

胖警察问："你认识打你的那几个人吗？"

"不认识。"丁文森说，"不过我知道一个叫雷子的，可他没有出面。"

"叫雷子的全市有两千多个。"瘦警察说。

"他们为什么打你？"胖警察对瘦警察点了一下头，表示对他同伴的回答有同感，然后他问丁文森。

"南联公司生产的化肥和农药有问题，我是化工检验所的化验员，因为怕我据实暴露情况，所以他们指使人来打我。"

"你这样讲，有证据吗？"

"你们难道不会去调查吗？！"丁文森忍不住悲愤地嚷道。

丁文森的话似乎提醒了胖警察，他走到了丁文森面前，低头端详了丁文森的鼻子一会儿，然后掏出香烟，点着吸了一口："告诉你啊，这样的事我们很难去调查。一、你说的那个什么公司生产有问题化肥和农药，这事不归我们管，至于你怀疑他们指使人殴打你，这需要你拿出充分的证据来证明存在这种关系。二、我刚才验了你的伤，根据最高人民法院、检察院、公安部、司法部的《人体伤残鉴定标准》，你的面部划伤长度不足 4 厘米，所以连轻微伤都够不上，这样的事情根本不可能立案，更谈不上去侦查。"

"把我打轻了是吧？"丁文森说，"如果打成轻微伤就好了。"

"打成轻微伤也不能判他们刑，如果抓到的话，只能按《治安处罚条例》处理，拘留他们几天，然后罚款——嗯，数目不能超过二百元。”

“不超过三百元吧?”瘦警察插话说。

“不，二百元。”胖警察说。

“就这样?”丁文森问。

“就这样。”瘦警察说。

“也就是说，”丁文森站了起来，他的腿有一些疼，但是不用看，他知道那肯定是表皮伤，“我现在拿不出证据，但即便拿到了证据，你们抓到了他们，也不能把他们怎么样，是吧?”

“我不是一直说这个问题嘛，你看，你把话又给绕回来了。”胖警察多少有些同情丁文森，“我再说一遍，把人打成轻伤乃至重伤的，肯定判刑，噢，我补充一下，这种情况下证据不足的，由公安机关去补充侦查；把人打成轻微伤的，只能拘留和罚款；连轻微伤也算不上的，那就——那就——”

“那就白打了。”丁文森拉开分局的玻璃门，他要走了。

两个警察什么也说不出来。

“这是谁规定的?”丁文森又探回头问了一句。

“《刑法》。”瘦警察和胖警察几乎同时说道。

七

丁文森接到电话时并不感到十分意外。他知道迟早会接到电话。只不过，事情已经过去三天了。电话仍是雷子打的，打在他的手机上。雷子的声音似乎显得极度烦躁，他说："哥们儿，事情要完了。我们的老板对我们很不满意，南联公司第二批农药的处理结果这几天就会下达，如果是不好的消息，你恐怕就死定了，最次也是废掉了，绝不会是前两次那样的下场。你记着!"

电话撂了之后，丁文森按照来电号码查询了一下，知道那是一个街头公用电话。

丁文森不知道接下来该做什么。他什么都不想做。贺茗晨这些天打了几次电话约他，都被他推辞了。他现在有点儿后悔当初对待南联公司化肥和农药的态度，可是，那不光是他的工作职责，那更牵涉无数土地污染和人的身体健康呀。何况，他的自尊心也摆在那儿，再怎么也不能让别人一扳就倒。他觉得值。只不过这种值，换不来什么价，因为他感觉没有一个人肯帮他，或理解他。他也不知道该求助于谁。他现在有点明白，像雷子这些人，其实是很熟悉法律的，否则不会在法律量化的范围内精确地行使他们的动作。同时，他们也熟悉四两拨千斤的道理，以看起来最小的物理打击引发最大的心理后果。而心理决定行为，由此逼使他就范。不是吗？丁文森想，就凭他们在大街之上人群之中扇过他两个耳光，虽然够不上轻微伤，但失去的尊严简直不亚于受了重伤，法律难道只能可笑地对他们予以批评和劝导吗——那不如说是更加鼓励了他们。丁文森分析这两次为什么被人打时对方能屡屡得逞，一是他们人多，这样哪怕他盯住一个人扭打，其他人也会拉开他；二是他们有刀子，有刀子就使他连打都不敢打。丁文森想到这里突然灵感一现，我为什么不弄一把刀子呢？这样，就是打到不可开交处，他们捅我一刀子，我也可以捅他们一刀子，我受伤了走不了，他们受伤了也走不了，这样就不会让他们顺利地打完人逃之夭夭了，也就不会让警察找不到人和线索了，也就会顺藤摸瓜立案侦查，直到水落石出。

最次，丁文森恨恨地想，也让他们尝尝我的滋味！

这个想法竟然一下子鼓舞了丁文森，使他不马上实施简直就对不住头上被他大口吸去的空气。他立刻去农贸市场和日杂商场转了一圈，对比再三，买了一把雪亮锋利的刀子。摊主说那是杀猪的，当然用来杀羊也行。丁文森回忆了一下雷子那帮人对他掏出那把刀子的模样，他觉得自己这把比那把漂亮多了，也残酷多了。尤其是刀柄，手握上去简直像按照他的手形订制似的，觉得有无穷的力气在凝聚。

丁文森回到办公室，用两张厚牛皮纸将刀刃包上，刀柄露外，掖在腰带下，衣服一遮，谁也看不出来。

丁文森不知道对方什么时候会找他，因为他去问过领导两次，对南联公司第二批产品的最后处理意见还没有下达。但看样子不会太晚，也许随时都可能下达，这样，他那把刀子随时都揣在身上。

晚上回家的时候，毛军还在做饭，丁文森打了个转儿，一个人下楼，来到附近小学的一个操场上，掏出那把刀子，在月夜里练了练。不练不行，丁文森知道好多人其实拿了刀子都不会使，弄不好还割伤了自己。他练习横刺，下抡，上挑，刀子在空气中发出细微而踏实的风声。还真是实践出真知，练了一会儿丁文森悟出，要想刀子出击有力，并不仅仅靠胳膊的力量，而应该用身形变化加以配合，以腰部带动力量。接下来，丁文森又假想了一下，对方猛然从侧面攻击怎么办，突然从身后袭击怎么办，直到他把各种意外找到应对的方法，才揣好刀子回家。

一进楼道，丁文森就感觉缓步台那里发出一声细响，好像有人埋伏在那里。丁文森想，不会这么快吧。他沉着地摁亮灯光，慢慢走上去，什么也没有发现。进了屋，丁文森对着窗口发了一会呆。他家是二楼，一楼装着防护栏，而他家没装。他不是不想装，他去年就准备装了，但是楼上不让。楼上住着老两口，都七十多岁了，男的是精神病，靠老伴每天哄着。丁文森去年找来安装工人准备安防护栏的时候，那个精神病就大吵大闹，威胁要跳楼或割颈，理由是小偷会顺着二楼防护栏爬到他家里去。丁文森要他家也装一个，精神病说没钱。丁文森万般无奈，说那我出钱帮你装，精神病哭了，他说那万一楼道着火了怎么办？楼道着火了他本来可以从三楼窗户跳出去，可装上防护栏不把他堵死在屋里了么？

这事闹得很大，许多人来看热闹，甚至“110”巡警都给找来了。丁文森最后缠不过，只好作罢。

现在，丁文森又在想这个问题。那些扬言要报复他的人，如果趁他和家人夜里睡觉，从一楼爬上来怎么办？他可不想为此连累毛军和穗穗。可是，要想说服楼上人家允许自己装防护栏，那就几乎同雷子这些人不再纠缠他是一样难的事。看来办法只有一个，让毛军领穗穗这些天回娘家住去。他自己好办，睡觉警醒点儿，出门有防身刀具。再说，穗穗白天有时候还在楼下玩儿呢，毛军有时候一个人离家出门，他们如果被人跟踪伤害了的话，可就麻烦了。

丁文森把这个想法跟毛军说了，毛军近日来也陆续听丁文森讲过一些他的事情，虽然更多的被丁文森隐瞒了。丁文森让毛军领穗穗回娘家的理由当然不能说怕夜晚有人从窗户进来，那样会显得他太草木皆兵，胆小如鼠，他只说为他们平常的出行安全着想，而他没事，他身上有刀子，再说他毕竟是一个男人。

毛军有些被感动的样子，她摸了摸丁文森的衣襟，又摸了摸他的袖子。丁文森态度那么坚决，她只好离开。当天晚上，丁文森一个人躺在床上，四周很小的声音哪怕是自来水管发出的动静，都会让他侧耳谛听好久。他左思右想，翻来覆去，几乎一宿未合眼。

第二天上午在单位，被失眠折腾得睡眼惺忪的丁文森正在读一份材料，就接到雷子打来的电话，话筒里只传来一句“你死定了”，然后挂掉了。丁文森立刻知道南联公司的产品一定是彻底被清理和查封了。他坐在椅子上，渐感额头冒出一层细汗。他环视房间，房间比平日里显得更加阔大，空旷，让人没有藏身之感。想了再三，丁文森终于决定放弃步行，他打车来到了距单位不足三百米的一家律师事务所，向律师咨询他的对策。

“没有更好的办法。”那位律师自称是一位海归派，可看起来年纪并不大，衣服穿着很像一位画家。他听了丁文森的担忧和恐惧，直截了当地说：“——这就是中国目前的国情。”

“他们已经再三威胁要杀我，我相信他们很快会干出来。”丁文森说。

“可是，在事情没有发生之前，你不能说他们有罪，你只能说他们对你进行了恐吓，而关于恐吓，我们现在的法律并没有设立‘恐吓罪’这一款。”

丁文森想说什么没说出来。

“说起来也是奇怪啊，”海归派的身体在转椅上转了一下，“欧洲许多国家都设有恐吓罪，呃，不说欧洲了，就说亚洲吧。据我所知，台湾设有恐吓罪；在新加坡，如果有人说‘我要杀了你’，这个人马上会被判三个月牢；而日本呢，早在1908年就设立了恐吓罪……”

“我想找到提前防范的办法。”丁文森小声嘀咕一句。

律师的表情昭示着他想听听丁文森的高见。

“我难道不可以提前请求公安机关保护我吗？”

“哈哈哈哈……”律师几乎笑出了眼泪，他用手指着丁文森，“我不是笑你啊，我是笑你这句话产生的后果。你的意思是最好有两个警察每天二十四小时贴身保护你是吧？不，哪怕上班时间，每天八小时。这样，我们十三亿人口，需要二十六亿警察，因为我们每个人在生活中几乎都遇到过这样被人威胁的话……这是国情。但是我告诉你，因受到威胁而让警察提前保护你，这根本做不到，谁也做不到，也许除了省长、部长、国家领导……”

“我贴身揣一把刀子用来防身可以吧？”丁文森说。

律师坐好座位，断然止住了他：“那可不行。《治安处罚条例》规定，私自携带管制刀具，是要被处以拘留的。”

丁文森只好苦笑着开了句玩笑：“那样就会有警察保护我了。”

八

丁文森接到贺茗晨打来的电话，贺敬晨刚说了一句“喂？”，丁文森就说，“我去不了。”

贺茗晨说："我找你有事。"

丁文森说："什么事？"

贺茗晨说："电话里说不稳当，太复杂，你来见面说吧。"

贺茗晨这一阵子打了许多次电话约他，都被丁文森推了，他确实忙，再说没心情。这一次，见贺茗晨说得这么郑重，丁文森只好去了。

他们在一家宾馆里见了面。午后的阳光有点刺眼，丁文森只好把房间的窗帘拉了拉。坐下后，丁文森问："什么事啊？"

贺茗晨一屁股坐到丁文森怀里："没什么事啊。"

"那你叫我来干什么？"

"人家想你了嘛。"贺茗晨委屈地说。

原来如此。丁文森看着贺茗晨，她的头发有些潮湿的亮光，散发香气，半明半暗的室内光线下，她的面容也一半显得梦幻，一半显得天真。她显然是刚刚洗过澡。丁文森感觉她玲珑曼妙的身体坐在自己怀里，不能不激起他的一种欲望。于是，他把她抱到床上，和她一起脱光了衣服，躺在被窝里……

两个小时后，丁文森醒来了。他太疲倦了，因为晚上几乎休息不好。贺茗晨早就睁开眼睛了，却不敢起身，怕吵醒他。现在看到丁文森看着她，就低头亲了他一下，说："你再歇一会儿吧，我给你烧水喝。"

贺茗晨跳到地上穿衣服，他们的衣服也都堆叠到一起了。丁文森刚要伸出腕子看看几点钟了，猛听见贺茗晨大喊一声："啊！"

丁文森第一反应是看房门，那里有没有什么动静，他担心贺茗晨的丈夫大刘这个时候会闯进来。等到他定下心去看贺茗晨时，看到贺茗晨光着身子弯腰盯一件东西：“这是什么啊？”

丁文森看了一眼，是那把刀，刚才脱衣服放在那儿。“有人要杀我。”丁文森回答。

“啊？这么恐怖啊？”贺茗晨小心翼翼躲开那把刀，戴上她的乳罩。

“所以这一阵子你不要老是来约我。”丁文森说。

“谁要杀你呀？”

“我怀疑是南联农资公司的胡经理。”

“为什么？”

“因为他的化肥和农药有问题。”

贺茗晨一听，立刻来了气，“一个公司的破经理，他的胆子竟然那么大，他不想好啦？”

丁文森有时候不爱听贺茗晨说话，可能是做幼儿教师做的，说话过于娇气不说，有时候简直就像没头的苍蝇，话题到处乱撞，没个由头，让人哭笑不得，答也不是，不答也不是。但是刚才这一句，却一下子给丁文森提了个醒，使他一瞬间佩服上了贺茗晨。“是啊，”丁文森心想，“他胡经理不想好啦？”

丁文森以前从没想过这个问题。他看了一眼手表，时间还早，于是一骨碌坐起来，套上衣服裤子，洗了把脸，把那把刀子又重新掖在腰间。

“你要干什么？”贺茗晨问。

“单位四点钟还有个会，我不能缺席。”丁文森说，甩上门，噔噔噔下楼了。

二十分钟后，丁文森独自来到了处于闹市区与郊区结合部的南联农资公司大楼内。他记得几年前因为工作曾陪同一位副所长来过这里，但是早已记不得胡经理办公室在几楼了。他装作彬彬有礼的样子打听一下门卫，门卫耐心地告诉了他。

丁文森在三楼的一个房间门口敲了敲门，里面很快传来一声“进来”，听语气对方以为是自己的员工。

丁文森走了进去。胡经理就坐在他的眼前，屋子只有他一个人。丁文森轻轻吸了口气，说：“你不认识我吧?”

胡经理是一个近五十岁的中年人，个子不高，但看起来很精明，像是乡镇企业家那样的精明。丁文森觉得几年不见他有点儿老了。

“你是——”

“我是化工检验所的化验员，我叫丁文森，这些天经常有不明身份的人拦住打我，还威胁要杀我。”

“哦。”胡经理欠了一下身子，“你什么意思?”

“没什么意思。”丁文森回身伸出胳膊去把房门关上，却不料动作刚刚完成，腰间的刀子“咣当”一声掉在地上。

丁文森看见胡经理的脸一刹那白了一下。丁文森只好慢慢弯下腰，装作此前是故意示威的样子，把那把刀夸张地拾了起来，然后握在手里，找到一个沙发坐了下去。

“我明白了，”胡经理说，“你以为是我干的吧?”

“你如果这么说，我还真懒得去反驳。”丁文森觉得刀子在手，心里从容和镇定了许多。

“这事我听说过一些，但具体是谁干的，我们也很恼火！”

“胡经理你把话说明白一点儿！”

胡经理掏出一支烟扔给丁文森，也不管他接不接和抽不抽。丁文森急忙用两只手接了，刀子险些第二次掉到地上。胡经理自己点着烟抽了一口。

“自从你们检验所两次下达不合格和违禁产品通告后，我们南联农资公司一直抱着积极配合和及时纠错的态度，考虑下一步该怎么办。说老实话，我去年生病去外地疗养了一段时间，过期化肥更换新包装的事情是我手下一位销售副厂长干的，我已经批评他了；那些超标农药问题，责任在我，因为农业部关于有毒农药禁销的文件是 2007 年 1 月 1 号开始执行的，也就是一个多月以前，时间太短，我还不知道是怎么回事。那么事情发生后呢，我们公司一方面按规定封存产品；另一方面呢，春耕时间抓点紧还来得及，我们积极筹备转产或生产新的合格产品……”

胡经理说得很慢，也很斯文，既像是给属下员工作报告，更像是给上级领导汇报情况，在这种情境中，丁文森只好听了下去。

“但正所谓林子大了什么鸟都有哇！”胡经理的嗓门高了一些，“就在我们准备生产新的合格产品投放市场的时候，我听人说起了你的事情，说是我们南联农资公司雇凶杀人。唉，全市生产化肥和农药的企业不止十几家啊，我们历史上一直算是龙头企业，有多少人巴不得南联公司立刻垮台呀！在这个时候，我们产品被整顿，又传出我们雇凶杀人，这不就是想在社会上完全搞臭我们，把我们驱出市场嘛……”

丁文森没想到胡经理会这么说，或者说，他没想到事情还会存在这种可能。丁文森坐在那儿想跷一下二郎腿，又觉得这样对气氛显得过于随便了，就只好那么僵硬地坐着。

“我估计，”胡经理继续说道，“说全市十几家企业都能跟我们竞争，那也不现实，但起码有那么两三家强势企业吧，对我们虎视眈眈。小丁，你应该多花精力调查一下，看看到底是谁家在雇凶杀人，然后放出口风，造我们的谣！”

丁文森听不下去了，他也不想再听了。他一直找不出话题插进去，但是胡经理刚才的一段话，让他找到一条通道，闪出自己明亮的口实：

“我不管是谁，谁再动我一下，我就叫他死。”丁文森坐在那里，把刀在沙发的硬扶手上狠狠拍了一下。

胡经理愣愣地看了他一眼。

“胡经理，你说，”丁文森问，“雇人打断一个人的一条腿需要花多少钱？”

“我不知道。”胡经理摇了摇头。

“我打听过了，也就几千块钱吧。那我再问你，雇人杀死一个人需要花多少钱？”

胡经理再次摇了摇头。

“我也打听过了，也就几万块钱吧。”丁文森终于还是跷起二郎腿，“我还以为得花几百万块呢，我的意思是说，胡经理，如果收拾一个人得花几百万块，那么你是老板，你有钱雇得起，我雇不起；可要是就那几万块钱，你雇得起，我也雇得起！你信不信？”

丁文森看见胡经理的脸这回红了一下。

"除非有人杀死我，听说公安局那边小伤小闹的不立案，但如果出了人命，他们可就要追查到底了，那时候任谁也活不了；如果杀不死我，我就要杀死他，"丁文森说着站了起来，走到胡经理面前，用刀尖对着他，"你信不信？"

"别，别指着我。"胡经理在桌子后面站起也不是，稳坐也不是。

"不管怎样，我就认准了你了——"丁文森看着胡经理束手无措的样子，第一次感觉威胁一个人确实挺好，"我如果再被人动一根毫毛，首先杀死的就是你——听懂了么？"

"唉……唉……"

"听懂了吗？"

"听、听懂了。"

丁文森拂袖而去。

九

毛军晚上回来了。她把穗穗放在孩子的姥姥和姥爷家里，她一个人回来了。那时候，丁文森刚刚一个人对付完晚饭，坐在沙发上看电视。电视上一个省长正在讲话，要大力抓好社会治安。社会治安现在太乱了，据调查，老百姓对它的关心程度已经超过了钱存在银行里毛还是不毛。

丁文森说："你回来干什么？"

毛军说："我担心。"

丁文森问："你担心什么？"

毛军走到窗前，指着外面："我担心晚上你睡觉，坏人会从一楼爬上来。"

"那又怎么样?"

"我回来陪你。万一那样我帮你跟坏人一起搏斗。"

丁文森正在换电视频道，听毛军一说，又把频道换了回去。好像他没听清毛军说什么似的。

毛军却不说了。过了半天，她忽然来了一句："我和黄医生黄了，我离开他了。我们不适合待在一起。"

"噢。"丁文森挠了挠头。

"我觉得还是你对我好，关心我。"

丁文森看了毛军一眼，他觉得她的眼睛里确实有一种感动和温情。

毛军靠到丁文森身边，说："我昨天在我爸妈家碰到我弟弟毛菊了，我们一起吃的饭。我对毛菊说你再别冲你姐夫那样了，他不容易，什么时候你找到你姐夫，大家在一起说说话，吃吃饭。"

"噢。"丁文森把脑袋找了个舒服的沙发位置靠上。

"穗穗的姥姥说，秋天，把穗穗送到外地一家特殊教育儿童学校，我表哥的一个朋友在那里当校长。他说，穗穗这样的孩子没太大问题，将来弄好了完全可以生活自理。"

电视上开始放一个探索知识的节目。

"咦?那天我看到一则新闻，说是宇宙中新发现了一颗小行星，叫什么'阿波菲斯'，它要在2029年撞上地球，美国科学家正在考虑怎样改变它的运行轨道，别碰上我们。"

丁文森不作声。

"'阿波菲斯'是什么意思，你知道吗?"

毛军回头看丁文森，他已经睡着了。他闭着的眼睑下，似隐隐映着一颗泪。

十

丁文森觉得到处都有人盯梢他。生活的不安定感在加剧。随着每一天的过去，他觉得危险就近一步来临。他以前以为生活像是一只热气球，他站在外边，围着它走，很快可以看清它的全貌，现在看来根本不是。他每走一步，热气球就膨胀一下，他越走，它越膨胀，这是成正比的。直到他被他想看清的东西完全覆盖和笼罩。

他确实有点儿搞不清到底谁要杀他。然而，有人要杀他，这应该是实实在在的事。丁文森有几分后悔那一天去找了胡经理，他觉得自己已经打草惊蛇了。他好像对胡经理讲过类似的话，谁再动他一下，他首先杀的就是胡经理，因为他认定了是他干的。现在想来，这不是逼胡经理就范么?胡经理觉得横竖是一回事，会加大决心除掉自己的。而且，他会干得更隐蔽，不留痕迹，让自己不为人知地死掉。这些人为了钱和利益，为了扫清和报复他们的障碍物，什么事干不出来?

可是，如果万一不是胡经理指使的人干的呢?比如，他们的竞争对手，甚至生死冤家，敌对面，他们在做暗度陈仓和移花接木的卑鄙勾当，陷南联公司于不义之地，那么，就更加可怕了。他们听说丁文森威胁过胡经理只认定他干的，就会更加幸灾乐祸并加大动手力度。他们也许不足以取自己性命，但是，那些打手们狂妄的刀子会掌握好分寸吗？一刀捅下去，怎样会致残？怎样会致命？这真是天知道！

——何况，丁文森愤愤地想，为什么，我就活该挨那一刀子？

一连三天了，丁文森再没接到任何电话。这显然是不正常的事情。以他的推测，这事不论是谁干的，都不会善罢甘休。那么，一连三天没有电话，只意味着一件事实，对方把上次电话看成最后通牒，剩下的就是伺机动手了。

丁文森这几天走在路上十分小心。他的感觉和行动变得十分敏锐，他不认为这是多余之举。说到底，一个人善于保护自己的生命和安全，哪怕失之乖戾，也不是什么丢人的事，恰恰是无上光荣的。还有什么世间的东西比生命和生命的尊严更宝贵的呢？

有一次他中午没有回家，独自在一个快餐店里吃饭，看见有一个人很可疑。那个人点了菜，却又不吃，站在门口向外瞭望。看他瞭望的样子，又不是等什么别的食客，因为他只摆了一套餐具。丁文森一边暗中观察他，一边悄悄换了一个座位坐下。他刚才的座位挨着墙角，一旦动起手来容易被对方逼于绝境，而现在就好多了，有回旋余地，再说离后门也近，便于撤离。后来，那个人还是匆匆忙忙吃了一点就走了。

还有一次，是傍晚，穗穗不知吃什么腹泻了，丁文森出去给她买药。走在大街上，一辆出租轿车突然无声地从他左边抢过，横在面前。丁文森大惊，以为那里会冲出来人，他一耸腰，已经把刀子掏在手里了，却见那辆出租车打了左转向灯，原来只不过是在他面前掉一下头，回去拉一位招手的乘客。

还有一些次数，丁文森明明看到有人在身后跟踪他，可是他一去寻找，那人就不见了。这些跟踪的人好像经常更换，像值守一样。甚至有一次，丁文森认出其中一个就是雷子。雷子，他们好久不见了，丁文森想，来吧，不管是谁，老子已不是前两次了！

时间说不好是快还是慢地一页页度过。周末的一天傍晚，丁文森应约去看望老邓。老邓可能已经不行了，处于弥留之际，正在医院急救。同事们给丁文森打来电话，约好一同去看望。丁文森接电话的时候刚好吃完饭，于是他撂下筷子，像往常一样，怀着复杂而警惕的心情走上街头。

华灯初上，夜色迷离。这个时间，属于生活状态紊乱时间，也就是说，街上车流不息，人来人往，既有刚刚下班往家赶的人，也有吃完饭从家里出来散步的人。还有扫马路的人，“吵——吵——吵”，一下一下的扫帚声像是站台上的火车汽笛，带给人一种生活的清新或疲惫。

丁文森在人行道上匆匆地走着，他在保持目光向前方扫望的同时，心里不由暗暗感慨起了老邓。他想他这一生，最大的愿望是退休之后，能像年轻人一样拥有一部手机，走到哪里捏到哪里。他想起老邓有一次跟单位出去旅游，背了一大包他老婆手绣的裤腰带，人家走到哪里都尽情玩儿，他走到哪里却四处兜售他的“纪念品”。就是节俭了一辈子的人哪！临了，连退休都没熬到，就……

一阵脚步声骤然从身后传来，追赶丁文森。丁文森从对老邓的怀想中转过神，意识到这种声音对他构成什么，于是本能地向前方跑。

但是后面的脚步太快了，简直像神话一样快，丁文森猛然被人从身后一把抱住。挣扎中，说时迟，那时快，丁文森用熟练得不能再熟练的动作，掏出刀子，向后一掣肘，把刀子捅在身后人的肋上。

“呀——！”丁文森听到意料中的一声大叫。

他回过头，定了定神，在夜色下仔细一看，竟然是毛菊！

“姐夫，”毛菊一只手无力地扶着丁文森肩膀，另一只手拍着丁文森的脸，声音断续而痛苦，“我就是看见了你，想跟你谈谈我姐姐的事……”

这个时候，丁文森满眼在街上紧张寻找的，是一辆救护车。

让你猜猜我是谁

结婚，你将为之后悔。不结婚，你也将为之后悔。无论你结婚还是不结婚，你都将为之后悔。

——(丹麦) 克尔凯郭尔

上　篇

钟庆东是在上高一的第二天喜欢上了罗小云的。那是 1984 年。

上午上完第二节课，钟庆东和同班的男生姜里在教室门前的操场上踢足球。他一脚将姜里踢过来的足球狠狠地踢回去。没想到，那只足球的力量太大了，它偏离了钟庆东认定的角度，疾速地奔向远处一个人的肩头。钟庆东在那一瞬间吓出一身冷汗，他以为那只足球会以疯狂的速度撞在一个人的脸上。

好在，这只是虚惊一场。

那个人是个女生，正要往教室里走，足球贴着她的脸飞向远方。她回头看了钟庆东一眼，似乎有点嗔怪，想说什么而终究没说，转过头慢慢走回教室。

钟庆东没想到她是这么漂亮。

钟庆东从姜里的口中得知，她叫罗小云，是他们美术班里的新同学。钟庆东想知道罗小云是不是在生他的气。他揣摩罗小云的心理，这么美丽的女生，一定以为他是借踢足球在有意骚扰她，制造与她接触的机会。如果按照钟庆东有限的跟异性接触的经验判断，罗小云在操场上回头看他的一瞬间，心里一定掠过几个字，“没教养”，或者是，“流氓”。钟庆东很想澄清她的看法，端正她的态度，让她知道自己不是有意的。

有一天下课，钟庆东收拾好书本往教室外走，罗小云坐在前边靠过道的座位，文具盒放在桌角，钟庆东走得匆忙些，不知道怎么没小心就把罗小云的文具盒碰在地上了，里面的文具散了一地，铅笔尖也摔断了。钟庆东赶紧蹲下身去拾，边拾边暗骂自己，一直想着要把上回的事跟人家说清楚，这回又怎么啦？当他满脸通红、抖着手把文具盒放到书桌上，声音大得出奇（他不觉得）对罗小云说“对不起”时，原来一直在跟女同桌说话的罗小云，这时把脸转向他，小声地说了一句：“给我赔。”钟庆东立刻愣在那里，他搞不清眼前发生的事到底有多大。就在他惶顾左右试图寻求同班的人来解围时，他的耳边传来一阵疾风吹颤银铃般动听的笑声，他看到眼前的罗小云正冲他调皮地露出笑脸。钟庆东这才明白罗小云是寻开心的，禁不住认真看了她几眼。罗小云皮肤白皙，面庞如桃花一样生动柔和，透着一些甜意，那笑声就仿佛一阵阵清冽而温暖的春风，让人不能自已。原来她的笑声也是如此标致的。钟庆东的内心经过这么急速又剧烈的变化折腾，惭愧之余更加不好意思了，脖根子都红了，赶紧夺门而去。

钟庆东开始细心观察罗小云了。他发现罗小云的目光很美，当然，美的目光大都来自美的双眸。罗小云的眼睛是双眼皮，蕴着清澈的波光，只要和她的目光迎上，钟庆东就赶紧把目光挪开，仿佛是不舍得纵情目睹一处绝世的仙景。他只有在罗小云回过头去，或是在做别的事情时，才偷偷地欣赏她。她的身影轻盈、玲珑、活泼，符合青春期发育的最佳规则，弥漫着少女特殊的美的气息。钟庆东还深深迷恋于罗小云说话的嗓音，那是一种出奇的甜美，他此前几乎从没听到过这么动人的异性嗓音。在嘈杂的早自习课中，无论别人的声音多么大，只要罗小云窃窃私语几句，那声音马上就会像黑暗中的流星一样，闪亮凸显出来。罗小云有一回在课余时间问了钟庆东几句什么，钟庆东竟然木讷好长时间回答不上来。不是他不会回答，而是他不知道罗小云问了什么，他完全沉浸在她美妙的声音里了。

钟庆东觉得罗小云也许是喜欢自己的，起码是不会讨厌他。钟庆东在这个问题的思考上，很快就得到了一个证明。有一天下课，班里的另一位男生，往门外走时，竟然不小心再一次把罗小云放在桌角的文具盒碰落到地上。那位男生拾起来，调侃着对罗小云说："我赔我赔。"罗小云一把夺过文具盒，放进座位里，乜了对方一眼说："谁稀罕你赔!”

钟庆东当时就感动得了不得。他觉得罗小云在对待被碰掉文具盒这件事情上，明显是对他更多了一层亲昵的情感，虽然她在对那位男生说“谁稀罕你赔”的时候，并不知道钟庆东就坐在不远处看在眼里。罗小云的这种做法极大地满足了钟庆东的自尊心和虚荣心，同时也增添了他的自信心。他相信，他同罗小云之间存在着某种默契的关系。

罗小云不会画画。据钟庆东观察，她也不喜欢画画。虽然她很美，然而她跟画画这种美的基本形式——似乎无缘。钟庆东眼下就读的这所高中，即使在他身处的县城，也不是什么好高中。说白了，它是一所职业高中。钟庆东来到这里，意味着他得学到三年的职业性技能，以便日后在社会上安身。事实上，钟庆东早在初中时学习成绩就已经因偏科而开始下降，他喜欢上了画画。钟庆东听说罗小云当初考县里的重点高中，只差了两分，无奈之下才来到职业高中的美术班。她也许就是觉得美术班气氛相对宽松，时间也充裕，适合她一心专研文化课而将来准备投考综合性大学吧？这样的人在班级里倒也有几个。

美术老师经常安排同学们素描，石膏写生。同学们画大卫、海盗、巴尔扎克等人的石膏头像，以此训练对线条和比例的把握。有一次，老师还安排了罗小云做肖像模特，这引起了钟庆东内心里稍稍的不满。在那间明亮的画室里，罗小云在前面足足坐了两个课时，这使得全班男生的目光都得以有恃无恐和专注地打量她。钟庆东感觉这好比一件混在鱼目中的珠宝，突然被人无意中挑出来示众一样，令真正喜欢它并心怀叵测的人惶惶不安。不过，这倒也为钟庆东提供了一个机会，让平素里不敢看罗小云的钟庆东有了一个静静欣赏她的漫长时间和空间。一向下笔神速和准确的钟庆东接下来发现自己根本画不好罗小云，无论他修改了多少稿，画得多么认真，都和现实中的罗小云相差太远。那天下午钟庆东的心情沮丧极了，他决定不再画了，他弄明白一个道理，对他而言，如果能够完整传神地画下罗小云，那罗小云的美就值得怀疑了。心中的美是不可能画出来的，正如珍藏的爱情是不能轻易表达的是一回事。

钟庆东每天都是怀着对一种特殊情感的向往和对一个人隐秘依恋的混合发酵的心情来上学的。如果有一天早晨，直到打了预备铃，直到下了第一节课，罗小云的座位还是空的，钟庆东就会觉得内心也被掏空了一样。在高一下半学年的时候，有那么两次，罗小云不知什么原因直到中午临放学也没有出现。钟庆东坐在那里神不守舍，怅然若失。他一会儿想，她难道是生病了，去了医院？一会儿又想，该不是她本来好好的骑自行车上学，路上被别的车子给撞了吧？如果是撞了，但愿身体不要受什么损伤。一会儿他又想，莫非是罗小云邻居家的什么男青年约了她出去玩？他隐约听说，罗小云家住的地方，外来人口很密集，长得帅一点的男青年很多，而且，其中有不少心术不正的坏人。那时候的钟庆东，气虚体弱，四肢无力，就像是得了一场热病。好在，他的神志还是清醒的，下了课，他走到罗小云座位的旁边，装作与同学闲聊的样子，指着罗小云的座位问：“哎，这儿没人吧？我坐了啊？”如果有那么几位罗小云要好的女同学告诉他，罗小云的妈妈生病了，她去医院护理了，钟庆东就会内心止不住地高兴，如果连她最要好的朋友也说不清她为什么没来，钟庆东就会坐在那里一直发呆下去。

有一回，钟庆东就是在欲探知罗小云消息而不得的情况下，呆呆地坐在她的座位上。她的桌面上放着她前一天没有收拾好的一个练习本，他随意地翻了翻。她的字写得又大又乖张，很不成体，一点儿都不够温柔流畅，换上一个并不像钟庆东那样已对罗小云深怀好感的人看了，会觉得写字的人是一个粗糙马虎、缺乏恒心、教养低下的人。但是那天上午在钟庆东看来，这简直就是他看到过的最标准的字，是冥冥之中的上天让罗小云留给他的某种爱情的信物，让他索解一个少女心思的情感秘笈或地图，是他兑换某种相思之苦的人质。这种东西就足以让焦躁不安的钟庆东的心绪一点点平静下来。如果不是旁边的人太多，钟庆东几乎就想偷偷从练习本上撕下来一张拿回去保存了，虽然那上面写的只不过是一些历史的名词解释而已。

春天来了，美术老师带领全班同学到野外写生。那个时候，他们已经从素描转到对色彩的训练了。春天的郊外，阳光温暖，天空澄碧，起伏连绵的山岗上到处披着一片片明暗不同的绿色，连一向不擅绘画的罗小云，也跟着同学们一样背着墨绿色的画夹子出来了。罗小云在远处和几个女同学嬉闹着，她穿着水蓝的牛仔裤，绛红色薄绒衣，全身洋溢着暖融融春天般的气息。也许，她就是把这次写生当作逃离课堂而出来放风的机会罢了。钟庆东很想和她走在一起，但是他不敢。那时候，风从远处吹来，经过了罗小云，漫过平原，一点点吹过钟庆东的脸庞，扬起他的衣衫。钟庆东沉浸在一种自然的感恩和季节的喜悦中，他感谢风，他想，是风让我接近了她，风也使得我拥抱了她。

这种无数的日常细节折腾着钟庆东，并锻炼了他的想象，让他痛苦也让他幸福。他觉得只要有罗小云在的地方，那他们相处的每一个细节都跟钻石的棱面一样闪闪发光。他不知道他这样的思想有多么矛盾，因为罗小云时常的还要跟别的男同学打打趣，或是连续好几天都不看他一眼。他记得有那么一次，植树节，也是在城郊。罗小云和班里的另外几位男生分在一组劳动，配合得那么默契，同时她也显得那么快活，欢声笑语不断。在取树苗回来的路上，钟庆东亲眼看见，经过一处小小的沟壑时，罗小云吓得不敢跨越，一位喜欢她的男生大胆地拉住了她的手，帮助她跳了过来，不仅如此，也许是由于惯性，罗小云还扑在了那位男生怀里一下。那个时候，钟庆东就弄不清了，罗小云是故意让他看见了吃醋？还是她跟他产生的一切所谓默契的细节，跟别的男生也有？要么就是，她把谁都没放在心上，一切举动，都只不过是她偶然和率性的心意所为？在钟庆东看来，也许罗小云这个人的一言一行妙就妙在不可捉摸。

高二的一天下午，天下着毛毛雨，钟庆东放学往自行车棚那边走。走到离自行车棚还有十几米远的时候，他猛然发现罗小云那辆崭新的淡蓝色坤车竟然同自己的自行车并排放在一起。在这样一个阴郁的天气里，这幅图景不能不灼亮钟庆东的双目。罗小云的自行车安心地靠在钟庆东的自行车旁，显得那么依赖、那么温情。并且，它们的两个车座子也紧贴在一起，虽说那不过是物体，但是连最愚笨的人看了都会发生某种联想的，让人脸热心跳。钟庆东看看四周没人，就那么愣愣地站在雨地里好久。他不忍抽出他的自行车，他想让这个真实的现实场景在眼前保留得长久一点，而不是在脑海里。同时，他也不忍让罗小云的自行车孤零零地剩在那里，它们应该一直在一起，在现在，在将来。是啊，如果命运允许，上天造化他们，那他和罗小云就应该日后结婚在一起。那时候，罗小云的自行车就是他的自行车，他可以为她擦洗得锃亮，当然，他也可以骑上它，上街买菜。如果罗小云撒娇，不允许他骑，那又有什么呢？他会骑上自己那辆破旧的自行车，载上罗小云上街乱逛。罗小云想吃什么那就是他们全家的一天菜谱。罗小云如果想半路上去看望她的一位姑姑或是舅舅，那他即使不愿去也只好尽力陪她，因为他们是夫妻。到了晚上，虽然很疲乏，但是他们还是要在浴缸里放满热水洗上一个澡的，然后钻进一个被窝里很快地进入甜美的梦乡。是啊，那时候他们紧挨着的是两个身体，而不是两辆冰凉的自行车了。

钟庆东就这么站在那里想了好久。

没有想到，仅仅过了两天，钟庆东竟然经历了一次同罗小云的身体紧挨在一起的切实感受。那是学校包场看电影。同学们按照老师发下的电影票坐下的时候，钟庆东发现罗小云坐在自己左边隔了一个座位的位置上，也就是说，他与罗小云之间隔了一个女生吕红茜。这已经让钟庆东十分意外了。钟庆东心里清楚，班级里的许多男同学，坐下后都眼巴巴地四处搜寻，他们借着有东张西望的习惯这个理由（否则还有什么理由呢？）看看罗小云到底坐在哪里。钟庆东没有想到，让他意外和高兴的事情竟然还在后面，电影院的灯光熄灭之后，在正式故事片放映之前，先放映了一个纪录短片，就在这时，罗小云和吕红茜站起身去上厕所。当她们俩从黑暗中回来的时候，不知怎么罗小云走在前面，吕红茜跟在后面，快要走到座位时，才发现她们进来的顺序搞错了。因为地方狭小，两个人都不能重新坐到自己的座位上，吕红茜对罗小云说了一句：“算了，你坐我那里，我坐你这里吧。”

钟庆东还没明白是怎么一回事，罗小云已经坐在他的身边了。他在黑暗中嗅到了一种真实而恍惚的香气，像是乳汁搀着新磨的豆浆。他当时感觉身体轻得要命，几乎要飘起来。而坐在他身边的人，似乎比他还要轻盈，无声无息。钟庆东对眼前放映的电影丝毫看不进去，近一个半小时的放映时间里，他平心静气，全神贯注，却又大脑一片空白。他不停地提醒自己，以防自己高兴得昏了头或是不敢相信这是真的：他同罗小云坐在一起看电影。如果他有法术，那他会毫不犹豫地让电影院里的别人统统滚蛋，只剩下他和罗小云两个人。

他想装作无意的样子用身体去碰一下罗小云，又忍住了。他想，如果将来罗小云能够跟他结婚，到那时再碰她不迟；如果将来罗小云不能跟她结婚，那现在碰了她又有什么意义呢？

两个人自始至终一句话也没说。钟庆东并不为此遗憾。不说话孕育了更多要说的话，而如果说了话，那得说多少才算多呢？钟庆东只对自己某一方面感到难堪：他的心跳的声音太大了，他担心罗小云听见了他不正常的心跳。

钟庆东的学习成绩开始下降。高二下半年的期末考试，钟庆东的文化课平均成绩第一次不及格。这对钟庆东来说是一个非常严峻的问题。他的志向是将来报考美术院校，单凭专业课成绩优秀而文化课不及格，是过不了考学关的。

又一个春天来临了。春天总是会复苏一些东西，不仅山冈、河流、土地、树木，春天也会复苏人的记忆。比如罗小云前年和去年春天穿的那件水红色夹克式风衣，如今她又穿上了。经过了季节和时光，这中间滤掉了一些东西，然而也照应了一些东西。它唤起人一种熟悉而陌生的感觉，知道有一种什么事物与生命分不开来。自然，春天在接受了钟庆东的感谢之余，春天也提醒着他：一切春天都是滚滚向前的，虽然它们看起来是那么相似。

有时候钟庆东黄昏放学，他骑着自行车走在回家的路上，远处渐渐落山的夕阳也总能让他产生一些感慨。他每天上学，怀着朝阳，放学后，迎着夕阳，他想，他和罗小云的感情，是否也如同太阳朝升夕落这种自然规律一样发展下去呢？他不知道这是好事还是坏事，他一方面渴望它持久下去，另一方面又伤怀于它日日重复，没有什么新的进展和变化。

但是时间却是转眼过去了将近三年！这是实实在在的事。钟庆东有时候独自冷静地想一想，他觉得以罗小云的性格和素质，也许不足以说明他为什么要对待在这个人身边的时光那么重视与渴望，他不想牺牲自己的学业，继续在她身上浪费巨大时光和精力了。说到底，他将来考不上美术院校，这是一个严峻的现实，而在罗小云身上得到的所谓乐趣，只不过是精神上一种虚妄的东西罢了。不过他这种想法往往持续没多久，罗小云一旦出现在他面前，打破他心灵独处的宁静时，他就立刻被罗小云的一颦一笑给吸引了，他的一切坚实的想法立刻烟消云散，全部让位于对方。那么，钟庆东接下来想，也许我可以慢慢引导罗小云，帮助她提高审美的感受力，艺术的鉴赏力，让她对美术产生兴趣，让她明白含蓄和深沉是比任何事物都更接近爱情本质的一种情感。但钟庆东很快就又把这个想法推翻了，跟罗小云这样的女生讲什么美学理论，美术技法，讲莫奈、梵·高、毕加索，那真是天底下最大的傻瓜！罗小云天生对什么都不会感兴趣的，不仅对美术和艺术，就是对时下流行的、像她一样年龄的女同学风靡崇拜的什么琼瑶小说、费翔的歌曲，她同样是不闻不问的。她的世界里也许只有自己，她只对自己感兴趣。

毕业时间竟然说到就到。离毕业的七月份还差两个半月，也就是四月中旬，钟庆东就已经离开母校了，他和他的有志于报考美术院校的一些同学不得不辗转于省城和省内第二大城市之间，进行紧张的考试前培训和接踵而来的专业课考试。与此同时，留在班级里的罗小云和其他几位同学（是的，并不是所有人都对美术感兴趣），则开始了对文化课的紧张复习，准备冲刺常规型的综合性大学。不久，考试成绩下来了，钟庆东以美术成绩 8 分之差、文化课成绩 22 分之差惨烈败北，而罗小云，以总成绩仅比录取线高出 0.5 分的惊险分数幸运地考取了外地一所大专院校的冶金专业。

钟庆东在短短的几天之内就感受到了人生的巨大炎凉和现实的极度荒诞，这是他从来没有过的。他觉得生活在他面前慢慢阖上了一扇门，今后不可能再从那里经过了。他没想到自己的考试成绩会这么差。如果说，他的文化课成绩低劣尚可原宥，而专业课没过关简直就是对他一次无情的嘲讽！是啊，他三年来都干了些什么？他什么也没干。他把所有的心思和精力都集中起来做成一架望远镜用在观察上了，观察由阳光、水汽合成的海市蜃楼，当日头偏西，黑夜来临，他才发现眼前一切不过是水月镜花，一场虚空。他知道为他营造这一切幻象的不是别人，正是罗小云。而罗小云的了不起之处在于，她为她的观赏者布置了这么多的美景，自己竟然没有为此耗费多少力气，何止是没有耗费力气，她简直就是从中得到了力气，增加了生命的乐趣和学习的自信，促成了她今天的成功。

世间往往会有这样的事情或图景产生：一个人坐在高大宽适、炉火温暖的屋子里，如果透过窗户看到外面有一个旅人艰难地走在大雨滂沱的泥泞路上，他往往会替那个旅人在心里难受许多倍的。可如果有一天这样的情形发生在他自己身上，他可能就不觉得有什么难受，起码不如他替人难受来得那么强烈。这是因为一切痛苦发生之前，难熬的往往是预先的揣想阶段，一旦事情付诸实施，知道不可超脱，心理上反倒不为其害了。

眼下，这样的感觉也同样适用于钟庆东。以前，和罗小云在一起的时候，钟庆东是生怕与她分离的，哪怕一天不见，他也会如同在日光下猛然发现自己没了影子一样感到不安和可怕。现在，他即将置身于同罗小云一朝分离、不复相见的境地，是的，毕业告别会下午就要在班级里召开了，之后大家就要天各一方，但此时的钟庆东，内心不但没有想象中锥心的割舍之痛，反倒有了一分翘望的超脱与安然。他感觉罗小云真正离他远去了，因为不管怎么说，她考上了一所大学，哪怕那所大学默默无闻，可也同他成了两个天地！以钟庆东从小学到初中、再到高中的经历，他深知每步入一个陌生阶段都会令像他这样的青年学生经历一番新的感情天地的。如果说，钟庆东以前觉得罗小云高高在上、不可亲近而使得他处处退缩规避是正常的话，那么现在，他自惭形秽而不敢同她说话就更是正常的了。

尤其是，下午就要举行毕业告别会了，中午放学的时候，钟庆东眼见着别的班级的一位男生，旁若无人地跳着坐上罗小云骑着的自行车后座上，露出亲昵的表示，罗小云大惊小怪地说：“哎哟，不行啊，我不会载人啊！”

她的自行车在马路上歪歪扭扭地移动着，可那个喜欢罗小云的男生并不下来，他虽然腼皮，可长得算是英俊，并且，罗小云的自行车也终究没倒下，他们就那样歪歪扭扭消失在后面涌上的车流中，消失在钟庆东的视线里。

这幅图景给了钟庆东一个深刻的刺激。他的耳边回荡着罗小云刚才大惊小怪的话语，在他看来，那是典型的罗小云式的撒娇。钟庆东猛然回悟到，也许，罗小云早就与那个男生偷偷好上了呢！这个想法促使钟庆东做出了一个连他都感到意外和吃惊的举动：下午的毕业告别会，他干脆就不参加了。

他真的就没去参加。他知道，即便他去了，见面的情景也不过是三年来他和罗小云任何一次见面当中的替代或重复而已，所激起的仍旧是期望再下一次的没有结局的见面的煎熬而已。而如果他不去参加那个什么毕业告别会，他则可以为自己在最后赢得自尊，折抵三年来他所被动地付出的一切，从而不会使他多少年后回首现在而感到羞耻。

为什么不更早一点地远离她呢？融入马路上川流不息的人群当中，钟庆东骑着他那辆破旧的自行车认真地回头看了他的学校一眼，他感觉那完全是一个陌生的地方。他默默地整理了一下自己的思想，说到底，敢不敢对某个女生说“我爱你”，原来与一切都无关。唯一有关的，是他根本就不应该认识罗小云这个人。

钟庆东是下定决心向他的高中时代做彻底告别的，然而秋天的时候，他还是不得不接受父母苦口婆心的劝告，在高三复读一年，来年重新报考美术院校。

他要做一个坚定者，现实却总是捉弄他，让他做了一个坚定的自我背叛者。这一年，他的母亲患了严重的冠心病，任何一点感情上的风吹草动都有可能给她带来失去生命的代价。钟庆东不敢在这个问题上有丝毫的马虎，他最终答应了母亲，复读一年。

只不过，他无论如何也不想回到原来的学校和班级，对他来讲，哪怕一张算草纸的气味和班级里某一缕特殊角度的阳光，都会给他带来无尽的回忆，更何况那熟悉的校园小路、那门廊、那自行车棚、那到了植树节不得不去郊外劳动而再一次拥抱的似曾相识的空风！

钟庆东来到了县城的重点高中，也就是他当初进入职业高中时，偶尔带着一点说不清的眼光打量着的那所高中。反正，钟庆东现在需要用力提高的是他的文化课分数（他自认为是这样），美术上可以自修，所以，重点高中不开设美术班对他来讲那真是无足轻重的事。

一年的时间，不过就是从秋天经历了一个寒假，连第二年的暑假都没来得及迎接，就即将过去了。这一年的春末，钟庆东进行了他生命中的第二次应考，果然，命运给了他与去年完全不同的一份礼物。是的，他去年应考的成绩是美术差了 8 分，文化课差了 22 分，而今年则是完全得到了扭转：美术差了 22 分，文化课差了 8 分！

命运这种巧得不能再巧的捉弄方式令钟庆东恼怒至极。他记得以前读过瑞士著名哲学家荣格的一句话：“恼怒是意味着你还没有看到在它后面是什么东西。”一个人受到打击可以忍受，难以忍受的是这种打击融入了轻佻的偶然性。既然钟庆东搞不清命运究竟要跟他开什么玩笑，那么，他索性也不想跟它玩了。他随后读到了一则新闻：全国艺术类院校报考人数逐年剧增，预计明年全国美术专业的报考人数是今年的一倍，达到 50 万人！钟庆东当时就下定决心不再考了，他实在懒得设想再复课一年后的考试结果会是怎样一番景象。促使他下定决心的因素自然还有一个，那就是他母亲的病情近一年来渐有好转，完全可以经得起钟庆东天马行空和独断专行的一切行为的折腾了。

天气渐渐冷下来的时候，钟庆东所在的县城按上级要求进行冬季义务征兵，他想也没有多想，报名后顺利地来到了军营。

钟庆东接到他母亲的来信。母亲在来信中第一次提到有人要为他介绍对象的事。这个时候，钟庆东已经在远离家乡一千多公里之外的某驻军部队当了快一年兵了。母亲在来信中说，按她的本意，她是不太想让钟庆东这么早就考虑婚事的，先在部队里发展前途，等服完三年兵役回来再说。但是介绍的人说，那个姑娘是很好的一个人，好姑娘是不等人的，你不和她相对象自然会有别的人和她相对象。母亲希望他利用探亲假回来一次。如果双方都看着满意，彼此再分开也就放心。

钟庆东这个时候在部队团政治部的宣传科里做事。他在新兵连待了三个月，然后就来到这里。在部队里，他没想到高中学历几乎是最高的学历（他有时候好笑地想，自己比别的高中学历还要高一点，因为他在高三多念了一年），更重要的，他的美术专长让他找到了用武之地，团领导很赏识他，很快调他来政治部搞宣传，写写画画，兼放幻灯和电影。老实讲，钟庆东在部队近一年来，没有吃过什么苦，整天摇摇晃晃，算是逍遥。

母亲的来信给他这种惯性的自由点了一脚刹车。钟庆东仔细想了三天。他最初想的不是回不回去的问题，而是母亲怎么会给他来这么一封信的问题。在他看来，一个男人找对象还要别人介绍，这算是一个无能的体现。起码是，他成了介绍人进行类似“人道主义援助”的目标之一，那不是弱者是什么。

婚姻不管怎么说也是人生中的一个重大事件，在这个事件中当事人扮演了什么角色，主动还是被动，去争取还是被施舍，决定着他的人生有没有成就感。如果今天介绍给他的这位甲姑娘，婚后觉得还不错，那么他会想，如果当初给我介绍了乙姑娘呢，大概也会不错吧？如果介绍了丙姑娘、丁姑娘呢？也许都会不错……人生的沮丧感由此就会产生，因为那种爱情是随机的，不是他所把握和追求到的，所以也就没有什么值得骄傲和欣慰的。母亲给他的来信中，并没有夹带对方的照片，这就不能不让钟庆东接下来产生另一个想法。一个好的姑娘，钟庆东想，好姑娘应该是一个什么样子呢？他不知道。这种无知在某种程度上增加了他的好奇，而好奇往往是对一个人具有驱使的力量的。事实上，钟庆东当兵近一年来也常常感到寂寞和单调，他还是身处业余生活相对宽松的机关宣传科里呢，下到连队更不知道会怎样。钟庆东算了一下自己的年龄，20 岁。20 岁的时候，有人要送给他一个姑娘。这意味着他可以拥有她，同时，也被她拥有。钟庆东想，也许我真的应该回去见一见她，哪怕见了之后拒绝她，那也不失为一种礼貌，那也比人家发出了约请而自己充耳不闻、漠不关心显得要好。

钟庆东见到那位姑娘是在一天下午。部队给了他一周的探亲假。两个人见面的地点一点都不浪漫，是在女方工厂的医务室里。原来那位介绍人就是工厂医务室里的女大夫，她见到钟庆东在母亲的陪伴下来了，笑着出屋说："你等着啊。"就转身去喊人了。过了一会儿，钟庆东见到那个印着红十字的白色门帘一挑，走进来一个穿工作服的姑娘，手里还端着一个刚刚摘下来的黄色安全帽。如果不是那位女大夫一边拽着母亲往门外退一边说："你俩慢慢聊啊。"钟庆东就以为她是伤了手指还是什么碰巧进来包扎的工人呢。她怎么连衣服都不换一下，钟庆东想，未免也太不拘小节了吧？他刚想客气地向对方说"坐吧"，那位姑娘就已经伸手向他示意道："你坐吧。"也许她觉得钟庆东在这里才是客人呢。两个人同时坐成了对面。坐下来也没什么话说，钟庆东只感觉她身材有点文弱，相貌也说不出哪里有一点特别。好像是颧骨，线条应该再圆润一点，鼻梁也应该再挺一点，不过就这样倒也并不难看。钟庆东脸稍微有点红，他问："你叫什么名字？"

"柯清。你呢？"

钟庆东没太听懂她的名字，或者是没太听清。他感觉这是她的名字太短了的缘故，来不及记。但他又不好意思再问，那就真正让人家觉得他对这次见面毫不在意。他说："我叫钟庆东。"

"噢，我念高中的时候邻班有一位男同学和你名字相同，"对方歪了一下头轻轻看了钟庆东一眼，"可是不是你啊。"

"是么？你念的什么学校？"

对方说出了一座学校的名字，那是钟庆东完全陌生的一座学校。对方还在讲着学校里的事，钟庆东稍稍有点走神，是的，他不愿回忆高中生活。好在，对方也没有就此话题谈论太多，她在提及哪一年高中毕业的时候，钟庆东得到了一个信息，那就是她至少比自己大两岁。

钟庆东知道母亲和那个女大夫并没有走远，她们也许就在门外倾听。钟庆东一时间没什么话说。他看了对面的她一眼，然后把头扭向窗外，试验自己能不能马上记住她的面容，他的眼前一片模糊，只有窗外的槐树叶子的真实景象。他又看了她一眼，把目光转向墙壁，那里依然浮现不出她的哪怕半点面容。她一点都不漂亮，钟庆东想，这样的姑娘你走在大街上迎面随便碰上的一个就是，擦肩而过之后你绝不会再想起她。但是，她也并不令人讨厌，甚至，还有那么一点点吸引钟庆东的地方。也许是她的比较坦直、善良的目光，也许是她身上劳动服散发的电焊工特有的乙炔和焊药的气味，也许是暗中知道她比自己大两岁所带来的心理上认同对方成熟的一种依赖。钟庆东那时候还不能明确知道，也许恰恰是某种蛰伏已久的朦胧的性的需求，使他无法做出第一次见面就立刻背她而去的决断。

"我们能出去走走么？"钟庆东问。

"行啊，等我去跟班长请一下假。"

钟庆东去工厂的大门口等她。过了五六分钟的样子，他看见她穿了一身白色连衣裙走出来。她有些不好意思，那倒不是因为她看出了钟庆东觉得她比刚才好看而不好意思，她说："我刚才不知道是你来了。王姨喊我的时候只说到医务室有点事，她没说是你来了。"

也就是说，如果知道是他来了，那她一定不会穿着那套灰不溜秋的劳动服去见他的。

钟庆东想，这倒是一个挺细心和善解人意的姑娘。

两个人在工厂后墙外的栽满了杨树的小道上漫步。有几只麻雀像落叶从地面刮起来那样飞向天空。钟庆东想，我还不知道她的名字呢。于是他问："你的名字的那两个字——是哪两个字？"

"柯棣华的柯，清水的清。"

她竟然知道柯棣华。钟庆东在她说完后禁不住看了她一眼。虽然，知道柯棣华是一件很普通的事，但是，在钟庆东的心灵中，这仿佛是一个酷爱温暖的人哪怕见到了一张白纸，也要被它散发的虚假的微光所吸引一样，认为这是一件何其难得的事。它代表着跟知识的某些联系。是的，一个人并不是考上大学才证明他有知识，这正如一个有知识的人未必都称得上知识分子是一个道理。

两个人边走边聊，不觉已渐近黄昏。临分手的时候，钟庆东的心漾满了暖意。通过他们半个下午的聊天，他明白眼前的姑娘原来对他的事先了解，比他对她的要多得多，那大概是通过他母亲的那位同事王姨的介绍获取的。还在他当初为收到母亲的来信而无所适从时，她就甚至已经看了他的照片不止两遍三遍了，包括他的那些积攒在家里的美术习作。是的，他们刚才就这个话题谈过了，看得出她对美术并不深感陌生。相比之下，钟庆东对她的了解可就少得多了，但是现在不了。钟庆东和她说“再见”并且相约下一次见面的时间之后离开的时候，他想起了关于“好姑娘”的那句话。他想，好姑娘，那也许是的。

钟庆东在一周时间的探亲假里，和柯清一共见了三次面。最后一次他们看电影，在县城的那座电影院。钟庆东自始至终看得一塌糊涂。他从一坐下来就开始嗅到一股子墨水和算草本的气味，接着是课桌椅子的朽木味儿，然后就看到那阴暗中的观众后脑勺有他朦胧熟悉的转过去的面孔，他开始还不知道是怎么回事，后来一下子想到了学校，想到了他们包场看电影的经历，继而一下子想到了罗小云。

是的，罗小云。也是在这里。也是坐在他的左边。只不过时间是三年前，还有，人换了一个。钟庆东感觉他不是在看电影，那种与现实隔离的东西，原来他也参与其中，进行着身不由已梦一样的表演。三年来，他一直觉得无形中有一双眼睛在盯着他，现在他明白那不是别人的，正是自己的。他还是忘不掉罗小云。似乎是为了掩饰自己，也有一点是为了正像有的人处在某种情境中掐一下自己看看是梦中还是怎么回事——他不太相信——他就用手去揽了身边的柯清的胳膊一下。柯清的胳膊就安顺地伏在他的怀里，面庞也微微靠向他的肩头。

钟庆东努力规避着自己不去多想，当柯清的身体轻轻依偎他的时候，他所感受的只是一个陌生的异性身体带给他的陌生体验，它们之间存在对话与交流。这是钟庆东不曾有过的，他对它充满了无奈和臣服，他甚至能够听到身体某处局部发出的一点叹息。电影散场后，钟庆东和柯清来到她工厂的一个工具间，那里面杂乱无比，狭小逼仄，各种线条坚硬、外形奇特的生产工具堆积得到处都是，它们昭示的仿佛不是一种工业化生产的理性主义，而恰恰隐喻了嚣张和放纵。钟庆东当时想，太锐利了，太锐利了，它们需要柔软的东西来铺垫和调节。

直到他嗅到了地面上某种庄稼或植物的气息。柯清在他身底下小声问他："好了吗？"他觉得那种声音混合着暧昧的月光像是由野外发出。"好了。"他说，他才想到应该把柯清从地面上扶起来。

钟庆东第二天坐火车回到了部队。差不多过了三天，他就收到了柯清的来信。看样子信是从钟庆东上火车的那一刻就同时从邮筒里发出的。信上没写什么事，无非只是说一些旅途是否顺利的问候的话。钟庆东现在身处千里之外接到柯清的信，感觉就像清晨隔着一条大河看着远处的雾一样，他怀疑如果不是柯清写来了信，那他是否会慢慢忘记了她。倒是她的字迹，写在纸上，很清晰，而且也很娟秀，钟庆东想，这大概就是所谓的情书了吧？这是他人生第一次收到的异性的情书。既然如此，他还没有尝试过给异性写情书的滋味，那么他不妨给自己的情感一个交代，看看如何使笔下生花、纸上流云，看它们铺排而去，怎样使虚妄的东西变成现实。

钟庆东与柯清的情书互递就是这样建立起来的。一般来讲，他们每周能通一封信。也有的时候是两封，那是在不等对方回信的夹当，紧接着又写了一封。钟庆东每次收到柯清的来信，看到信封右上角那枚固定的淡灰色的"北京民居"普通邮票时，内心就会感到隐隐的愧怍。不管怎么说，钟庆东写信时用的是"义务兵免费信件"的三角形邮戳，而柯清却要为此自己掏钱，他感觉欠了人家。不过，这种想法随后就被另一种微妙的感觉替代了，哪怕是柯清如此微小的经济上的付出，也让钟庆东感到了置身爱情中那种隐秘的自尊和难以言说的快乐，也许，爱情从来就不会是纯精神上的一种人类活动。钟庆东与柯清的通信持续了三个月，这之后，他被团里指令到省城出差了一次。回来后，他收到柯清的来信，信上说，她怀孕了。

没想到一次短暂而虚妄的欢愉会给他带来这么真实而尴尬的后果。好在，钟庆东脑海里掠过一个奇怪的字眼，好在他那天晚上并不是强奸。心里稍感宽定之后，他给柯清写了一封回信，信中以极其委婉的语气表明他极其明了的思想：尽快到医院去做她应该做的事。

一周后他接到了柯清的复信。信的内容依然够简短，字迹也沉静，只不过信笺重了一些。柯清把医院给她做流产手术的证明附带寄了过来，那与其说她是为他们的爱情付出的代价做了诠释，不如说她更是以此向钟庆东交代让他完全放心所做的一个告白。钟庆东当时对着那张证明看了半天，舒了一口气，小心翼翼地把它夹在一本书里了。

转眼钟庆东当兵已经是第三年了。这期间由于工作繁忙和纪律原因，他没有再回去。他和柯清的通信继续保持着，只不过变成了一个月一封，甚至更久。也许这就是该说的话都说得差不多的缘故。柯清有一次来信问起他，将来在部队有什么打算。有什么打算呢？钟庆东想，还有半年时间就退伍了，他不可能被提干，当然，他也不可能考上什么军校，至于转成志愿兵和超期服役，那更是他不感兴趣的。他只剩下了一种选择，那就是退伍时间一到，乖乖回家，另寻打算。他把这个想法用一种轻松的口气——像是和多年的老朋友聊天一样——跟柯清说了，柯清很快给他回了信，说那样也好啊，那样他们就会天天待在一起了，而不必像这样老是劳驾邮递员。看看吧，钟庆东想，她说话也挺懂幽默的，她说怕劳驾邮递员。事实是，让钟庆东记忆深刻的，她过后真的很长时间没有来信。钟庆东挺纳闷，将近两年的通信史，他现在已经无法记清同柯清通信的每个回合了，具体点说，他搞不清柯清最后一次给他写的那封信，算是她的来信，还是她的回信。那么，他还是再写一封信问候她吧。信寄走后，仍旧很长时间没有对方的动静。钟庆东暗自好笑，他想了一想，以柯清的处境和他们俩的关系，她是不足以向他要挟什么的，她是被动的，她不仅为他付出了贞操，也付出了去医院做手术的代价。如果以胜利者的姿态宣布游戏结束，打扫战场，那也应该是他才对。但是接下来钟庆东又如梦方醒，她该不是生病了吧？要知道，她在工厂里有自己一个单独的信箱，所有信件都是由邮递员亲自投送，当初怕的就是有人会私拆她的信件。这样说来，万一她生病了，工厂才不会把她的信转到她手里呢。钟庆东这么一想，恨不得马上飞到她身边，看看她到底怎么回事。他打算下午先打一个电话问问她的工厂，虽说挺麻烦——部队是总机，工厂也是总机，需要转来转去，但是也只能先这样了。

下午，钟庆东好歹抽出时间要去打电话的时候，接到了柯清的来信。他打开一看，柯清只写了 5 个字：我们分手吧。

钟庆东向领导请了三次假未获通过。他想立刻回去。但是部队这个时候被形势所逼，已经是身不由己了。部队所在的地区及周边市县，突发了五十年一见的特大洪水，全体官兵需要立即投入抗洪抢险当中，任何人任何事由，一律不得准假。事实上，即使准假了，钟庆东也走不了了，沿线的公路和铁路很快被冲垮了。这样，钟庆东只有把对柯清来信的一腔愤懑，全部倾泻到“一片汪洋都不见”的抗洪当中了。

钟庆东拖着疲惫的身子回到家乡，是半个月之后的事。他回到家里换了一身便装，还没来得及休息，就骑上一辆自行车去找柯清了。他约莫现在是下午五点十几分，柯清应该下班在家了。他顺着县城的一条街道往东骑，正巧，在一个十字路口竟遇见了同样也骑着自行车的柯清。钟庆东喊了一声，柯清往这边看了一下，钟庆东怕她没听见，急忙喊了第二声，柯清却又把脸庞转向别处，骑车自顾走。钟庆东只好紧蹬几步车子，横在了她的面前。柯清看了他一眼，站下了。

“你怎么不理我了？”钟庆东问。直到这时，他还侥幸地认为柯清也许在和他开什么玩笑。

柯清没有说话。

“说说，是怎么回事？”

“我觉着我们俩不适合。”柯清说完，把目光低下了。她的眼睑那儿收敛成一片暗影，看上去，既遭人怜爱，又产生一种让人近不得的威仪。

钟庆东听了柯清这句话，一时间不知说什么好。他觉得又愤怒又可笑。如果早在一年多前，他不认识柯清，那她是连说这话的权利都没有的。他曾经想过，柯清普通得就跟大街上迎面碰到的任何一个异性没什么两样。可不是，他现在就跟她在大街上遇到了，但是，这个时候感觉完全不是那么回事。他和她认识一年多了，他们之间通了几十封信了，并且，她允许他占有过她。是的，一年多，钟庆东想，便是一条日夕相伴的狗吧，失去了都会令人难过，何况一个他早已认为就是的“好姑娘”呢？

“为什么不早说？”钟庆东问。

“早怎么说？”柯清为难了好一会儿，“唉——，你别问了，早我还不了解你呢。”

“噢。”

“我也不欠你什么呀？是吧？”

当然不欠，钟庆东想。但是，又觉得欠了什么。是什么呢？钟庆东站在那儿理不清。他觉得思维就跟暮色渐临下往来嚣张拥挤着跑动无数车辆的街道一样混乱。柯清冲他愣神的工夫，骑上自行车走了。钟庆东想，反正跟部队请的是五天假，眼下再跟柯清讲下去就会变成吵架，引人围观，不如先让她走吧，明天得空再找她慢慢说。

钟庆东掉转自行车，随后，又掉了回来。他在原地转了一个圈。他想，不对。他望着柯清远去的背影：他去过她家一趟，可是她现在奔向的地方并不是家里的方向。钟庆东顿时觉得很好奇，他想，我倒要看看她下了班不回家究竟去干什么。于是，借着路灯，他像一个跟踪目标的贼一样，小心翼翼地跟在柯清后面。他们拐了两条街道，然后踅进了一条僻静的小路。这里没有路灯，黑黢黢的暮色笼罩着四周拥挤的平房民居，像是天国里的地理。钟庆东既要注意不要丢失目标，又要小心不让自己发出声响，这使得他至少有两次路过人家门口时差一点被院子里泼出的洗菜脏水袭中。终于，视线前面的柯清停住了，她跳下自行车，推开一户沿街带窗户的平房大门，走了进去。钟庆东等到她回身把大门关好，就悄悄推着自行车迎了过去。他在距离柯清进去的房子的十多米外停下了，他打量着那座房子，心想，没听说柯清在这县城有什么亲戚啊，唯一有一个不常来往的远房舅舅，据说是住在与此方向相反的城西。那么——就在这时，钟庆东眼前忽然一亮，原来是柯清进屋后把灯给打开了，灯光映亮了窗户，照见了窗棂间贴着的一对又大又红的“喜”字。钟庆东在那一瞬间简直不敢相信自己的眼睛，“怎么？她结婚了！”这个念头一闪，他浑身一软，险些倒了下去。

屋子里传来一阵说话声，是一个声音苍老的女人在吩咐柯清洗菜，那无疑就是柯清的婆婆了。两个女人的对话中间隐约插有一个年轻男子的声音，很陌生，但是语调中透着他们三人彼此熟悉的亲切和自如。钟庆东不想再听下去了，联想起柯清好长时间不给他回信和刚才见面说的那些话，钟庆东什么都明白了。他不由自主地向后退，那徐徐吹来的夜风在他耳边仿佛嘤嘤嘲笑他。他踏上自行车，跨了一下没有跨上去，定了定心，第二次跨上去了，迎着满眼的夜色，歪歪扭扭骑走了。

钟庆东半年后服役期满，正式退伍了。事情似乎有点超出他的预料，他原以为他会像前几茬战友退伍那样，在工作上得不到什么有效安置，但是这时已经是 1990 年了，八十年代末至九十年代初关于军人在地方上安置工作的事情不知怎么又被重新重视起来，加上钟庆东在部队三年表现不错，临了因为在团政治部宣传科里做事，近水楼台先得月，好歹弄了一个三等功嘉奖证明，所以回到家乡竟然一切顺利，被民政部门安置到县电影公司做事。

到县电影公司做什么？自然是继续做他在部队三年熟悉的技术，放电影。不过，九十年代初全国各地的县级电影公司已经显出它的颓势，一年里下农村也放不了几部片子。这样，钟庆东其实是被单位闲养起来了，每月白拿好几百块钱的工资，没什么正经事可做。

不久，钟庆东在县城利用业余时间开了一家美术社，名叫“钟庆东美术社”，就是专门给企事业单位做牌匾、商业广告、条幅锦旗之类的，因为他觉得自己上班时间太宽松了，又是单身汉一个，下班之后闲得难受，浪费时间真正抵得上犯罪。再说，从长远来看，他终究是要结婚的，虽说单位还不错，若要指望分一套房子，那可真是这辈子都别想。这样，钟庆东自然需要尽快积攒一点钱，何况，他又那么钟爱美术，开的这家美术社，好歹也和美术沾边。

仅仅不到半年的时间，钟庆东的美术社便在县城里发展壮大起来。他的生意好得很，手下已经招了四个人，可是忙的时候还是需要他把上班的时间搭进去。这是无所谓的事，单位的每个人都很闲，谁会自己找忙去管钟庆东什么事，再说，他和单位领导的关系也不错，那无非是每月有那么几次坐在一起喝喝酒而已。

钟庆东渐渐过着衣食无忧的生活，仿佛他一直没有离开过县城。不过有时候，他的心里会一点点反酸。他忘不掉柯清，虽然那不再缘于爱而是缘于恨。关于柯清当初背弃他与别人结婚的一些传闻和信息，随着钟庆东积蓄的增多而一点点垒垛成真实。那不外乎是柯清认为他当初在工作上没有什么大的发展，“时间一到，乖乖回家，另寻打算”，这也正是钟庆东在部队时给她写信讲到的。并且，柯清知道他家庭底子很薄，没有多少钱。一个“好姑娘”（钟庆东再次想到了这个字眼），哪里会嫁给他这样既无工作又无钱的男人呢？钟庆东这么想着，他再坚持一阵子很可能就会真的原谅柯清了，可是一个更真实也更无情的信息接踵而至，柯清所嫁给的丈夫，既不英俊，又没有钱，不过就是一家工厂的一个普通锅炉工而已。

一个锅炉工，钟庆东想，一个锅炉工！当初他隐约听说，柯清找的是一个技工。一个锅炉工算什么技工，他要做的无非就是来回将煤运到锅炉里烧掉——一个搬运工而已！知道了这件事情，钟庆东的自尊心受到了严重的伤害。

有一天，钟庆东给客户安装广告牌匾时在大街上遇见了柯清。她没看见他。钟庆东见她骑着自行车，拐向他曾经跟踪她经过的那条回家的路口。因为这一回是白天，那个路口在钟庆东眼里显得格外真实，或者说，那天傍晚是真实的，而现在又那么虚渺。钟庆东想，这都是因为他当兵三年在外，临了又回到县城的缘故啊，县城的地形和细节总是重现给他一些伤心的人与事。他记得柯清是鼓励过他画画的，他们甚至在一起谈论过莫奈，谈论过把印象派画作《日出》倒过来欣赏同样不错，她相信过他的将来会很成功的（为什么后来不了呢?）。那么，在钟庆东无论自认为是成功还是不成功的今天，何妨给她来一点儿提醒呢？告诉她，他不仅活着，而且其实活得很好。

第二天，钟庆东就派了一辆吊车，在柯清每天上下班回家必经的路口，安装了一幅巨大的彩色广告牌，上面是他为自己做的广告，只有六个大字：“钟庆东美术社。”

是啊，县里现在有谁不知道钟庆东美术社呢？过了不久，钟庆东听说柯清把旧房卖了，搬了新家，他就又打探到她新家的位置，在她家门口正对面的操场上，竖起了一幅更巨大的广告牌，上面再次出现了他的名字："钟庆东美术社。"

你上班会看见，你买菜会看见，你哪怕倒洗脚水也会看见。事情就是这样的，钟庆东想，在这个世界上，你给我看过一些东西，我也要给你看一些东西，这样这个世界看起来才更合理。

钟庆东美术社每天的客户络绎不绝，这在相当程度上得益于他对美术的专心和敬业。说白了，县城里做美术社的倒是有十几家，抛却设备因素不计，它们几乎都徒具一种匠气而缺乏艺术之气，他们只懂得为赚钱而赚钱。钟庆东怎么说也是学习了四年美术，又在部队里搞了三年宣传，在广告的设计理念上自然是更胜一筹。此外，他对工作过程的某些细节也是毫不敷衍的，非常在意。比方说，就设计安装牌匾这一块儿来说，一般的美术社，在客人叙说了构想之后，他们会极力满足和迎合客户的意见和要求，钟庆东不。客人如果要求紫色的背景配上黄色的字体，钟庆东会说："黄配紫，一泡屎。"如果要求赭色的图案配上蓝色的投影，钟庆东更会不屑地说"赭配蓝，完完完"，他会极力说服对方怎样的色彩搭配才是悦目的。再比如，一般的美术社老板，在收到客户订金后，往往打发手下的伙计去实地测量一下牌匾安装尺寸，钟庆东非得多蹩脚的路，亲自去一趟不可。他倒不是担心手下伙计把尺寸量错了，他是要实地考察一下客户安装牌匾的实际位置，以及周边环境色彩的搭配问题。如果有哪家门面房商店老板要求做一面湖蓝色的牌匾，而它左右的商店已经有了很多深蓝色牌匾时，钟庆东就不会答应给对方做了："我宁可不赚这个钱，也不会按你的意图行事。在一排深蓝色的街道牌匾中间，插进一面湖蓝色的牌匾，那是自来旧，虽然是新牌匾，人家也会说那是被阳光晒褪颜色了。这不光是你商店的问题，也是表明我美术社没有水平。"这个时候，钟庆东会给对方设计一面明红色的，或是鹅黄色的牌匾，让它从中跳出来，显得醒目。钟庆东这样做，根本没有想到会导致什么良好的口碑接踵而来，事实上，不仅是他的建议和行为确实为客户在以后取得了良好的收益，更重要的，他的上述行为表明即便是做生意，他也是站在客户立场上的，显出了他的诚信态度，让人感觉他这个人非常实在。其实如果让钟庆东自己来说，那毋宁是表明了他对作为一门艺术的美术所包含的艺术规律的某种敬重和偏执罢了。

因为生意较好，钟庆东美术社的原材料需求就比较大，那些角钢、灯箱布、染料什么的，每半月就要从省城进一批。钟庆东与省城那些原材料供应商已经建立了稳固的联系，人家通过物流可以将他所需要的货物发过来，但钟庆东每次还是要亲自去省城一趟，他是要随时关注原材料市场有什么更新换代的产品变化的。不断引进新产品，使用新媒介，这也是他的生意一直保持领先地位的重要因素之一。

五月份的时候，在省城，是每年一届的全国广告装潢新产品大展的固定时段，钟庆东自然不能错过这个机会。这一天下午，他在大展租借的体育馆里面转了大半天，眼睛都累得迷怔了，刚刚走到黄昏的大街上，一个人迎面走来，错身过去的工夫，又悄悄跟上来，猛地拍了他的肩膀一下。

钟庆东回头，看到了一张笑脸，因为距离贴得太近，他几乎没有认出来。那是他高中时的同学姜里，跟他在开学第二天一起踢过足球的那个。

从毕了业，他们就再没有见过面。姜里一把将钟庆东的脖子搂过来，他已经高出钟庆东快半个头了。姜里说："没见有你这么牛的啊？迎面见到老同学连个招呼也不打。"

钟庆东感觉姜里的口气一点儿都没变，人也是那副大咧咧的样。他的心里一下子觉得亲近了不少，竟完全没有那种两个人相隔太久偶一见面还需适应一下的生疏情状，于是接下来，他很愉快地跟从姜里的脚步来到一家饭店里坐下便是极正当不过的事。

两个人边吃边聊，不觉已经喝掉了一斤白酒和四瓶啤酒。他们的话题无所不谈，但更多的还是关乎各自的谋生。钟庆东现在知道了，姜里毕业后同他一样哪个大学也没考上，后来经人介绍在外地找了一个女朋友，结婚后做了倒插门女婿，仰仗岳父的关系混了一个工作，在一个房产登记部门里做事。如今，苦于没有正规学历而影响以后评职称和涨工资，只好临时抱佛脚，来到省城一所职工大学里苦攻脱产的大专学历，为期两年，眼下已是一年有半了。

钟庆东现在不太关心什么学历，尤其是，当他听说姜里学的竟是什么民法通则和法学概论之类的玩意儿，就更觉得有点儿可笑。可见，一个人由正经变得堕落这个过程是否容易他不清楚，可是一个人由庸常无奇想要变得道貌岸然那可真是不费什么工夫。眼看天色已晚，灯火大上，姜里便问钟庆东明天还有什么打算？

"三天的展会，我总得在省城待上两宿。"钟庆东说。

那是再好不过了。姜里说。他在职工大学里住集体宿舍，四个人一间，现在只有两个人住。“你到我那里去歇两宿，我们还有许多话没得唠哩！”

两人都醉醺醺的，在大街上互相搀扶，好歹拦住了迎面而来的第六辆出租车，把司机说服了，让他相信他俩并不是坏人，请求拉他们到某某街某段某号。姜里还抖抖索索郑重其事地从衣兜里掏出了一张自己那个大学的什么学生证，以示清白，被钟庆东担心让司机看出所谓大学生与他们年龄和举动不符反倒碍事而一把夺掉了。司机倒是没太介意什么，让他俩上车，把他俩一直拉到了那所职工大学的集体宿舍门口。

钟庆东本来就不能多喝，此时不胜酒力，一进宿舍就先自倒在靠窗的一张床上。姜里倒是还坐在椅子上，喋喋不休说一些钟庆东听不懂的废话。钟庆东躺在床上有一刻钟，要起来喝水，他吃力地扶着床边的桌子，想站起来。这样，他的目光即便不是故意要寻找，那也是躲避不掉，他看到了桌子上立着的一帧相框里，有一个人静静地冲他笑。

——是罗小云！

钟庆东的酒一下子就醒了。他有那么一瞬间以为自己认错了人，但是相片上的笑容不只今天出现在他面前，多年来它一直存在于他的心底，如今则得到了完整的叠印，那是不会有一丝一毫差错的。罗小云的照片怎么会出现在姜里的宿舍？姜里如果没有女朋友那还说得过去，可是姜里早已结婚了呀？这样矛盾和费解的事情，加上又这么巧合，让钟庆东再一次感觉他是不是看错了。在他愣神的夹当，姜里问他：“你怎么了？”

钟庆东指了指照片，说：“这不是罗——”他立刻止住了，装作并不介意又有点失忆的样子，“这不是叫罗什么的吗？”

“罗小云。”姜里说，“咱班的美女啊，高中的校花。”

“她的照片怎么放在这里？”

“是他，”姜里指了一下钟庆东刚才躺过的床，“我同屋住的这个小夏，是他的女朋友。”

“哦。”钟庆东说。原来是这样。他现在才重新打量一下身处的宿舍，姜里说的一间宿舍只住了两个人，看来就是他和小夏了。他再一次散漫而用心地看了照片上的罗小云一眼，觉得那里隐着看不见的源头，推起亮汪汪无边的春水向他涌来，溅得他的眼角都几乎湿润了。高中三年的一幕幕往事和情感，像是《一千零一夜》当中神秘洞窟里的无数宝藏，一下子堆积在阿里巴巴身边一样，让钟庆东无从细数和清点。同样，既然他毫无预见地突然置身于这世外桃源般的宝藏中间，那么，最要紧的当然不是徒自惊讶和感慨，而是要尽快弄明白，眼下发生了什么，打开并进入这洞窟的暗语和密码是什么，使得他能够对眼下的事物一管窥豹，了如指掌。

“我今晚就睡这张床吗？”钟庆东指着自己刚刚躺过的那张空床问。他这样问，是想知道那个叫小夏的人到哪里去了。

“不，你睡那张床。”姜里指着靠门的另一张床说，“小夏被别人找去看电影了，他过一会儿会回来。”

“哦。”钟庆东走过去看了那张床一眼，顺口问：“罗小云这几年我一直没见到，怎么样，她变化大吗？一般女人结婚后都会变得让人认不出来。”

“她还没结婚呢，”姜里说，“她等小夏毕业后结婚，这不，还剩半年嘛！”

她还没结婚。钟庆东吃了一惊。她还没结婚！直到此时，钟庆东再也顾不上绕弯子了，就像一个饿急了的人闯进面包房，是不屑于看那上面的价格和别人的表情而一心想把面包抓在手里的。“那她人在哪里？现在做什么？”

“她前年从大专院校毕业后分在邻县，离咱们县城不远嘛，在一家卫生防疫站做打字员。”

“那这个小夏呢？他是做什么的？”

“他呀，和她在一个县城，在一家企业里做质量检测员。这不，和我一样到这儿脱产学习呢，怕是将来没学历干什么都不成。”

“他们认识多久了？”钟庆东问。

“两年多吧！两年多。呃。”姜里打了一个嗝。

“真怪，”钟庆东问，那更像是发烧的病人自言自语，“他们怎么会认识？”

“好像是在一个拐弯处骑自行车吧，不小心两人撞在一起了。这样就认识了。”

“真是太俗套啦！”钟庆东声音一下子高了起来，“我听过这样的事情太多啦，一定是你这个室友喜欢罗小云故意撞上的！”

“那倒不是，”姜里把鞋脱了，给钟庆东和自己打来热水洗脚，“罗小云以前来这里看过小夏几次，我听她不止一次说过，当初倒是她不小心撞上小夏自行车的，给人家自行车撞坏了，然后去修理。”钟庆东不言语了。他在想，世界真是荒唐和不公平，他暗恋了罗小云三年（甚至不止），到头来毫无结果，而人家一次偶然失误就会有此艳福，这算什么事呀。他真是太憋屈得慌了。

钟庆东接下来还向姜里问了一些别的，现在他脑海里慢慢清楚了，叫小夏的这个男人毫无出奇之处，家虽是县城的，可是出身并不显赫，人也比罗小云小了两岁。钟庆东把头再一次扭向小夏那空着的床上，这才冷丁发现那床上的褥单其实很脏，枕头底下还露出一只明显没有洗过的袜子。既然钟庆东百思不解罗小云怎么会跟他认识，又无法反驳姜里叙说自行车相撞一事定属虚假，那他就只好把这归咎为阴差阳错吧。快到晚间十点的时候，罗小云的男友小夏回来了。这真是一个其貌不扬的人。钟庆东经姜里介绍和他握手寒暄的工夫，再一次明确地印证了自己的想法，小夏个子虽高但是举止欠缺阳刚之气，为人和善但是隐存谀承之风，不过就是一个平庸的人罢了。

快熄灯睡觉的时候，钟庆东注意到小夏没有洗脚就上床钻进了被窝。他怎么能没有洗脚就上床睡觉呢？钟庆东想，虽然自己偶尔也会有此不雅之举，但是一个同罗小云处对象的人怎么能这样呢？继而，钟庆东想，按他的观察和印象，罗小云这个人活泼天真，脱凡弃俗，有时候看起来很难与常人接触，更不要说做个贤惠淑良的妻子，然而她又确确实实与躺在床上不洗脚的男人在谈恋爱，并且将来要做他的妻子。她怎么会变成了这样？她变成了这样又怎么能生活下去？这到底是怎么了？

钟庆东一宿没有合眼。第二天天刚亮，他再三谢绝了姜里的挽留，推说有其他事情，连体育馆没看完的会展也不去了，一个人悄悄坐火车径奔罗小云工作的所在地。

见了罗小云，钟庆东一句话也说不出来。是的，她的模样一点也没变。罗小云问他：“你来干什么呀？”

钟庆东看看办公室里无人，一下子给罗小云揽在怀里，死劲地亲了她一下。罗小云一把推开他，擦了一下嘴角：“你怎么这么不害臊？”

钟庆东像个委屈的孩子，眼眶一下子就红了。他说，你现在可以听我说说了。从高中以来，七年以来。七年以来所有的事情。

这之后，他们建立了频繁的联系。不到半年，罗小云嫁给了钟庆东。

下 篇

如果有谁在半年前诋毁钟庆东，说他生活不幸福，钟庆东十有八九会跟对方动拳头的。现在，半年前说他不幸福的那个人如果继续说他，钟庆东是会一直袖着手伴上笑脸的。因为他感觉自己真正是幸福了，幸福得连思维都懒得转，手都懒得举。

就是这样。钟庆东现在每天想要吃什么，那就是罗小云和他共同的食谱。罗小云的那辆自行车（当然早已不是高中时那辆了）如果钟庆东想骑，罗小云撒娇不肯，那又有什么呢？钟庆东接下来会骑上自己那辆破旧的自行车，载上罗小云上街乱逛。晚上回来，虽然很疲乏，但是他们还是要在浴缸里放满热水（他们早已买了新楼入住），洗上一个痛快的热水澡。接下来他们会钻进一个被窝，在进入甜美的梦乡之前，不停地做爱。

上天对我是如此宽容和厚爱！钟庆东时常会对着生活的某一个角落说。对天气说，对窗外大街上的人群说，对香皂盒说，对马桶说，也对自己说。他感觉高中三年一千多个日日夜夜，与罗小云的无数的“有意味的形式”和细节，包括一切相思和情感，现在看来原来就是上天把它们缀成了夜空的星辰，提供给他做美妙的欣赏的。是的，它们变成了渺远，就意味着钟庆东已经拥有了实在，而绝不像是当初这些东西占有了钟庆东的日常生活，成为他躲不去的痛苦的实在。人世间的某些痛苦，尤其是爱情的所谓痛苦，一旦成为过去，十有八九是会成为当事人日后可资回忆的美丽的图景或工艺品的，如果当事人已经拥有了这份爱情，那就更是如此。钟庆东时不时地还要拉着罗小云来到情感的窗前，一同欣赏和品味那斑斓夜景中的无数星辰。但是罗小云已不记得，要么就是她没有这份欣赏能力。比如，钟庆东说：“那次上课回答问题，是你替我解了围……”罗小云会说：“哦，我不记得了。”钟庆东说：“还有一次我不小心碰掉了你的文具盒，你对我与对别人的态度是不一样的，因为隔了不久别人也碰掉了你的文具盒。”罗小云说：“是吗？别人碰了我记得，可是你那次我没印象。”诸如此类，等等等等。如果钟庆东纠缠不休，罗小云是会有那么一点点不耐烦的，但是钟庆东也不会因此而懊恼。他觉得，一个女人，无论什么时候，哪怕是成为你的妻子，也还是会保留或多或少的一些自尊和虚荣的，不大会毫无城府地完全承认她当初对你有多么好感或干脆就是爱你。更何况，女人深谙哪怕是进入了婚姻阶段，为了给爱情保鲜，也还是要有一些闪烁其词和捉摸不定的，怕的是你对她不再重视。不管怎么说，钟庆东现在拥有了罗小云，这是实实在在的事。他不论是光天化日，曜曜白昼，还是夜阑人静，梦醒时分，只有愿意，是随时随地可以触摸到罗小云的。

不过话说回来，钟庆东在独处的时候，也会偶尔冒出一点念头相信罗小云是说了实话的，就是说，她不记得，或者说，她没感觉。否则，又怎么解释罗小云直到高中毕业也没能同自己在一起，而鬼使神差认识了一个什么跟她撞了自行车的男人？可是，钟庆东接下来想，她对自己说了实话，不也正说明她是爱他的么？

现在，罗小云的工作已经从邻县调回了本地，在县计生局做了一名秘书兼打字员。虽然不是卫生系统，却比邻县的卫生防疫站环境好多了，工资也多了一些。钟庆东越来越有理由相信，他们的生活是会越过越好的。

每天下了班，钟庆东和罗小云两个人一起下厨做饭。两个人都不是炒菜的好手，做起什么来也并不是快手利脚，但好在是两个人一起做，就有了一种亲昵嬉戏的味道，并不惮烦，况且钟庆东还认为能如此同罗小云待在一起，是一件比让他吃饭还更心安的事呢。他其实是把人们常说的“蜜月”期，过成了“蜜年”期。

有一天傍晚，已经到了下班做饭的时候，罗小云还没有回来。钟庆东等了一会儿，有点儿着急，就给罗小云的单位打了电话，没人接。钟庆东只好自己走进厨房，心神不宁地做好了一顿晚饭。快要吃饭的时候，罗小云回来了。钟庆东问：“你到哪儿去了？”罗小云走进客厅：“单位有一份材料明天急着用，我在加班打字。”钟庆东想了一想，说：“你也不给家里打一个电话，让我好等。”罗小云说：“打字室里没有电话，我想给你打的时候，其他办公室的人早已下班走了。”钟庆东把饭菜盛到桌子上，说：“下次再有回家晚的事情，最好给我打一个电话。”罗小云走上来亲了他一下，说：“好啊。”

钟庆东不知道，他这样要求罗小云，其实是给自己找了一个更大的麻烦。下一次的时候，罗小云倒是把电话打回来了，告诉他，单位有一个饭局，需要应酬，晚间就不回家吃了。撂下电话，钟庆东只得默默地自己吃了一点将就性质的剩饭。吃完饭，他躺在沙发上，一直看电视到晚上八点钟。过了八点，他走到盥洗间，刷牙，洗脸，慢慢收拾了一下，又出来翻了一会儿报纸，这样就是快到九点半了。将近晚上十点的时候，钟庆东坐不住了，他感到了一点儿焦灼。他闭掉了电视，偌大的房间，寂静中透出冷漠，单调，呆板。什么地方的下水管道在排水，咕噜咕噜的，听起来是那么遥远。卧室的灯光显得有点儿惨白，床罩垂落在地板上，褶皱和线条是那么僵硬。没有一点儿东西让人感到暖和。刚才倒是喝了一杯热乎乎的茶水（他要提醒精神），可这时仿佛那种热流变成一股无名的嫉妒，在体内发作起来，它们带着不信任的神情，打量着周围并与周围的一切遥相呼应。

钟庆东走进阳台，隔着玻璃看外面大街上的车来车往。“她到底和什么人吃饭？吃的是什么饭？怎么这么晚还不回来？”钟庆东知道罗小云夜间是不敢独自骑自行车回家的，她一定会打车。于是他把目光转向楼下花园小区的大门口，那里偶尔会有不同形状的轿车从远处驶来，慢慢停站。钟庆东盼望着有那么一辆出租车，从里面卸下来罗小云。就这样盼望着，他渐渐发现一个现象，倒是有那么几次，有年轻的女性独自从车上走下来，所乘的既不是出租车，载她的轿车又不肯直接开进花园，只是将车上的人送下来（有时候做简短晤别）就匆匆离去，显得非常暧昧。这给了钟庆东一个不良的暗示。他现在倒是要看一看，是不是也有那么一位护花使者把罗小云送回来，送到花园门口，再做简短晤别。时间不知过了多久，大概总有十一点了吧，钟庆东不敢回客厅看一下钟表，他怕在某一瞬间遗漏了重要信息。终于，又过了很长时间，他看见一辆有出租车标志的轿车，停在花园门口，里面急匆匆走下来罗小云。

钟庆东不想跟回到家中的罗小云说什么。尤其是，不能说出他的焦灼、等待和观察，他怕说出来，罗小云以后提防他还是其次，他怕她因鄙视而不再爱他。一个大男人，似乎也太无聊了些。不过，临要睡觉前，钟庆东忍不住还是问了一句："怎么饭吃得这么晚啊?"

"离不开嘛。离开了大家会扫兴。"

"那也不至于吃这么久吧？都五六个钟头了。哦，我的意思是说，应该注意点儿身体，别暴饮暴食。"钟庆东又可怜又委婉地说。他觉得自己可怜。

"唉，谁会想得到呀，我们是晚上九点才开始吃的饭。"罗小云说。

"那这之前怎么不吃呢?"

"这之前，大伙提议去歌厅先唱歌儿。你想，十几个人，一人轮唱一首，也得快两个小时嘛!"

都是先吃饭，后唱歌儿；哪有先唱歌儿，后吃饭的？钟庆东想，算了，按自己的经历，先吃饭，再唱歌儿，折腾累了往往还得再吃一点夜宵，那她可就早晨上班的时候再回家了。

钟庆东的楼房是三室一厅，三室中有两个是小一点的，做卧室；另一个稍大一些，当初被钟庆东当作画室，一直用到现在。是的，还是在跟罗小云结婚之前，他无论是上班之余，还是做生意之余，一直没有间断过绘画创作。他现在从事的是漆画研究，以前在部队里，他也搞过一点，现在时间从容了，则想把它当作人生的另一件重要的事来做一做。他的骨子和精神深处还是那么喜欢美术，虽然已经工作和安家了，他对生活还是有一种潜在的热望，希望将来有机会到中央美院或是哪里去进修一下，哪怕是自费，只要有利于发展他这种兴趣和爱好，他也认为值得，人生看起来也才会具有丰厚感和立体感。

钟庆东投入漆画创作的时候，一个人埋头在屋子里，是不愿接受外面太多打扰的，哪怕是生意上的事情。但是罗小云，时不时地还是要缠一缠他的，比如，星期天，央求钟庆东陪她到街上逛一逛，看看有没有什么新款的衣服。虽说她知道男人没多少喜欢逛商店的，但是像她这么漂亮，又这么年轻（罗小云自已语）的女性一个人落落寡合走在大街上，总不是那么回事吧。钟庆东几乎认为下面的事情没有止境，那就是：罗小云虽然也有不用他陪着的时候，那十有八九是下班后一个人钻进“奥黛雅诗”里面了，做长达几个小时的护肤和美容。彼时，钟庆东就不会奢望他们俩一起下厨房做饭了（是啊，他越来越发现不用说让罗小云单独做饭，就是她和他一起做饭也差不多成为一种奢望了），只好自已做好了等罗小云回来吃。

钟庆东家里经常会来一些到访的朋友，那多半是与钟庆东谈事的。罗小云如果在家里，对待客人的热情与否那全看这些人当中有谁给他们带来实惠。也就是说，谁更有利于钟庆东生意上的事情。如果来人是跟钟庆东谈什么罗丹、塞尚、库尔贝甚至康斯特布尔这些听起来做作而蹩脚的名字，那她是很容易流露出时间被他们白白占用的不满神情的(是的，谈生意往往很快，偏是这种谈什么艺术的磨牙齿的事情无止无休)。钟庆东不好跟罗小云说什么，她的这种表现正在或已经对自己的美术创作产生消极影响。有几次，钟庆东就是暗自和她赌气，故意连续好长时间不动画笔的，他相信罗小云会很快意识到并为之内疚的，因为，她应该知道他们能有今天的小康生活是来自于他对美术的热爱的，同时，她也应该知道画画对他的生活，对他的心灵是涂抹了多么浓重的斑斓的幸福色彩！可是，以钟庆东的观察，罗小云竟比他还沉得住气，对他不去画画竟一声不吭，那样子就像看见一个咿呀学语的婴孩第一次站起来走路，她怕大声喝彩反会吓了他而干脆采取闭口不言的方式来期许他一样。临了，钟庆东只好自己又偷偷拿起了画笔。这似乎更表示一种悲哀，罗小云既不鼓励他，又不反对他，那岂不是压根不在意他？

但是钟庆东还是那么热爱罗小云，他是不甘心让生活中有什么事情来减轻他对罗小云的爱的，他知道能够得到今天是多么不易。现在，他已习惯于在对罗小云越来越高雅的爱当中学习欣赏一种越来越粗俗的审美趣味了。两个人在客厅看电视，罗小云喜欢看那种笑不出来却硬引人发笑，好比不是捏着头发丝胳肢人痒处而是握着筷子去捅人一样的粗俗电视剧，为了让罗小云快乐，钟庆东情愿和她一起欣赏，并时不时从中附和几句好来。在钟庆东看来，也许女人有别于男人、尤其是罗小云这种女人的本质和魅力，正是通过这样一些世俗性的细节和特征才能表现出来吧？表现成一种可触可感的事物。钟庆东有时候甚至这样设想，假如他与之结婚的是一位通晓艺术的女人，那无论他带她到电影院看《本命年》还是到剧院欣赏轻音乐，她是不甘于光听凭他的艺术见解而是要表达自己的感受甚至与他高声辩论的——一个要在他面前表现自己的人和一个因不懂而默默听从他的人，到底哪一个更适合他？也许还是什么也不懂的那个会让钟庆东感觉更舒服一些吧。

罗小云不就是这样的人吗？

既然如此，夫复何求？

钟庆东就是怀着对罗小云性格的既爱恋又纵容的说不清的心态，与她不知不觉度过了三年的婚后生活的。自打他们高中相识到现在，已经差不多有十年了。十年来，罗小云穿越了从16岁到26岁的生命阶段，尤其是结婚三年来，她从一个青春的少女变成一个标准的少妇，岁月在她那柔和的面庞和身段上打下清丽的光影，使她看起来格外有一种变化之美，仿佛春日含蓄的深潭转入了夏日的旖旎。她和钟庆东眼下还没有生小孩的打算，并且未来三年也不会有。尽情享受一点没有负担的时光，是他们在身处的社会和时代中学到的一种免于收费的连锁课程。

当然，他们也学会了生活中其他一些事情，比如，争吵。他们记不得第一次争吵是发生在什么时候了，既然如此，他们也必将说不好最后一次争吵该在何时出现。钟庆东越来越发现，罗小云其实是非常喜欢钱的，恐怕是每隔几分钟潜意识里就会划过一个钱意识。关于钱的问题的最初争吵，是钟庆东单位一个同事的弟弟结婚，他是否该去赶礼。钟庆东说，当初这个同事结婚，他就没有赶礼，如今他弟弟结婚，无论如何是要去的。罗小云反驳的意见正好相同：同事本人结婚你都没去，现在他弟弟结婚与你何干？钟庆东说，当初同事本人结婚，自己才去电影公司报到上班，与他并不相熟。罗小云说，那后来你结婚了，已经是上班后很久的事了，他为什么不来赶礼？钟庆东说，你不要小肚鸡肠，睚眦必报，对人宽容一点好不好？罗小云说，你才睚眦必报，小肚鸡肠呢，否则你为什么不少跟我顶一句嘴？

类似的争吵，似乎越来越多，后来终于发展到对待钟庆东父母的赡养问题上了。

谁都知道钟庆东是一个孝子，他当初那么渴望早一点从高中走上社会，可是为了母亲他还是回到学校复读一年了。如今，父母年纪大了，又都是工人，近年因为工厂相继倒闭，连一分钱退休金都发不下来，生活很是清苦。钟庆东觉得自己好歹有工作，有生意，就跟罗小云说，每个月付给父母五百块钱帮助生活，以尽孝道，没承想遭到罗小云的激烈反对。

钟庆东说："钱我可以再挣啊，我工作之外还有生意。"

罗小云说："那不对啊，怎么知道给你父母的钱都属于你生意上挣的？我每天在单位里一个字一个字地敲键盘，手指尖都敲白了，一个月正好挣五百元。交给你父母，那不等于我的工作白干了？"

钟庆东噎得一句话也说不出来。他现在真是搞不懂，生活中越是不通艺术的人，说起话来为什么却越是具有高度的艺术性，让你点评它的余地都没有。事情最后弄成了这样：钟庆东每月交给他父母三百元生活费，前提是，他每月也要交给罗小云父母三百元。

可是罗小云的父母是在机关退休的啊？吃喝不愁不说，每个月自己还掂出几百元钱打麻将呢。

但是钟庆东没有说。所谓婚姻生活，原来并不是两个人的生活，它要牵扯同事，牵扯父母，牵扯社会。

经过一次次的争吵，钟庆东不知道罗小云是怎样看待他的，反正，他对罗小云的理解是渐渐明白她是一个与自己不同的人，带有与生俱来和不可救药的世俗与功利的一面。他现在有点相信了，罗小云当初能够甩开那个同她撞自行车谈了两年恋爱的人而来到自己身边，不单是自己狂热和煞费苦心追求的结果，对她来说，未尝没有考虑图得生活安逸和物质享受这一因素。如此转了一圈，说到底，她高中三年明知道他俩之间已有故事却最终没有把它演示出来，就是极正常不过了。因为那时候钟庆东落魄凋敝如丧家之犬。

有一天中午，罗小云下班回来，郁郁不乐，把肩上的挎包一放，一下子扑在钟庆东怀里。钟庆东大感意外，连问怎么了。罗小云说，钱丢了。

钟庆东问，多少钱？怎么会丢了？

罗小云说，准备买化妆品的钱啊，一千三百元，放在包里，倒霉死了。罗小云边说边骂，你说这是算偷啊还是抢啊？

钟庆东问，到底怎么回事呀。

罗小云说，下班，还是走在热热闹闹的大街上呢，一个人从后面一下子捂住我的眼睛，差点儿给我扳倒，让我猜猜他是谁。是个男的，我的眼睛被他两只手压得生疼，就说，别逗！他不肯，说，你不好好猜猜我是谁，我就不松手。我没办法，就胡乱猜他是高中的男同学张三李四吧，他猛一松手，转身跑了，原来他们是两个人。我的眼睛还没完全看清，他们就没影了。走了几步我才发现，肩上挎包的拉链开了，他们把钱拿走了。

钟庆东觉得又可气又可笑。世界上的坏人如果都这么干坏事，那倒是挺充满诗意的了。钟庆东认真地问了一句："他们没有碰你别的什么吧？"

"别的什么？"罗小云不解。

"没有借机碰你的身体什么吧？"

罗小云气得脸都白了："你以为你老婆的身体比钱还值钱啊？！"

那当然。钟庆东心里想。钱丢了，罗小云是真心疼；她的身体没有遭到非礼，钟庆东是真高兴。

是的，许久以来，钟庆东一直替罗小云的身体感到担忧，他对除他以外所有跟罗小云接触的男人怀有醋意。罗小云经常的还会回家很晚，在外面应酬，陪人家吃饭，有时候甚至微醺带醉。直到有一天，钟庆东突然听别人说起一个消息，那个跟罗小云撞过自行车的小夏，两个月前竟已经从邻县调至本地了，被所属企业派到这里做驻在机构负责人，负责原料和资源采购以及拓宽产品市场。钟庆东不禁大吃了一惊。

为了及时了解罗小云的行踪，钟庆东在通信市场还没有完全进入竞争状态而产品价格偏高的情况下，为罗小云买了一只贵重的手机。他以为这样便可以遥控她了，然而她的手机却经常在他拨打的时候无法接通，按罗小云的说法，那都是因为信号不好或缺乏电量所致。有一次，钟庆东因为什么事又把电话打到罗小云手机上了，她的手机占线，一直忙音。钟庆东想起，以前有过几次类似的情况，他过后问罗小云为什么占线，罗小云十有八九是回答在和她妈妈通电话。这一次，钟庆东先把电话打到岳母家里，话筒里传来的铃声正常，属非忙音，他让电话响了两声之后就挂了，随后又打到罗小云手机上。罗小云的手机仍在占线。

过了一会儿，他终于打通了罗小云的手机。他说："我一直打不进你的电话。"

"我刚才在和我妈通电话。"

"她在家吗？"钟庆东不动声色地问。

"在啊，我们好久没回去了，我和她在电话里聊聊天。"

罗小云在欺骗他。钟庆东想。她在同另一个人打电话。她之所以欺骗他，是因为她不想让他知道那个人是谁。

钟庆东越来越对罗小云的身体有一种依赖性的迷恋。这种迷恋带有一定的霸权性和覆盖性，像黑夜降临大地一样并且间歇发作。那都是每每钟庆东脑海里划过"她竟然背着我在外面有了别人"而导致的心理反应，或者说是生理反应。但是他又断定不准，无法确证，这样的情境下他渐渐习惯采取一种折磨自己也折磨别人的做法，那就是每天都要倾情缠绵地同罗小云做一次爱，或是多次。他要不停地在罗小云身体上打上自己的印迹，仿佛这样才能证明谁具有真正的属权。人真是高级的动物，钟庆东想，高级动物的概念就是人比其他动物具有更高级的动物性，也就是更像动物，或者说比动物更动物。钟庆东每次同罗小云做爱即将达到高潮的临界点时，伴随着一种既快乐又忧伤的说不清的感受，他总能适时地在脑海里浮现起某种动物或昆虫，比如狗和螳螂，据说它们每来到一处认为属于自己的家园和领地时，毫无例外地要在那里做一些液体排泄的事情。罗小云，你就是我的心灵栖憩地，钟庆东一遍遍呼唤，罗小云，你就是我的家园。

有时候意兴阑珊，午夜梦回，钟庆东躺在罗小云身边，也往往会猛然一念：怎么，这个人已经属于我了么？听着罗小云鼻息里轻微而甜蜜的鼾声，钟庆东有时候会觉得罗小云离他很近，但有时候又会觉得离他很远。是的，他拥有罗小云和罗小云属于他，并不是一回事。现在，他确实是拥有罗小云了，然而，罗小云属于他了吗？他觉得罗小云仍旧是很陌生的，就像是高中三年他不惜耽误一切学业去暗恋罗小云而最终仍拿不准她是否爱他一样，他今天仍占据不了她的内心和思想，包括她的隐秘的欲望。这样一想，钟庆东原来从来就没有得到过她。他因渴望得到她而不停地占有她身体所导致的每一次事后的感觉，恰恰显得离最初的目标更加遥远，甚至背道而驰。

钟庆东有时候也强迫罗小云在床上做一些难以启齿的事情，那都是在罗小云看来违逆常规的、不近人情的举动。但是再怎么违逆常规和不近人情，只要进行在夫妻之间，那也是合乎法度的，最终被胁迫就范的总是罗小云。有时候钟庆东自己想想也很奇怪，时间如果放回十年前，在高中，他是无论如何也不能把眼下的事情和那些乖戾的举动与罗小云联系在一起的。甚至哪怕在三年前，如果想到某个男人不洗脚而将同罗小云躺在一起，他都觉得是对她莫大的玷污。如今，钟庆东看着罗小云为自己做着那些她认为“不干净、不卫生”的动作，竟不但不觉着她被玷污，反而是有助于她的圣洁呢！

渐渐地，罗小云默默顺从并适应了钟庆东那些无理的要求，这个时候，事情又产生了别的变化，钟庆东想，罗小云原来很会做啊，她当初显出的那份局促和生疏，难道不就是为了掩饰她恰好存在的相同癖好和经验么？钟庆东在那一瞬间油然想到了小夏，是的，说老实话，当初他在省城离开姜里的住处独自去找罗小云，继而狂热地重新追求罗小云达半年之久的时间里，他曾无数次地想到了小夏。他想到了小夏与罗小云作为一对年轻男女，热恋了两年之间可能发生的种种亲密举动。但是在当时，种种可能发生的亲密举动不仅没有阻挡住钟庆东追求罗小云的步伐，反而促使他产生这样一种信念，他是在英雄救美，他是在利用公平竞争的手段来拯救罗小云，继而也是由此实现自己人生最大的幸福理想。一个以怀有巨大人生理想和幸福追求为终极信念的人，又怎能在意取得胜利之前那些过程的曲折和不完美呢？钟庆东想，如果是在古代，便是罗小云沦落风尘做了一个青楼女子，他也会毫不犹豫地将她赎身并结为百年之好的。

但是现在，钟庆东不得不像对待自身患上某种疾病那样来与自己的思想周旋了。罗小云现在同他所做的一切，是不是也暗地里同小夏正做呢？虽说人是同一个人，所做的事也类乎相同的事，但是发生在婚前和婚后，那是完全不同的两个性质——一种是他知道，一种是他不知道。是的，一想到罗小云可能背着他与别人干一些他不知道的事情，钟庆东内心就充满了强烈的妒意和怨恨。她不是没有欺骗过我，钟庆东想，这让他有点儿万念俱灰。然而，有时候他也自我安慰，也许，小夏比他受骗得还要厉害呢，毕竟，罗小云同小夏谈了两年恋爱，最终嫁给的却是钟庆东……不过，话说回来，那又能说明什么呢？结婚三年以来，钟庆东越来越被一个他认为是的巨大的事实包围着，就像环顾自家的那些墙壁、家具、装饰画、镜子、罗小云的化妆品，它们提供给他的永远是一些事物的表象，那么生活，从高中到现在，他对生活到底占有了什么呢？

尤其是，他不仅想到了现在，他也开始想到了以前。罗小云今天同他做过的，当然也同小夏做过。他觉得这不再是一个可以忽略的问题。

夏季的一个周末，钟庆东应邀来到省城参加一个广告产品交易会。说是交易会，其实是交谊会，也就是省城一家最大的广告原料供应基地，邀请省内一些长年固定客户的头头们相聚一下，叙叙感情，以利发展。钟庆东本来是不太想去的，夏季是生产的旺季，他的美术社承揽的活太多，经常晚上加班加点地干。但是后来听说，参加这个会议的客户，是可以享受一年内原材料大幅度优惠供应的最佳待遇的，看来也不只是务虚，于是匆匆赶去，却只逢上了会议的最后收尾。

那是一天傍晚，会议次日就结束了，大伙在一起进行了最后一次晚宴。晚宴结束，不到八点钟，东道主提议请大伙同去休闲娱乐一下。钟庆东有点犹豫，他是来自最远的地域，最后一个到达，马不停蹄的，舟车劳顿，实在想早点儿回去睡。但是又一转念，开会开到底吧，大老远来了中途吃一顿饭就离开，显得既无始又无终，最后再没挂上享受优惠待遇的号可就贻笑大方了，于是只得乘车同去。

其实也就剩下七八个人了。毕竟有几位早来报到并且一直参加会议的人，自感大功在握，可以不凑这个趣了。于是这剩下的一行人驱车来到省城一座豪华的洗浴娱乐中心，径奔里面一间舒雅的歌厅。

不多时，音乐就在四周漫延起来了。随着音乐的出现，钟庆东发现，包房里不知什么时候悄悄增加了七八位衣着简练、柔媚性感的服务小姐。

我悄悄地蒙上你的眼睛，

让你猜猜我是谁……

歌声在轻轻地回荡。这首歌的旋律钟庆东是熟悉的，歌词也容易记诵，但是在黯淡低迷的灯光下，钟庆东还是听出了一种别样的心动。他感觉两颊发热，太阳穴隐隐鼓胀，那是多喝了点儿酒的缘故。他慢慢阖上眼睛，倚在沙发背上，做短暂的休憩。不知过了多久，在一片喧闹声中，钟庆东恍惚觉得有人在轻轻推他的胳膊，他猛一睁开眼睛，发现一个小姐的面庞在他眼前闪动："先生，我扶您去休息好了。"

钟庆东本能地推了那个小姐一把，但是她像影子一样又轻轻贴了上来。与此同时，钟庆东听到东道主在旁边叫他的名字，说："累了就去休息一下，放松嘛，待会儿我们也要休息的！"

钟庆东左右扫了一眼包房内，这才发现同来开会的人已经少了几个，连同相应人数的小姐。钟庆东在那一瞬间明白了什么。他虽然没有经历过这样的事情，可道听途说却是免不了的，不用说，那同来的几个人已被别的小姐扶去"休息"了。钟庆东还想继续推阻着，蓦然发觉包房内剩下那几个同伙的眼神很特别，又尴尬又不屑，那无疑是说，你如此这般，莫不是让我们也一一效仿，成不了好事？钟庆东知道，这几个人当中，数他的生意规模算是小的，其他人都是广告精英，赫赫有名，自己这样在人家面前一番举动，无非是格外显出一种乡气罢了。于是硬着头皮，被小姐牵到了楼上一个精致的房间。

钟庆东一进房间就仆身倒在床上，装作喝醉的样子不省人事。那个小姐给他的头部按摩了一会儿，问他是否要喝水，钟庆东也不吭声。小姐只好又拿来热毛巾，敷在他的后颈上，慢慢地给他揉背。折腾了好一会儿，小姐费了九牛二虎之力，气喘吁吁地把他的身体扳了过来，使他仰躺，帮他挣去两只袖子，卸去了外套。解他的衬衣时，钟庆东就死死地把肩膀靠在床上，再也不给她一丝嵌动的缝隙。小姐没办法，只好又把他重新扳过去，想将衬衣由他的后背脱下，但是钟庆东，两手一拢，竟就势把胳膊压在心窝上，钢筋一般，整个身体再也无法翻动了。

小姐愣了半晌，叹了一口气，将面庞伏在他身边，轻声道："先生，得饶人处且饶人啊。"

钟庆东心怦然动了一下，没想到小姐会说出这样的话。他半睁着眼睛看了小姐一下，感觉她倒也皮肤白皙，清秀可人。他的眼睛适应不了灯光的照射，于是又闭上了眼睛，那一刻，他突然想到了罗小云。

——凭什么她可以与别人做过，而我就不能？

钟庆东顺从地翻过身子，仰躺在那里，对小姐说："来吧。"

所谓秘密，对某一类人来说，是这样一种东西：怀有秘密的主人又想保有它，又想用它与人分享。尤其是，它使主人怀有道德上的自疚时，它就会像盛满容器的水一样不经意流淌。

钟庆东就是处于这样一种情境。省城的经历给他带来前所未有的心灵纷乱，虽然按传统的眼光看，他是得到了，但是，一种更大的无形的东西，却是不可挽回地失去了。他失去了对罗小云的一种自我纯粹的感受和对生活葆有的完整意念，尤其是，在罗小云不知情的情况下，那伤害的根本就不是对方，而只能是钟庆东自己。

毕竟，钟庆东还是深爱罗小云，并且，他也并没有真正抓到罗小云婚后跟别人的什么把柄。

钟庆东想慢慢地纾泄出去他那分灵魂的不安，他自认为这么多年浸淫了对美术爱好的洗礼，对真善美有着相对的认同规范，道德上也不是一个自甘堕落的人。于是再跟罗小云在床上亲热的时候，他会冷不丁插入一句："我找过小姐。"

"什么?"罗小云立刻问。

看着罗小云那警惕的眼神和紧张的表情，钟庆东意识到不妥，马上改口说："呵呵，我是开玩笑，逗你呢。"

过了一段日子，钟庆东感觉那份压抑的自责仍旧堵在心上，于是他仍旧选在跟罗小云亲热的时候，只不过换了开玩笑的口吻说："我和小姐玩过的。"

"到底真的假的?"罗小云问。

"真的呀!"钟庆东的表情看不出他是坦白还是搞笑，有点腆皮的样子。

"我不信。"罗小云说。

“不信拉倒。反正我是向你坦白了，我不想欺骗你。”钟庆东说。

“这是你说的?”

“嘿嘿，开玩笑呢，你看你。”

如此反复多次，仿佛钟庆东是用这种话题来调剂他和罗小云之间的闺房之乐似的，最后，罗小云终于懒得搭理他了。钟庆东再故伎重演的时候，罗小云会说：“你爱怎么着怎么着吧。”这正是钟庆东所需要的态度，反正，我是和你坦白了（没有欺骗你，不受良心自责之苦），信不信是你的事（你总是半信半疑，直到觉得无所谓。那岂不等于变相地原谅我了?），由此，我的内心也会得到舒缓和平静。钟庆东就是这么暗自庆幸的时候，一种更大的悲哀几乎同时袭上他心头，他想，终究还是罗小云聪明啊，而自己显得呆笨了些。因为，事情如果换成罗小云，那是打死她也不会用这种哪怕是开玩笑的方式来泄露自己一丝一毫隐情和秘密的。事实也可能正是如此，罗小云婚后给他的感觉，不啻是高中三年他对她感情苦苦寻觅不得要领的一个翻版，甚至有过之而无不及。就在前几天，钟庆东还无意中听美术社里的一个伙计说到，看见罗小云有一天上午坐在一个男人驾驶的轿车里向郊外驶去。按惯例那应该是她在单位上班的时间。钟庆东知道这样的事情除非他亲眼碰见，否则是无法打探的。罗小云会说：“怎么，你的那个伙计是看错人了吧?”或者说：“不错，是和单位宣教科科长到乡里搞人口普查的。”钟庆东当然不会为此到罗小云单位查个水落石出，按流行观点，丈夫在外边有外遇，妻子要承担百分之百责任的，而妻了在外边被引诱，有起码一半原因要归附丈夫头上的，他在日常生活中要么具有性无能，要么具有无能性。再说了，所谓谎话，终归是类乎美术中荒诞派之于现实主义那样的东西，是必须根植于现实之上的，也就是说，谎话为了让人听起来信服，往往会在其中加入了一些真实的成分。比如罗小云，去乡里普查的事情或许真有，只不过被她移花接木说成另一个时间；或者是，她真的跟那个什么科长下过乡，但未必是去搞普查，等等。总之，这样的事是无法访查的，除非你想让所有的人都知道作为家庭中的两个异性成员之间发生了多么大的裂隙。

钟庆东有时候会翻出罗小云读高中时的留影，甚至她童年的老照片，静静地看着，用以回忆她曾经的模样。是啊，那时候她当然是年轻了，尤其是读高中时的留影，每一张不同角度的面庞，都洋溢着雨后草地般清新的笑意和纯真的梦想，美丽得了无挂碍，不慌不忙。但是，这就是当初的她吗？当初的她就是这样的吗？这仍是钟庆东想不明白的问题。因此，他想根据罗小云当年的照片来推测她在什么地方发生了变化的企图，就成了一个泡影。有时候，钟庆东看着罗小云在镜子前梳妆打扮的身影，会忍不住内心问自己：她是谁？她从哪里来？最终要到哪里去？

“爱”是为爱情制造和产生醋意的前提，也就是说，对罗小云给他带来醋意的行为，钟庆东应该因爱她而加以原谅。但是，果真原谅甚至纵容她的行为，是不是又意味着他不再爱她了呢？这真是一个二律背反的问题。就像眼下，钟庆东为了给罗小云的一帧镶着玻璃的相片擦去尘垢，只好一边唾上去口水，一边用棉花擦拭，这种行为到底是在珍视她，还是在轻贱她？

钟庆东曾经尝试慢慢忘记罗小云可能发生的行为，事实恰恰适得其反。想要努力不去想一件事，实际上是不断提醒自己再一次想起它。生活从一开始就带有某种宿命。仿佛一个缺口，无论怎么弥补，都只是格外增加它残缺的醒目而已。钟庆东想，也许，他到了 50 岁的时候会好一些，那时候，由于生理和心理上完熟得近于衰退，他会懂得满足于为爱的乐趣和过程而爱，而不太会严苛要求被对方爱。但是那时候，钟庆东想，我也快老了。而现在，我还年轻啊。

是的，年轻给了钟庆东与生活不断对质的口实，使得他对自己的内心生活不能自理。只是，他的脑海里不断回荡着罗小云的话，“你爱怎么着怎么着吧”，倒是颇能给他一些隔靴搔痒和莫名其妙的安慰。

入冬的一天，钟庆东走在县城大街上。他去一家公司清账。因为是暖冬，刚刚下过的一场雪落地不久就化了，到处一片斑驳暗迹，水意淋漓，像是刚刚卸完无数海鱼的码头。钟庆东在躲避一辆疾驰而过的将要溅起雪水的卡车时，撞到了一个人撑起的雨伞上。两个人停了下来。

“是你，小钟。”

“是你……王姨。”钟庆东终归记得。是多年以前把柯清介绍给他做对象的那位工厂医务室里的女大夫。

她有点老了，但是目光还是当年的模样，带有职业的探究人体内疾痛的特殊观望。她问钟庆东：“你还好吧？”

“还好。”钟庆东说。两个人是多年来第一次见面，因此记忆和印象不可避免地同时保留在多年以前。这样，话题扯到跟他们彼此相关联的一个人身上就是极正常不过的事。

“柯清离婚了，你知道吗?”女大夫问。

“什么?这是多久的事?我一点儿也不知道!”钟庆东非常惊讶。

“她结婚两年后吧，就离婚了。”女大夫说，“现在柯清一个人领着孩子过。”

“怎么会这样?”钟庆东问，他不知道为什么此时他还会用这样关心的口气询问，“那她现在住哪里?”

“住在她结婚之初第二次搬迁的房子里。”女大夫欲言又止，“其实，柯清当初一直想等你的，等你退伍回来。可是她的父母不同意，硬给她撮合一个。唉，年轻的不懂，年老的还不懂么?不知道强扭的瓜不甜?”

钟庆东心里乱糟糟的，他不想让女大夫看出他当年作为失败者以及现在有点儿幸灾乐祸却又高兴不起来的复杂的表情，推说有急事要办，就匆匆与对方告别了。

一连两天，钟庆东都嗒然若失。人真是奇怪的动物，比如钟庆东，当初得知柯清弃他而去另投人怀时，是恨不得她遭遇人世间最悲惨的事情的。可是现在，一听说柯清离婚了，正在遭遇不幸事件的一种时，钟庆东突然会心软下来，觉得很内疚，仿佛一切事情跟自己的恶毒脱离不了干系似的。钟庆东心里萌发了有机会去看一看柯清的念头，尤其是，每当他想起那天路遇的女大夫说的话——她其实一直在等他的——去看望她的念头就更加不可遏止。

过了两周的样子，这样的机会不约而至。钟庆东的一位朋友结婚，他前去参加婚礼，地点就在柯清家附近。钟庆东想，待会儿婚礼结束，他正好可以顺路去她家里看看。没想到在人群中碰见了她，大概是出于邻居的情分吧，她正在院子里帮人家炊作。见到钟庆东，她愣了一下，又低头去忙活。她倒还是那么年轻，钟庆东没记错的话，她是比他大两岁。她的目光仍旧善良，带着犹疑，像是怀着对生活的默想，同时更加浸淫了因生育而悄现的母性光芒。钟庆东没有打扰她。

过了中午，婚礼将要散去。钟庆东裹了一下棉袄，站在门外。柯清从远处跟近，说："不到家里坐坐么？"

正是初冬，北风慢吹，钟庆东和柯清伫立在小操场上，不远处传来钟庆东那面巨幅广告牌在空中被风摇动的嘎嘎声，像是一种奇怪的小兽在咬啮什么。钟庆东想了一下，两个人脚前脚后进了柯清家那低矮的平房。在院子里，钟庆东看见一架三轮车，里面装着用大号油桶改制的烤地瓜那样的铁皮炉子，心里就明白柯清面临什么样的窘境了。

屋子里很冷。虽然物具家当布置得很温馨，但钟庆东还是感到寒索。也许那是没有暖气的缘故。"孩子呢？"钟庆东问。

"上幼儿园了，全托。"柯清补充了一句，"平常日子我忙不开。"

钟庆东看见炕上撂着一支用木条钉成的简易手枪玩具，心里硌了一下。

两个人慢慢说着话，钟庆东坐在炕沿上，柯清坐在地面的椅子上，那基本是钟庆东问，柯清答的。临了，柯清问他一句："你现在还画吗？"

钟庆东一时无言。他看着柯清，想着他俩第一次见面的情景，他为了试试能否记住她，把目光看向窗外，他记不住她。如今，他却觉得她那么真实，丝毫不模糊，他心说：这也是自己的女人啊。

“我听说，你当初是一直想等着我的。”虽然犹豫了很久，钟庆东还是这样说了。

柯清抬头看了他一下，又望着别处：“说这个没用。”

“我不信。”钟庆东说。他有一点儿不平静，那是因为他试图挽回什么，而只是他记起了失落和屈辱。

“是我父母当年不同意，硬要我和你分手的。”柯清缓缓地说，“如果我父母在这儿，你可以不相信，但是他们一年前都已经离世了，我不会违心把谎言栽到不在的亲人身上去。”

钟庆东怔了半天，他听懂了。他看到冬日的阳光打在外屋间的地上，晃晃幻幻，像是梦中的河流。他叹了一口气，慢慢站起来，一步步涉过那里，走了出去……

钟庆东下次去柯清家的时候，给她买了一台电暖气，另给孩子捎带一些时尚玩具。过不多日，他再去的时候，看到玩具散在炕上，明显有孩子嬉闹过的痕迹，但是电暖气，仍旧放在墙角没被打开包装。

钟庆东环视柯清家里，几乎没有什么耗电的大功率电器，头上昏暗的白炽灯泡看样子还不到 30 瓦。他在心里叹一口气，从身上掏出一千元钱放到桌子上。

柯清不要。钟庆东与她再三推阻，他感觉柯清的拒绝果断而有力，超出了以往他与柯清做任何事情的经验。钟庆东只好说：“收下吧，算是我们当初认识一回，我欠你而早应该还给你的补偿费。不管怎么说，你还为我去过医院的。”

钟庆东说的是真情的话，他这样做也是为了毫不留情地逼迫柯清，使她收下那些钱。他说柯清去过医院，无非指的是她为他流过产。其实他也是情急中说出这样的话，平常来说，这是很唐突和冒昧的，会让对方格外反感和尴尬。但是柯清那么善解人意，她懂得怎样尊重和不违拂人家的好意。柯清真诚地说了一句：

“那也要不了这么多。”

一种莫名的感动、温暖和怜悯涌上钟庆东心头，他忽然有了一种强烈的拥抱她的渴望。他觉得这么多年他死死地追逐生活，可是生活并没有真正让他得到什么。在生活面前，在柯清面前，也许都一样，他还是个孩子。他情不自禁就站在那里抱住了柯清，把头埋在她的怀里。

柯清没有躲避和挣扎，钟庆东由她的脖颈那里嗅到了多年以前那个有月光的晚上，那种庄稼或植物的气息。他更紧地箍住了她，因为他感觉一种更紧的东西箍住了他的命运和思想。现在，他要体验一种彻底的放纵，他要让激情的水湮没所有的庄稼、植物或大地，让它们拥有一种同他一样的多变的窒息。

他把柯清抱到了床上。柯清自始至终不吭一声。

……走出柯清家的大门后，钟庆东听见屋子里传出一阵低低的啜泣声。那时候，钟庆东停了一下，抬起头对着漆黑的无尽的夜，大声地在心里骂了一句：

“活该!”

他不知道他在骂谁。

钟庆东在半年后的一天同罗小云狠狠地吵了一架。最初是罗小云发现钟庆东的衣兜里无由地少了一千元钱，她没太在意，后来有一次她又发现突然少了两千元钱，她就问钟庆东是怎么回事。钟庆东说，昨天刚刚来了一批原材料，付对方货款了。罗小云当时就操起了电话，打给昨天在美术社值班的工人，问他美术社昨天是否进了一批原材料。那个工人不明就里，老老实实在电话里说："哪里进了呀，现在库里堆的原材料三个月也用不完呢。"

罗小云不依不饶地质问钟庆东这些钱到底哪里去了。其实钟庆东感觉罗小云虽然爱钱，但还不至于每天都紧盯他的衣口袋，这两次都是钟庆东先是无意中告诉罗小云家里的近期进项，有多少钱，几天之后罗小云买化妆品或是什么跟他要，他让罗小云自己去他衣兜里拿而发现不对的。少了的那两千元钱，是钟庆东不久前得知柯清下岗后生活缺乏保障，暗地里替她缴纳了社会保险的。

这次见罗小云紧追不舍，钟庆东只好说，那两千元钱，被他前几天打麻将输掉了。这倒不失为一个合理的借口，因为半年来，钟庆东确实学会了打麻将，并且习惯于用打麻将来摩擦掉他待在画室里手握画笔的时间。他这样搪塞的好处还有一个，那就是罗小云根本调查不出钟庆东是否真的输了两千元钱，同钟庆东打麻将的那几个人，又不是小学没毕业而不识数，可是每次打完麻将算算谁赢了多少钱，十次有十次是拢不准的。

这件事不了了之。钟庆东工作之余，就去美术社照看照看生意；照看生意之余，就打打麻将；打麻将之余，他也偶尔去看看柯清。甚至有一次，他趁罗小云去外地出差的时候，还在柯清家住过一宿。钟庆东有时候也静下来想想自己，觉得自己很不成样子，有点儿不像他自己。那么他像谁呢？他又是谁呢？他搞不清楚。他现在还没有孩子，但是跟罗小云，除了做爱，他仍没有强烈的同她生一个孩子的热望。他想这种事情还是水到渠成的好。他有时候也做一些非分之想，比如，回头跟柯清一起过会怎么样，但他很快又掐灭了这种念头，不只是因为不现实，而更是因为，他即便同柯清在一起，他也会耿耿于怀柯清的过往而更加感到不幸福。

钟庆东就是每天认真而又乏味地进行他的生活的时候，他不知道，罗小云其实已在暗中盯视他了。终于有一天，钟庆东去柯清家里时被罗小云悄悄发现了，不久，罗小云无意中又在自家书橱的一本书中，发现了一张夹在书里的、钟庆东显然早已忘记的、柯清当年寄给他的医院流产证明。

两个人不可避免地再一次大吵大闹了一番，这次争吵的强度是结婚以来所没有的。虽然两个人相互强忍着没有在对方身上动手，但是家具和物品充当了遭受物理打击的牺牲品。罗小云最后以她特有的决绝方式，回到娘家住了十几天。钟庆东尽管心存愤怒，可是毕竟理亏，何况长时间见不到罗小云，他心里对她更加充满疑忌，末了，他只好耷拉着头，来到岳母家，对罗小云软磨硬泡，好话说尽，这才把罗小云哄回家。

钟庆东不知道，他自己从此陷入了多么被动的局面，因为罗小云还是经常会回家很晚的，甚至较他们吵架前有过之而无不及，带点有恃无恐的样子。钟庆东有时候自己想想也很冤屈，他觉得自己仿佛并没有做什么错事，更谈不上做什么坏事，他相信自己还是很善良的一个人。但是，问题的关键是，他在情感的某一方面被罗小云抓住了把柄，而他对罗小云，有的永远只是怀疑而已。

也许，这才是最痛苦的。

傍近春节的一天夜里，罗小云很晚才回家。此前她的手机一直关着，钟庆东不知道发生了什么，他一直焦灼而满怀忧虑和不信任地等待着她，这中间当然也免不了嫉妒和吃醋。他去她单位找过一次，又给她所有自己所能知道的女朋友家里一一挂了电话，没有人知道她去了哪里。后来，钟庆东不知怎么，他凭直觉认为罗小云一定在某个歌厅里陪什么人玩耍，他自信于自己的聪明。于是他骑上自行车，在县城内的娱乐场所里一家一家的探询查找，其间还有两次因进错了房间而被人家不客气地予以训斥，最终垂头丧气，无功而返。直到将近凌晨一点钟，罗小云终于回来了。而那时候，钟庆东已经呆坐在客厅里把他的愤怒预演无数次了，怨怼窜满钟庆东的全身。

“你到哪里去了?”

“处理工作啊。”罗小云放下她的手包。

“处理什么工作?”钟庆东问。

“快下班时我们计生局接到举报，有一个准备超生的妇女，离家好长时间了，在她亲戚的一户单元楼里躲藏，我们去对面的房间里埋伏监视。”

“怎么连个手机也不打?”

“手机不敢开，怕打草惊蛇。”

“那事先怎么不告诉我?”

“我说过了，是下班前接到通知的，我以为很快就会处理完回家的。”罗小云走进卫生间卸她的发夹。

“都有谁啊?”

“我和我们单位的领导。”

“那也用不着你吧，有你们领导不就行了吗?”

“可我是女的啊，监视人家妇女超生，总不能让男同志往前上吧，领导说，必须带一个女的。”罗小云看了钟庆东一眼，“当然，光我一个女的也不行，总得有个男的，否则同对方撕扯起来我们力气不行。”

“嗤。”钟庆东冷笑了一下。

罗小云看了钟庆东一眼，反感地问：“你什么意思?”

“没什么意思。你自己清楚就行。”

“我不清楚!”罗小云的忍耐达到了一定的限度，她立刻喊了起来。

“你回来得太晚了，知道吗?!”

“啊，”罗小云说，“如果你用这个口气和我说话，那我就只好告诉你，关于我的事，你管不着。”

“可是你最近越回来越晚!”

“那又怎么了? 我跟你说了，你——管——不——着——!”罗小云晒了他一眼，傲然地甩了一下她的长发。

钟庆东气不打一处来，他一下子想起了罗小云的种种不好，他不知怎么就来了这么一句：“你他妈的就这样，还不如明火执仗去卖了呢，也能给老子赚点外快!”

罗小云愣了半天，声音突然低了下来，轻轻地嘲讽，“谁像你啊，我没去卖，也没赔什么。你呢，把自己那货搭进去不说，还倒贴人家现金。”

钟庆东一下子感觉自己的头涨成了两倍大。他不知道自己的拳头一瞬间怎么上去的，事情发生得那么突然。他先是一拳打在罗小云的脸颊上，然后又狠狠地扇了一记耳光，接着又冲她小腹踹了一脚。罗小云痛苦地呻吟着，她佝着身子靠在暖气片旁边的无助身影并没有阻止钟庆东的疯狂，他冲上去，继续恶狠狠地用拳头捶击她的身体，用脚踹她，然后双手揪住她的肩胛处，死命地一下下向她背靠的墙上撞击。“你以为你是谁，啊？你以为你是谁？”他扭曲着脸一下下撞击，“贱货，贱货！……”

罗小云只能惊恐地看着钟庆东的眼睛，她一点还击的力量都没有。她试图让他停下来，但是他停不下来，他的每一次击打都仿佛只能激起下一次击打的欲望。罗小云的身体渐渐瘫软，她的双手努力攀扶住什么，那颤抖而有力的纤手似乎是鸽子张开受伤的翅膀。蓦地，她的左手在窗台上碰到了一瓶敞开盖子的溶液，她一下子抓住它，想都没想，顺手泼向钟庆东——

罗小云忘记了，瓶子里装的，是日常用来清洗便池的洗厕液，内含高浓度的硫酸。一瞬间，她觉得世界突然静了下来，一切都变得莫名其妙，眼前，只有钟庆东用一种非常奇怪而陌生的口气在不断重复：“啊，我的眼睛，我的眼睛……”

春天终于来临了。春天总是会复苏一些什么，是的，不仅山冈、河流，不仅土地、树木，不仅白天、黑夜，春天总还会复苏人的一些记忆。就像眼下，钟庆东戴着墨镜，他和罗小云站在月色下的街头，行人的脚步声像时间一样匆匆走过，仿佛它们从不曾停留。钟庆东感觉这有点类似生活中经历的无数个场景一样，让他熟悉之至，却又有一点陌生。钟庆东想起他还从没有同罗小云在黑夜里拉过手，于是他就拉了一下她的手，说："我们分手吧。"

罗小云没有松手，她说："是啊，就这样。"

钟庆东沉默了一会儿，说："我想起你给我讲过的一件事。"

罗小云认真地说："我听听。"

钟庆东说："我感觉有谁从后面蒙上了我的眼睛，让我猜猜它是谁。"

两个人好久好久再也没有说话。

沥　青

1

张决听到女友静玉在喊他。静玉在厨房里蒸馒头，一阵熟悉的面香飘进来。随着，就是静玉一阵紧似一阵的催促：“快起来呀，快起来。”张决躺在炕上，睡意正浓，他实在不愿起来。他想，静玉从来不轻易叫醒他的睡眠的，知道他贪早觉，无论春夏秋冬，都是她一个人早早起来在厨房忙活，等他睡够了起来，饭菜都在炉子上温着呢。这一次，静玉干脆扯着他耳根子说：“快起来看呀，咱家院子里的晾衣线上落着两只花喜鹊。”“花喜鹊有什么好看啊。”他不满地嘟哝着，甩开了静玉的手。静玉走了，他刚刚又睡，突然听见静玉在院子里玩滚铁圈，就是他们小时候都经常玩过的，铁圈磨在铁钩上，“铃——”声音出奇地刺耳。张决稍微有点恼，他想，静玉啊你多大了你多小了，还玩滚铁圈？静玉好像知道他的心思，突然在窗口甩下一句：“你不理我了？”张决睁开眼睛，首先看到“老K”扭着肥大的膀子，正坐在他身边穿衣服。铃声还在继续。

他真正醒过来了。同监舍的七八个囚犯全在忙着穿衣服，准备出去做操。他知道这个早晨必将像他入狱三年以来所有的早晨一样，不可抗拒地开始了。

2

吃完早饭，去排队洗餐具的时候，张决还在想着早晨的梦。他缓慢的步子影响了“老K”的前行，“老K”不满地骂了一句：“你他妈的无精打采，八成是昨晚梦遗了吧？”

张决看了“老K”一眼：“你他妈的你父亲每次来探监也是无精打采，回去问问他是怎么回事？”

“你找死？”“老K”粗壮高大的身子晃了一下，对他亮起拳头，张决本能反应，用餐具挡了一下，立刻，第四监区长戴明本喊了一句：“张决！”

“是他先要打我的！”张决申辩。

身穿制服的第四监区长站在门口，面无表情：“去提讯室。”

张决跟着第四监区长来到一楼提讯室，昏暗的光线下，他这才发现里面的桌子前早已坐着一个矮胖的中年男人，戴着无框镜片，那是他的律师。他的律师抬起头，手里是一摞杂乱的卷宗和文件。他说：“我昨晚就得到消息了，今天特意起早赶来。但是，”律师摇摇头说，“不是好消息。”

张决站在那里，全身硬了一下。

“你的申诉被第三次驳回。”律师说完，无奈地摘下镜片，仰视着他。

张决顾不得记录员并没有给他让座，一步奔到桌子前，在一把椅子上坐了下来：“不是说，已经取得重要进展，我的证人同意为我做不在现场的证词吗？”

“但那不是最新进展，是啊，当初为了说服你那个唯一的证人——也就是你的邻居——为你做不在现场的证词，我费尽了所有的心力。现在的最新进展是，公安机关不同意翻案，他们联合检察院，向法院提交了相关资料。也就是说，你的证人曾犯有诈骗罪前科，这样证人的证词在原则上是不予采信的。”

张决一句话也说不出来。

“还有，因为现场留有你带指纹的菜刀和鞋印，按照最高人民法院有关司法解释，当物证和人证就事实发生冲突时，物证高于人证。”

“现场那些东西……”

“我知道。”律师打断张决的话，“我是说，我们姑且认为那些……是你的。”

张决觉得眼泪要掉下来。他热爱他的这位律师，像对父亲一样信赖。此前，三年来，他已经换掉了两位律师了，他们吃里扒外，吃了被告吃原告，让他多花许多冤枉钱不说，更使案情变得复杂。他只指望眼前这位了。

“我一直想问的是，”他的律师把镜片擦了擦，重新戴上，“三年前法院一审判决下来的时候，你为什么不立即上诉争取二审？”

“你是不相信我没有杀人吗？”张决紧张地望着律师。类似的话他已经跟无数人说过无数次了。

“如果我不相信，我就不会成为你的第三位律师。”对面的人缓慢而疲惫地说。

“正式判决下来以前，我一直被关押在公安局看守所。我在那里待了将近一个月。他们打我，折磨我，直到快要出庭的时候，我的伤口才慢慢长好。”

记录员在一边记着什么，张决看了那里一眼，继续说：“这些事情，我在法庭上已经说过了，可是没人相信。这里也不值得重复。我想说的是，如果当初我不服判决，立即上诉，那么在二审判决下来之前，我还是要被关押在公安局看守所里的，那会是几个月的时间。我担心如果我的命不好，肯定会死在里边。但我知道，如果我服从判决，就会被很快转到监狱这边来，而在监狱，犯人是有继续申诉的权利的。就这样。”张决一口气讲完，看着他的律师的眼睛。

“跟我猜测的一样。”他的律师再一次把眼镜摘下来，这次不是擦镜片，而是用手帕揉了揉他红肿而虚胖的眼睛，“张决，很抱歉，我这次来是告诉你，我不能再担任你的律师了。”

张决吃惊得想站起来，但是强忍着：“为什么？”

“他们已经准备起诉我了。我的正常调查和取证，被认为是帮助犯罪人洗脱嫌疑，诱使和教唆有关人员串供，恶意改变和违背犯罪事实。根据《刑法》第306条，起诉我犯了‘律师伪证罪’。”

“怎么会这样?”张决终于站了起来。

“这不是儿戏。凭我二十年的律师执业生涯我知道，眼下每年都有很多律师因此获罪，锒铛入狱。”他的律师面庞从迎着阳光的角度，可以看到有一层晶莹的细汗。

张决只能沉默地看着他。

“请你理解我。我老婆没有工作，两个孩子都在读大学，她们需要我。”

张决看了一眼窗外辽阔的空地，外面静极了。

“也许真的是我工作方法不当。你可以再找一个更好的律师。”

“不可能了。”张决说。

“我一直坚信你是被蒙冤的。按理说，故意杀人罪是要判死刑的，最少也应该是死刑缓期二年执行，可你只是被判十五年有期徒刑，我想这也是因为法院对你的犯罪定性有所保留，才做此无奈之举。”

“这不公平!”张决喊。

“世界上没有什么是绝对公平的，包括法律。”

“我已经在监狱里忍耐和等待三年了，三年了啊！我还要等到什么时候?”张决的声音突然小了下来，目光变得茫然，“十五年?一辈子?”

“我相信你要不了那么久。”

“那你告诉我什么时候?”张决上前抓住这个像父亲的人的胳膊。他有点抖。

“很抱歉。我只能说……我也不知道是什么时候。”

他的律师收拾好公文包，站了起来。记录员拿过提讯登记和印泥递给张决。按规定，犯人来到提讯室接受提讯，离开时必须在登记表摁上手印。

张决的右手食指离开纸张的一刹那，望着那枚鲜红的指印，他产生了一个从来不曾有过的想法：只有靠自己洗脱罪名了！

3

大腾风监狱不是L省最大的监狱，却是L省历史上最早的监狱，它始建于清朝末年。据说国内更早的时候，犯人都是被羁押在公署或衙门里，因为司法并不独立，政府往往就代表着法律。直到1909年，也就是清朝大臣戴鸿慈到欧洲考察宪政回国的第四年，宣统帝才准奏全国各省设立监狱。这倒不是出于司法与政府分离的考虑，而实在是因为全国各地的公署或衙门没有足够羁押犯人的房间了。大腾风监狱就是在这种背景下建立的。

它毗邻国境，又三地交界，地理位置重要不说，匪盗也层出不穷。是的，它最初就是令这些人望而生畏的樊笼。近百年来，日月递嬗，谁也说不清它累计囚禁过多少名形形色色的犯人，围绕它而产生的传奇或故事，就像无数次吹过它头上的风一样，丝丝入扣却又飘忽不定。

如今的大腾风监狱，除占地面积与以往相等之外，在建筑格局上已大不相同。以往的四排青砖坡顶平房，变成拔地而起的四栋三层平顶楼房，这四栋楼房，各为一个监区，每个监区容纳犯人约200人，四个监区共约800人。监狱北面，以往是一大片农田，现在变为两座厂房，分别为塑料加工厂和汽车配件厂，是犯人劳动改造的场所。然而最使这里具有监狱特点的，是把一切都四面围住的高高的狱墙，以及墙上高约一米的高压电网和东西两座岗楼。据熟悉监狱历史的退休管教们讲，只有这些高高的围墙才更接近清朝监狱的原始模样。它们太厚了，墙上可以容纳两个人并行；它们也太高了，巍峨庄严之势，与故宫的围墙并无二致。

这一切在外人看起来，都是感觉沉重的。

然而，也有外人感觉不到的沉重，只有监狱长李庭风心里清楚。

眼下，李监狱长坐在他的办公室里，再次把手里的各种财务表格用目光捋了一遍，王铁副监狱长和狱政科长、各监区区长坐在本来就不宽大的屋子里，闷着头抽烟。李监狱长身材适中，微微谢顶，制服双肩的三级警监徽记衬托出他的面庞有一种既知足又世故的混合神态。他的说话带有不特别明显的鼻音：

"必须得想想办法了。上半年我们监狱总支出远远大于总收入，其中，财政保障占总支出的58%，监狱企业自创收入占总支出的32%，借、欠款占总支出的10%，这已经跌到监狱财政状况最低点了，下半年形势还会严峻，这样下去可怎么行?"

所有的人都不说话。

过了一会儿，王副监狱长把香烟蒂从嘴边拿下，在烟缸里摁了摁："李监狱长，去年市财政说给我们追加拨款，到位了没有?"

"哎哟王铁，亏得你当了十几年副监狱长，市财政现在是个什么状况你不知道吗？那些人年年都说给我们追加拨款，有哪一笔真正给我们了？”李监狱长用手指点了点桌子。

“我们还得不断争取，首先把大腾风监狱变成全额拨款单位，然后追加经费，这样才名正言顺。”王副监狱长说。

“变成全额拨款单位？”李监狱长既揶揄自己又揶揄对方道，“我的能力是不行啦，王铁，将来你到了这个位置上再多多争取吧。”

王副监狱长苦笑了一下。

李监狱长继续说：“近几年市人大和市政协帮我们呼吁多少次了，甚至抬出了《监狱法》，可是市里有关领导们吭过一声吗？噢，如果不吭声倒也好了，上次开会竟然有一个人说，本市那么多的下岗守法公民生活都得不到保障呢，还给犯人讲什么保证待遇？”

“这倒也是。”一直没说话的第四监区长戴明本说，“我们四监区新收的一个叫马二刚的小伙子，上技术课的第一天就哭了。问他怎么回事，他说，他高中毕业后一直想学开汽车，因为付不起太高的学费才去抢劫，不承想来到监狱里，学开汽车原来是免费的啊。”

大伙都笑了。然后，又都笑不出。

李监狱长叹了一口气，说：“别的不扯了。下一步，王铁，你是负责产业的，要加大力度做好外役工作，调动一切人力和可能。”

监狱分为内役和外役。所谓内役，是指监狱犯人参加监狱内部生产的劳动改造；所谓外役，自然指的是犯人参加监狱外部生产的劳动改造。

“李监狱长，这个……我还是有不同意见。”

屋子里很静。有人掏出香烟，但是没有揿动打火机。

“目前国际通行的趋势是，各国监狱大面积收减甚至禁止外役行为。因为犯人劳动的目的不是赚钱，而是通过劳动让他们认识到劳动的意义和创造的价值，以及自食其力的乐趣。反过来，如果让犯人感觉通过他们赚钱，会助长拜金主义盛行和贪图享乐思想，从而不利于犯人行为改造。另外，犯人频繁外役的副作用还有几点，一是有损监狱乃至政府的形象；二是增加犯人逃跑的机会和概率；三是……”

“王铁，”李监狱长打断王副监狱长的话，“你说的这些我都懂，而且，我要说的你也懂。就是说，你要我到哪里去弄钱来维持监狱每年正常的庞大开销，包括工人工资、离退休人员福利和医疗、所有干警的办公经费、旅差费、监狱设施的维修费，还有犯人的伙食费、被服费，还有犯人生病检查费甚至医疗费……”

王副监狱长欲言又止。

“我们必须面对现实。”李监狱长说。

4

张决又开始吹那个口哨。

是林志颖的。旋律轻松而带点儿忧郁。如果把口哨声换成歌词，它就是这样的：

很久以前梦想飞飘到山头那一边

看看什么是爱情

张决边吹口哨边修理铁锹。他的锹把掉下来了，他用楔子塞住它，用力蹴好，这使他的口哨气流高低不定。身边的犯人们正在忙碌着，这是郊区，他们或密集或稀疏的身影，绵延出几百米。大家正在筑路。路的两旁，一望无尽的玉米地在七月里长得正旺。

我相信爱情爱情
最初最后是你
没有人能够把你代替

张决很喜欢这首叫作《爱情》的歌曲。当初他和静玉刚刚认识时，静玉戴着耳机，嘴里哼的就是它。静玉说："你有什么了不起?"这一句话就征服了张决。那是五年前，张决 28 岁，英俊，干练，是一家大型花卉公司的司机，为总经理开车。职业和工作位置的缘故，他见识和交往的女孩子太多了，可是都没在他心里留下什么印迹，正所谓"久居芝兰之室不闻其香"。静玉就不同了，他见到静玉的一刹那，感觉静玉好比异彩纷呈的花圃里的一株庄稼，也有颜色，也有风姿，也亭亭玉立，却让人踏实和信赖得多，有一种人间烟火的自在与高贵，并把深沉的果实和热情深埋地下。他一下子就爱上她了。他后来之所以对《爱情》这首歌烂熟于胸并情有独钟，是因为它成为他与静玉第一次做爱的背景曲。实在的，它的节奏适合做爱。

如果再给张决两个月的时间，他就可以与静玉爱巢永居了，也就是说，他们两人刚刚买了房子，准备装修好之后就结婚。可就在这时，一切都乱套了。

张决和静玉租住的平房附近发生一起凶杀案，被害人独自在家睡觉时被凶手用菜刀杀害于子夜时分。糟糕的是，现场勘查，菜刀上留有张决的指纹，接着糟糕的是，院子的台阶和墙头留有疑似张决平素穿过的“双星”牌旅游鞋的印迹，更为糟糕的是，经调查了解，被害人生前因琐事曾多次与张决发生口角和肢体摩擦，两人之间存有芥蒂。这一切使后来的张决狱灾横至，百口莫辩。

张决被警车拉走的时候静玉还不知道发生了什么。她连续一周出差在外刚刚回来。本来，两个人每天都在电话里卿卿我我的，静玉所到的城市连一个熟人也没有，每天开会或活动一结束，她就早早回到宾馆同张决建立热线联系。他们的言谈太热辣了，因为担心宾馆的电话保密性不好，叫人笑话，两人每次都是用手机在聊。可是聊着聊着，静玉就会插上一句：“今天天气很热的，起码会有29度。”再不就是：“明天看样子会下雨，不然怎会这样闷？”张决在静玉第三次谈到天气的时候，终于冒了一句：“静小姐，你这是手机漫游啊，我要想查天气，打专业服务电话可能费用会更便宜一些。”

静玉愣了一下，知道他想听什么，于是当仁不让：“那我让你陪我出差你不来？”她故意用光脚把地板跺得砰砰响，让张决听见，“你看，都几点了，还有男人在敲门，这么大的房间，只我一个人住耶！”

张决一时间气得说不出话。

静玉见张决哑在那里，又心生怜爱，小声说：“我还有两天就回去了，回去我们好好爱。”

谁想到，回来见到张决，还没来得及拥抱，他就被眼睁睁推上警车了。

张决那时候还笑。他知道是抓错人了。他几乎没怎么反抗和申辩，那种时候，反抗和申辩也没有用。他只觉得好玩儿，他甚至想就此耍戏那些平时职业架子端得十足的警察们一下。他想，不做亏心事，不怕鬼敲门，到了公安局，你们就知道怎么回事了。

结果，到了公安局，是他知道怎么回事了。一场噩梦的序幕就此拉开。张决后来想，当初，还真不如陪静玉出差了，那样的话，他也许真的什么干系都不会有了。

远处的沥青车正在作业。加热后的沥青喷涂在路面上，发出噼噼的声响。阳光炙烤着空气，犯人们被剃秃的青脑壳在阳光下闪着汗的微光。张决实在太热了，他一弯身，双手一捋，把囚衣脱了，露出并不十分魁梧但是有力的臂膀和脊梁。

沥青的黑烟和刺鼻的味道浓重地弥漫着，张决突然感到吃惊。这是多么可怕啊，张决想，沥青本是与地面绝缘的，它深埋地下几百米，甚至几千米，经过上亿年的沉寂，不被世俗打扰。而今，它被强迫着来到地面，凡是人类需要迈动双脚或移动身体的代表路的等级的地方，就要有它去覆盖，这是多么不可思议！

张决蹲在地上，找了一个小木棍，把粘在鞋上的沥青狠狠地刮掉。路的尽头，有几个中午放学的孩子逗留着，向这边张望，很快，一个家长或是老师模样的女人走上去，顺着他们的目光指点着，说着什么，然后抚着孩子们的肩头，大概是催促他们离开。不用听清张决也明白，那个女人说的一定是这样的话："不要靠近他们，你们如果不好好学习或是不听话，长大后就会变成他们。"这样想过之后，张决也看了看身边那些犯人，觉得他们真的有点可怜，并且值得厌恶。

可当他的目光碰到队伍之外管教的目光时，他就立刻感到一种现实的屈辱和沮丧，是啊，只有他知道，他不属于这里，可是三年来，他又不得不满怀沉默或躁动，背负杀人罪名，处在这样一个环境之中。如此日日夜夜，内心的孤独和痛苦又向谁言说呢？

一个绰号“大款”的40岁出头的囚犯过来给张决递了一支烟。张决自己点着了火。这个叫“大款”的囚犯，是同张决一个监舍的，入狱前曾是某建筑公司财务室的出纳。据说他利用职务之便，非法占有本单位资金500多万元，被判处有期徒刑12年。法院责令他退赔全部赃款时，却遇到了执行难，他一分钱也拿不出，因为他的钱全输在赌场上了。有好事者给他算了一笔账，用他非法占有的钱除以蹲监狱年头，相当于他每蹲一年监狱净赚人民币40多万元，因此叫他“大款”。

“唉，从小到大，哪吃过这样的苦啊。”“大款”叹了一口气，摊开满是血泡的手掌自己看了一眼。

“这样也算美了你，”张决说，“500多万啊，从你这双手上输出去了。”

“那是，那是。”“大款”竟有点儿心存炫耀地说，“那时候磨的不是手心这个位置，是手指尖啊。掷骰子，洗扑克，点钞票，手指尖都磨出膙子了，你想想。”

“这辈子你别想再重新摸到那么多钱。”张决的目光向四处扫动。

“完啦！我现在一分钱也没有，出狱后也50多岁了，我这一辈子算是拉倒了。”

远处传来一阵哨声。时间已到中午，送饭的卡车来了。犯人们放下工具，渐渐向那边靠拢。“大款”说：“我敢跟你打赌，今天不会再有那道该死的白菜，另外会加一道肉，怎么样？”

张决走到路边的水桶那儿，说：“帮帮忙。我是宁愿午睡一刻钟，让出那道肉。”

“大款”拎起水桶，张决伸出双手。水桶边沿的水流汩汩而下，张决在那里搓洗双手和胳膊，但是面前的水很快就歪淌在另一边了。

张决抬头，发现“大款”的脸扭在另一边，他顺着望过去，卡车那边似乎有点骚乱。“怎么回事？”他问。

“老 K 又在打马二刚。”“大款”说。

远处的一个犯人向这边递话：“大家排队领饭，老 K 半路挤在马二刚前面，马二刚说他一句，老 K 就开打了。”

“大款”放下水桶，“走，我们看看去。”

“你先去吧。”张决说。他干脆把没洗完的双手伸进水桶里。

直到午饭结束，值班管教重新分派劳动任务的时候，所有人才发现张决不见了。

第四监区长戴明本马上打电话报告李监狱长：“张决越狱了！”

5

张决是当天下午主动回到监狱的。

算是自首。

他其实什么也没干，并且，他也没打算跑远。他趁大伙领饭的混乱场面，瞅准没人注意的几秒钟，一闪身钻进了路边的玉米地里。他一口气跑了五六里路，来到一个小镇上。因为天热，他是赤膊，再加上在玉米地里他已脱去了囚裤，只穿一条肥大的短裤，这种寻常的夏天打扮并不引起人格外注意。他用身上仅有的几块钱，给静玉打了一个手机电话，但是关机。他只好把电话打到静玉母亲那里，后者接了电话。

“喂，你好大姨，我找静玉。”

“她不在。”对方说。

“她到哪里去了？”

“不知道，”对方说，“并且你以后也不要再找她。”

对方是能听出自己是谁的，可是她竟连问也不问他，如果在监狱里怎么会打出电话。她是漠视和不待见自己的，而张决对这位未来的丈母娘也没什么热情和长话可说。“替我问候静玉好。”他说。

“你别问候她她会更好。”对方挂了电话。

张决摇了摇头。他现在觉得肚子有点饿了，他同时逃掉了一次午饭。附近一家饭店的门口摆起了现卖的水煎包，那热腾腾的香气一下子勾得他六神无主，口舌生涎。他走过去付了钱，一口气吃完 16 只包子。

吃完包子，他下意识想紧紧裤带，这才发现没有。他意识到他正在过的是另一种生活。他用胳膊擦干了嘴，慢悠悠的，步行向监狱方向走去。

他一共走了大约一个半小时。到达监狱门口的时候，守门的警卫吓了一跳。警卫不知道该不该为这个囚犯开门，换句话说，他不知道怎样做才会更利于监狱的安全。张决只好站在那里举起了手，不是一只，而是两只。他做出的是投降的姿势。

警卫要了内部电话，立刻有两名干警跑了出来，将张决提押进去。

囚犯脱逃对监狱来说，是所有狱内犯罪的头等大事，在张决离开的时间内，大腾风监狱以最快的速度成立了抓捕小组，并将此事通知给市公安局请求协助。

按当时的案情分析，抓捕小组认为张决外逃的可能性较大，因此在各汽车站、火车站、码头等布置了主要警力，以求围追堵截。却不料张决竟在郊区一条普通道路上闲庭信步，更不料张决会自投监狱而来，真是不可思议。

不管怎么说，张决逃跑绝不是小事一桩，更不是什么虚惊一场，监狱方面在通知撤回所有干警之后，立即启动相关程序，对张决进行了审讯。审讯完毕，将张决关押禁闭室，为期 10 天。

禁闭室可不是好待的地方，那里被称为监狱中的监狱，亦即小号。禁闭室都是单独关押犯人，空间狭小无比，没有床，晚上睡觉只能坐着倚墙。每天粮食定量只给九两，饿着活该。墙角就是马桶，吃喝拉撒就地解决。外面两道铁门厚不透光，每天按规定只可出去放风半小时。这几乎等于完全限制罪犯的人身自由，属于监狱内最严厉的处罚手段。

每天，张决无事可干，除了想一想心事，就抬头仰望竖满铁栏杆的通风窗外的一小块蓝天。那里有时候飘过一朵白云，有时候划过一只燕子，更多的时候，那里就是一块天，静止得像是一块蓝色的墙砖。

张决从禁闭室出来的那一天，正是监狱向检察院提请起诉获得答复的时间。张决因犯有脱逃罪，经审理被加刑一年。狱政科长在提讯室将这个结果通报给张决。

“我明白了。”张决马上又问：“是多长时间？”

“加刑一年。”狱政科长说。

“我知道。累计是多长时间？”

“你当初被判处有期徒刑十五年，已服刑三年零两个月，余刑十一年零十个月，加刑一年，累计是十二年零十个月……不，”狱政科长看了一眼手边的资料，马上补充说，“因为你脱逃在外，不足一天，按一天计算，按规定，脱逃期间不属于服刑时间，这样，你的余刑应该是十二年零十个月零一天。”

张决笑了笑，他再次说：“我明白了。”

下午，张决同其他犯人正在塑料加工厂劳改，监狱派干警再次将他带到提讯室。张决想，总不该是又把刑期算错了吧？

在提讯室，一身囚服的张决见到了他的律师，那位戴眼镜的矮胖男人。张决不知道他怎么会来。他的律师看了他一眼，说：“真是开玩笑！”

张决礼貌地冲他笑了一下，算是打招呼。

“事情不应该是这个样子。”律师的胡子刮得似乎很潦草，要么就是紧张思索和上火而引发生理节律失衡所致。

“感谢你的指导。”张决想了想，只能这样说。

“不，我是说，检察院的人简直在胡闹！这简直在开法律的玩笑！”

张决不知道他的律师是什么意思。

“我已经仔细研究过此事的经过了，监狱的审讯记录我看过三遍。我想重复提问的是，你那天离开筑路现场后都干了什么？”他的律师拿起笔，在打开的本子上准备记录什么。张决这才发觉今天提讯室里不知怎么只有他们两个人。

“我到一个电话亭给女友打了电话。”

“你们说了什么？”

“没有打通。”

“你很想她是吗？”

“这不用说。”

“你要正面回答：你很想她是吗？”

“是的。当然，我很想她。”

律师轻轻嘘出一口气，在本子上看什么。“你为什么想她？”他接着问。

这是什么混账问题，为什么想她？张决想说，我想操她。可是他又觉得，在一个像是父亲的人的面前是不该说这种粗鲁话的。张决只好老老实实答道：“我听说她好像另有男朋友了，我想知道是不是这样。”

“然后呢？”律师说，“然后你做了什么？”

“我去买了16个包子吃掉了。”

“16个？”律师好像不相信，所以他的问话隐含着激动和吃惊。

“是，16个。”

“你太饿了是吧？”

“不光是饿，我是很馋。你知道，我在家的时候最爱吃包子了，可是入狱三年多，我一次包子也没吃过。”

“这样挺好，”他的律师停止发问，“这是我俩刚才的交谈记录，你过来看一下，没问题的话就摁个手印吧。”

张决认真地看了一遍那个本子，上面的记录几乎跟录音一样准确。他用食指蘸上红印泥摁了上去。

“这纯粹是胡搞。”律师的话题回到刚才，“我已有足够信心澄清这样一个事实，你在筑路劳动时，因强烈思念女友和牵挂她的感情取向，产生打一个电话给她的念头；又因监狱伙食长年低劣，不曾改善，使你产生吃一顿包子以达到解馋的想法。你将以上动机付诸实施。必须说明的是，因为你最终是自动回来，你的行为只属于暂时脱离监管，而完全与脱逃罪无涉，检察院为此加刑一年是不公正的！”

“暂时脱离监管？”

“对，这构不成犯罪，监狱应该对你实施批评教育，至多是记过和关押禁闭而已！”

“不，”张决吃惊地摇了摇头，并企图向后退去，“不不，我是故意逃跑的，我早有预谋。打电话和吃包子，那是捎带做的事，不是目的。”

“一切证据表明，你暂时脱离监管，无非是去打电话和吃包子而已。监狱的调查报告我已看过，那上面有电话亭老板和饭店老板分别的证言。”

“不，”张决再次否认对方，“我的事情不用你管，你说过，我的律师委托已告结束。”张决突然想起了什么，他问：“有人不是在起诉你么?”

“我正是为此而来。”律师说，“我想明白了，只有证明你的清白，才能证明我的清白。”

“不,”张决说，“我的事情与你无关，无论如何，我是不同意你在这个问题上为我插手的。我有独立行事和拒绝辩护的权利。”

律师吃惊地看着张决：“那你老实说——我不做记录——你为什么要逃跑?”

“因为我无罪。”张决一字一顿地说。

“可你为什么又要回来?”

“证明我无罪。”张决仍旧一字一顿地说。

律师愤怒地合上了本子。

6

“张决，再来一个吧，再来一个。”

“来一个吧。”

“不行，我已经口干舌燥了，我不能再讲了。”

“来，我这里有茶叶，我给你沏茶水，顶好的茶。”

这是午饭后的短暂休息时间，在监舍里，十几个犯人围着张决。他们有同监舍的，有隔壁监舍的，大家兴致勃勃地听他讲笑话。张决已经讲了七八个笑话了，每一个都逗得大家东倒西歪，前仰后合。

“好吧，那我就再讲一个。”张决说，“你们都要听吧?”

“要听要听。”几个犯人说。

张决又扭头问另几个犯人："你们也要听吧？"

"要听要听。"那几个犯人也连连点头。

"好，那我就讲了啊——说是在一个大森林里，熊和猴子是铁哥们儿，猴子请熊帮它盖一座房子，是两室一厅，很漂亮的。盖好后，猴子住得很舒心。转年，熊的老房子塌了，它请猴子也帮它盖一座房子，就是要跟猴子的房子一模一样。猴子满口答应了，可是盖完了熊一看，只有两室，没有厅。熊问，我说猴老弟，我的怎么没有厅啊？"

张决讲到这儿，有意味地看了大家一眼，一个个指着："猴子说，你看你个熊样，你还要厅（听），你要什么厅（听）啊！"

犯人们面面相觑，彼此观察两秒钟，继而再也憋不住了，爆发出巨大的会心的笑声，原来张决这小子在绕弯子骂人哪！

同监舍一个一直沉默的绰号"老蔫"的犯人，这回也忍不住露出一丝笑。他倚在墙角，腮帮子动了动，说："再讲一个吧，最后一个。我入狱一年来就没笑过。"

犯人们都看着他。这个"老蔫"是个外省人，因女儿出国条件不合，他竟伪造公司和银行的印章做假证明，结果触犯"伪造印章罪"被判入狱两年。正像他说的，从大家见他那一天起，他就沉默不语，从未笑过，好像肌肉僵死了一样。

"不讲了，"张决站了起来，"真的再没有了。"

"只讲最后一个，""老蔫"仍旧慢声慢语地说，"今天是我的生日，你就让我再笑一次吧。"

张决本来要往门外走，听到那个人这样说，他就立刻站住脚步。"我想一想，"张决说，"也许……这是真的最后一个。"

大家都静默着。

“嗯，我要讲的这个笑话叫《哪条道上的?》。有个男人在开演前的戏院座位上躺着，一人占去四个位子。带座的小姐跟他说，先生，一个人只能坐一个位子。男人只低声哼了一下，动也不动。小姐请来戏院经理，经理客气地说，先生，麻烦您坐好，一个人只能占一个位子的。男人摇摇头，还是哼了一声，没有动。经理只好请来警察，警察说，老兄，你够狠啊！你是哪条道上的？那男人低哼一声，说，我是从二楼的道上……不小心跌下来的!”

“哈哈哈哈……”所有犯人肆无忌惮地笑着，那个“老蔫”则不停地拍着膝盖，身上一抖一抖的。他笑得眼泪都要出来了。

“肃静！肃静！不许喧哗!”第四监区长戴明本突然从走廊出现在门口，手里握着警棍，“你们刚才在说什么，竟敢随便谈论警察?”

“不，一个笑话，在说笑话。”“老蔫”认真而忍不住笑意在解释。

“各回各的监舍，不许乱动!”

犯人们赶紧回到各自的床位上坐好，第四监区长每个监舍巡视一遍，转身走出去。少顷，楼道口的铁栅门“轰隆”一声拉死了。几乎与此同时，监狱操场一阵警笛，一辆法院的警车驶了进来。犯人们全都趴在窗口向外望，他们看见两名武装警察从禁闭室拖出一个戴镣铐的犯人，向警车走去。

“是他?”张决吃惊地问，“这不是第二监区的那个毒贩子吗？他不是昨天已经拉出去毙掉了吗?”

“今天重新毙掉。”“老 K”面无表情地说。

"为什么?"

"他前一阵子越狱的事你知道吧?""大款"凑过来说。

"我知道。"张决说。那是快两个月前的事了，在张决脱逃又回来之后一周发生的。这个犯人因大量贩毒被判处死刑缓期两年执行。凡是被判处死缓的犯人，属于重犯，一律不准从事外役。这个犯人为了逃跑，竟在监狱内打起了主意，他利用每天做内役上厕所的工夫，偷偷挖地洞准备穿墙越狱，已经挖了两米多深了，被及时发现，经请示上级批复，法院对其取消缓期执行，变成立即执行死刑。

"他昨天被拉到刑场的时候，突然大喊有重要案情举报，于是又被拉回来连夜提审。"马二刚被安排在监狱食堂做饭，所以他知道得详细一些。

"噢。"张决说。

"可是他什么有价值的东西也举报不出来，原来他就是怕死，想多活一天。现在百分之百是把他拉出去真正毙掉。"马二刚在监舍里年龄最轻，说话直言快语。

所有人的心情好像立刻沉重下来，他们知道，这个犯人衣服的囚号要不了多久就会被新来的犯人顶替的。监狱永远是不断有人消失，不断有人出现。

不知谁轻轻问了一句："你们说，什么样的犯人最想越狱?"

"这家伙不是太渴望死，就是太渴望活了。"望着绝尘而去的警车，"大款"深有感触地说，"一般来讲，死缓犯人是最忌讳越狱的，如果认真改造，用不了几年就会改为无期，无期再改有期。可是一越狱，就得立即执行死刑了。"

“对，再就是短刑犯人。”马二刚说，“那些判个三年两年的，他们不值得越狱，挨一挨时间很快就过去了。”

“判二十年的也不敢越狱，”一个犯人说，“那样加刑后就会成为无期了。”

“照你们说，”“老 K”抱着膀子插嘴道，“是老子最应该越狱喽？老子犯有强奸罪和重伤害，被判无期徒刑，再怎么加刑也还是无期徒刑，对不对？”“老 K”说完，哈哈哈地狞笑起来，两颗龅牙在空气中上下颤动。

没有人搭腔。

张决走到一边。那一刻，张决的嘴角掠过一丝嘲讽和冷笑，他想，整座监狱 800 多号人，不惜一切代价也值得越狱的，其实只有一个人。

那就是自己。

因为自己是无辜的。

7

每月一次卫生大扫除，如今又到了。这一天，张决正在床铺上整理衣物的时候，隔壁监舍的一个叫“小贩”的犯人走进来，悄悄扔到张决枕头上一盒香烟。

“我戒了。”张决说，“我觉得抽烟对脸部的皮肤不好。”

“为什么？”

“每天只要抽半盒烟，晚上洗脸的时候我的脸色就很暗，皮肤粗，显得衰老。”张决想了想，又说，“这不行，因为我还年轻。”

“那是你晚上洗脸的缘故，光线本来就暗。”

“你是说我早晨从来不洗脸？”

“小贩”拾起烟，不说什么，转身走了。过了一会儿，他又走进来，扔到张决枕头上一包菲律宾酸角。

“这是什么？”

“一种食品，也可以帮助戒烟。”

这个“小贩”，入狱前犯的是盗窃罪，入狱后，却又变成监狱的地下贩子了，几乎没有他从监狱外偷偷运不进来的东西。烟、酒、糖、茶、食品、掌式游戏机，甚至现金，他统统可以弄到，而这些东西，绝大部分属于违禁品，因为它们太奢侈了。就说现金吧，监狱一律杜绝犯人携带，怕的是犯人之间进行交易或行贿。平时犯人购买生活必需品等零用，由监狱统一管理，给犯人办理存折，收支账目定时公布。可是这个“小贩”，有一次竟然让他老婆借探监机会，装在暖水袋里给他送来一沓现金。为此，“小贩”还被监狱严厉地处分过一次。

“你可真行啊，”张决一看乐了，“还是外国货。你还能弄到什么？”

“除了女人和《释放证》，其他都没问题。”

张决说：“现在呢？还有给我看的吗？”

“小贩”笑嘻嘻地，从兜里掏出一张上级监狱管理局主办的监狱报，指着上面的一个部位给张决看。那是豆腐块大小的一篇文章，署着“小贩”的真名。张决想起来了，那是一个月前，“小贩”收集到监狱的一些犯人改造花絮，讲给张决听，因为他的文化程度太低，就央求张决替他把这些东西写下来投给报纸。按规定，犯人发表作品也是可以列入奖励积分，为日后减刑做准备的。没想到，这篇文章还真被发表了。

“祝贺你啊。”张决说。

“小贩”明显的不好意思了。他把报纸折好，对张决说：“其实，你也可以写一点新闻什么的啊？”

“写它做什么？”

“写它做什么？”“小贩”夸张而不解地看了张决一眼，“这可以积分啊。”

“可是，”张决继续整理他的衣物，“我不需要。”

“喂喂——”“小贩”更加认真地教育张决，“我跟你说，在这里，虽然所有的犯人都声称他们被判得太重，但没有一个犯人敢说他不该来到这里。你是觉得自己被判得已经很轻了是吧？”

“我告诉你，”张决不知什么时候，慢慢从衣兜里掏出一支香烟在嘴上点着，吐了一个螺旋形的烟圈，“我就是不属于这里的那一个人。”

“小贩”莫名其妙地看看张决，又看看那个袅袅上升的烟圈，呆了好半天。

监舍里只剩下张决的时候，张决才想起他该做的事。今天是探监的日子。他换了一套新的内衣，接着用陈旧的噪音像拖拉机似的电动剃须刀把胡子重新刮了刮，又偷着挤了一点马二刚的护肤液，在脸上拍了几把，然后等时间一到，去会话大厅里了。

大厅里虽然嘈杂，但还是让人感觉有一些压抑的情绪在里面。那是比安静还要让人不自然的东西。人头攒动，但基本是一对一的格局，两两相视。似乎有哭声，也有笑声，因为哭声已经在克制，又淹没在说话声音当中，就显得它是那么的不真实。张决看见“老K”的父亲又来了，他们俩坐在那里，都显得无精打采。马二刚的母亲一直在跟儿子不停地说着什么。“大款”在站着与一个张决从没见过的人说话，那很可能是他的什么远房亲戚，他不时地回头，防止有人挤到了他们。在远处的水泥地面上，张决看到一只“米老鼠”图案的书包歪倒在那里，旁边的一双穿鞋子的女孩的小脚，不停地向上翘着，要尽量够着什么人。大厅上方的广播喇叭里，偶尔传来狱警催眠般的声音：“肃静，要肃静。”

张决站在门口，安静而紧张地用目光搜索大厅，最后落到他看了无数遍的他和静玉经常坐的那个位置。静玉没有来。直到半个小时后，会话将近结束，人们都稀稀拉拉离开的时候，静玉的身影依然没有出现。张决失望地准备转身关门，突然他的手臂被抓住一下，一张戴无框镜片的脸贴到眼前。

“是静玉给我打电话，让我把这个捎给你。”他的律师递给张决一样东西，那是经过狱警检查并被许可的，“她听说你每晚睡不好，是有太多的蚊虫叮咬。”

张决低头，那是一管驱蚊油。

“还有这个。”律师说，递给他一只崭新的电动剃须刀。

“她为什么没来？”

“她和你差不多，也要变成囚徒了。她母亲知道她要来探监，把她软禁在家里，实在出不来。”

张决鼓了鼓腮帮子。他没说什么。他把剃须刀开关打开，里面利落而轻微的旋转声告诉他，连电池也是新的。

“谢谢你。”张决说，转身走了。

“记住，你一定不要再乱来，”律师被他的门挡在外面，可他的声音还是急促地扭曲了过来，“我想这也是静玉的意思。”

8

进入九月之后，大腾风监狱的经济状况越加不好。市里的拨款迟迟未到位，监狱应该完善的许多监狱设施和设备无法正常进行。目前岗楼哨兵使用的武器，还是老式的 7.62 毫米狙击步枪，连 4 倍率的光学瞄准镜都没有，更别提先进监狱所应备的微光电视摄像器、夜视仪、监听器了。自从上次发生那个毒贩子挖地洞准备越狱的事件后，虽然大腾风监狱在对外风声上一直低调处理，可还是被省里上级部门指示了工作，要求他们按标准化监狱的预防水准，在所有狱墙下面一米深处，围筑一道地下水泥墙。话说起来容易，做起来难，大腾风监狱所有的狱墙抻直了量，总长足有两公里。两公里，挖一米的深坑，筑一米厚的水泥墙，不说工费，光是材料费就得多少钱啊，那绝对不是一笔小数字。

这且不说，最让李监狱长感到恼火的是，市里新上任的政法委书记，到任两个月了，竟一次也没到大腾风监狱来视察工作。按惯例，以往的任职领导，不到一周就会亲莅监狱，指导工作，虽说事后证明往往也起不到太大作用，但形式上重视还是有的。这次新上任的政法委书记倒好，只顾视察和慰问那些公安战线、武警战线的部门和人员了，唯独遗落了大腾风监狱。李监狱长心想，我们怎么了？难道我们成了编外警察和假警察了？要知道，公安和武警抓了再多罪犯，最终也是要送到监狱来的呀！忽视了罪犯的改造工作，一切都等于缘木求鱼，前功尽弃。

牢骚归牢骚，在正常经费和专项经费没有划拨下来之前，监狱资金还需自己想尽一切办法努力筹办。可话又说回来，关于监狱的外役，很快要进入十月份了，而国庆节期间按规定，是严禁犯人外役的。接下来一晃就是元旦，元旦过后是春节，这中间也是各地治安高度戒备状态，犯人同样不得进行外役。再说，社会上提供犯人劳动的机会并不是应接不暇，有许多农林、基建工作还是季节性的。那么，另一条创收路子就是紧抓内役了。

内役怎么抓？大腾风监狱企业的生产和销售格局同全国一样，都是沿袭20世纪50年代计划经济遗风，早已不适应市场经济了。企业科技含量不高，技术更新不够，加上犯人文化程度低，产品难以占有更大市场就是不足为怪的事了。

即便这样，企业的产品还是以低廉的价格，步履维艰地销售着。试想，大腾风监狱的企业如果关闭了，那800多号犯人，几乎全都是壮劳力，难道白白吃干饭或是闲待着不成？

几辆解放牌轻型货车停靠在塑料加工厂墙边，第四监区长戴明本扯着嗓子指挥着："不行，还要倒，倒车，右舵！"

犯人们在车间和外面场地上紧张地忙碌着，成箱成箱的各种塑料产品被抬装上汽车。四处一片杂乱。

“别偷懒，快点!”戴明本指着一个犯人道。

另一个犯人忙中出错，不小心将一个箱子掉到地上了，里面的零件散落出来。

“我叫你故意损坏财物，”戴明本用手抬高一下帽檐儿，“月考核计分扣你两分!”

“我不是故意的呀。”那个犯人咧着嘴巴，“监区长你看，我是为了多挣分，一个人抬了两个箱子啊。算了，我不要多挣分了，可你也别扣我的吧!”

戴明本不胜其烦地用脚踢了踢那些零件。

在另一辆汽车旁边，马二刚肩上扛着一把铁锹，正同张决探讨着有关汽车原理的问题。

“将来我出狱了，我就买一辆出租车开开。”马二刚说。

“你先学会开大车，将来小车就可以闭眼睛满世界开了。”张决鼓励他。

“你说这辆汽车的扭矩会是多少，112？桑塔纳的最大扭矩呢?”

“马二刚!”戴明本不知什么时候走过来，“你到这儿干什么？赶紧回你的食堂去。”

“是。”马二刚有点恋恋不舍地看了那辆解放牌汽车一眼，转身走了。

“回来!”戴明本又喊。

马二刚赶紧转过身来。

“《犯人服刑条例》你不懂吗？见到管教人员，要在两米之外站好，劳动工具放在地面。可你竟然离我这么近，在肩上扛着铁锹！”

“监区长，这……”马二刚愁眉苦脸地看看那把锹，“这不是锹。”

“那是什么？”

“这是炒菜用的大勺啊！”马二刚把铁锹从肩上拿下来，锹尖上湿漉漉地滴着什么。旁边的犯人都忍不住哈哈大笑。马二刚说得没错，犯人食堂有十几口铁锅，那些铁锅实在巨大，平常炒菜只能用铁锹在里面来回翻动。

“不管怎么说，下次注意！”

“是。”

二十分钟后，几辆汽车全部装满箱子，陆续驶出监狱大门。戴明本让犯人各自回到监舍。晚上吃完饭，犯人们有的上课，有的在娱乐室下棋，有的在看电视，直到晚上九点，戴明本闭监点名时，连续喊了三声“张决”，竟无人应答。

戴明本细查监舍，脸色苍白。

张决又不见了。

9

张决是趁人不注意时，钻进汽车底部，身体攀住汽车底盘，被汽车载出监狱的。

他还是要越狱。

汽车缓速直行在一条僻静的街道上时，张决松开双手，让自己掉在路上。他一骨碌起身跑到路边的公厕里，将囚服脱下，内外反穿，然后找到一个电话亭，给他一位几年未联系的当地朋友打了电话，要他火速准备一套衣服和墨镜，外加五百块钱送过来。

十分钟后，一个穿深灰色休闲装、脸戴墨镜的男人招手拦了一辆出租车，坐了进去。出租车司机按男人的要求，快速行驶在国道上。

张决最开始不知道自己要去哪里。事情太突然了，当然，这不等于说，越狱显得多么容易。这只是说明，机会太难得了，而一个一心想要洗脱罪名的人，是宁愿把一切生活细节都视为有助于逃跑可能的人。张决知道，如果汽车驶离监狱的一瞬自己被人发现，会是什么后果，而如果他要继续逃跑，警卫不仅会一枪打死他，还会为此立功受奖。

不管怎么说，张决又一次逃出来了。坐在出租车里，张决竟然感觉自己的自由有些奢侈。同时，他再一次感到万分痛心，他的三年多的时光，就是像窗外的风景一样飞驰而过的啊。同时，前方还有大量来不及看的风景，也将这样白白浪费掉。他不知道自己要去哪里，但是有一点，他绝不能立刻就返回监狱，那样的话，又落得个什么“暂时脱离监管”的名称了。他最少也应该在外面待上一夜，第二天回去。

张决突然萌发想见见静玉的念头。一个小时后，当出租车驶到一百公里之外静玉家的门口，又掉头离去，只剩张决独自走上院子台阶的一瞬，他又立刻后悔了。自从他出事后，静玉就只好搬回到母亲家里同住。这是一个缺少男人的家庭，不仅是缺少丈夫，也缺少父亲。静玉的父亲很早就去世了，只剩下母亲拉扯静玉从小到大。张决突然感觉自己是不是很残忍。在现时代，哪怕一对朝夕相见的爱人都难以保证第二天不分道扬镳，形同陌路，何况身陷囹圄的他和自由活泼的静玉呢？

天已擦黑，四周极静。远处的杨树林随风送过一阵阵草地的杂香。房间内传来电话铃声，借着铃声的掩护，张决推开门轻轻走进客厅。

“一个打错的电话。”静玉的母亲说。张决听见擀面杖滚动的声音。她们两人在厨房擀面条。

“妈，今天多少号了？”是静玉特有的温甜而率性的声音。

“11号。”

“噢。”

“怎么了？”

“没怎么。觉得时间过得……其实挺快啊。”

张决透过蒙着水汽的门玻璃，隐约看见静玉那熟悉的身影。

“静玉呀，你和小宋的关系怎样了？”

“不怎样。我不想见他。”

“那陆峰呢？我看陆峰挺喜欢你的。”

“他喜欢呗，那是他的事。”

“静玉呀，你还是惦记张决是吧？”

“……”

“你要等着他是吧？”

“是他在等我。”

“你等他一辈子？”

“结婚太早有什么意思啊。”

“他出来什么都没有了!”张决听见擀面杖发出“咚”的一声。

“怎么会?”静玉声音小小的，“有他这个人呵。”

“死丫头！我拉扯你这么大，就是让你气我的吗?”

“妈!”静玉的声音突然哭了，“要是我爸活着，他一定不像你这样!”

张决的眼泪一下子涌了出来。他听不下去了。临走时，他看到桌子上放着一部手机，想了想，他把它揣进怀里。

张决走出快一里后，给静玉家打了一个电话。是静玉接的。“喂?”静玉问。

张决原本想通过这种方式跟她说说话，可是不知怎么又一下子说不出来。他静静地听着，话筒边只有他粗重的喘息声。

“是张决吗?”静玉在电话里问。

张决停住快速走动的脚步，站住了。

“是张决！张决，你在哪儿?”

张决静静地听着。

“张决，我知道你在哪儿了，你听着，我不允许你这样。你要好好干，知道吗?你这样溜出来不像个男人，你他妈的!”

张决摁掉手机键。

当天晚上，张决来到一家医院的急诊室，在走廊的椅子上睡了一宿。他一个人占了四个人的座位，这让他想起他讲过的笑话，不禁心怀悲伤。每当无人打扰时，他就沉沉地睡着，可一旦医生叫醒他时，他就装出痛苦而无钱的样子，这样果然医生就不再理他。

到了天明的时候，张决被一阵急促的手机铃声惊醒。他放在耳边接听，一个男人的声音在里面低沉地说道：

“不要告诉我你在哪里。我想问的是，你还打算回监狱自首吗?”

“当然。”张决坐了起来，他警惕地看了看四周，“我出来就是为了回去。”

“现在路上全都布满了关卡和警察，你如果被他们抓住，你的性质就变了。如果你想自首，可以先采取打电话的方式，给监狱，110，都行。这样对你有利，明白吗?”

张决刚要说一声谢谢，对方把电话挂了。走出医院大门的一刹那，张决想起了那个人的口音，那是他的律师。

张决再一次被投到监狱禁闭室的时候，他不知道，李监狱长和王铁副监狱长在前者的办公室里，围绕他的问题展开激烈的争论。

“这怎么能算是脱逃罪呢?”王铁副监狱长把一份加刑意见书重重地拍在桌子上。

“作为一个犯人，他逃离了监狱，这怎么不是脱逃罪呢?”李监狱长语调倒是平和。

“他有自首的情节。他是自首的。”

“你的意思是说，比如一个坏人，他预先想好了自首，然后他去杀人，这样他就无罪了?”

“莫名其妙。”王铁副监狱长说，“张决离开监狱时没有采取任何暴力手段，没有！而且，他在监狱外也没有任何又犯罪迹象，我们的干警调查已经证实了。”

“他多出一部手机。”

“那是他亲人的，对方知道的。”

“不要忘了，上次我们也是给张决加了刑的。”

“你说错了，上次其实也不应该加刑的。”

“那你看这次怎么处理？”

“老李，”王副狱长喝了一口茶水，放缓了语气，“考察张决前一次越狱，这两次他都是可以逃掉的，可是他又回来了。这不说明问题么？”

“说明什么问题？”

“他是一个有想法的人。”

“什么想法？”

“他只是要故意蔑视监狱。”

“是公然蔑视监狱！”李监狱长忍不住拍了一下桌子。

王铁端住茶杯，半晌无语。

李监狱长似乎觉得自己有点缺乏克制，他也沉默了一会儿，然后，无奈地说：“好吧，王铁，这次我听你的。张决的加刑意见取消了。不过禁闭一定要关！”

10

“天歌居”酒店位于本市郊区，它不算一家上档次的酒店，然而服务态度和烹饪水平极佳。有人把它归结为它的地理位置，它的对面是本市基督教会，旁边是消费者保护协会，这种内与外紧密的规约和拘束，使得它上升到现在的水平。算是玩笑吧。

李监狱长接到市公安局长彭大为的邀请电话，对方说，是看中这里的清静。

两个人在包房里见了面，不约而同都打量了一眼对方：都是便装。

李监狱长自我打趣说："像我这样管监狱的人，走到哪里人家都躲犹不及，你是堂堂公安局长，为何不穿制服？"

"唉，最近上面抓得严，不得穿制服在消费场所饮酒，军令如山哪！"

"人在江湖走，怎能不喝酒？"李监狱长抑扬顿挫地说道。

两人哈哈大笑着相视落座。这个公安局长彭大为，李监狱长是太熟悉了，不仅因为两人工作上的来往，更因为两家还是邻居。然而，两家住得那么近还要单独约出来吃饭，可见是有连家人也要避知的事情。

"老李啊，今晚请你在这里，是要跟你商量一件腐败的事情。"彭大为快 60 岁了，可是嗓音洪亮。尤其是他梳着大背头，左下巴有一颗长长的痣毛，让人看起来虽则老矣，却不减肃杀之气。

"哦？"李监狱长心里一沉。他倒满了酒。他听出彭大为话里的绕梁之音，那不是假的。如今社会真是开放啊，连谈腐败的事情都用玩笑的口吻，让人觉得不是腐败已等同于玩笑，就是开玩笑其实也是一种腐败。

"你知道那个叫黄麻子的人吧？"

"怎么？"

"就是那个环宇建筑集团的总经理黄麻子，现在待在我的拘留所里。”

“哦？”

“涉嫌买凶杀人。”彭大为说。他把一口菜嚼得很响，很用力。仿佛吃菜跟案情有关似的。

“噢。”

“可笑的是，他在拘留所里做口供，供的不是刑事问题，而是经济问题。”

李监狱长的目光一下子凝定了。

“没想到他还认识你啊，”彭大为颇有意味地说，“可他不太够朋友。”

李监狱长听到这里，心中暗暗叫苦。大腾风监狱让犯人做外役时，曾给黄麻子的工地干了三个月的活儿，临到结算费用，李监狱长和黄麻子做手脚压低报酬，为此他从黄麻子那里得到很大一笔佣金。

“可是，那……”

“不要紧，”彭大为的笑声很大，话声很小，“黄麻子的事儿，我明天就以尚需补充侦察、暂不予立案为由，把他从拘留所放出去。他会明白一切的。”

“啊——”

“你看怎么样？”

“啊，那样最好，那样最好……”李监狱长下意识地重复道。

“来，干一杯。”彭大为说。

李监狱长慢慢把酒杯贴到嘴边，喝了下去。

“天歌居”这里果然僻静。透过窗外，俯视远处，街道上车来车往，似乎人声鼎沸的样子，可这里竟一派宁和，大概这也跟装修的封闭效果良好有一定关系。李监狱长有一刻觉得，这种静，有时候其实也是令人难以忍受的。

“你们那里的那个张决，现在怎么样了？”

“搞不清这个人哪。他越了两次狱，先后申诉了三次！”

“我知道。”彭大为稍微压低了声音，“其实，我也有点儿纳闷。”

“嗯？”

“嗨，就是纳闷而已啊，谜底还没有解开，没什么。”彭大为又跟李监狱长碰了一杯。

李监狱长不尴不尬地笑了两声。

“下次他再申诉，你把材料压下来。”彭大为终于切题了。

“犯人有申诉的权利啊。”李监狱长脱口而出。

“我知道，”彭大为拉长了声音，“然后你们有递交的权利。”

“那倒是的。”李监狱长不再说什么。

“这个张决，搞得我很被动啊。他的申诉不光在本市检察院，省检察院和省法院那里也有。”

李监狱长低头吃菜。

“庭风啊，”彭大为这样喊他，是让李监狱长抬头看自己，“我还有半年就退休啦，张决的案子，说实话我如今心里也没底，你总不忍心让我背着处分回家吧？”

“张决的案子是法院判的呀！”

“可当初是我公安局审讯、立案和侦察的。”

李监狱长的目光一下子变得飘忽了，像是飞到很早以前的事情那里，他想到了刑讯逼供这个字眼：“我明白了。”

“不管怎么说，事已至此，你帮我拖半年吧。半年之后我退休了，张决这小子愿怎么申诉怎么申诉。再说，”彭大为看了一眼已经关得很紧的房门，“市检察院那儿也并不积极，人家很有意见，他们那里的翻案率，今年眼看就超标了。”

彭大为说的后一个问题倒是颇能引起李监狱长共鸣。这会导致连锁反应。其实，在公、检、法三个系统和环节中，很多时候围绕一件案情的确定，不光是出于正义或事实的驱使，而是夹杂着本集团的利益、尊严，甚至个人社交圈内的喜好、彼此交情的厚薄并由此决定的。比如，检察院责令公安局补充侦察，检察院向法院提出公诉或抗诉，或是上级法院再三要求下级法院重新审理……这也难怪，毕竟，法律是死板和单一的，而执行法律的个体的人是复杂和多变的。李监狱长心想，要怪就怪在法律不是一个电钮，上帝一摁，万事万出物就各归其位、齐齐整整，那样倒也没意思了——而这——就是所谓的人生吧？

“吃菜吃菜。”彭大为说。

就说这个彭大为吧，李监狱长想，说心里话，多年来也是帮大腾风监狱不少忙。随便举个例子，比如同样是犯人越狱逃跑，这在李监狱长工作近二十年中可是发生过很多起了，单凭监狱出动警力追捕，是力不从心的。这就需要求助公安局，而人家公安局呢，可尽力可不尽力，《监狱法》只规定发生类似事情监狱应会同公安局共同追捕，却没有说明公安局拒绝或拖沓执行会怎样。其实，如果交情不到，人家很容易以经费和警力有限敷衍过去，毕竟犯人跑了又不是公安局的责任，何况现在追捕一个逃犯的成本多高啊。但是彭大为呢，每次指挥警员昼伏夜出，猛打猛上，缉拿逃犯，这就是在帮李监狱长挽回面子和避免处分，否则，他李庭风也不会顺利扛上三级警监的警衔了。

李监狱长喝了一口酒，并不说话。他在品味着今晚吃饭的分量。

“来，喝酒。”彭大为举杯邀了一下，“不要多想，毕竟现在张决也没怎么着，他还是法定的犯人嘛!”

“是的是的。”李监狱长随声附和——他还能说什么呢?

吃完了饭，两人握别。彭大为说要去他的岳父家里商量点事，李监狱长只好独自往回走。走了半天，他发现自己走错了街道，想回头走，又没有勇气，就只好绕路回家了。

他走得不快，却走出一身粘汗。

11

转眼两个月过去了，时令已至深秋。城市的颜色变得晦暗和凝重，这不仅是因为行人们穿上了深色的秋装，更因为前几天一阵猛烈的沙尘暴席卷了这座城市，使它的一切建筑和街道铺上了厚厚的灰尘。

张决在监狱里感受不到外面的世界，他所感受到的监狱，如今倒似乎变得亮丽。这两个月来，他的心情与以前已大不相同，他好像变了一个人似的。他的精神变得十分抖擞，这源于他不再一味抱怨，他的身体也显得格外结实，这源于他主动承担了更多的体力劳动。他现在，每个月的计分考核都达到了满分一百，这在全监狱的犯人当中是没有几个的。他有时候再三品味静玉探监时跟他说的那些话，比如:

“这个世界上，每个人都有不幸和痛苦，尽管那些不幸和痛苦，本不应属于他。有的人失去父母，有的人失去儿女，有的人千金散尽，有的人官运阻绝……也有的人冤狱横至。它们彼此都是公平和有联系的，你暂时把它看作命。”

“我打听了，只要你好好干，按法律规定，最低可以减刑至总刑期的一半，也就是七年半。已经过去三年半，还剩四年。我等你。”

这些话无时不在安慰和温暖着张决的心。一个濒于冻僵的人，你突然送给他一盆炽烈的火，只会更加促使他机能和生命的丧失，而如果你给他一盆温吞的水，却会帮他找到生理的感觉和恢复生命的动力。张决知道，上述的话不代表真理，然而它代表着静玉说的，那么它就是真理。

下午，监狱临下班前，几天来张决经过再三请示，现在终于被允许去见李庭风监狱长。他用冷水洗了两次脸，他觉得这是一个历史性的时刻。

在李监狱长的办公室，张决以一个标准的犯人——据说那也是以标准的军人姿势来要求——双手抚膝，笔直地坐在椅子上。

“李监狱长，我想问的无非就是，我的最后一次申诉下落如何？”

“你的最后一次申诉，”李监狱长咳了一声，“被第七次驳回。”

“那——我的《提请减刑报告》目前怎样？”

“张决，你懂法吗？”

“我懂。”

“我问你，犯人减刑的前提是什么？”

“认罪伏法，确有悔改。这是《刑事诉讼法》第 221 条第 2 款和《刑法》第 789 条规定的。”

“很好。”李监狱长点了一下头，“我问你，你两次越狱，这是证明悔改吗？你七次申诉，能说是认罪伏法吗？”

张决顿时哑口无言。

“回去，好好劳动，全心改造。这两个月的劳动津贴，我给你按最高标准发放！”

12

“沥青一般分为三种，一种是天然沥青，储藏在地下，形成矿层或在地壳表面堆积；一种是石油沥青，是原油蒸馏后的残渣……”

这是在上技术课。第四监区第一楼的60多名犯人坐在教室里，认真听取监外的兼职教员讲解沥青的产生和应用。

“还有一种是煤焦沥青，是炼焦的副产品，即焦油蒸馏后残留在蒸釜中的黑色物质，它与精制焦油只是物理性质区分，没有明显界限。不过，上述三种沥青一般都有共同特点，它们含有苯、蒽、萘等，这些物质有毒，加热时会散发特殊的难闻气味……”

“哇——”张决感觉内心一搅，眼前发黑，终于不可遏止地呕吐在课桌下面。

13

张决决定实施第三次越狱。

对他来讲，在监狱里哪怕再多待一分钟，都是对他生命的最大侮辱。他从小到大，被人打过，被人骗过，被人骂过，唯独没有被莫须有地限制过生命的自由。现在来看，原来这才是最可贵的。

两个月来，监狱几乎没有出过外役，在王铁副监狱长的几次反对下，将来的外役恐怕也会大大减少。与此同时，王铁副监狱长加大了狱内企业与社会的横向合作，请相关专家和技术人员到狱内培训犯人，树立骨干，又费尽心力向上级监狱管理局争取了一笔资金，更换和改善了一些生产设备，同时提高了犯人的劳务报酬。对于张决，王铁副监狱长其实一直没有掉以轻心。所谓没有掉以轻心，当然并不仅仅指防止再逃，而是他一直对张决怀有感触和同情，准备找适当机会，向有关方面做详细的调研和汇报，争取彻查缘由。

张决不知道这些。张决只是在想，两个月来没有外役，真是害煞了他。不过话说回来，像张决这样的累犯，已经被作为重点监管人员对待，也就是说，即便有外役的机会，也不会点到他的名字。在这种情况下，如果仍要越狱，只有在狱内多想办法。

张决为此苦苦思索了三天。

下午，第四监区 60 多名囚犯在汽车配件厂的车间做工。十几排流水线上，分布着众多身穿同机器颜色一样灰暗的囚服的犯人。车床的声音巨大，轰鸣着。厂房上空的换风机管道密密麻麻排列着，像人的肠子一样，却依然减轻不了车间内的闷热。张决一口气忙碌了近两个小时。看看无人注意他，他就来到车间一角的水池边涮毛巾。那里紧邻汽车排气管生产的切水和冷却处理台，在旁边杂乱的工具箱里面，堆放着一纸包崭新的钢锯条。

张决注意它很久了。

张决佯装弯腰擦脸，快速地抽出两根锯条塞到袖管里，等到他若无其事准备离开时，才发现对面的厕所门不知什么时候洞开着，“老蔫”正站在那里看着他。

张决感觉心“咚”的一跳。锯条对于囚犯来说，谁都知道那意味着什么。仅仅凭此，张决很可能真的一辈子就完了。反过来说，能够举报此类事件的人，马上会被考核加分，甚至立功受奖。

张决站在那里一动也不动。他还没体验过越狱被当场抓住的滋味，如果有，大约现在就是。

“老蔫”的目光越过张决的头顶，沉默而坚定地看着远处。他和他擦身而过。

“张决！”车间的管事犯人走过来喊他，“快下工了，马上做计件统计，就差你了。”

即便是将锯条放回原处也来不及了。张决慢慢地回到他的机床边。

晚上吃饭的时候，张决不巧正和“老蔫”坐在一起。那是靠近剩菜垃圾桶的一个角落，谁也不愿去。据说饭是去年发洪水被浸得发了霉的大米，两只窝窝头，菜是一个水煮加盐土豆，一碟腌黄瓜。

两个人不说话。张决吃第二只窝窝头时，一个丝状的东西扯在他的嘴里和窝窝头之间。他把窝窝头掰开来看。

“没有人留这么长的头发！”张决把丝状物捏在半空中盯着，“这里是犯人食堂！”

“那不是头发，”“老蔫”的脸阴郁得像被卤过的萝卜皮一样，“那只可能是男人的阴毛。”

每个囚犯的饭是定量的。如果不把它吃完，那就意味着挨饿。张决想了想，把剩下的窝窝头吃掉。

“老蔫”似乎得意地舒了一口气。

“我知道，你不会举报我。”张决压低声音说。

“老蔫”的碗停在下巴处，他瞪着张决：“我心里已经很痛苦了，你竟然还在取笑我。”

“谢谢你。”张决说。

一个犯人走过来，向垃圾桶里吐了一口痰。两个人不说话。等到那犯人离去，“老蔫”说：“我觉得你不应关在这里，而是精神病院。”

“为什么?”

“你绝对有精神病，”“老蔫”一动不动地说，“无数的人羡慕你，也恨你，你让一切想要越狱却无法得手的人发疯。”

张决看了看身后，没有人注意他们。

“这次不了。”张决说。

“老蔫”不说话。

“我只是有些好奇，你为什么这样对我?”张决问，“你可以当时就举报的。”

“实话说，你对我没什么意义。”“老蔫”专心致志地吃他的土豆，“两年徒刑，我已经度过一半了。我就是每月加一万分，也不可能再减刑。”

张决笑了一下。

“你也许应该抓紧时间，这一阵子戴监区长的手气好极了。”

“我明白。”张决说，“我知道他值班的时候总找人陪他打麻将。”

“老蔫”的脸上露出难得的笑容。

“如果这次我能活着出去，逢你过生日，无论我在哪里，我都打电话给你讲一个爱听的笑话。”

“不，”“老蔫”摇摇头，“笑话只能当面讲。你得给我当面讲。当然现在我们说的不是。”

“现在不是。”张决想了想，说。

14

刚刚进到走廊，张决就听见监舍里传来剧烈的扭打声和粗野的叱骂声，中间夹杂着一个人的呻吟。

张决走进去，看见“老K”正一手拽住马二刚一只膀子，另一手打向马二刚的脖子，马二刚的嘴角已经淌出了血丝。

“干什么你?”张决插在两人中间，用力扳开“老K”的胳膊。

“妈的，这小子是监狱的耳目，上次老子开玩笑说我是无期徒刑，最应该越狱，第二天就被管教找去骂了一通。这次我捡到五块钱没有交公，又被上头扣了两分。全是这王八犊子告的密!”

“不是我!”马二刚立刻反驳。

“妈的你还嘴硬，”“老K”扇起胳膊又要打，“只有你有机会整天在外边转，你跟管教最亲近。”

张决架住“老K”的胳膊，将他用力向床边推，“老K”一拧身，指着张决骂：“我看你也不像个好东西！你想找死是吧?”

还没等张决说什么，“老 K”一拳打过来，张决的左面颊立刻重重地撞在墙上。

“你们干什么?!”戴监区长和另一名管教听到吵闹声后赶了过来，两个人手里都提着警棍。

“没什么，没什么，”“老 K”立刻满脸堆笑，“这俩小子比摔跤看谁力气大，让我给拉开了。嘿嘿，体育锻炼么，闲着难受。”

戴监区长看了他们三人一眼，张决站在那里并不说话。旁边的管教说：“以后不许在监舍内做任何活动，明白吗?”

“明白明白，”“老 K”甩了甩膀子，“要活动也要到外面去。”

晚上上文化课，张决没有去。按上级有关规定，囚犯除了技术课，文化课凡是达到大专学历以上的，可以不参加学习。张决是大专毕业，自然可以免除坐冷板凳。但他白天已跟监狱教育科请求并得到同意，借到一台录音机和一摞英语磁带，在监舍内自学英语。

Hs is fond of music.（他喜欢音乐）

He is fond of music!

She agreed with me.（她同意我的看法）

She agreed with me!

There is no new thing under the sun.（世界上没有什么新奇的事物）

There is no new thing under the sun!

周围一个人都没有，窗外的一切都仿佛在夜色中沉沉睡去。张决开大了录音机音量，就在那不绝于耳的朗读和英语歌曲中，张决抽出锯条，飞快地锯那窗户上的铁栏杆。

仅仅听完一盘磁带的工夫，张决已将一根铁栏杆差不多锯断了。他只保留一点细微的连接处，使它并不断掉，锯出的空隙用牙膏掺灰土给抹住。现在看来，这是一扇完整的铁窗，然而它形同虚设，它只待了解它的人瞅准机会轻轻启用。

同监舍的犯人们上完课回来，张决正在收拾他的磁带。“老蔫”若有所思地看了那些东西一眼，问：“里面讲笑话吗？”

“不，是英语对话。”

“你学英语？”

张决笑着点了点头。

“老蔫”不再说什么。临要打水洗脚的时候，“老蔫”突然问了一句：“‘中国’怎么说？”

“China.”张决说。

“差哪儿？”“老蔫”拙笨地念了一句，“这是英国人规定的发音吗？”

“我想是吧。”

“差哪儿？”“老蔫”是个铁杆中国国球迷，“不，中国，哪儿也不差！”

15

桔梗是一种主产于东北山区的草本植物，主要用于中药。它具有祛痰、镇咳、消炎、降血压等作用，每年秋末收割。它的别名有包袱花、四叶菜、土人参等，朝鲜人也称它“道拉基”，做酱菜食用。过去有一首朝鲜民歌《道拉基》在中国颇为流行，唱的就是它。

桔梗采收后，需要及时刮皮、晒干、打捆，这些工序，烦琐而辛苦。这一年的深秋，外地一家制药厂以来料加工的形式，与监狱签订合同，将大量的桔梗送往大腾风监狱，犯人们加工完后再如期收货。

每当秋风吹来，晾在操场地面上的那些像薄地毯一样的桔梗，便发出阵阵的清香。它们穿进车间，穿进食堂，也穿进监舍里。而每当闻到这股气味，张决就格外感到一种焦灼不安。

一连两天，张决无论走在哪里，都异常地感觉到背后有一双无形的眼睛在暗中监视他。全监舍有七八个犯人，他弄不清这双眼睛来自谁，然而昭然无误的是，它肯定只属于一个人。弄不清楚这双眼睛，他就无法实施他的计划。

自第一次越狱以后，张决相信监舍内确有狱方的耳目。一些细微的事实已经证明他的判断。耳目又叫内线，官方的说法是特情。在监狱里，耳目的设立只能是来自罪犯本人。一般来讲，狱方与他们保持单线联系，也就是说，一个干警可以领导多个耳目，但一个耳目不能被多个干警领导。这决定了它的保密性和政策性。

张决最大的怀疑对象是同监一个叫景路的犯人。如果是道听途说，张决尚不会相信，但是那一天，确实是张决在去图书室翻阅资料的走廊里，在狱政科的门口，不期然听到了里面拨打外线电话的声音。

“对，大舅，我是景路。监狱的那批汽车配件，你收货后尽快把款子打过来。好，好，要快！”

撂下电话，张决听见景路对狱政科长说：“我大舅的厂子把购货款下周一打过来，这样，我的减刑没问题吧？”

“应该没问题，”狱政科长说，“回头我跟李监狱长碰一下头，你这属于促进监狱企业经济发展，是立功表现，减刑两年绝对没问题。”

张决当时赶紧走掉了。

不过，张决现在想，对“老蔫”也绝对不可掉以轻心。有时候，最危险的最安全，反过来，最安全的也最危险。毕竟“老蔫”对他掌握的情况太多了。

下午，在操场上劳动完毕。那些铺在地上的桔梗，很快就要被装入麻袋运走了。回到监舍不久，张决碰见戴监区长将“大款”叫出去：“你的姐姐来探监。”

按规定，犯人每月只有两次亲属探监机会。这个“大款”，张决清楚地记得，他本月的探监已经达到两次了。这禁不住让张决心生疑窦。

第二天上午，张决和几个犯人正在监舍内下象棋，戴监区长再次出现在门口并叫走“大款”：“去提讯室！”

二十分钟后，“大款”神情沮丧地回来了。张决佯装弯腰扫地，凑近“大款”身边，快速观察他的两只手掌——那上面没有红印泥！

张决什么都明白了。

戴监区长找他，并没有去提讯室，而是借故在了解其他什么情况。

当天晚上，众人都睡熟的时候，张决起了两次夜。一次是将没有关严的窗扇关紧，免得凉风吹浸；另一次是上厕所小解。他发现，第一次，“大款”偷偷在床上翻了一下身，第二次，则干脆也装作上厕所跟在张决身后。那时候，张决心想，必须得想其他办法了，否则一切都化为泡影。

16

这是轮流放风时间。监狱的广播里，正在播送本市新闻。犯人们三三两两漫步在操场上。操场的另一边，装满桔梗的麻袋已排列整齐，这可能是本年度最后一批来料加工的交易了。远处的工厂里，传来机器巨大的轰鸣，它使脚下的土地，似乎有一点微微颤抖。张决脚上穿的是一双崭新的球鞋，洁白，弹力，更重要的，轻盈，敏捷。

“老 K”正和几个犯人站在那里抽烟，时不时地搔几下刚剃短的脑壳，他的脸颊映着夕阳的反光，偶尔从那光线里，可以溅出说话时的唾星。

张决慢慢走过去，像是要加入他们的谈话。快要走近时，他对“老 K”说：“我想和你锻炼锻炼。”

“老 K”并不笨，他明白张决什么意思。他说：“你活腻了？”

张决一下子就从身后抽出一根木棒。“老 K”见状，立刻摆摆手，吐掉烟卷，笑着说：“别，没什么，我们可以谈。”

几个犯人立刻走掉了。张决握紧木棒，猛然下蹲，一棒子打在“老 K”的腿上，“老 K”嗷的一声惨叫着，两只手伏在地上。

张决接下来的击打全部落在“老 K”的后背和肩膀上，不到两分钟工夫，“老 K”已是手足筛糠，面如死灰。在管教们跑过来之前，张决对几乎人事不省的“老K”低声说的是：“我再也不会见到你。”

张决被立即关押了禁闭。这是不用说的，犯人内讧与袭击管教同罪。因为正是晚饭时间，监狱方面担心此事引发暴狱反应，连饭也没让张决去食堂吃，直接就把他带到禁闭室了。两个干警仔细搜索了张决的衣裤之后，确信没什么问题，把他关进了狭小而憋闷的禁闭室。

随着两道铁门的轰然锁闭，张决站在禁闭室里轻轻吐出一口气。他撩开自己的衣衫：在裸露的胸膛那里，粘着一条黄色的胶带。他揭开胶带，里面露出一把崭新的锯条！

直到晚上九点钟，值班的戴监区长才想起该给张决送饭。而那时候，他又琢磨该如何打发面临的漫漫长夜，那无疑是到门卫那里，再约好两个岗楼哨兵一起打打麻将。他把饭送给张决，并不好马上就走，他搬了一把椅子，坐在禁闭室的第一道门外，抽了两支烟。

戴监区长说：“这次你要是再把马桶弄堵了，我就把它套在你头上让你出来。”

张决吃了两口干粮，说：“这次我要是再弄堵了，你就把我装进马桶里让我出来。”

戴监区长说：“我知道你这一辈子就这么的了。”

张决说：“咱俩都一样。”

戴监区长说：“你什么意思?”

张决说：“你看守我一辈子，其实也是我看守你一辈子，谁也没占便宜。”

戴监区长说：“你再胡说八道，我就抽你嘴巴子!”

张决说：“那要看你有没有力气像我这样先吃一碗饭。”

戴监区长说："得，不跟你贫了。我去岗楼那里视察一下，回头找你算账！"

戴监区长站起来，锁好两道铁门，脚步声渐渐远了。张决知道他去做什么。他耐心等到子夜时分，激动得尿了不止一泡尿，然后勒紧裤带，身体呈"大"字形蹭上室内两墙之间，掏出锯条，开始锯通风窗上的铁栏杆。他锯了不过一小时，一条铁栏杆就被锯折了，再用力一扳，栏杆弯掉，眼前豁然洞开。

张决轻手轻脚地从禁闭室跳了出去。广袤的操场上，阒寂无人。远处的监舍灯光零星耀目，他知道凭着光学的原理，他可以看到那里，那里看不到自己。他走到禁闭室外的一个墙角，扒开草丛，拾起白天藏在那里的一根两尺长的铁线，然后快步朝那些装满桔梗的麻袋跑去。张决只用了十分钟不到的时间，就把二十几只麻袋搬到一堵高高的狱墙下。他把它们垒垛起来，然后爬上高高的狱墙。在狱墙上，他脱下衣服在手里，用它握住那根两尺长的铁线，向电网上一触，立刻，电网的零线和火线交混，火光一闪，远处传来巨大的"嘭"的一声，既而四周一片漆黑。

电断掉了。

在监狱内的报警枪声尚未中断之前，张决的身影已消失在狱墙外沉沉的夜色之中……

17

……三年过去了。

18

“那一个是吗?”

“做乜啊?”

“我想看看。”

“你系度做紧乜?”

“你说普通话行吗?”

“可以。”

“我就是想问，”张决对那个碟片商店的老板问道，“你这里有《爱情》这首歌吗?”

“有的。”那个五十多岁的高颧骨老板说，他拿了一张碟片递给张决。

“郭富城的?我不要郭富城的。”张决说。

老板又拿了一张。

“许美静的?也不是。怎么都叫《爱情》?”张决摇摇头。

老板又找了一张，“这还有莫文蔚的。”

又黑又瘦的张决望着远处的楼群，那里有他极其陌生的广州长途汽车站。是的，三年来，他打过无数次的短工，却无法得到一份固定的工作，他经历过无数座城市，却没有留下一丝的印象。

“你到底要谁的《爱情》?”老板眯着眼睛问。

“林志颖的。”

“没有，那是多年前的老歌啦，你有十年没听歌了吧?”

张决说不出话，他慢慢转身走了。他感到很饿。路过一个简陋的卖包子的小摊前时，他忍不住买了两只包子吃。他不知道那是什么馅的。为了不让人注意到他的面庞，他捧着包子，转向路边的报纸橱窗佯装边吃边看。蓦地，在一份刚刚出版的《人民法院报》那里，他的眼睛不动了：

××市中级人民法院公告

……鉴于该故意杀人案已告破，犯罪真凶已被逮捕并对犯罪事实供认不讳，本院决定撤销对张决的刑事判决。请张决见到本公告后，尽快回本院办理相关手续……

远处响起闷雷，似乎快要下雨了。张决把嘴里嚼着的包子吐了出去。在街道上，行色匆匆的人们没有一个听清张决的自言自语：

“好啊，跟我玩这一套，我才不会上当！”

张决拔起脚步，朝长途汽车站相反的方向走去。他记起了多年前一个叫不出名的狱友跟他说过一句话：要想逃得更远，必须走没有沥青铺过的道路。

迎着杂乱的车流，张决的耳边响起了一种奇怪的声音，它让他稍感迟疑和陌生，不过还是那么让人心颤和温暖：

很久以前梦想飞飘到山头那一边
看看什么是爱情……

时间之河的隐秘潜水者

——于晓威论

张晓琴

于晓威是重要的70后作家之一。2008年，他以中短篇小说集《L形转弯》获得全国第九届少数民族文学创作“骏马奖”，其最具代表性的中篇《北宫山纪旧》《陶琼小姐的1944年夏》《沥青》《弥漫》，短篇《厚墙》《勾引家日记》《圆形精灵》《一个好汉》等也都不乏佳评。然而，于晓威似乎从不刻意标榜自己的写作风格，也没有强调特定的素材，这些似乎也不是他的所欲和初衷。只是时至今日，他仍然是手写小说——用钢笔书写而不是用电脑打字，保留着属于他自己的方式。研究于晓威的文章不少，且大都指出很难将其归入某一类创作或某一文学潮流。其中最重要的原因便是，他的小说忽而历史忽而现实，忽而乡村又忽而都市。不仅如此，小说中还常常出现一些稀有知识，如佛教经卷、刑警枪击、收藏绘画之类，读来总令人有意外之喜。于晓威少年时曾经习画，写作之余又重拾画笔，仿佛他的生命能量仅靠写作是燃烧不尽的，还要用绘画来完善。与一些业余习画的作家不同，对于晓威来说，画是他的世界中不可或缺的一部分。读他的小说时，不由想起他的画，两个世界总是互为印证，生命的繁华与激情、生存的困境与溢满的欲望、死亡与新生的轮回，以及时间最深处的静与动，都以两种方式呈现着。其中《记一片叶子》和《大冰河》两幅或可以看作开启其创作之门的密码，前者记录一片叶子由萌芽到飞落所经历的一切，时间与生命的思考尽在其中；后者则将无休止涌动，甚至是澎湃的暗流全部置于冷静的冰层下，以此来更有力清晰地去反衬和呈现这个世界的隐秘。与此相应，在于晓威的世界中也没有头角峥嵘而引人注目的存在，常常内里惊涛突起，表面却自然平静，生命在时间中显出其固有的坚韧与脆弱。这是看待于晓威作品的一个基点。

我以为，在于晓威最好的小说和画作中，他始终在思考一个命题：遁入时间内部，成为一个存在与生命的透视者和思考者。亦如他所说：“生命无论从微观还是宏观都是这么汹汹奔涌。仿佛它尚未开始。仿佛它已然终结。卡夫卡说：‘时间假如像水一般清晰地流逝就好了，但它却像油一般逝去了。’是的，混沌，厚重，不清晰，因而看起来麻木。而我相信文学正是提醒这种麻木的。它让人对现实保持感觉的灵敏和灵魂的不安，它让人遁入时间内部镶满镜子的走廊，透视自己也环顾人生，它让人更加热爱生命。”[①]时间是于晓威创作中最为重要的关键词。一方面，他遁入时间内部镶满镜子的走廊，是为了对

① 于晓威:《流动或寻找》,《当代小说》2006 年第 1 期。

抗时间的冷酷和无垠，“留住时间或不为时间流逝而痛惜的最好办法就是写作。因此我发现了，越是真正爱文学的人，越是‘怕死鬼’”①。另一方面，他又在时间内部透视生命，探寻人性的本真与困境，并以文学来实现对生命的抚摸与慰藉。

一 生命，及其猝不及防的转弯

于晓威对于时间和生命的关注似乎从一开始就是一种自觉。他说：“作为一个小说家，他的作品如果更多地关注了时间和生命，那么日后，会有更多的时间和生命去持久地关注他。这将证明，他也许会是一个不错的或者是说得过去的作家。”②这种自觉很早便赋予他的写作以一种哲学的深度与诉求。在《北宫山纪旧》中，爱情与信仰的主题下，包裹的是时间长河中的生命之思。主人公李能忆原本只是出于对一个莫名其妙出家的女孩的好奇上了山，却同样被莫名的力量感化，于是开始读佛经、思考时间与生命。于晓威这样写道：“记不得哪一天了，李能忆从迎月庵出来，天已经黑了，他的腋下夹着一本从妙悦那里借来的《大宝积经》，眼前一片清朗。时值阴历八月仲秋，他站在庵前，想抬头看看月亮，却哪儿也找不见。”这段话很耐人寻味，李能忆在山中记不得是哪一天，即便是记得是哪一天，又有什么重要呢？“李能忆就把目光放到山下，江水平缓，一轮明月正浸泡在

---

① 于晓威:《爱文学的都是怕死鬼——书房私语之二》,《艺术广角》2013 年第 5 期。

② 于晓威:《流动或寻找》,《当代小说》2006 年第 1 期。

水中，莹莹耀目。李能忆豁然开朗。明白过来之后，李能忆又想了一些别的。他想，水中的月亮能够证实天上有月亮，也就是说，虚幻能证明现实。只要给了他南边的方向，也就等于告诉他北边在哪里。现实是真实存在，可以证明，虚空也真实存在。”时间在这里变成水去云回的幻象，于晓威写道：“李能忆转眼在北宫山待到了阴历年底，也就是大年三十，马上过年了。佛家说，生命刹那，百年一瞬。又说，生命是呼吸之间。连李能忆都奇怪，他怎么会待到这么长时间，而这么长时间，又怎么消逝得这么快。”与其说李能忆最后的出家是因为爱情，不如说是因为他悟透了时间与生命的真谛。对李能忆而言，出家反而让他获得了生命的自由。

于晓威的创作谈中经常提及生命与自由的问题：“生命的前提是自由，写作也是。我喜欢自由的写作。”[①]自由是他写作和思考生命的命门。在《孩子，快跑》中，端午涯因为上学的路途遥远，每天上学都在奔跑——他不想迟到被老师批评。虽然学习成绩不佳，却因为奔跑的速度极快，被县里的重点高中按特殊人才录取。端午涯最初的奔跑是为了赶时间迫不得已，后来奔跑则成为他的一种生命形式。“他感觉空气在颤动，草在颤动，山也在颤动，好像一个在水中游泳的人看到的景象一样。游泳是水中的一种跑，那么现在就是在陆地上的一种游泳了。他同样感到一种大自由。”少年端午涯的思考显然带上了作者思考的气息：“据说父亲当年上学时也很远的路。端午涯没问过父亲走的是哪一条路，在他看来，每一个年代的路有不同的延伸方向，路不像是人手掌上的纹路，一辈子都不会变，路像雨季里的爬

① 于晓威:《为偷生而写作》,《鸭绿江》2005 年第 1 期。

藤，会不断生发新触角的。”小说中的父子生命之路确实不同，父亲喜好读书却不能读书，儿子成为父亲生命的希望，因为奔跑使继续读书成为可能。显然，童年记忆、少年记忆成为于晓威遁入时间内部透视生命的方式之一，其《夫子二章》《游戏的季节》《戒尺》《往迹一束》都是以平静从容的叙述打开记忆之门，读来有种静水深流之感。《游戏的季节》由三个短章构成，第一篇《吹火车票》中的小女孩山英的妈妈因为家里穷，抛下丈夫和女儿走了高密，山英的爸爸攒了半年的钱才买到一张去高密的火车票，这票却被山英玩吹火车票的游戏时弄丢了，她爸爸也因此错过了火车，找回妈妈的梦想遂彻底破灭。一个游戏改变了生命的一种可能，或者也可以反过来说，改变命运的努力其实也只是一个偶然和意外。

生命中那些猝不及防的转弯，是于晓威小说带给读者的震撼之一。这看起来是一种叙事的戏剧性安排，但根本上所表达的，却是命运本身的戏剧性，是存在本身的荒诞与虚无。在于晓威这里，生命中的意外事件随时可能发生，这种意外事件的书写堪称一种独特的“意外叙事”。《L 形转弯》的题目便是这种“意外叙事”的贴切的比喻，主人公的生命轨迹即是因为遭遇到一个“L 形转弯”而彻底改变。小说中杜坚和乔闪的一段婚外情便是一种意外，最后带来的是死亡，小说结尾处，意识丧失之前的乔闪看了门口一眼，卷帘门底下微暗的光线告诉她，真正的黑夜即将来临了。

故事的戏剧性是来源于人物命运的戏剧性，而人物命运的突转或变化，则是源于现实本身的戏剧性，于晓威也许并不存心自觉地要揭示现实的某种荒诞，但其效果却总是一石数鸟。《一个好汉》中，主人公胡成轩则是糊里糊涂地成了一个好汉，细究这个人物的名字，显然是存心而取，胡成轩利用典当行掩人耳目，充当共产党地下组织的交通联络员。他最初做这些并不是因为心中有什么信念，而是看在他的表兄的分上答应帮忙。他的表兄是一个坚定的革命者，从事地下工作被害。后来，责任和道义使胡成轩愈陷愈深。他被捕后，上级组织曾进行了一系列营救措施，但都以失败而告终。无奈之下，他们秘密带给胡成轩一张纸条："尽一切可能伺机越狱。我们已没法营救你。"但胡成轩却把"没法"看成了"设法"，最后英勇就义。1949年后，胡成轩被当地民政部门证明为烈士。在《陶琼小姐的1944年夏》中，一个重要的革命事件最后竟是由一个女性来完成，这女性因为乳腺癌切掉了乳房，把炸弹装在仿乳中以自己的生命完成了任务。作者在文末附上了当年的旧报纸上的几句话："本报讯……弹药库遭全创……事后据某旁观人士回忆，事发前曾有一年轻之陌生女子入内，该女子胸峰高挺，风姿绰约，然轻装薄服，无持寸铁……此事蹊跷，云云。"但"我相信事情就是这么发生的。确认了自己的想法和感觉后，我发现自己的脸上已满是泪水"。这样的结局，将可能的戏谑与恶作剧因素恰到好处地进行了矫正和中和。

正如巴尔扎克认为"偶然是最伟大的小说家"一样，于晓威把他笔下的意外称之为偶然："每个人都是病人。每个人被生活推动的力量更多是来自偶然而不是必然。这两个极端的东西结合在一起，痛苦和荒诞才会显影出立体的真实。"[①]然而，不管意外多么惊险曲折，多

① 傅小平、于晓威：《今天作家肩负更艰巨的启蒙》，《文学界》（专辑版）2012年第9期。

么连续不断，在意外之外还有着某种更加深刻的东西，必须找到个中含义。于晓威笔下所有的意外似乎都在说，生命中虽然有无数的歧路，但命运却只有一种，即一个人生命始终不是另一种可能，而唯有生命中的“L形转弯”带来的这一种可能。这便是生命的真谛，也是其永恒的困境。

二 时间之河上被抛的此在

海德格尔在论述时间性与历史性时指出：“并非这样或那样有一条现成的‘生命’轨道和路程（Streckung），而此在则只是靠了诸多阶段的瞬间现实才把它充满；而是：此在的本己存在先就把自己组建为途程（Erstreckung），而它便是以这种方式伸展自己（sick erstrecken）的。在此在的存在中已经有着与出生和死亡相关的‘之间’。”①在于晓威的小说中，此在总在某一时间点上现实地存在，但又一直被它的出生和死亡围绕着，形成一种难以言说的张力。虽然于晓威的小说题材看上去复杂多变，以至于一些论者研究他的创作时将题材看成一个重点，但是，细读其作品，会发现不同题材中的一个鲜明的共同性，就是置身时间长河中对被抛的此在的思考。

《圆形精灵》无疑是于晓威的一篇重要作品，一枚350年前的小小铜板的经历，与其相关的历史、人物的故事与作者的叙述竟然“不谋而合”，透过这个圆形精灵，作者洞穿了300余年中国的历史，人物

① 〔德〕马丁·海德格尔著，陈嘉映、王庆节译：《存在与时间》，生活·读书·新知三联书店1987年版，第424页。

的浮沉和莫名的命运。在时间之河中，有入召“奶子府”的农妇、给幼年康熙做老师的私塾先生、京师国库中的库兵，也有新中国成立后鞍山市踢毽子买冰棍的小学生、唐山大地震时的解放军……最后，一个叫于晓威的男人看到这个圆形精灵，因为它成了于晓威朋友祁山手中的占卜工具。历史与当下在此汇合。作者说：“从古到今，我不知道有几亿或几十亿圆形的钱币，它们连带了怎样无以计数的故事和命运。但我知道，肯定有一种，我以上叙述的将同它不谋而合。就像眼前这枚占卜的古币。是的，它迟早会占卜出属于它自己的命运和经历。”圆形精灵和它连带的人物都是时间之河中被抛的此在。

《九月玉米地》被一些论者看作于晓威写乡村的代表之作，当然也可以这样说，然而，小说中名叫村姑的女性的思考显然具有哲学的品质。村姑因为劳累得了急性肾炎，因为没有钱根治变成慢性肾炎，后来变成尿毒症。且不说村姑的生命如何脆弱，她遭遇到的人情如何冰冷，她在这样的处境中仍然心存对这个世界的爱意。丈夫林子因为她的病已经无药可医时，面对玉米地产生了巨大的痛苦。他蹲在山坡上，静静地看自家的玉米地。他蹲踞着，感觉时间是被脚踩凝固了。他以前一直这么看，当他心里高兴时，就觉得眼前的庄稼是自己的孩子，他怀着宽松的心情抚植它们，盼望它们成长；当他心里苦痛时，他就觉得眼前的庄稼是自己的父亲，什么委屈都靠它的大手来抚慰，痛感就不知不觉烟消云散。可现在“他感觉广袤的玉米地不再是父亲，是欺骗他的，要是硬说是的话，也只是自己的没有血缘关系和血统承递的养父，而自己却是别人真正的弃子。”于晓威笔下的这些人物总是让人产生悲悯，然而，这些人物都有自己的梦，村姑在医院的病床上想自己的家，想那片玉米地。她在医院里想，死一个人容易，生一个人是多么难。她听到一声响亮的婴儿啼哭时，感觉自己也被注入一股崭新的血液。人总会衰老甚至死亡，而新的生命总会出现，就像眼前的玉米地，“活泼泼地生长着”。在于晓威的小说中，新生命的出现往往与死亡缠绕在一起。另一篇《西风咽》似乎是写现代战争史，却将重墨落在行军途中一个新生命的诞生上。为了保护一个马上要生产的女战士，东北抗联某连战士全部牺牲。从这个角度看，就能找到于晓威在不同的题材中的恒定的追求，即对于生命的敬畏、尊崇、疑惧与悲悯，而且喜欢将之上升为哲学的命题。在时间内部，此在生存着就是它的根据，它从种种可能性中领悟自己，领会着被抛的存在及其悲剧性的主体。

顺着这个思路继续行进，于晓威不可避免地走向死亡的哲学主题，他的许多作品结尾处都固执地写到死亡，比如《一个好汉》《厚墙》《L形转弯》《陶琼小姐的1944年夏》等。《沿途》中的主人公是如此熟悉生活中的“离去”。三年前，他的父亲离去；一年前，他的母亲离去。他感觉生活发生了重大的颠覆，简直是站在地壳里看世界。在迢遥千里、荒无人烟的地方，他思考的是上帝创生命、造世界，为什么是先给予再让人失去，而不是反过来的问题。如果说仅仅书写死亡，那并没有什么特别之处，在于晓威这里，经验他人的死亡其实是为了获得自身的哲学意义上的思考。这是一个极其具有哲学和人性深意的主题。

专门写一个人的死亡和葬礼的是短篇小说《丧事》。这篇小说发表于21世纪之初，或可以说是某一特定时刻情绪的表达，但它显然是一篇哲思性的作品。离开人世的是一位普通的农家妇女，平时没有什么大病，一觉睡去再也没有醒来。村子内外前来奔丧的人冲淡了沉郁的丧气，男人们商量着如何办丧事，也聊着一些不着边际的话题，有人偶尔说到死者，也只是问死者的年龄，又由此说到一些与寿命有关的事情。或许因为离开人世的是个女人，女人们似乎安静一些，肃穆一些。她们也讲，讲逝者的生前，只不过声音很小，带着回忆和犹疑，怕讲错了会冒犯逝者似的。有人偶尔出来照看一下火，折了柴火架进灶坑，又无声地进屋了。死者儿子的两个同学从县城赶来，他们与这个乡村世界格格不入，而且，死亡在他们看来是个很随意的事情，其中一个还不止一次把他人的死亡当作自己请假的理由，他们在旷野上一边撒尿一边为此哈哈大笑。

这个刚刚离开人世的妇女似乎已经开始被人遗忘，她的老伴只是出现了一次就不见了。一个瘦高的老头，面色蜡白，胡须短长不齐，脸上僵硬和奇怪地笑着，原因是身体不好，还要以笑回报来参加丧事的人。这个老头很快就不见了。逝者的儿子和儿媳妇例行公事般地为长明灯添灯油、烧纸。这里有个细节是引人深思的，逝者的儿媳怀里抱着的两三岁小孩蹬着脚，舞扎着小手，睁大惊喜和好奇的眼睛，帮他年轻的母亲去烧黄表纸。于晓威写作时一般极为克制，但在这里却写道："火焰撩动，灰烬翩翩，让人难觉今夕何夕。"一个生命离开人世，但一个正在成长的生命中流淌着她的血液。整个丧事中让人意想不到的是，最悲哀绝望的哭声来自一个赌博输光了钱的光棍，他们在死者家里赌博，光棍被逼上去了，他输光了身上的50块钱后哭了起来，哭声让人胆战心惊，不堪忍受。凌晨四点多的时候，有人发现死者离开的日子是三八妇女节，这一刻，人们看着外间平静躺着的老妪，一种透彻的悲哀才慢慢渗进每个人的心间。

《丧事》将死亡的思考推向了极致，死去的妇女是丧事的对象，死者离弃了这个世界，参加丧事的所有人都经历到她的死亡，读者在这一过程中也经历到他人的死亡。虽然这死亡不过是在他人之侧，但于晓威通过这篇小说追究死亡的去存在的意义，实现了有关死亡的存在之思。正如海德格尔所说："在他人死去之际可以经验到一种引人注目的存在现象，这种现象可以被规定为一个存在者从此在的（或生命的）存在方式转变为不再此在。此在这种存在者的终结就是现成事物这种存在者的端始。"[①]就每一个此在本身而言，对他人死亡时的经验可以秘而不宣，但死亡却愈发触动心弦。他人之死强化了自我的存在意识，使存在得以彰显，使幸存者获得了真正复杂的生命经验。

三 人性深处斑驳的光与影

在哲学主题之外，于晓威还着意发掘人性深处的光与影，且往往将其置于历史之中来细加考量，这一点同样值得称道。《一曲两阙》中的"我"在烈士陵园中背诵《中国革命史》，守门的老头看到这书的名字立刻情不能已，他看守的烈士墓冢中有他的战友，当初在战场上为了让战友少一些痛苦，他结束了战友的生命；而战场上曾经是敌人的一位国民党兵因为同样的原因哀求他，让他帮助结束生命，强烈

① 〔德〕马丁·海德格尔著，陈嘉映、王庆节译：《存在与时间》，生活·读书·新知三联书店 1987 年版，第 274 页。

的复仇心理让他扔下了国民党士兵。谁知这个人竟然没有死，多年后带着重礼前来感谢他，他突然后悔自己当时结束战友生命的事情，陷入了无尽的痛苦之中，因此拒绝这个国民党士兵的谢意。国民党士兵因此也郁郁寡欢，不久离开人世。后来，守门的老头也在悔恨与煎熬中离开人世。“那时候，我知道，时间，正是无所不摧的时间，使得这个世界上又悄悄坠落了一枚枯黄的叶子。”人性与伦理与政治是如此复杂纠结，已经很难用善恶和利害来形容。这个时候，不由想到休谟所说，道德上的差别并非得自于理性。“既然道德原则对我们的行为和感情有一种影响，所以，随之发生的就是：这些原则并不是得自于理性。这是因为，正如我们已经证明了的，单单是理性决不可能有任何那样的影响。道德原则激起情感，并且引起和阻止各种行为。在这一方面，理性自身是完全无力的。因此，道德规则并不是我们理性的结论。”①

在一个恰当的位置对人性进行隐秘窥察，然后看到并非源自理性的复杂人性并将其裸呈出来，是于晓威创作的初衷之一。于晓威看到了人性的微光，也窥见了那些暗影。《羽叶茑萝》中的年轻夫妻在生活极度困窘的时候仍然是乐观的，他们的头上唰唰响起什么声音，是墙上爬满的羽叶茑萝。在暗夜里，看不清它的轮廓，但是它散发出的清香，在空气中却是甜甜的、浓浓的、凉凉的，如水一样悄悄弥漫着。《沿途》中几乎失去了所有亲人的他和一位陌生女孩一起走向可能出现公路或过往汽车的方向。《勾引家日记》中的妻子最后并没有

---

①〔英〕大卫·休谟著，石碧球译：《人性论》，江西教育出版社 2014 年版，第 357 页。

被“陌生人”勾引，而是和丈夫一起出去吃饭。《陶琼小姐的1944年夏》中的陶琼为了爱情与家国，以生命换取了一次成功的革命行动。《眩晕》中的杜默和陈红被日常生活磨损得出现婚姻危机，最后还是被人性的善而照亮。《陌生女子许潘》中的“我”因为去邮局办事受阻，写了一堆意见，没有想到却让一个女孩失去工作，后来女孩原本想报复“我”，却在两人一起夜行之后改变了主意。小说由人性的暗面起笔，在人性的亮处收尾。

然而，更多时候，于晓威关注的是人性中那些暗影：《恶讯》中的主人公来自农村贫困人家，好不容易在城市有份开公交车的工作，这份工作却让他失去了生活的所有乐趣。在同一线路上开了八年公交车，对这座城市一无所知，经常眩晕恶心，他为此给总经理提交了辞呈，但是未被批准，于是，只好在痛苦中继续忍受。《今晚好戏》中，一群人想看刺激的节目，但看到的是平庸的表演，工作人员的意外斗殴竟然成了观众眼中的好戏，看客的心理得到了满足。事后，作为看客之一的陆明开始质疑这是不是戏，他的朋友王山则反问：“你说是不是戏？有一句话我都他妈的不愿重复了，人生就是他妈一场戏！”这既是生存的困境，也是人性的固有弱点了，它们两者彼此互为困境，也互为因果。

有关人性的书写中，最惊心动魄的是《厚墙》和《弥漫》。《厚墙》讲述一个乡村少年进城打工的遭遇。少年没有什么特长，只能干些给工地砸墙之类的粗活。他早晨在路边洗脸时遇到一个晨练的人，这个人看到少年落魄的样子误以为少年是个乞丐，一下子觉得自己晨练很奢侈，就掏出10元钱悄悄放在少年的自行车上。少年内心非常感动，但是只恍惚看到他和自己照面时的脸。这个少年仿佛就是余华《十八岁出门远行》中的少年，出门在外遭遇到一连串打击——第一辆自行车被偷，后来的一辆又被城管没收，少年交了20元罚款才重新得到自行车，因为他要骑上自行车赶快去砸墙。城市带给这少年的，几乎全是伤害，“他隐约觉得，这座城市让他失去某种东西的，不光是偷车贼。”这个时候，少年的妹妹带来了乡下家里的消息，原来那个家也是千疮百孔。少年全心全力地砸墙，但是因为延误了房东的装修时间被扣了工钱，少年彻底绝望了。到此，作者的笔法以寓言和悲剧收束：当夕阳的最后一抹光线收隐，少年觉得所有的薄暮都沉浸在他身后的锤子上，于是举起锤子砸向房东，那一刹那他终于记起一件事，记起这个陌生的面庞。然而，一切都来不及了。小说的题目就是一个隐喻，少年面对的是人性的厚墙，难以凿穿，凿穿后迎接他的是更深的绝望。

《弥漫》是对自然生态和人文生态的双重反思。主人公丁文森一次又一次莫名其妙被人跟踪殴打，完全丧失了安全感，只因他是一个从事农药检验十多年的化验员，他在对一家公司生产的农药化验的过程中发现，对方存在化肥过期的问题，最新生产的一批农药属于甲胺磷、磷胺农药和高毒性有机磷农药，这类农药已经被农业部严格禁止销售和使用，长期使用它们的副作用是非常可怕的。这家公司找人打丁文森，就是想让他在化验结果中隐瞒实情。无奈之下，丁文森采取了以暴制暴的方法，竟然真的起了效果。但是他从此有了心理阴影，觉得到处都有人盯梢他。生活的不安定感在日渐加剧。每一天都觉得危险在一步步来临。在过度的焦虑之中，他误伤了自己的小舅子。小说所触及的，显然不只是人性、伦理，还有社会与政治。丁文森以暴制暴的行为固不足取，这样的行为无论失败还是胜利都是悲哀的，但在事实上又别无选择。于晓威关注的深层主题是人性本身的内在品质的衍生、自律和发展，也就是说，在自然生态恶化的同时，人性吊诡的疾病心态是否会相互传染以致弥漫，这大概也是小说题为《弥漫》的原因。

四 小说的节奏，写作的方式

从上述的几个问题中，其实我们已不难看出于晓威小说精致的构思，强烈的戏剧性与寓言意味，这些都使得他在同代作家中具有了卓尔不群的气质。但在笔者看来，除了上述优势，于晓威的小说艺术中还有一个非常独到的东西，即节奏的鲜明与独特。就像陈晓明指出的："于晓威的小说叙述已经参透西方经典小说的结构的妙处，他的短篇小说艺术也显示出他是当下中国为数不多的、真正体味到现代短篇小说构思的作家。"[①]这一评价同样适用于他的小说节奏。何为小说的节奏？于晓威这样定义："是为了让读者重振旗鼓和调适注意力，是为了让读者阅读下面更重要的情节时所提供的阶段性休息以及欲擒故纵的松弛。"[②]这确乎是一个艺术的辩证法问题。休息不是休克，松弛不是废弛，作者应该用更大的努力和匠心经营着"故事不在"时的

① 陈晓明、刘伟:《于晓威小说论》,《小说评论》2014 年第 2 期。

② 于晓威:《爱文学的都是怕死鬼——书房私语之二》,《艺术广角》2013 年第 5 期。

感觉，而这种感觉是另一种时空或层面的交接。同时，于晓威还认为，节奏一定是在小说相对的字数和体量内奏效。短篇小说，中篇小说，几十万字的长篇小说，可以谈如何处理好节奏的问题，而动辄百万乃至几百万言的长篇小说的节奏则很难把握，也许只有曹雪芹、雨果、普鲁斯特等少数文学大师可以做到。

于晓威的艺术自觉表现在很多方面，如小说的词语、音节的节奏和小说整体叙述的节奏上，都与西方某些经典小说呈现出明显的互文性关系，而且自然随意，没有牵强之感。《垃圾，垃圾》与纳博科夫的《洛丽塔》有一种奇妙的互文性，或可以说是一种致意或呼应基础上的写作。“我”回忆少年时期懵懂的爱情，“我”与垃圾为伴，期待着曾经喜欢过的少女来找我。小说一开始，作者就写道：“我觉得这两个字是世界上最美妙的发音了：‘垃——圾。’你把嘴唇张开，舌尖抵住上牙床，声带颤动，气流从口腔爆发成音，‘垃’，然后舌尖抵住下门齿，舌面前部紧贴硬腭，气流从缝隙间摩擦出来，‘圾’。它简直比纳博科夫在他那部著名小说的开头‘洛——丽——塔’三个字发音还要性感，还要简洁，还要美妙。”而《洛丽塔》的开头则是：“洛丽塔，我生命之光，我欲念之火。我的罪恶，我的灵魂。洛——丽——塔：舌尖向上，分三步，从上颚往下轻轻落在牙齿上。洛。丽。塔。”[①]纳博科夫曾经解释为洛丽塔起名字的缘由：“为了我的小仙女，我需要一个诗意、念起来节奏欢快又小巧可爱的词。最清澈明媚的字母之一是‘L’。后缀‘-ita’充满了拉丁语的温柔，这也是我

① ［美］弗拉迪米尔·纳博科夫著，于晓丹译：《洛丽塔》，译林出版社 2000 年版，第 3 页。

想要的。因而就有了：Lolita（洛丽塔）。”“另外需要考虑的是她原来的名字，那水源般的名字，像令人愉快的喃喃低语，‘多洛莉丝’含义中的玫瑰和眼泪。我的小姑娘那悲惨的命运必须与她的可爱与清澈一并考虑。”[①]于晓威小说世界中的一些人物名字也很独特，比如《孩子，快跑》中的端午涯，名字实在是独特，读一遍就很难忘，就像他通过奔跑获得自由一样让人难忘。

《勾引家日记》这个小说题目源自克尔凯郭尔，在于晓威这里成了一个饶有趣味的短篇。小说中的男主人公一时无聊，用一个陌生的手机号开始试探并“勾引”妻子，日常生活滑向一个未知的方向，然而，最后的结局却是温和的。《羽叶茑萝》中的人物在日常生活中说的是雨果《欧那尼》、易卜生《玩偶之家》和莎士比亚《雅典的泰门》中的台词。《让你猜猜我是谁》的题记直接引用了克尔凯郭尔的句子：“结婚，你将为之后悔。不结婚，你也将为之后悔。无论你结婚还是不结婚，你都将为之后悔。”小说的内容与这段话完全契合，是两个人曲折但终成悲剧的爱情与婚姻。《夜色荒诞》中的主人公在看哈罗德·品特的《情人》，哈罗德·品特的这部作品中，一对原本相爱的夫妻因为平庸生活而厌倦，互相扮演起了对方的情人。

显然，于晓威如此设置或处理他的故事，铺排他的语言，并非只是为了“显摆”资源的丰盛与阅读的宽广，还有背景与谱系的高级，他其实是在世俗生活中升华出了一种哲学境地，在这种哲学境地中，当然就包含了更加戏剧性和本质化的规律，更加具有哲学根基的逻辑

---

① 〔美〕弗拉季米尔·纳博科夫著，唐建清译：《独抒己见》，浙江文艺出版社2012年版，第25页。

意味，以此来达到对于社会、历史与人性的涵盖与归纳，并且生成他叙事的内核，以及故事的框架。这种写法，说其传承了先锋小说的精髓似乎也并不为过。而这也是使他在同代作家中显得颇为不俗的一个原因。

不过，哲学化的提炼并不止于千篇一律的重复。于晓威每一篇小说的节奏都不尽相同，在这一点上，他对小说和绘画的处理颇为相似，他曾经表示自己深受石涛画论“一画一法”的影响，他写小说也是一文一法。在一次访谈中，他说：“生命本身就是一个不断变化的过程，生活也到处充满未知领域和变数，因此一个作家在创作上一成不变对我来说是非常可怕的。同时我相信每一篇小说从构思到完成都有且只有一个属于它自己的最佳表达形式，这从理论上支持了它们在语言与风格的格局中无法相互重复。”[①]如果仅从“风格”的意义上，这可能使得他一时很难被概括，但毫无疑问也是他显得至为丰富和充满活力的一个原因。他还常在小说中运用多声部的手法，往往由出人意外却又在情理之中的强音收尾。比如《一曲两阕》《夜色荒诞》《隐秘的角度》等，读这些小说会让人觉得作者仿佛是一个指挥家，运用奇妙的手法，将零星的音符组合成一个和谐的整体。

与这种节奏的独特性相关联的是于晓威的小说书写方式。时至今日，他仍坚持手写小说，当下文坛也有一些作家手写小说，但是已经很少了，而且手写小说的往往是年纪较大的作家，比如贾平凹。贾平凹在说到这一点时，说自己还是个小手工业者。于晓威是70后，他

---

① 傅小平、于晓威:《今天作家肩负更艰巨的启蒙》,《文学界》(专辑版)2012年第9期。

用电脑还是比较娴熟的，但只是用电脑写材料、处理文件等。可见手写小说的人未必不会用电脑，而是刻意保留的一种写作方式。于晓威自云，他所有的小说都是手写的，只有一次例外，因为当时一个小说刊物催得急，他想，那就省却手写完再打字的时间吧，就直接在电脑上写。后来，他发现那是他此生最不满意的一篇小说。

于晓威曾经为此写过一篇名为《我为什么坚持手写小说》的文章，说明自己坚持手写小说的原因。手写首先有助于不写废话。在他看来，手写的东西，往往排除和过滤了应付一说，很少废话，写出的东西，应该也就更加纯粹。同时，手写有助于语言个性的塑造和张力的维护。在纸上书写，每一句话，每一个词，我们会在纸上反复尝试，反复勾抹，最终加以挑选确认。最重要的是，手写有助于保持对文学精神的崇高理解乃至捍卫。今天，网络和新媒体确实对传统的写作有一种解构，从事写作的人越来越多，电脑让打字的速度变快，一些网络写手保持着每天几千字甚至上万字的速度，还有一些人对发表快慢和稿酬多少的关心程度超过了文学本身，在于晓威看来，这样的写作会逐渐丧失对写作本真意义的感觉和守望。他认为深刻的写作和真正的作家，往往注重的是对文学精神之气的培养和文学信念的高蹈。“这个潜在的意义，对我来说，就是最大的意义。”[①]显然，对于晓威来说，手写的意义就是对写作本真意义的体验和守望。

一个人为什么写作？于晓威曾经说他“为生命而写作”，因为他曾经对生命感到悲观。一个人的生命有限，通过写作可以拓展他的宽度和厚度，延展和固化其痕迹与意义，并以想象和创造来体察未知的

① 于晓威:《我为什么坚持手写小说》,《文艺报》2014 年 4 月 16 日。

渺远的将来。后来，于晓威又说自己是“为偷生而写作”，把艺术创造看作从上帝手中偷回一些派定之外的生命的乐事。他还说，好作家像是一个手持烟花在燃放的人，呈现繁华是因为他身处黑暗和孤独。[①]这些都足以表明，他对于写作的认识，已超越了我们时代多数人对于文学的认知，在这个意义上，他的小说和画作都是“偷回的生命”的绚烂燃烧。然而，在我看来，于晓威更像是时间之河中的一个潜水者，沉潜到他认为合适的隐秘位置，透视被抛的此在，呈现生命的繁华与人性的本真，而他自己却身处黑暗和孤独。

① 于晓威:《书房私语》,《文学界》(专辑版)2012 年第 9 期。

创作年表

2002年，《收获》杂志：《陶琼小姐的1944年夏》（中篇小说）

2005年，《收获》杂志：《L形转弯》（中篇小说）

2005年，《收获》杂志：《圆形精灵》（短篇小说）

2006年，《收获》杂志：《让你猜猜我是谁》（中篇小说）

2007年，《收获》杂志：《沥青》（中篇小说）

2008年，《江南》杂志：《我在你身边》（长篇小说）

2009年，《收获》杂志：《在淮海路怎样横穿街道》（短篇小说）